国家社会科学基金项目
湖南省教育科学规划重点项目

DAIJI HUDONG

廖小平 ◎著

代际互动

未成年人道德建设的代际维度

Weichengnianren Daode Jianshe De Daiji Weidu

人民出版社

目　录

代际伦理研究的又一创新之作
（代序）

唐凯麟

廖小平教授在攻读博士学位时，就对我说过他对代际伦理研究的计划：在对代际伦理基本理论研究的基础上，将所构建的代际伦理的基本理论运用于对改革开放以来中国社会价值观代际变迁和社会转型期代际关系视野中未成年人道德建设的研究，从而构成他对代际伦理研究的三部曲。自此，我就对他的这一研究计划十分关注并充满着期待。果然，廖小平教授并未爽言，他在繁忙的工作之余，历时近十年，以惊人的毅力，在先后出版了《伦理的代际之维——代际伦理研究》和《分化与整合——转型期价值观代际变迁研究》之后，近又完成了《代际互动——未成年人道德建设的代际维度》书稿，并将在人民出版社出版，我自然感到由衷的欣慰和高兴！

学界对代际伦理的研究，在时间上并不算太长，且一般而言发轫于生态/环境伦理，即代际伦理是从生态/环境伦理孕育而出的，或者说，代际伦理的话语背景必然是生态/环境伦理。但是，廖小平教授在《伦理的代际之维》中，不独囿于生态/环境伦理的视阈，而是在人与世界（如人与人、人与社会和人与自然）的关系等更宏大的背景下，广泛地探讨了诸如代际伦理的本质规定、主要特征和基本原则、道德价值观的代沟与沟通、家庭代际伦理、可持续发展的代际伦理支持与代际公平、现代科技中的代际伦理以及全球化背景下的代际伦理等一系列代际伦理的重要问题。显而易见,廖小平教授对代际伦理的论域,相对于生态/环境伦理而言,已经大大地拓展了。不唯如此,廖小平教授还初步构建了代际伦理的基本理论框架,为他以后进一步对代际伦理的研究奠定了较好的理论基础。

令人欣喜的是,《伦理的代际之维》刚出版,廖小平教授就立即将眼光转向改革开放以来中国社会价值观的代际变迁这一无人涉足的领地,出版了《转型期价值观代际变迁研究》。他立足于当代社会代际关系的重大变化,大胆而又合理地提出了“代价值观”、“代际价值观”等全新的概念。我认为,该书最出彩的是三个方面:第一,在对改革开放以来中国社会价值观及其变迁特征的众多理论概括中,廖小平教授不拘成言,将其概括为一元价值观与多元价值观、整体价值观与个体价值观、理想价值观与世俗价值观、精神价值观与物质价值观之间的“互动”、“融合”、“共存”和“并重”,且以此作为价值观代际变迁的总背景。第二,令人信服地回答了中国社会转型期何以会出现“代际价值观”以及价值观何以会在代际间发生分化和整合等问题。第三,全面而客观地梳理和揭示了改革开放以来中国社会价值观代际变迁的嬗变轨迹、主要表现和基本规律。这些,我觉得是可圈可点的。

《未成年人道德建设的代际维度》无疑仍然立足于现代社会代际关系的新变化和新特点,但正如读者将看到的那样,丝毫没有因此而影响其新意迭出。相反,正是这一代际维度,使该书对未成年人道德建设的研究大放异彩。

首先,本书给我最深的印象,就是对未成年人道德建设所做的深入的学理思考。

道德建设,包括未成年人道德建设,是实践性非常鲜明的现实活动。众所周知,道德本来就是一个富有实践本性的范畴,道德建设作为一种社会和文化建设活动,就更是一种实践活动。因此,如若离开道德建设的实践基础,抽掉道德建设的实践本性,那么,道德建设就失去了落实之处和归依之所,道德建设本身事实上也就成为不可能。正因如此,当前学界对未成年人道德建设的研究,都具有十分鲜明的实践性。但另一方面,也正是由于这一特点,以及未成年人道德建设研究的历史不长等原因,几乎所有有关未成年人道德建设的研究,就很难避免流于现象描述和现实操作的层面,难以有对未成年人道德建设问题的理性的和学理化的深入思考和探究。针对这种状况,廖小平教授在该书中以严谨的治学态度,力求从学理上对未成年人道德建设做深入的理性思考。翻开该书,在其导论中就可以清楚地看到,该书对未成年人道德建设研究现状的理性分析、对该书中与未成年人道德建设研究密切相关的各种基本概念的深刻辨析以及对未成年人道德建设研究路径的全面而客观的评论,无不体现了对未成年人道德建设的学理探求。综观全书,可以发现,深刻的学理性阐释是一贯到底的。譬如,通过历史考察探讨未成年人道德地位及其与未成年人道德建设的关系;从西方现代道德教育理论中探寻其对中国未成年人道德建设的启示;揭示社会转型何以是未成年人道德问题出现的深刻根源;创造性地提出了道德价值观的代际构成;以及道德价值观在成年人与未成年人之间的分化、整合和互动机制;等等。所有这些,都是建立在学理化探究而非浅尝辄止式的现象描述基础上的。正是因为这些学理性探究,本书的理论价值和学术价值才真正得到了最好的体现。

其次，从成年人与未成年人互动的代际维度考量未成年人道德建设，可谓独辟蹊径，令人耳目一新。

迄今为止，学界对未成年人道德建设的研究，基本上是孤立地就未成年人论未成年人道德建设。这直接涉及未成年人道德建设研究的方法问题。这种把未成年人孤立起来的研究方法必将导致的直接结果，就是以为成年人道德状况与未成年人道德建设无涉。应该说，这不论是对未成年人道德建设的理论研究，还是对未成年人道德建设的实践探索，都是一个很大的不足。廖小平教授则紧扣成年人与未成年人所构成的代际关系来展开对未成年人道德建设的大胆探索，追寻未成年人道德建设的有效路径。该书毫不隐讳地指出，成年人道德状况是影响未成年人道德状况和未成年人道德建设的直接相关因素。因此，未成年人所存在的各种“道德问题”，成年人是负有责任的，是脱不了干系的。从这个意义上讲，那种常常看到和听到的对未成年人的各种负面道德评价是有失公允的，这种评价实际上是一种成年人的强势评价或“霸王评价”。正是基于这一事实，廖小平教授合乎逻辑地指出，对未成年人道德建设的研究，必须要有代际的维度和代际的视角，而在代际维度和代际视角中，又有成年人立场与未成年人立场之别。这两种立场必将追寻各自不同的未成年人道德建设路径，一种路径是成年人从自己的立场和观点出发，企图完全按照成年人的意愿来进行未成年人道德建设；另一种路径是充分考虑未成年人的需要和特点，在成年人与未成年人的良性互动中实现未成年人道德建设。此外，还有必要特别指出的是，廖小平教授还以“成年人文化”与“未成年人文化”作为既相互联系又相互独立的两种文化为逻辑前提，第一次鲜明地提出了“道德价值观代际构成”的重要问题，对成年人道德价值观、未成年人道德价值观和社会主导道德价值观及三者之间的关系,以及这三者何以构成这样的关系的现实依据和理论依据,做了鞭辟入里的辨析和阐释。可以说,这些观点是言前人所未言的。

第三,令人信服地解答了未成年人道德建设何以只有在现代社会才成为一个话题和问题。

毋庸讳言,未成年人道德建设是一个只有在现代社会才成为人们谈论的话题,也只有在现代社会才成为一个人们所关注的问题。何以如此?廖小平教授分别从历史与现实两个角度给出了自己的解答。从历史的角度看,廖小平教授分别通过系统地考察和分析中西方传统文化中未成年人的道德景象和道德境遇,充分地佐证了未成年人道德建设之所以在前现代社会不会成为一个话题和问题,是由于不论在西方传统文化中还是在中国传统文化中,几乎所有的文献都证明,未成年人不具有也不可能具有相对独立的道德地位和应有的道德主体性,因而,自然也就不能也不可能存在所谓未成年人道德建设问题,同时也就不能也不可能成为人们谈论的话题。例如,廖小平教授指出,在西方,至少在近代以前,未成年人往往处于被严重忽视的状况,未成年人并没有被作为独立的主体,更没有被作为需要认真对待的道德主体,而与成年人处于相对待和对等的地位。正因为这样,人们才说,未成年人在西方古代并没有“被发现”。即使到了近代,未成年人开始作为与成年人相对待的主体而出现,但是,此时的未成年人仍然是被社会和成年人所建构的,未成年人是成年人所期望、所认为应该成为的那样而存在,未成年人的道德主体性并未真正建立起来。这就意味着,未成年人仍然不具备独立的道德地位。在中国传统文化中,未成年人虽然一直被置于种种道德规范之中,但这种道德规范完全是社会和成年人所建构的,而且未成年人与成年人处于极不平等的地位,未成年人只需遵守也必须遵守社会和成年人所制定的各种道德规范,因此,未成年人是不可能具有道德主体性和独立的道德地位的,未成年人恰恰被各种社会道德规范所桎梏。从现实的角度看,未成年人道德地位在现代社会的双重变奏,使未成年人道德建设既成为了一个话题,也成为了一个问题。这双重变奏就是空前尊重未成年人的权利与对未成年人的道德恐慌。一方面,自从社会历史进入近代特别是现代以来,随着社会对未成年人的逐渐发现,人们对未成年人的历史际遇和现实地位进行了深刻反思,进而改变了社会和成年人对未成年人的认知和态度,其直接成果就是未成年人权利的凸显和未成年人道德地位的确立;另一方面,20 世纪下半叶以来,随着社会结构的重大变迁以及青年造反运动和青少年犯罪现象的大量出现,社会对未成年人的看法又相当负面,未成年人似乎又成了西方传媒理论所谓"道德恐慌"的对象,在中国,改革开放以来青少年问题的大量出现,也成为社会和成年人诟病的对象。这种双重变奏使社会和成年人不得不对未成年人及其道德建设给予必要的关注和认真的对待,未成年人道德建设就必然成为社会和成年人的现代性中心话语之一,也必然成为现代社会一个重要的现代性问题。廖小平教授的这些观点及其论证,也许还有值得商榷之处,但作为一种新的探索,是应得到充分肯定的。

最后还要指出的是,廖小平教授对发现"问题"的敏锐性,对解决"问题"的执著性,构成了他对代际伦理系列研究的突出特点,也是我对廖小平教授学术研究活动的深刻印象。

当然,就像所有研究成果不可能尽善尽美而总会留下一些遗憾一样,该书也有一些值得进一步推敲的地方。也许在某种意义上可以说,恰恰是"残缺的美"才是一种最有韵味、因而也是最有嚼味的美!

廖小平教授是一个富有创造活力、思维敏捷而又勤奋刻苦的青年学者,我期待着他将更多更好的研究成果奉献给大家!

是为序。

2009 年 7 月于长沙岳麓山下

导　论

一、问题缘起

可以毫不夸张地说，未成年人道德建设是当今中国社会人们最为关注、政府最为重视，却又是社会各方最为担忧和焦虑的社会重大问题之一，同时也是中国当前最为紧迫的公民道德建设中最重要，却又是最艰难的构成部分之一。之所以说未成年人道德建设是当今中国社会人们最为关注、政府最为重视的社会重大问题，是中国当前公民道德建设中最重要的构成部分，是因为未成年人道德建设不仅直接关乎未成年人道德素质的提高、未成年人的健康成长和未成年人的全面发展，而且直接关乎中国的未来甚至中国的命运；之所以说未成年人道德建设又是社会各方最为担忧和焦虑的重大社会问题，是中国当前公民道德建设中最为艰难的构成部分，是因为当前未成年人群体中所存在的道德问题广泛而深刻，未成年人道德建设相对于成年人道德建设以及一般而言的公民道德建设而言，建设难度更大，效果更难显现。正是因为这些状况，进入新世纪以来，党和政府才有史以来空前地连续发布有关公民道德建设、未成年人思想道德建设以及大学生思想政治教育的纲要和意见，社会各界也才如此深刻地认识到未成年人道德建设的重要性和紧迫性。

虽然政府和社会各界对未成年人道德建设的重要性提到了无

以复加的战略高度，但是，大量事实表明，不论是在理论研究上，还是在实践探索中，未成年人道德建设并不令人满意。原因毫无疑问是多样而复杂的。人们通常的做法，往往是从家庭、学校、社会等方面寻找和分析原因，这无疑是既很正确也很重要的。但是，其中有一个很关键的原因或因素，就是在未成年人道德建设中，一方面成年人因素必然而强力地进入，另一方面这些成年人因素却又被严重地忽视。

综观目前中国未成年人道德建设的理论研究和实践探索，可以发现至少存在三个问题：

第一，对未成年人道德建设的探索，更多地表现在实践和宣传的层面，而对未成年人道德建设的学理研究明显不够。

道德建设，包括未成年人道德建设，确实是一个实践性十分鲜明的现实活动。道德本来就是一个富有实践本性的范畴，道德建设作为一种社会和文化建设活动，就更是一种实践活动。因此，如若离开道德建设的实践基础，抽离道德建设的实践本性，那么，道德建设就失去了落实之处和归依之所，道德建设本身事实上也就成为不可能。但是，道德建设，包括未成年人道德建设，又不完全是一个单纯的和简单的实践活动。从未成年人道德建设成为社会广泛关注的热点问题以来的最近几年来看，各种报纸和杂志发表了大量的有关未成年人道德建设的报道和论文，但绝大多数报道，包括论文，基本上都停留在事实描述和实践对策的层面，很少有对未成年人道德建设问题做理性的、学理化的深入思考和研究。造成这种状况的因素至少有二：第一，从现实层面上看，未成年人道德建设显得很“实践理性”，特别是在当今中国流行着“拿来即可用”的很现实的倾向的背景下，人们最急切需要的是有关未成年人道德建设的能够一劳永逸地解决问题的现成答案和方案，而不去追问或者说不愿意追问未成年人道德建设的深层次的学理问题;第二,从历史角度看,未成年人道德建设问题的提出是很晚近的事情,撇开更晚的从政策上关注未成年人道德建设的问题不谈,即使在学理层面上,更早的对未成年人道德建设(和/或未成年人教育)的理论研究也是近10年来的事情。笔者经查CNKI中国期刊全文数据库,到2006底,被CNKI全文收录的其内容与未成年人道德建设有关的论文共约1570篇,但在1996年以前连一篇都没有!如果以“未成年人道德建设”或“未成年人道德教育”为“主题”进行检索,那么,包括以“未成年人道德建设”和“未成年人道德教育”为主题在内的论文,仅仅80余篇,且2003年以前同样是一篇都没有!此外,有关未成年人道德建设和未成年人道德教育方面的论文以及发表这些论文的刊物,总体来看学术性都不强。这种对未成年人道德建设学理研究的晚近的特点,致使对未成年人道德建设的理论研究或学理准备严重不足,其明显表现就是见诸报刊的文献更多的是对相关政策的解释和宣传,甚至是相当数量的不关痛痒的、粗糙低劣的所谓论文充斥其间,而对未成年人道德建设的深刻反思和学理分析则相当缺乏。同时还可以认为,上述状况与《中共中央国务院关于进一步加强和改进未成年人思想道德建设的若干意见》(以下简称《意见》)发布于2004年初也有明显关联。这一方面说明《意见》发布后,掀起了宣传和研究未成年人思想道德建设的热潮,另一方面却反映了《意见》发布之前学术理论界对未成年人思想道德建设的理论自觉和学术研究是远远不够的。

第二,即使在学理研究层面,也很少深入探究中国“社会转型”对未成年人道德建设的深刻影响。

在对未成年人道德建设并不多见的学理性研究文献中,又可以发现与以上情况相反的另一种倾向,即对未成年人道德建设的研究停留于纯理论思辨，或者说对引起未成年人道德建设诸多问题的社会背景状况缺乏应有的关注。虽然这种倾向不很明显，但却反映了研究者对未成年人道德建设与社会转型或社会变迁的重大现实背景的忽视、脱离和割裂，因而总是难以对未成年人道德建设的诸多问题给出深刻的解释。譬如，在传统社会本来并不存在的未成年人道德建设问题，为什么只是到现代社会才如此明显和必然地凸显出来？为什么在中国未成年人道德建设问题与改革开放的实际进程如此地密切相关？一句话，为什么未成年人道德建设在中国蓦然间成为整个社会热议的“问题”？对于诸如此类严肃的问题，脱离“社会转型”这一重大现实背景，是无法得到全面和深刻阐释的。遗憾的是，在对未成年人道德建设的研究中，人们恰恰忽视了社会转型和社会变迁这一重大因素，以至于基本上没有深入探究中国的“社会转型”对未成年人道德建设所产生的深刻影响。

第三，不论是在实践和宣传的层面，还是在学理探究的层面，虽然在有关人士的相关言论之中，有对未成年人道德建设与成年人道德建设及成年人道德状况的关系即代际关系所给予的一定关注，但基本上是停留于感性层面的经验之谈，而谈不上对未成年人道德建设与成年人道德建设及其关系进行深入系统的研究。

无视未成年人道德建设与成年人道德建设及其道德状况的关系，至少将导致两个后果：第一，模糊了成年人道德建设与未成年人道德建设之间的区别，从而以成年人道德建设的要求来对待未成年人的道德建设。虽然未成年人与成年人的年龄界限十分鲜明，但是，长期以来，人们却一直忽视和模糊了成年人与未成年人的文化界限，这也许与成年人对未成年人文化的无视和成年人文化对未成年人文化的湮没有关。由于“成年人文化”仍是现代社会的主导文化，因此，忽视未成年人道德建设与成年人道德建设及其道德状况的关系，或者说，以对成年人道德建设的要求来对待未成年人的道德建设，就成为当今未成年人道德建设的一大缺陷。第二，回避和忽视了成年人的道德状况对未成年人道德建设的必然影响。当前，在成年人话语的主导下，对未成年人的道德状况有一种“问题化”的趋势。对此，我们必须承认未成年人道德状况具有各种不可避免的问题。但是，我们同时要提出一个尖锐的问题，即成年人的道德状况对未成年人道德建设究竟是否存在负面作用？如果存在负面作用，这种负面作用有多大？成年人对未成年人的道德建设究竟应该承担什么责任，在何种意义上承担责任？在当今中国，要想对以上问题作出否定的回答，或者避而不答，都是很困难的！《中共中央国务院关于进一步加强和改进未成年人思想道德建设的若干意见》在分析当前中国未成年人道德建设所面临的挑战时就鲜明地指出：“一些成年人价值观发生扭曲，拜金主义、享乐主义、极端个人主义滋长，以权谋私等消极腐败现象屡禁不止等等，也给未成年人的成长带来不可忽视的负面影响。”在谈到家庭道德教育时又指出：要“注意加强对成年人的思想道德教育，引导家长以良好的思想道德修养为子女作表率”。可见，无视未成年人道德建设与成年人道德建设及其道德状况的关系，显然就意味着忽视了未成年人道德建设的一个重要基点。

鉴于目前人们在对未成年人道德建设的理论研究和实践探索中所存在的上述三大问题，本书试图从学理上把当今中国未成年人道德建设放在社会转型时期由成年人与未成年人所构成的“代际关系”框架中加以审视和反思。这是因为，在改革开放以来的中国社会转型期，社会的代际关系发生了重大变化，积极因素与消极因素并存的成年人道德状况对未成年人道德建设产生着正负双重影响,从而决定了未成年人道德建设已经远远不是一个只就未成年人论未成年人即可解决的问题,更不是一个与成年人的道德建设及其状况无关的问题,而是一个成年人与未成年人在新的条件下如何实现良性互动、进而有效推进未成年人道德建设的过程。

二、概念辨析

本书是以"社会转型期代际关系视野中的未成年人道德建设"为研究对象和内容的。由于该课题的研究对象和研究内容的特殊性而往往容易产生歧义,又由于不同作者常常用不同的概念或语词指认同一个对象和意义,因此,有必要对其中的有关概念做一交代和阐释,这些概念包括"社会转型期代际关系视野中的未成年人道德建设"中的关键词语,即"社会转型"、"代际关系"、"成年人与未成年人"、"未成年人道德建设"等。只有把这些概念作一明确界定,以及明确这些概念在本书中的所指,才能有一个能够展开对话的平台。

(一)社会转型

简而言之,所谓社会转型,是指一种社会结构向另一种社会结构的全面变迁或转变。社会转型的含义比较宽泛,既包括恢弘的社会制度的变革,也包括细微的社会习俗的变化;既包括社会革命所引起的社会变革,也包括民主改革带来的社会变迁。判断社会转型大致可以运用以下两个标准:一个是外在标准,即社会制度和民间习俗的变化;另一个是内在标准,即社会和个人观念的变化和内心情感的震荡。当然,社会转型不是简单的某一社会现象的变化,而是包含着社会各个方面,即政治、经济、文化、思想等方面整体的和全面的发展和变迁，是一种具有战略性的、影响社会全局的社会大变革。从一种社会结构向另一种社会结构的转变往往有一个过渡时期，这个过渡时期就是社会转型期。

社会转型往往意味着社会从传统向现代的转变。例如，在西方，18 世纪开始的工业革命在主要发达国家相继完成以后，其社会结构发生了翻天覆地的变化，并为现代社会奠定了经济基础，使市场经济最终战胜自然经济，并成为西方社会的基本经济模式，由此导致政治、文化和整个社会结构发生了相应的变化，这一变化经历了很长的过程，到 20 世纪初基本上实现了完全意义上的现代社会，即完全实现了传统社会向现代社会的转型。

在中国，从历史上看，虽然社会转型是一个缓慢而漫长的过程，但是没有人会否认中国的改革开放是一次重大的社会转型。有学者认为，20 世纪中国社会有两次重大转型，第一次是 1911 年的辛亥革命及相继成立的中华民国，它标志着中国由一个有两千多年封建专制历史的传统社会向现代社会的转变。它是暴力革命式的社会转型。第二次是 1978 年的改革开放，这一转型是中国由一个具有初步现代性的社会向建设较为发达的现代社会的转型。它是采用和平的、变革式的转型。① 也有学者认为，从总体上看，中国社会转型是从 1840 年鸦片战争正式开始的，到目前为止，这一过程已大致经历了三个阶段：1840—1949 年为第一阶段，在这一阶段，中国总的来说选择的是资本主义现代化的道路和模式，但没有成功。1949—1978 年是第二阶段，在这一阶段，盲目向苏联社会主义模式学习，把一种特殊的社会主义模式误认为一般性的社会主义模式，并按这种模式建立了高度集中的计划经济体制。

① 参见张宪文：《论 20 世纪中国的社会转型》，《史学月刊》2003 年第 11 期。

1978 年至今是第三阶段，在这一阶段，确立了中国特色的社会主义道路和发展模式，认识到中国的现代化是社会主义的现代化；中国所建立的市场经济是社会主义市场经济；改革是社会主义的自我完善。这一时期的社会转型是中国社会转型过程中的加速期。① 不管是哪一种中国社会转型理论，把 1978 年改革开放以来的社会变迁看作是一次深刻的社会转型，则是基本一致的看法。

改革开放以来中国的社会转型除了上述特点之外，至少还具有以下特点：第一，与历史上其他社会转型不同，从计划经济向市场经济的转变，以及市场经济体制的逐步建立和不断完善，是中国改革开放以来社会转型的一个根本特征。第二，计划经济向市场经济的转变，必然引起社会其他方面的深刻变革，如民主政治的不断推进，文化和价值观念的多样化，等等。这是中国社会转型的重要标志之一。第三，中国改革开放以来的社会转型与世界范围内的经济全球化进程正好处于同一历史时期，二者不仅是同步和一致的，而且是相互交融和相互推进的。

讨论道德建设问题之所以要明晰社会转型的概念，其方法论的意义就在于，道德建设必须在相应的社会条件下来进行。正如涂尔干(Emile Durkheim)所指出的："如果说道德在特定时期里具有着特定形式，那是因为我们在特定时期里的生存条件不允许另外一种道德存在。只有条件改变了，道德才能随之改变，并且只能在特定的可能范围内改变，这是确切无疑的。"②

同样，讨论和研究未成年人的道德建设，必须在改革开放以来

① 参见郑杭生等：《转型中的中国和中国的社会转型——中国社会主义现代化进程的社会学研究》，首都师范大学出版社 1996 年版，"前言"，第 1—8 页。

② [法]爱弥尔·涂尔干：《社会分工论》，渠东译，三联书店 2000 年版，第一版"序言"。

中国社会的重大转型这一语境中来进行。因为,完全可以认为,不论是客观上未成年人道德问题的凸显,还是主观上提出未成年人道德建设的重大任务,都与中国改革开放以来的重大社会转型密切相关。如果无视和脱离中国改革开放这一重大社会转型的时代背景,就必然既无法理解也不能解释未成年人道德建设中的一系列重大问题,更不可能提出未成年人道德建设的思路和方案。

(二)代与代际关系

社会转型必然带来代际关系的重大变化,现代社会的代际关系与传统社会的代际关系已经有了根本性的不同。关于社会转型与代际关系变迁的关系,我们将在以下有关章节讨论。在这里,我们仅就构成代际关系之主要元素的代、代际关系的研究现状及代际关系的主要维度等问题做一必要交代。由于这些问题对于大多数读者来说比较陌生,因此,笔者自然要花费较多的笔墨。

1. 代的两重属性

说到代际关系,首先不得不提到作为代际关系之构成元素的"代"。

"代"究竟是指什么?这是一个常常不被人们所注意,且又是难以回答的一个问题。

按照卡尔·曼海姆(Karl Mannheim)的说法,早在休谟(David Hume)、孔德(Isidore Marie Auguste François Xavier Comte)和狄尔泰(Wilhelm Dilthey)那里,代及代际更替的问题就已被涉及。[①] 卡尔·曼海姆本人更是迄今对代问题的研究最有贡献的学者之一,

① 参见[德]卡尔·曼海姆:《代问题》,载《卡尔·曼海姆精粹》,徐彬译,南京大学出版社 2002 年版。

他提出了"代位置"、"代单位"、"代实体"、"现实代"等一系列有关代的范畴和研究工具,并形成了独具特点的代理论。关于代的本质规定,卡尔·曼海姆也提出了很有启发意义的看法。

那么,究竟如何定义代?或者说,如何科学地揭示代的本质属性?笔者认为,必须从代的自然属性和社会文化属性及其统一的角度来规定代的本质内涵。

一提到代,人们首先想到的就是年龄层(或年龄周期、年龄段),即代首先是一个自然(即年龄或生理)范畴,具有自然属性。毫无疑问,这是一个最基本的生物学事实。卡尔·曼海姆指出:"必须承认的是生物性因素是决定代现象的最基本因素"①。代的自然属性标示着代的自然"位置","代位置的基础则是人类存在的生物节奏——生命的存在与死亡、寿命和年龄增长。从这种意义上说,属于同一代的个体、出生在同一年的个体,拥有在社会过程的历史维度中的同一位置。"②任何社会中的一代人首先是由一定年龄层的人组成的,人们由于年龄层的不同而自然地形成不同的代,一代人之所以被看作一代人,首先就是因为他们处于同一个年龄层。因此,代无疑是一个与年龄有关的问题。这是讨论代必须面对和考虑的最基本的事实和前提,不管社会、文化变迁有多快,都不能改变代的这一生物性的自然属性。"自然因素,包括代际更替,为历史和社会过程提供了潜在可能性的基本范围。"③这

① [德]卡尔·曼海姆:《代问题》,载《卡尔·曼海姆精粹》,徐彬译,南京大学出版社2002年版,第99页。

② [德]卡尔·曼海姆:《代问题》,载《卡尔·曼海姆精粹》,徐彬译,南京大学出版社2002年版,第80页。

③ [德]卡尔·曼海姆:《代问题》,载《卡尔·曼海姆精粹》,徐彬译,南京大学出版社2002年版,第100页。

也是我们讨论代际关系时必须倚靠的基本的“自然框架”。

代的自然属性作为判别代的重要标准，其意义首先表现在，它“自然地”把不同代人区别开来，使人们在对代的把握上不至于觉得代是一个不可琢磨、变幻不定的东西。正因为如此，卡尔·曼海姆把代的这种自然属性称作“恒常因素”。不管某一代人具有多么复杂和丰富的社会文化特性，这一代人作为同一年龄层的一代人是无法改变的。我们只有在这一代人中才能理解他们独特的社会文化特性，也就是说，我们必须在构成一代人的年龄层中，来理解他们所面临的特定的社会文化条件和环境及他们所具有的不同于其他各代的价值观念、生活（存）处境、思维方式、情感体验乃至语言习惯。

然而，虽然代的自然属性为人们理解和确定代提供了一个不可缺少的自然框架或年龄范围，但年龄本身并不能构成代的实质性内容。在现代社会，以年龄作为代单位的标准已经越来越缺乏说服力。因为现代社会文化变迁之快，使代的自然性质仿佛失去了任何意义。人们已经更倾向于以社会文化标准来划代，即赋予代以社会文化属性——一代人区别于另一代人的实质性内容是其社会文化特质而不是其自然属性，“代的生物学因素只是提供了代实体存在的可能性，……代位置是否会实现其内在的潜在可能性这一问题，能在社会与文化结构层面找到答案”①。首先，对于人这一社会性动物而言，年龄从来就不仅是一个纯生物学概念，同时也是一个社会学概念，正是因为面临着基本相同的社会文化条件和环境，处于同一年龄层的人才会有基本相同的需要、价值观

① ［德］卡尔·曼海姆：《代问题》，载《卡尔·曼海姆精粹》，徐彬译，南京大学出版社2002年版，第99页。

念、生活(存)处境、思维方式、情感体验和语言习惯。其次,抽去社会文化内涵的代,只是一个“年龄空壳”,因为,只有基本相同的需要、价值观念、生活(存)处境、思维方式、情感体验和语言习惯等社会文化因素才真正构成代的实质性内容。而决定代的实质性内容的,除了生命的自然周期(包括生物学周期、生活周期和年龄周期)之外,社会的结构性变动和历史事件是更为重要的方面。“要把握生物性因素只能通过研究建立于其上的社会和历史现象来达到。”①因此,以特定的年代或具有象征意义的历史事件来区别和定义一代人的方法被人们广为援用。假如某一社会激变或重大历史—文化事件而使某一社会群体鲜明地具有这一历史时期的文化特征或这一特定社会—文化面貌,那么,正好处于这一时期的某一代,其社会文化属性就格外地凸显出来,以致人们常常将带有这一特定文化特征或社会—文化面貌的群体称为“某某代”。第三,正是这一点决定了文化论意义上的代已经成了研究者和社会大众认识和评判现实生活中的年轻人、解读“年轻人—成年人”关系以及社会价值规范变迁的重要窗口,代的概念往往被表述为不同年龄群体的文化特征,“代”实际上成了标示不同年龄群体文化差异的符号。这样,“代”可以被理解为“文化的世代”,其生物学意义被日益淡化。尤其是在现代社会科学技术飞速发展、信息手段不断变革的条件下,不同年龄层之间出现生活方式和价值观念的某种程度的变化,这种社会事实正在趋于常态化。② 这种常态化也正是我们提出和讨论代和代际关系问题的重要根据。

---

① [德]卡尔·曼海姆:《代问题》,载《卡尔·曼海姆精粹》,徐彬译,南京大学出版社 2002 年版,第 99 页。

② 参见陈映芳:《在角色与非角色之间——中国的青年文化》,江苏人民出版社 2002 年版,第 35—37 页。

如果将代的自然属性和社会文化属性加以剥离,并分别将它们看作是代的一种实体形态,那么,就会得出存在着相互独立的两种代的错误结论:"一种是由于年龄的不同而自然形成的并主要地由年龄而区分的'代',即自然的、主要是生物学意义上的'代';另一种是由于所处时代和环境的不同而形成的,并通过由此形成的社会性差异而区分开来的'代',即社会学意义上的'代'。"①实际上,这里所谓"自然之代"和"社会之代"无非是代的两种属性和两种表现形式而已,而不是相互独立和平行的两种代。作为代的自然属性和社会文化属性,它们是既对立,又统一的。首先,代的自然属性由其年龄层所决定,因此具有相当的稳定性和不变性;而代的社会文化属性,因随社会文化的变迁而变化,因此,相对于自然属性来说,具有不稳定性和多变性。正因为如此,卡尔·曼海姆把代的社会文化属性称为"动态因素",认为"代的因素在生物层面依照自然规律运作,但在社会和文化领域却成为最不可捉摸的因素"②。其次,不管社会文化变迁的速度是快还是慢,代的社会文化属性都应该在相对稳定的代的自然年龄周期(即"自然属性的框架")内来加以理解和审视,不能因社会文化变迁之快而"缩短"代的年龄周期,也不能因其变迁之慢而"延长"代的年龄周期。也就是说,在一定代的年龄周期内发生的其变化或快或慢的一切社会文化因素,都应放在这一代的年龄周期内加以理解和审视,尽管在这一年龄周期内可能已渗透了相邻各代的某些社会文化成分。否则,对代的划分和理解就会产生模糊和混乱。与这一点相

① 张永杰等:《第四代人》,东方出版社1988年版,第10页。

② [德]卡尔·曼海姆:《代问题》,载《卡尔·曼海姆精粹》,徐彬译,南京大学出版社2002年版,第108页。

联系。再次，代的自然属性也总是处于特定的社会文化条件和环境之中的，因此，它又被社会文化条件和环境所规定和制约，并因之而凸显代的自然属性的社会文化面貌和特征。

从社会变迁的角度来看，代的自然属性和社会文化属性的上述关系，在传统社会和现代社会有着不同的表现形式。在传统社会，由于社会生产力水平低下，人们的生活领域狭窄，社会文化结构的变迁十分缓慢，各种社会文化因素处于相对稳定的状态，社会文化因素主要表现为同质性，它们可以延续许多（自然）代，代与代之间没有什么社会文化差异，因此，人们所观察和感受到的，主要就是代的自然属性，即周而复始的代的自然更替，而感受不到社会文化在代际间的交替和变迁。“在相当静态的或变迁非常缓慢的社群中，……新的代单位与其先辈并未由于各自实体的差异而表现出截然不同的现象；在这种社群中，变迁节奏是渐进的，以至于新的一代从其先辈演化而来时，并未有明显的断层，我们所能见到的也只是基于年龄的异同之上的纯粹生物性分化和类同。”①在这种情况下，人们就可以很自然地、一目了然地以代的自然属性作为划分代的主要标准，代也就清晰地表现为纯粹的、生物性的年龄层，而社会文化规定和属性则退居其次。与传统社会形成鲜明对照的是，在现代社会，尤其是进入信息社会以后，社会文化的变迁速率加快，信息周期越来越短，在同一代（这里主要指由年龄层所规定的“自然之代”）内，社会文化因素急剧变化，并且发生了质的分化，不同质的各种社会文化因素在同一代内相互激荡，甚至截然不同的社会文化因素在同一代内穿过，因此，仅以代的自然属性来

① ［德］卡尔·曼海姆：《代问题》，载《卡尔·曼海姆精粹》，徐彬译，南京大学出版社2002年版，第97页。

理解和规定代就远远不够了,必须以代的自然属性和社会文化属性的统一来规定代,甚至在某一特定的历史时期,社会文化属性成了划分代的主要标准。然而,即使在这种情况下,代的自然属性也没有消逝,它作为代的社会文化属性的"自然框架"发挥着划定代的边界的作用。

2. 代际关系及其研究述评

由于代的内涵的二重属性,基于代基础上建立的代际关系也是复杂的。所谓代际关系,简单而言,就是代与代之间的相互关系。① 根据自然属性和社会文化属性这两重属性对代的内涵所作的规定,代际关系也表现在两个方面,即以代的自然属性为基础的代际关系和以代的社会文化属性为基础的代际关系。以代的自然属性为基础的代际关系,是讨论代际关系的自然前提。但是,在变迁迅速的现代社会,人们讨论代际关系问题,则更多地是从社会文化角度进行的。在这里,我们按照自然属性与社会文化属性相统一的原则,侧重从社会文化的角度对代际关系的研究状况作一初步梳理。

卡尔·曼海姆通过分析"实证主义的阐述"和"浪漫主义—历史主义的阐述"这两个不同的研究思路,对历史上代的研究状况做了必要的批评性的评价。在他看来,"这两种思路表现出关于实在的相互对立的态度,它们研究问题的不同方式也表现出了该对立。实证主义者的方法论理想是将问题还原为定量的术语,他们寻求人类生存的终极决定因素的定量公式。第二种思路采用定

① 在《社会变革与代际关系研究》中,作者概括了代际关系的六种规定,但都缺乏定义的规范性和完整性,最多是以对代际关系的现象描述代替对代际关系的定义。参见王树新主编:《社会变革与代际关系研究》,首都经济贸易大学出版社 2004 年版,第 2—3 页。

性的方法,固执地无视数学的成就,其研究问题的方式故步自封。"①例如,以休谟和孔德为代表的实证主义者运用自然科学的方法,"采用了机械论的、客观化的时间概念,并试图利用这种时间概念的明显的量化特征,将其视为直线式进步的客观标准。因此代际更替就被视为连接而不是截断直线式时间延续性的事物,在这种观点看来,代问题的最重要之点在于代是进步的最基本的动力。"②而以狄尔泰为代表的浪漫主义—历史主义则运用文化科学的方法,"根据用保守主义研究方法所获得的资料,指出代问题恰恰否证了直线式的历史进步观念。代问题因此就被视为内在时间的存在问题,这种内在时间不能被测量,而只能用纯粹的质的方法进行体验。"③我们之所以要做这样的引述,一方面是想指出实证主义和浪漫主义—历史主义分别侧重从自然属性和社会文化属性来研究代的两种思路;另一方面则是试图说明,对代的研究实际上在孔德和狄尔泰甚至更早的休谟那里就开始了。

当然,真正对代的研究,是以现代社会人们关于"代"的自我意识觉醒为前提的。"代"的问题是伴随19世纪末20世纪初青年文化的崛起而出现的。在这个时期,社会发现"青年"是一个与其他年龄群体不同的、具有独特的"代"及其文化特征的群体。不过,在整个20世纪,至少在中国,社会对青年及其文化的态度经历了一个从称颂和呼唤到将之"问题化"的转变过程。然而,从全球

---

① [德]卡尔·曼海姆:《代问题》,载《卡尔·曼海姆精粹》,徐彬译,南京大学出版社2002年版,第65—66页。

② [德]卡尔·曼海姆:《代问题》,载《卡尔·曼海姆精粹》,徐彬译,南京大学出版社2002年版,第70—71页。

③ [德]卡尔·曼海姆:《代问题》,载《卡尔·曼海姆精粹》,徐彬译,南京大学出版社2002年版,第71页。

的角度而言,如果不仅仅局限于青年一代,而是从代与代的关系角度来看,那么,“代际”问题真正成为世界性问题是在第二次世界大战以后,这时的社会正处于急剧变化的时期,代际冲突特别明显,以至于有人认为,“没有哪一个时代像今天这个时代这样使‘代’的问题显得如此突出。代际关系不但使几代人之间的矛盾这一问题本身成为社会的紧要问题,而且影响到社会生活的其他方面问题的解决。代际冲突渗透到社会生活的各个方面、各个层次,以至于我们可以说,几乎任何大的社会冲突都在一定程度上表现为代际冲突,或至少带有代际冲突的色彩。仅仅考察一下家庭关系近几年来的变化,就会十分清楚地看到代际冲突所具有的渗透力和冲击力。”①

在西方,正是在这个时期,社会的代际关系问题开始进入社会学家、文化人类学家、青年学家等社会科学家的研究视野。除了笔者上述所论的卡尔·曼海姆的《代问题》(1928 年)外,美国人类学家杰弗里·戈若较早研究了代际问题,他在《美国人:一项国民性研究》(1948 年)中提到,由于迁徙到新的环境,美国的父辈丧失了欧洲的父辈所具有的权威性,他们常遭到更能适应新生活的儿子的排斥。美国社会学家和政治学家查尔斯·赖克的《美国的返青》也是西方关于代际关系研究的颇具声望的论著。最具影响的代际关系研究著作当推玛格丽特·米德(Margaret Mead)的《文化与承诺——一项有关代沟问题的研究》(1970 年,后来在 1977 年进行了修订和扩充),她认为,作为代际关系之显要方面的“代

---

① 张永杰、程远忠:《第四代人》,东方出版社 1988 年版,第 5 页。最近,又有人提出了“第五代人”,即 1976—1985 年出生的一代人,他们基本上是与改革开放同生同长的一代。参见《中国青年研究》2002 年第 3 期。

沟”,是现代社会的必然伴生物。她从整个人类文化史的考察出发,提出纷呈于当今世界的代与代之间的矛盾和冲突(即“代沟”),既不能归咎于社会和政治方面的差异,更不能归咎于生物学方面的差异,而首先导源于文化传递的差异;提出了“后象征文化”、“互象征文化”和“前象征文化”的概念,充分肯定了年轻一代在新的文化和新的社会中发挥着重要的历史作用;指出现代社会已进入前象征文化阶段,战前一代人与战后一代人在观念上和行为上产生了巨大的鸿沟。60 年代以来,日本学界对代际关系问题的研究也取得了不少成果,较有影响的主要有 1967 年日本 YMCA 同盟出版部出版的早坂泰次郎的《世代论——歪められた人间の理解》等,并翻译了西方国家对代际关系研究的一些著作,如日本诚信书房 1948 年就出版了由铃木广翻译的卡尔·曼海姆的《代问题》(*Das Problem der Generaionen*)等。这些都是比较有影响的代际关系研究方面的译著,由此可以探知国外有关代及代际关系研究的某些信息和状况。

西方学界对代及代际关系的研究主要是在社会学领域。西方社会学对代及代际关系的研究主要与下述社会学理论和方法直接相关。(1)社会变迁理论。剧烈的社会变迁形成了不同的“精神时代”,生活在同一社会的不同年龄层的人们,因经历了不同时代而具有不同的精神和意识结构,而在同一年龄层内部则拥有某种精神的共通性和连带性,由此形成了特殊的群体。由于社会不断发生变动,处于同一社会中的人们会因为其年龄的不同而拥有不同的“精神时代”。(2)社会化理论。人的社会化与代际冲突之间的关系是显而易见的,由社会变迁、价值多元等导致的社会化方式和内容等等的变化,必然带来代际之间价值观、行为方式、生活式样等的变化和差异。人们普遍注意到,家庭演变、学校结构、教育制度、职业团体以及大众媒体的变化，给社会化特别是童年期、青春期的社会化所带来的影响，正是造成现代社会中代沟现象的主要因素。(3)对代际关系以及“世代—社会”关系的社会学研究。强调对代际关系的研究必须注重于研究年龄群体与社会结构的关系以及其他种种关系①，即分析青年—中年—老年之间的代际关系，他们之间的断绝、和谐和冲突，或者研究特定世代与社会的互动关系，如社会变动对特定世代的角色定位、社会定位、社会流动等的规定和影响，或者反过来，特定世代给社会带来的变化和影响，如此等等。(4)对作为特殊年龄群体的年轻人(“青少年”、“青年”)的社会学研究。讨论代际关系问题，必然总是与“青少年”、“青年”以及成年人对他们的评价密切联系在一起的，对某某代(如“迷惘的一代”、“60年代一代”、“新人类”等)的称谓总是指向年轻人的。②

上述理论和方法也开始运用于我国社会学对代际关系的研究之中。我国学者关于代际关系的研究是20世纪80年代以后的事情。这主要是因为我国社会一直比较传统而稳定，社会文化变迁较慢，代际冲突不甚明显。改革开放以来，随着社会转型和文化变迁，代际关系问题(主要表现为代沟的问题)在日常生活中日益明显，这一现象开始引起社会科学学者的关注。1988年，张永杰、程远忠出版了《第四代人》一书。他们根据玛格丽特·米德关于“重大事件产生一代人”的观点，以政治人格为主轴，将建国后中国社会人群划分为四代人：从革命时代走过来的第一代人；建国后17年成长起来的第二代人；“文革”时代的第三代人；60年代出生的

---

① S. N. Eisenstadt, *From Generation to Generation: Age Groups and Sosial Structure,* The Free Press of Glencoe Collier—Macmillam, 1956.

② 参见陈映芳：《在角色与非角色之间——中国的青年文化》，江苏人民出版社2002年版，第33—35页。

第四代人。① 这种划分自然还有可商榷的地方,但毕竟是我国学者对代际关系问题进行的较早的系统研究。此后,由于"代沟"现象在我国社会生活中日益普遍,其影响也已超出了家庭的范围,而向社会生活的各个方面渗透,我国学者从青年学、社会学、人口学、文化人类学、伦理学和价值观等不同的学科角度对此进行了一定的研究探索,发表了一些相关的理论和实证研究成果,上面提到的《社会变革与代际关系研究》以及笔者近几年从伦理学和价值观角度所做的专题学术研究,如《伦理的代际之维——代际伦理研究》和《分化与整合——转型期价值观代际变迁研究》,就是其中的代表性成果。②

综观迄今为止的研究状况,可以归纳为以下几点:

(1)代际关系问题,不论在国外还是在国内,都得到了一定程度的研究,也引起了有关学科的研究工作者越来越大的兴趣;我国还将有关代际关系的课题列为国家资助项目。但是,总的来说,对代际关系的研究还没有引起国内学界应有的关注和重视。这并不是因为当代社会的代际关系问题不突出,而是一方面可能与人们还未养成从未有过的代际思维习惯,因而导致对代际关系问题的漠视有关;另一方面则可能是由于代际关系因深深地嵌入社会"主导"关系(如政治、经济、文化关系和私人与公众的关系)之中而不为人们所看到有关。③ 由于这种状况,在理论上深入探讨代

① 对新中国成立后"代"的这种划分,有人提出了强烈的批评(参见邵道生:《中国社会的困惑》,社会科学文献出版社 1996 年版,387—399 页)。

② 参见廖小平:《伦理的代际之维——代际伦理研究》(人民出版社 2004 年版)、《分化与整合——转型期价值观代际变迁研究》(高等教育出版社 2007 年版)。

③ 代际关系首先作为一种由年龄层决定的关系,越是在传统的社会,越是被其他社会关系所掩盖;越是进入现代社会,因社会文化因素对它的影响,则越从其他社会关系中凸显出来。

际关系问题，自然就遇到了很大的障碍。

(2)从研究内容来看，我国对代际关系的研究主要集中在对“代沟”的研究上。对代沟的研究，我国学者主要关注七个方面的问题，即：代沟的概念界定；代沟划分的标准；代沟产生的原因；代沟的表现方式；代沟的特征；网络社会的代沟现象；家庭结构与代沟等①，并取得了一些可喜的理论和实证成果。毫无疑问，代沟肯定是代际关系研究的主要方面之一，然而，人们往往将代际关系与代沟等同起来，只要一提到代际关系就想当然地、“不假思索”地认定其就是代沟。而我们所要指出的是，“代际关系”不等于“代沟”，代际关系的外延比代沟大，代际关系除包含代沟（代的“断裂”）外，还表征着价值观的代际沟通、文化的代际传承、资源的代际分配等等。如果仅仅将代际关系局限于代沟，那么，不仅关于代际关系的理论难以发展和突破，而且在实践上必然会或积极地或消极地夸大代沟，从而可能导致实践上的危害。

(3)从研究方法来看，迄今为止国内对代际关系的研究，基本上只局限于对孤立的某一代的研究，不论是对所谓“第四代”的个案研究，还是更多的对“青少年一代”②的一般性研究，严格说来都只是对“代”的孤立研究，而不是对代与代之间的关系即“代际关系”的研究，亦即不是把“某一代”放在更广泛的社会代际关系中加以研究。这种不在代际关系视阈中分析某一社会、某一时期的

---

① 参见沈汝发：《我国“代际关系”研究述评》，载《当代青年研究》2002年第1期。

② 对“青少年一代”的特别关注和研究，尤其不能孤立地进行，而必须把它放在与“成年人”的关系中进行。因为不论是青少年的健康成长，还是“青少年问题”，都与“成人一代”或“成人社会”有着不可割断的联系，甚至在某种意义上后者起着更重要的作用，而成为矛盾的主要方面。这也正是我们强调要加强“代际关系”研究而不仅仅是对“某一代”研究的理由之一。

“某一代”的研究方法，实际上是根本无法准确地说明某一代的本质和特点的，如人们离开对“青少年一代与成年一代关系”的分析，就无法准确地分析“青少年一代”。当然，对“代际关系”的研究是以对“代”的研究为前提和基础的。但对代的孤立研究，既难以揭示代际关系的本质及其变化规律，也难以为代际关系的研究提供一个不是局限于某一代，而是带有代际关系普遍性的理论框架。

（4）从研究视角来看，国内学者对代际关系的研究主要是从社会学、青年学、人口学和文化人类学的角度进行的。代际关系问题是一个社会学现象，也是青年学学者所关注的，同时它还是一个基于人口学的事实，因此，为了将代际关系问题放在整个社会背景中加以分析，对代际关系的多学科、多视角的研究就是非常必要的。

3. 代际关系的两个维度

关于代际关系的维度，可以从个体和类两个方面来看，即代际关系具有个体之维和类之维。代际关系的这两个维度亦可称为个体之代和类之代，也可称为狭义的代际关系和广义的代际关系。

首先来看看代际关系的个体维度。代际关系的个体维度，主要是就家庭领域而言的，这也是人们一提到代际关系就自然地想到家庭代际关系的原因。但家庭领域中代际关系的个体之维又表现为两种形式，即个体之亲代和子代的关系维度，以及表现在个体生命周期中的代际维度。

个体之亲代与子代之间的关系，是指世代之间，特别是亲代和子代之间，乃至老一代与其后之各代之间的关系。家庭领域中代际关系的个体之维主要包括赡养与抚养、慈与孝、尊与爱等内容。在中国传统社会，代主要指家庭关系中的辈分关系，当然，辈分不仅关系到生物学意义上的代际序列，而且更与相应的社会文化联结在一起，在家庭制度中具有地位、角色和权威、权力的意义。家庭领域中的代际关系可以通过血缘纽带永恒地延续下去，从而超出在场各代而向尚未出场的后代延伸。在这里，代际关系的个体之维度具有无限性。

所谓个体生命周期中的代际维度，是指个体生命周期中的各个人生阶段。由于个体之代是一个以生物学和生理学为基础的概念，其所指的对象是处于同一年龄层的有限的生命个体。因此，个体之代的生存时空就是从出生到死亡的生命过程和生命空间，婴幼儿、儿童、少年、青年、中年和老年是其生命过程的主要阶段。作为具体的个体，在经历了生命过程的各个阶段之后，就走向消亡，其生命也就结束。这种生存的暂时性是一种无可避免的、宿命式的结局。可见，个体之代随着处于同一年龄层的个体的消亡而退场。这就是个体之代的有限性。

代际关系的个体维度，不论是表现为亲代与子代之间的关系，还是表现为个体生命周期中的各个阶段，都具有清晰性或明晰性的特点。在家庭内，代际关系是十分清晰的。不论代与代之间年龄差距有多大，上一代与下一代、父母与子女、祖辈与孙辈等的界限是非常明晰的，不会产生任何歧义。不仅在日常用语中，一提到“代”，人们首先想到的就是家庭关系中以“父子关系”为主体的代际关系，而且在有关的理论研究中，也认为代际关系就是指家庭代际关系，如“代际关系是一种纵向的家庭关系。它建立在血缘基础上、由共同生活的几代人构成的重要的家庭关系。即由夫妻关系派生出来的基本的亲子关系（即父母与子女的关系），以及与夫妻关系、亲子关系密切相关的婆媳关系，或隔代的血缘关系——祖孙关系。代际关系又是家庭内成员的人际关系，由家庭成员之间的频繁互动构成的。"①这段话如果放在社会的大背景中来看，其对"代际关系"的界定是过窄的，即忽视了社会代际关系，但它对家庭代际关系的描述是比较准确的。家庭中的代际关系之所以如此明晰，主要是因为这种关系具有生物性的特点。虽然家庭中的代际关系与社会领域的代际关系一样具有鲜明的社会文化内涵，但家庭中的代际关系所具有的生物性特点与社会领域代际关系的自然属性是有所区别的：社会领域中代的自然属性主要是指它的年龄特征或年龄层，而家庭内代的生物性特点不仅是指它的年龄特征，而且更重要的是指个体生命的繁衍性。正是在这里，我们可以看到家庭代际关系的明晰性。② 至于个体生命周期的各个阶段的明晰性，就更不用说了。

其次，代际关系的类维度，就是指超越家庭领域代际关系的范围，而构成的一种国家、民族乃至人类范围内的代际关系维度。随着工业社会对年轻劳动力的需求和为之服务的现代教育制度的确立，代逐渐从标示家庭内代际交替的同辈人发展为社会领域中的同年龄群体，进而再发展到专指出生于同一时期、具有共同的历史文化体验、显示类似的精神结构和行为式样的同时代人。笔者曾系统地研究过代际伦理问题，认为代际伦理有社会代际伦理和家庭代际伦理这两个基本维度。③ 后来有学者发表文章呼应笔者的观点，指出"如果我们进一步将目光从家庭的亲缘关系转向社会，并由社会转向整个民族、国家，再从国家转向全人类，我们所说的

① 潘文岚：《家庭代际伦理的现实问题》，《社会》1999 年第 1 期。

② 笔者还曾讨论过家庭代际关系的血缘性和天然性的特点。参见廖小平：《伦理的代际之维——代际伦理研究》，人民出版社 2004 年版，第 139—141 页。

③ 参见廖小平：《伦理的代际之维——代际伦理研究》，人民出版社 2004 年版。

代际伦理就会有更为广泛、更为丰富的含义”。因此,“代际伦理可以从两个维度去理解:一是在家庭关系的范围内把代际伦理理解为几代家庭成员之间的伦理关系,这种关系本质上是一种双向的互动的关系,它体现了对家庭成员的双向的道德要求,比如‘父慈子孝’就属于这样的要求;二是超出家庭关系,从国家、民族乃至人类的高度去看待当前活着的人与过世的人和未来的人的伦理关系”①。代际伦理是以代际关系为基础且最鲜明地体现着代际关系的,因此这里所说的代际伦理的两个维度,就自然适用于一般而言的代际关系的两个维度。不过,笔者并不同意代际关系的类维度只是“当前活着的人与过世的人和未来的人的关系”,实际上,除了这种关系外,代际关系的类维度还包括当前活着的人之间的代际关系。关于这一点,笔者在有关著述中已做过较深入的分析。②

相对于个体之代的有限性而言,类之代则具有无限性。假如说个体之代必然随着生命周期的结束而结束的话,那么个体之代的文化信息和文化规定却并未就此终结,而是转化为人类的共同财富,成为了类的一部分。类之代是一个以人类整体和文化来划分和标示,即以文化为内核、以人类整体为载体的代的概念,它不因个体和个体之代的消亡而消亡,而是借助历史和文化获得了超越个体的条件,并随着人类整体和文化的延续而绵延。类之代与人类整体和文化相互承载、同步传承、互为表里。因此,只要人类整体和文化仍在延续,类之代就不会消亡,并与人类整体和文化共

---

① 汪家堂:《代际伦理的两个维度》,《复旦学报》2006 年第 3 期。

② 参见廖小平:《伦理的代际之维——代际伦理研究》,人民出版社 2004 年版。

同发展。从这个意义而言,类之代就具有无限性。

4. 未成年人道德建设语境中的代际关系

上面之所以要花如此多的篇幅讨论代和代际关系的有关问题,其目的是为了通过对代和代际关系等概念的辨析,为阐明代际关系视野中的未成年人道德建设提供概念基础,作必要的铺垫。正如笔者在本章第一节已经指出的那样,从代际关系视野来分析未成年人道德建设,既是一个长期被忽视的问题,也是一个全新的观察和研究视角。

正如已经看到的那样,对代及代际关系做如此辩证的剖析,还是为了提示代及代际关系本身是一个非常复杂的问题。例如,代既具有自然属性,又具有社会文化属性;代际关系既有个体的维度,也有类的维度;等等。面对如此复杂的代和代际关系问题,究竟在何种意义上,侧重于哪个方面,来讨论"代际关系视野中的未成年人道德建设"?虽然已如上述,代是自然属性与社会文化属性的统一体,但在本书中,笔者将重点从代的社会文化属性的层面来阐述代际关系视野中的未成年人道德建设问题,因为道德及道德建设主要是一个社会文化问题,属于文化建设的范畴;同时,未成年人道德建设既是家庭的责任,也是全社会的、民族的、国家的乃至全人类的责任。因此,本书在讨论未成年人道德建设时,必将既从代际关系的个体维度,也从代际关系的类维度来进行。

在这里,笔者还必须对以下问题做一说明:对代际关系的研究,还要区分两种研究视角或研究方法,这两种研究视角或研究方法,美国社会学家戴维·L.德克尔(David. L. Deker)称为"横剖研究"和"纵贯研究"。从代际的视角看,不同代的人都存在着两种生存时空和存在方式。一是共存于同一时空中的成年人(包括成年人的各人生阶段)和未成年人,他们一方面由于在同一时空中生存，面对着相同的社会文化环境，另一方面又由于曾经生存于不同的时空之中，所经历的社会文化环境不同，因此，他们在需要、价值取向、伦理道德观念、生活方式、思维模式等各个方面，既有相同的地方，因而能够共处于同一时空之中；也有不同的地方，于是潜存着代际差异的可能。二是任何一代人在正常的情况下都要经历由未成年到成年，由童年、到青年、到中年、再到老年的代际发展过程，他们都要在与其年龄阶段相应的时空中生存，因此，他们在不同的生存时空中，在其童年、青年、中年和老年等不同人生阶段，其需要、价值取向、伦理道德观念、生活方式、思维模式等或多或少地会发生相应的变化，因而，"童年之我"将不同于"青年之我"，"童年之我"和"青年之我"将不同于"中年之我"，"童年之我"、"青年之我"和"中年之我"也将不同于"老年之我"。德克尔在分别对不同年龄阶段的人和人在不同年龄阶段对宗教意义的理解进行比较研究时，就是以代的上述两种生存时空作为依据和方法的。他认为，对代际关系的研究可以有两种视角和方法，即对生存于同一时空中的各代的比较研究是"横剖研究"，而对先后经历不同生存时空的同一个人的童年、青年、中年和老年的对照研究，是"纵贯研究"。[①] 在本书的研究视阈里，未成年人道德建设视阈中的代际关系，是指生存于同一时空中的代际关系，即作为"横剖研究"对象的未成年人与成年人的关系，而非指作为"纵贯研究"对象的经历不同生存时空的各个人生阶段之间的关系。

接下来的一个问题是：如何界定"成年人"和"未成年人"？

---

① 参见[美]戴维·L. 德克尔：《老年社会学——老年发展进程概论》，沈健译，天津人民出版社1986年版，第14—19页。德克尔还提出了一种对代的"同期群研究"方法，它是"横剖研究"与"纵贯研究"相结合的方法。

（三）成年人与未成年人

1. 对成年人与未成年人年龄区隔的复杂性

应该说，在中国，关于“未成年人”的概念既是非常晚近又是使用频率很高的概念。关于如何界定“成年人”和“未成年人”，确实是一个令人大伤脑筋的事情。可以毫不夸张地说，在人们大谈特谈未成年人道德建设的时候，以及在谈论“成年人”与“未成年人”及其关系的时候，谁也没有试图对成年人与未成年人作某种界定。这也许意味着人们是把“成年人”与“未成年人”当作不言自明的概念来使用，或者是想当然地以为可以在任何情况下用自然年龄来区分成年人和未成年人。① 但是，这样做是会陷入某些理论困境的。比如说，仅仅从自然年龄意义上对成年人与未成年人加以区分具有充足的合理性吗？从什么意义上或从哪些学科领域，只能从自然年龄意义上界定成年人和未成年人？又从什么意义上，或从哪些学科领域，不能也不可能仅仅从自然年龄意义上，而应既考虑自然年龄又考虑其他相关因素如社会文化因素，来界定成年人和未成年人？需要进一步追问的是：为什么会出现这种情况？一种合理的回答就是，在成年人和未成年人的界定问题上，有一个“自然年龄”与“社会年龄”的区分。自然年龄是生物学和生理学意义上的年龄，这是很好理解的。而社会年龄则是社会文化意义上的年龄，它给人们界定成年人与未成年人带来了很大的困难，正如德克尔所说的：“不管我们是哪一代人，不论我们处于

---

① 一般而言，在不同的语境中，根据不同的研究对象，可以把年龄区分为生理年龄、心理年龄和社会年龄。笔者在这里使用自然年龄的概念，主要是指生理年龄；由于心理年龄更多地受各种社会文化因素的影响，因此在涉及心理年龄时，笔者把心理年龄作为社会年龄的范畴。

成熟的哪个阶段,赋予我们年龄意义的时间有种种的社会定义。在有的社会中,50 岁的人就被认为老了,而在其他社会中,人到了 70 岁还不算老。相反,15 岁的人被看作儿童还是成年人,则取决于社会年龄的定义。”①

此外,在迄今为止的所有文献中,虽然对“成年人”基本不存在相互替代的概念,但对“未成年人”则存在着可以大量相互替代的概念,比如说,“儿童”、“童年”、“少年”、“青少年”、“年轻人”等等诸如此类的概念,它们与“未成年人”到底是什么关系?是否可以相互替代?可以肯定地说,这些概念与“未成年人”既不是同一个概念,不能相互替代;也不是完全没有关系,在著述者那里常常被通用,因而又是可以相互替代的。

那么,成年人与未成年人究竟只能从哪个意义上才能以自然年龄来加以区分和界定呢?虽然在不同的社会和文化背景下,不同的国家或其他相关组织,会以不同的某一自然年龄作为成年人与未成年人的分界限。但是,不论以哪一自然年龄作为这一分界限,只有在法律的意义上和法学领域,才能以严格和绝对的自然年龄来区分和界定成年人和未成年人的概念,而在任何其他意义上和其他任何学科领域,则难以用自然年龄来区分成年人和未成年人,在这里,自然年龄仅仅具有模糊和相对的意义。

下面笔者将对在法律意义上通过自然年龄区分成年人与未成年人,与在社会学意义上通过社会年龄区分成年人与未成年人之间的区别,做一简单但很必要的考察。

首先,在法律的范围之内,必须以自然年龄来界定和区分成年

① [美]戴维·L. 德克尔:《老年社会学——老年发展进程概论》,沈健译,天津人民出版社 1986 年版,第 12 页。

人和未成年人，以明确承担相关法律责任的不可随意解释和变更的年龄界限。首先必须承认，在不同的国家、不同的历史时期、不同的文化背景下，即使从法律上规定成年人与未成年人的年龄界限，也是各不相同的。例如："19 世纪以前，人们凭直觉认为'成年'与'未成年'的分界是生理上的青春期，认为进入青春期即为成年，就应该对自己的行为负全部的责任。……伴随心理学的产生和发展，发现心理的成熟才是成年的标志，而从青春期到心理趋于成熟大约有 3—6 年时间，这段时间正是人的辨认和控制能力逐渐增强的时期。因此，刑事责任能力不仅要同青春期相联系，还要与心理趋于成熟这一具有明显社会性的特点联系起来，作为'完全'刑事责任能力时期。"①目前，"国外对刑事责任年龄的具体应用有三种情况：一是不规定具体刑事责任年龄，如比利时、荷兰、西班牙等国；二是少数阿拉伯国家依照《古兰经》，根据行为人具体的生理和心理情况加以确定；三是大部分国家在法律中确立了刑事责任年龄，但所确定的年龄却千差万别"②。国际法中的《儿童权利公约》也确定 18 岁以下为儿童。在我国，法律规定以 18 周岁作为成年人与未成年人的分界限。③ 虽然即使在法律意义上对成年人与未成年人的年龄界定也存在如此之大的差异，但

---

① 王雪梅：《儿童权利论——一个初步的比较研究》，社会科学文献出版社 2005 年版，第 262 页。

② 参见张晓秦、赵国玲主编：《当代中国的犯罪与治理》，北京大学出版社 2001 年版，第 389 页。

③ 我国 2007 年 6 月 1 日起施行的《中华人民共和国未成年人保护法》总则第二条规定："本法所称未成年人是指未满 18 周岁的公民。"2004 年 2 月 26 日颁布的《中共中央国务院关于进一步加强和改进未成年人思想道德建设的若干意见》也以 18 岁作为成年人与未成年人的年龄界限，其表述是："目前，我国 18 岁以下的未成年人约有 3.67 亿。"

“从国际和各国的规定看,通常将 18 岁以下者视为儿童或未成年人”①。在这里,笔者以 18 周岁作为讨论问题的年龄界限,这就意味着法律规定的意义在于:(1)年满 18 周岁已经是成年人,18 周岁以下即为未成年人;(2)成年人已经具有了完全的刑事和民事行为能力,因此就必须承担起完全的刑事和民事法律责任;(3)不论个体之间具有何种知性和德性等方面的差异,只要已经年满 18 周岁,亦即只要在法律意义上已经成年,那么,在承担完全刑事和民事责任上,任何人都不能例外,亦即不能区别对待,这就是最基本的法律正义。(4)未成年人正因为未满 18 周岁,亦即尚未成年,因此可以不承担法律责任或相应地减免法律责任。总之,只要法律一旦确定了一个自然年龄界限,成年人与未成年人的年龄分界就具有了法律效力,对这一年龄界限,任何人和任何组织都不能随意解释,更不能提出任何异议。

其次,在社会学的意义上,成年人与未成年人只能以社会年龄来加以界定,而这样一来,要去确定一个具有特定效力的成年人与未成年人的年龄界限,就既是不可能的,也是不必要的。如果说法律意义上的成年人与未成年人的年龄界限,尽管在不同的国家、不同的文化背景下难以取得一致,但在同一个国家,毕竟还是有一个具有法律效力的年龄界限的话,那么,社会学意义上成年人与未成年人的年龄界限,即使在同一个国家和同样的社会文化背景下,也是五花八门的,更不用说在不同的国家、不同的社会组织以及不同的社会文化背景下的情形了。这是因为,在社会学的意义上,成年人与未成年人是由社会年龄来界定的,在这里,成年人与未成年人

---

① 王雪梅:《儿童权利论——一个初步的比较研究》,社会科学文献出版社 2005 年版,第 7 页。

是一个社会文化概念，它们是由社会文化来建构的。也正因为这样，社会学意义上的成年人与未成年人的界定，不仅出现了极大的差别，而且对这种差别存在着多种合理的解释。不仅如此，在对未成年人的称谓上，也呈现出诸如“儿童”、“童年”、“少年”、“青少年”、“年轻人”之类的称谓。在此，笔者分两个方面来讨论这个问题：一是社会学意义上与未成年人相关的年龄界定存在巨大差异；二是如此之大的差异完全是必然的，因而也是合理的。

第一，社会学意义上与未成年人相关的年龄界定存在着巨大的差异。在与未成年人相关的概念中，“儿童”、“童年”、“少年”等在年龄上属于未成年人的范围，虽然在具体的年龄界定上也是莫衷一是，但毕竟不会有太多的异议。但是，与其相关的“青少年”、“青年”、“年轻人”，是否属于未成年人的范围，就非常复杂了。例如，关于“青年”的年龄界定就是如此。即使是正式的国际和国内有关组织对青年的年龄界定也很不统一，甚至相去甚远。1982 年联合国教科文组织对青年年龄的界定是 14—34 岁；1985 年联合国国际青年年的界定是 15—24 岁；1992 年世界卫生组织的界定是 14—44 岁；1998 年联合国人口基金的界定是 14—24 岁。在国内，国家统计局的界定是 15—34 岁（人口普查）；共青团的界定是 14—28 岁（《团章》）；①青联的界定是 18—40 岁（《青联章程》）；港、澳、台的界定是

① 在中国，《未成年人保护法》和《中共中央国务院关于进一步加强和改进未成年人思想道德建设的若干意见》都规定，18 岁以下者为未成年人，而《团章》规定 14 岁即为青年。可见，即使在中国，对“未成年人”与“青年”的年龄界定也是交叉的。还有学者认为：“已满 18 周岁未满 25 周岁的人属青年范畴。虽然已成年，但他们是成年人中的特殊部分，刚从少年阶段踏入成人行列，从学校、家庭进入社会，其责任心、独立性、价值观以及自我判断能力等虽然有明显增强，但同 25 岁以上的成年人相比，还很不稳定。”（朱力等：《社会问题概论》，社会科学文献出版社 2002 年版，第 256 页。）

10—24 岁(香港青年事务委员会、澳门人口暨普查司、台湾青年辅导委员会)。除此之外,出现在一些学术研究文献中的界定,特别是出现在各种各样与“青年”相关的“杰出青年”、“青年企业家(青年科学家、青年作家……)”的评选中所适用的年龄,就更加莫衷一是了。譬如,在国内,有人做过统计,“对青年年龄的这些不同界定,表现在下限年龄的差异有 3 个:13、14 和 15。表现在上限年龄的差异多达 10 个:24、25、28、29、30、39、40、44、45 和 49。面对如此多样的年龄界定,难怪人们对谁是青年常常产生不解与困惑。”①关于“年轻人”这一更为含混的概念是否属于未成年人的范围,就更是难以确定了。英国学者伊冯·朱克斯(Yvonne Jewkes)就指出:“在 20 世纪 50 年代,年轻人开始被视为一个不同于其他年龄段的特殊的社会群体类型,‘十几岁的年轻人’(teenager)这个词开始使用。”②他认为,年轻人(youth)“这是介于儿童期和成人期之间的一种不甚精确的一个时期”③。他从成年人与年轻人的关系角度甚至认为,“‘年轻人’作为一个概念富有弹性的原因之一是成人社会在对年轻人的性质的认定上存在着互相冲突、互相抵触的观点。”④通过上述考察,可以大致得出如下结论:如果以 18 周岁作为未成年人的年龄界限,那么,“儿童”、“童年”、“少年”显然应属未成年人的范围;而“青少年”、“青年”、“年轻人”则纵贯于未成年人的年龄之上下,至于上下多少,则是仁智各见了,从这里也

---

① 黄志坚:《谁是青年?——关于青年年龄界定的研究报告》,《中国青年研究》2003 年第 11 期。

② [英]伊冯·朱克斯:《传媒与犯罪》,赵星译,北京大学出版社 2006 年版,第 89 页。

③ [英]伊冯·朱克斯:《传媒与犯罪》,赵星译,北京大学出版社 2006 年版,第 274 页。

④ [英]伊冯·朱克斯:《传媒与犯罪》,赵星译,北京大学出版社 2006 年版,第 125 页。

可以清楚地看到大量相关文献之所以将“未成年人”与“青少年”、“青年”、“年轻人”等概念常常不加区分地使用的必然性了。

第二,社会学意义上成年人与未成年人年龄界定的巨大差异是必然的和合理的。法律意义上成年人与未成年人的年龄界限如果是模糊的、无法确定的,那么这毫无疑问就意味着是不合理的,甚至是不可容忍的。相反,社会学意义上成年人与未成年人的年龄界限出现如此之大的差异,则既是完全必然的,也是完全合理的。这主要是因为:(1)在社会学的视阈中,未成年人的界定是由社会年龄而非自然年龄来决定的,而社会年龄往往受制于各种社会文化因素。就青年的年龄界定而言,那种认为青年是儿童向成年人过渡的清晰阶段的看法,已经过时了,因为过去将上学与就业作为划分青年与成年的界限已经越来越模糊了:既上学又工作的青年究竟是青年还是成年？因此,“人们怎样成年？这个过程已经愈来愈复杂,相关研究就此给我们提供的图画显示一种不同的观念:与其把‘年’界定为一个愈来愈长的阶段,不如说年轻人正在进入而且形成一种‘新的成年身份’,它的开始较从前为早,青年和成年在过去是分开的,如今却部分重叠。……儿童时代和成年时代的界限已经模糊不清,进入成年人地位的传统标志的意义已经同样也发生变化。人们从少年儿童时期起便已开始获得成年人身份的种种标志——有的比过去为早,有的反而比过去为迟。这样的一些模式当然不同于上一代成年人的经历,而教育政策和研究设置却仍旧舍不得离开工业化时期那种过时的模型。”①因

---

① ［澳大利亚］约翰娜·温、彼得·德怀尔:《青年与教育:过渡的新模式》,载中国社会科学院、联合国教科文组织:《国际社会科学杂志》(中文版)2001年第8卷第2期“过渡中的青年”专号。

此,“再不能从正规教育和年龄范围的角度来定义‘青年’了”,因为青年已经是一个社会定义的概念:“在工业化的国家里,30 岁或 30 多岁都归入青年。但在不发达的国家,25 岁以下才算青年——至于‘下’多少,那要看他属于哪个社会部门,看他的家庭受什么样的教育,看他是否参加了工作。”①正因为青年要由社会年龄来界定,所以,“‘青年’与否不是看实际的生理发育状态,而是看某些文化因素。而文化因素则是一个社会一个样,一个时代一个样。每个社会、每个时代都横加一种秩序和意义。这种秩序和意义看来是短命甚至混乱的。单凭人口统计或法律定义根本说不清这‘生命的一段’……”②。从上述大段引述中可以看出,不论在哪个国家,在什么样的社会文化背景下,青年的年龄边界已经越来越模糊,而与青年密切相关的一系列概念如未成年人、儿童、青少年等等也就必然随社会文化的不同规定而在社会年龄的界定上出现巨大差异。(2)社会和成年人对未成年人的看法和态度也决定着未成年人年龄界限的模糊性和不确定性。笔者认为,至少在中国,像未成年人这样的概念,其含义经历了一个从赞颂和呼唤到被“问题化”的过程。实际上,在全球范围内也是如此。儿童本来被成人看作是天真无邪的,但随着未成年人犯罪的日益严重和对社会规范的挑战,成人对儿童的看法发生了重大的转变。这些看法必然致使对究竟多大算作未成年人发生困难。例如,“自从 20 世

---

① [巴拉圭]卡米洛·苏亚雷斯:《青年、过渡以及确定性的消逝》,载中国社会科学院、联合国教科文组织:《国际社会科学杂志》(中文版)2001 年第 8 卷第 2 期“过渡中的青年”专号。

② Levi, Giovanni and Schmitt, Jean Claude, 1995: *Quoted in Sergio Alejandro Balardini' s speech given at the First Seminar of Local Policies for Youth in Mercociudades:* July 1999, Rosario, Argentina.

纪50、60年代的十几岁年轻人造反以来，青年人可能被冠以公众妖魔的标准年龄已经下降，在20世纪90年代早期，已经经常有对包括夜盗和强奸的由未满10周岁的青少年犯下的非常严重罪行的报道。这个趋势强化了科亨（Cohen）所主张的、对年轻人常会模棱两可的态度。实际上，这种不明确已经到了这种程度，即未成年的'年轻人'和'青少年'精确的年龄界限现在已经如此模糊，'似乎没有人能够确切知道何时已度过未成年时代、成年人时期已经来临（Muncie）'。这个问题被下列事实进一步复杂化：关于青少年开始时期的认识和在什么年龄的儿童能够理解对错之间的差别变得不固定，而且极易受到随着时间而来的争执和变化的影响。"①(3)正因为这样，社会学视阈中成年人与未成年人的年龄界限存在巨大的差异，就完全是必然的和合理的。虽然1989年联合国《儿童权利公约》确认"儿童系指18岁以下的任何人"，但"对于儿童、未成年人、少年和青少年的称谓的使用及年龄界限的划分，国际和各国均未做统一明确的界定。例如，英国刑法将14—18岁间应负刑事责任者称为未成年人。德国少年法院法将14—18岁者称为少年，将18—21岁者称为未成年青年。"②我国《未成年人保护法》和《中共中央国务院关于进一步加强和改进未成年人思想道德建设的若干意见》都把18岁作为未成年人的年龄界限。针对不同文明间的差异，联合国在讨论儿童年龄界限时允许各国自行制定标准以体现和尊重各文明间的差异，就是未成年人年龄界必然和合理地存在巨大差异的明显例证。

---

① ［英］伊冯·朱克斯：《传媒与犯罪》，赵星译，北京大学出版社2006年版，第107页。

② 王雪梅：《儿童权利论——一个初步的比较研究》，社会科学文献出版社2005年版，第6页。

2. 未成年人道德建设视阈中的未成年人界定

以大量篇幅讨论未成年人的年龄界定、展示未成年人与成年人年龄界限的复杂性，以及未成年人及其与相关概念如“儿童”、“童年”、“少年”、“青少年”、“青年”、“年轻人”等一系列概念或同一、或交叉、或互换的关系，并不是无谓的和多余的，其目的仍是为了说明，本书将在何种意义上指称未成年人道德建设中的“未成年人”。

第一，正如本章上两节所述，本书是从社会转型期代际关系的视野来讨论未成年人道德建设的。在笔者看来，社会转型必然导致社会代际关系的重大变化，而急剧变化的代际关系又是多维的、复杂的。在多维和复杂的代际关系中，笔者撇开代际关系的各种纵横交错的复杂性（如青年或青少年、中年、老年所构成的代际关系；作为个体生命周期的代际关系等），只是从成年人与未成年人所构成的这一较单纯、相对简单的代际关系着手，来讨论成年人与未成年人这一代际关系中的未成年人道德建设问题。也就是说，本书所指的未成年人仅仅是相对于成年人而言的。

第二，即使在由成年人与未成年人所构成的这一特定代际关系中，从何种意义上去界定未成年人以及成年人与未成年人的关系，仍然是一个十分复杂的问题。界定未成年人、确定成年人与未成年人的关系，首先遇到的问题当然就是年龄界限的问题，即多大年龄是未成年人，以及什么年龄是区分成年人与未成年人的年龄界限？正如上文已述，这是一个十分艰难的工作。如果说对未成年人年龄的法律界定必须是严格的、法律意义上的成年人与未成年人的年龄界限必须是清晰的，那么，社会学意义上的未成年人的年龄界定以及成年人与未成年人的年龄界限，则是由不同社会文化背景下的各种社会文化因素来决定的，因而呈现出难以统一的和模糊的状况。这完全是合理的。在这种情况下,本书所指的未成年人,并不寻求某种固定和精确的年龄界限去加以界定。因为,成年人与未成年人的区分并不完全是由自然年龄决定的,在更大程度上是由社会文化年龄决定的。

第三,在伦理道德的意义上,更是无法确定成年人与未成年人的年龄界限。对未成年人的界定以及成年人与未成年人的区分,只能是“抽象主义”的。因为,某些处于未成年人年龄阶段的人完全可以拥有成年人的道德价值观,同样,某些处于成年人年龄阶段的人也完全可以具有未成年人的道德价值观,在道德价值观上存在着十分明显的“跨代”和“模糊代”的现象。正因为这样,未成年人道德建设视阈中的未成年人,就既要有一个大致的年龄界限,否则讨论所谓未成年人的道德建设就会失去最起码的确定性而变得无意义;又不能以某种年龄界限去机械地框定未成年人的年龄范围,否则未成年人的道德建设就无法理解和解释。总之,本书所指的未成年人并不是以 18 岁或任何某一年龄为绝对界限的,而仅仅从相对的意义上来使用成年人与未成年人的概念。即是说,未成年人的“意义主要是通过它与另一个变化的词汇——‘成年’——之间的比较而被定义的”①。

第四,至于与未成年人相关的一系列概念,如“儿童”、“童年”、“少年”、“青少年”、“青年”、“年轻人”等,它们不论是同一的关系,还是交叉或可以互换的关系,当本书出现这些概念时,其约定具有同样的意义,即约定都是在“未成年人”的意义上来使用的。此外,由于相关文献常常存在将未成年人与这些概念不加区

① [英]大卫·帕金翰:《童年之死——在电子媒体时代成长的儿童》,张建中译,华夏出版社 2005 年版,第 6 页。

分的情况（这是具有合理性的），因此，本书在引述这些相关文献时就必然更加不可避免地将这些概念在“未成年人”的意义上加以引用和运用。这既是不得已的，也是可以理解的。

（四）未成年人道德建设

1.“未成年人道德建设”的学理含义

进入21世纪以来，特别是《中共中央国务院关于进一步加强和改进未成年人道德建设的若干意见》颁布以来，“未成年人道德建设”已经成为一个关键词，令全社会高度关注。但是，未成年人道德建设这一关键词究竟何所指，其具体含义究竟是什么，却并未得到学理上的厘定。

在这里，至少有三个问题需要厘定清楚：第一，为什么要提出未成年人道德建设的问题？第二，未成年人道德建设“建什么”？第三，未成年人道德建设“如何建”？在这里，笔者先只讨论前两个问题，关于第三个问题，将在本章的最后一节“研究路径”中讨论。

首先，为什么现在要提出未成年人道德建设问题？或者说，在社会转型时期未成年人道德建设问题为什么如此突出？这首先是因为，现代社会的急剧变迁，全球化时代的到来，市场经济的强大力量，使现代社会的代际关系发生了深刻的变化，代际关系问题已然凸显，进而未成年人的问题，包括未成年人的道德问题，已经开始从成年人社会中独立或剥离出来，从而有其独特的问题域。这种情况在封闭的和传统的社会中是不可能出现的。在封闭的和传统的社会中，成年人与未成年人除了存在自然年龄上的区隔之外，几乎不存在文化和观念上的差异，成年人与未成年人几乎不存在多元的道德价值观。从这里也可以清楚地看到，成年人与未成年人的代际关系及其变化，是由社会结构的状况所深刻制约着的。社会转型时期使传统社会的道德价值观与现代社会的道德价值观、中国的道德价值观与异域的道德价值观，必然发生碰撞和冲突，社会的道德价值观必然发生前所未有的大裂变，因此，不仅全体公民面临着新的道德问题，需要加强公民道德建设，而且由于代际关系的变化，成年人的道德价值观与未成年人的道德价值观发生了代际分化，由此可能导致社会道德价值观在成年人与未成年人之间的代际断裂，因此未成年人的道德问题更是空前突出，且具有未成年人的全新特点，这种状况决定了同样需要大力加强未成年人的道德建设。

其次，既然未成年人的道德问题已经如此突出，未成年人的道德需要建设，那么，自然就应进一步提出未成年人道德建设"建什么"的问题。关于道德建设，人们谈论得很多，而且谁都可以发表自己的意见，但是并不是谁都深究过道德建设究竟"建什么"的问题。人们要么对此不甚了了，要么想当然地以为道德建设不过就是使公民遵守和履行社会道德规范而已。笔者以为，这毫无疑问属于道德建设的内容，但仅仅是其一部分而已。针对关于道德建设的这种狭义的理解，笔者曾经提出，公民道德建设应该包括公民道德本身的建设和公民道德建设社会环境的治理两个方面。就公民道德本身的建设而言，又包括六个相互联结和递进的层面和环节，即道德理论的构建、道德原则的制定、道德规范的落实、道德观念的更新、道德教育的创新和道德实践的创造。① 在当今中国，从上述道德理论一直到道德实践的各个层面和各个环节都是道德建

① 参见廖小平:《公民道德建设的双重路径》,《现代大学教育》2002 年第 3 期。

设的重要任务。明确了这一点,我国公民道德建设就有了明确的目标和具体的奋斗任务。然而仅仅做到这些仍然是不够的,并未触及到道德建设的实质。那么道德建设究竟“建什么”的问题,应该从“道德价值观”这一根本问题着手。也就是说,道德建设,包括未成年人道德建设,其实质性的内涵应该是道德价值观的建设,即树立什么样的道德价值观是道德建设包括未成年人道德建设的根本任务、实质内容和主要目标。正因如此,“道德价值观”将成为本书的核心概念之一。

2.“未成年人道德建设”与“未成年人道德教育”

我们可以发现,“未成年人道德建设”与“未成年人道德教育”这两个概念在大量的文献中是通用的,不加区分的。对此,笔者认为,这是可以理解的,因为这两个概念本来是既相区别又相联系的。

首先,未成年人道德建设与未成年人道德教育的区别主要表现在两者的外延上,即未成年人道德建设在外延上大于未成年人道德教育,前者包含后者,而后者是前者的核心内容和关键部分,因为抽去未成年人道德教育,未成年人道德建设就将徒具形式而无内容,必将无法进行。

其次,未成年人道德建设与未成年人道德教育的联系主要体现在两者的内涵上,即两者都是以未成年人的道德价值观为对象、以未成年人应该树立什么样的道德价值观为目标的。道德价值观是联结两者并使两者通常被通用的最终原因。聚焦于道德价值观,是未成年人道德建设与未成年人道德教育的共同点。

可见,一方面,不能抹杀未成年人道德建设与未成年人道德教育这两个概念之间的区别;另一方面,也不能割裂两者之间的内在联系。正是这种内在联系,决定了两个概念不论在外延上还是在内涵上，是可以作为同一个概念使用的，这也是大量相关文献中常常将两者通用的原因。本书在使用这两个概念时，也约定将在同一个意义上使用。

三、研究路径

未成年人道德建设的研究路径，就是以什么方式研究未成年人道德建设、通过什么途径实现未成年人道德建设的目标的问题，这实际上也是一个未成年人道德建设“如何建”的问题。

（一）对迄今未成年人道德建设研究路径的评论

综观未成年人道德建设研究的有关文献，可以发现，迄今为止人们对未成年人道德建设的研究，基本上不外乎以下两种研究路径：一是通过揭示社会政治、经济、文化等各种客观环境因素对未成年人的影响，来研究未成年人道德建设问题；二是把未成年人作为一种孤立的研究对象，就未成年人研究未成年人。这两种研究路径各有一定的价值，都是未成年人道德建设研究的合理而可行的路径。但任何研究路径都必然存在不足和缺陷，这两种研究路径也不例外。从现有的研究文献来看，第一种研究路径虽然从社会背景的角度，揭示了未成年人道德建设的必要性、必然性和可能性，为未成年人道德建设提供了必要的社会背景，但其最大的缺陷也正在这里。由于这种研究路径具有宏大叙事的特征，因而往往显得大而无当；同时这种研究路径虽然也设计了家庭、学校、社会全方位的未成年人道德建设的方案，但由于缺乏具体的实现机制，譬如代际机制，因此没有也不可能找到未成年人道德建设的真正落实处。第二种研究路径虽然试图揭示未成年人道德建设不同于其他群体道德建设的内在特性，但这种研究路径却又忽视了未成年人道德建设是一个与社会各种因素相互关联的系统工程，特别是与成年人道德建设的关系，在这里被严重忽视了；此外，这种研究路径还导致了研究者所代表的社会系统对未成年人的话语霸权，因此对未成年人常常无端地强加一些诸如“信仰危机”、“道德危机”之类的形象符号，实际上，这些“危机”在成人社会更为突出，且成人社会在很大程度上是导致这些“危机”的根源。

（二）代际关系视野中未成年人道德建设的两种研究路径

本书除了借鉴上述各种未成年人道德建设的研究路径之外，试图开辟一种新的未成年人道德建设的研究路径，这就是从成年人与未成年人所构成的代际关系视角来研究未成年人道德建设。这种研究路径旨在将未成年人道德建设放在成年人与未成年人的相互关系中来加以分析，进而为未成年人道德建设提供一种代际机制或路径。

应该注意的是，即使是从成年人与未成年人的代际关系角度研究未成年人道德建设问题，仍然存在着两种界限分明的路径。第一种是成年人从自己的立场和观点出发，企图完全按照成年人的意愿来实现未成年人的道德建设；第二种是充分考虑未成年人的需要和特点，在成年人与未成年人的良性互动中实现未成年人的道德建设。

从成年人的立场和观点研究未成年人道德建设，自然是一种可行和合理的研究路径，也是迄今为止国内对未成年人道德建设的主流做法。然而，其内在缺陷虽然总是被人们忽视，但却是非常深刻的。有研究者对此已经有所发现，例如，澳大利亚学者约翰娜·温（Johanna Wyn）、彼得·德怀尔（Peter Dwyer）就青年问题的研究方法，曾经深刻地指出，那种片面地从成年人角度研究青年问题的做法，“与其说是‘得自’青年本身，倒不如说是‘加诸’他们身上。”这种研究路径表明了这样一种情况：“研究者认为既然自己也曾是青年，有过青年时期的经历，自然也就明白这方面的情况”。于是，研究者对自身青年时期的记忆就“渗透”到他们的研究对象身上，并影响到他们关于青年的一系列观念，这就“说明成年人的记忆对于理解青年一代的作用，年龄较长的研究者的记忆和立场已经影响到研究课题的选择、数据收集以及对数据的理解”。这种研究路径必然“给予人们一种印象：青年们是被动的，给什么就接受什么”，从而“低估了……青年们的选择或主动精神”。毫无疑问，这种研究路径除了他们所指出的问题外，还必然导致和助长研究者对未成年人道德建设研究的主观性。在他们看来，超越这种研究路径，实际上就是“超越从成年人的角度研究青年人生活的路数。”①假如我们理性地反思当前中国有关未成年人道德建设的研究，是否确实存在上述作者所指出的缺陷和问题？

因此，对未成年人道德建设的研究，必须独辟蹊径，探索一条未成年人道德建设的新路，这条新路就是充分考虑未成年人的需要和特点，从成年人与未成年人的良性互动的关系中开展未成年人道德建设。这种研究路径与从成年人角度研究未成年人道德建设的路径之实质性不同在于：成年人与未成年人的平等互动。杜威（John Dewey）认为，儿童作为一种未成熟状况，意味着生长，而不是如成人所想象的那样，是“未成熟的人和成熟的人之间的空

---

① 参见［澳大利亚］约翰娜·温、彼得·德怀尔：《青年与教育：过渡的新模式》，载中国社会科学院、联合国教科文组织：《国际社会科学杂志》（中文版）2001年第8卷第2期“过渡中的青年”专号。

缺"和匮乏,"我们所以仅仅把儿童期当作匮乏,是因为我们用成年期作为一个固定的标准来衡量儿童期",相反,"如果儿童能清晰地和忠实地表达自己的意见,我们所说的话将与此不同;……在某种道德的和理智的方面,成人必须变成幼小儿童才对"①。通观杜威的道德教育思想,他总是将成人与未成年人放在平等的地位。

以这种研究路径为脉络,笔者认为,未成年人道德建设的基本问题,就是使未成年人接受和认同社会主导道德价值观,但这种接受和认同是以成年人作为社会主导道德价值观与未成年人道德价值观之间的中介来实现的。这正是当前未成年人道德建设研究所普遍忽视的重要问题。因此,未成年人道德建设的根本目的,就是实现未成年人道德价值观与社会主导道德价值观和成年人道德价值观之间的辩证整合。

基于此,本书对未成年人道德建设的研究就不是套用对一般道德建设的研究和对未成年人道德建设的一般性研究,而是以中国社会转型期所出现的全新的代际关系为现实框架和背景,探讨未成年人道德建设中的代际机制,如道德价值观在成年人与未成年人之间的传承、分化和整合及其规律,以及道德价值观的代际变迁与社会变迁的互动机制,以为未成年人道德建设探索出一条新的路径。

当然,未成年人道德建设是一个系统的社会工程,代际关系视野中的未成年人道德建设只是这一系统工程的重要方面。在这里,有必要作几点说明:第一,全社会范围内的未成年人道德建设可以也应该从不同的角度进行,从代际关系角度审视未成年人道

① [美]杜威:《道德教育原理》,王承绪等译,浙江教育出版社2003年版,第65页。

德建设只是其中一个全新而特殊的视角。本书并不是想用代际关系视野中的未成年人道德建设代替全社会范围内的未成年人道德建设;第二,代际关系视野中的未成年人道德建设应与全社会范围内的未成年人道德建设协同进行,并需后者提供社会条件;第三,国家、社会、学校和家庭在未成年人道德建设中的作用和责任,最终都必须通过成年人对未成年人道德建设的作用和责任加以具体贯彻和落实;第四,处于良性互动状态的成年人道德建设和未成年人道德建设不仅可以相互促进,而且共同构成了全社会道德建设的车之两轮、鸟之两翼。

(三)本书的结构和讨论的主要问题

笔者无意追求"全面系统"宏大叙事式的体系建构,而是针对本书要研究的问题,既尽量考虑本书的内在逻辑及结构,又不被某些通行的研究框框所束缚。

基于此,本书将以如下结构呈现给读者,并力求以一种全新的思路探讨未成年人道德建设的有关重要问题:

在导论中,笔者对当前中国未成年人道德建设研究的三大不足做了客观分析,这三大不足是:学理性不强;脱离"社会转型"的实际;缺乏代际视角。对本书的主题"社会转型期代际关系视野中的未成年人道德建设"中的重要概念,如"社会转型"、"代及代际关系"、"成年人与未成年人及其界定的复杂性"、"未成年人道德建设及其与未成年人道德教育的关系",以及"未成年人道德建设"在这些概念中的含义,做了必要的辨析和交代。指出在未成年人道德建设的既有研究路径中,缺乏代际视角;而从代际关系出发研究未成年人道德建设,又有"以成年人为取向"的研究路径和"以成年人与未成年人代际互动为取向"的研究路径;本书遵循

“以成年人与未成年人代际互动为取向”的研究路径，以在成年人与未成年人的代际互动中，探索一条未成年人道德建设的新路。

在第一章中，笔者试图对未成年人在中西方文化中的地位这一学界迄今未涉足的问题，作一历史性的回顾和反省。这种回顾和反省可以让人们分别看到未成年人在中西方文化中的基本道德景象和道德地位。在西方文化中，近代以前的未成年人虽然偶尔也是成年人和全社会关注的道德对象，成年人对未成年人制定了某些必要的行为规范，但总的来说，未成年人的独立地位还未得到确认，亦即未成年人与成年人尚未分离。只是到了西方近代以来，随着资本主义对新型劳动力的需求，未成年人才从成年人社会中分离出来，从而逐渐成为独立的道德主体，并日益被成年人社会所建构。在中国文化中，未成年人的道德境况一直被孝文化所规定，并长期处于与成年人不平等的道德地位。进入现代社会以来，不论是在西方文化中，还是在中国文化中，未成年人处于如下道德境遇的双重变奏之中——一方面，未成年人的权利不断凸显且得到成年人社会的尊重；另一方面，成年人社会对未成年人日益感到道德恐慌。这种道德境遇使未成年人的道德建设既成为必要，也成为可能。

事实上，从代际关系视角来审视和考量未成年人道德建设和未成年人道德教育，在现代西方颇具代表性的道德教育理论中，已经可以明显地看到。这是笔者在第二章中所要讨论的内容。不论是杜威的儿童中心论，还是涂尔干的集体主义道德教育理论，抑或皮亚杰的儿童道德认知理论和柯尔伯格的道德发展阶段理论，都对未成年人与成年人的关系进行了有益的探讨，他们从成年人与未成年人所构成的代际关系视角出发构建未成年人道德教育理论和模式，直到今天对我们思考未成年人道德建设和未成年人道德教育的某些重大问题,仍然具有很重要的借鉴价值,是进行未成年人道德建设的重要理论资源。遗憾的是,这些价值和资源长期以来没有得到应有的重视和利用。

相对于传统社会而言,未成年人道德建设问题之所以在现代社会如此突出,原因众多且复杂,但其中一个不容忽视的重要因素,则是社会转型的重大影响。社会转型对社会的影响是全方位的,其中包括道德价值观和社会代际关系的重大变化,且道德价值观的变化和代际关系的变化是相互交织在一起的。在第三章,笔者将对社会转型及其所带来的代际关系的变化、中国社会转型期道德价值观的代际变迁及其轨迹以及社会转型期代际关系变化的道德后果,进行细致的梳理和剖析,同时指出中国未成年人道德建设问题的凸显与改革开放以来的社会加速转型直接关联。因此,未成年人道德建设必须放在中国社会加速转型这一重大的社会背景下,才能得到合理而深刻的解释。

既然要从代际关系的视角去审视和研究未成年人道德建设,那么,就必须提出和面对"道德价值观代际构成"的问题,也就是说,在现代社会道德价值观的多元构成中,是否存在"道德价值观的代际构成"? 笔者要在第四章中回答这一问题。作为道德价值观社会构成的重要部分,道德价值观的代际构成是无法否认的,这在现代社会特别是社会转型时期尤其如此。这首先是由现代社会出现了各自具有相对独立性的成年人文化和未成年人文化所决定的。也就是说,在现代社会,特别是社会转型时期,不仅存在着成年人文化,而且未成年人文化也逐渐取得了独立的地位,这在传统社会几乎是不可能的。成年人文化和未成年人文化分别孕育了成年人道德价值观和未成年人道德价值观,成年人道德价值观和未成年人道德价值观各具其内在规定性。这样,成年人道德价值观和未成年人道德价值观，与社会主导道德价值观及其他道德价值观得以明显地区分。这与过去将成年人道德价值观与社会主导道德价值观完全混同的做法，是根本不同的。在这里，笔者所要表明的是，未成年人道德建设实际上就是在未成年人道德价值观与成年人道德价值观良性互动的基础上，通过成年人道德价值观这一中介，不断认同、接受、内化和践行社会主导道德价值观的过程。

道德价值观的代际分化和代际整合及其辩证运动，是现代社会特别是社会转型时期未成年人道德建设所面临的基本图景。道德价值观的代际分化就是通常所谓的道德价值观的代沟。笔者在第五章中试图客观地描述道德价值观代际分化的主要表现，评述对待道德价值观代际分化的几种价值立场，揭示道德价值观代际分化的本质即道德价值观的代际断裂，以及求解道德价值观代际分化何以可能等一些重要问题。另一方面，笔者将提出道德价值观代际整合的三个向度，即对代际对方道德价值观的整合、对传统道德价值观的代际整合以及对异域道德价值观的代际整合；力求探究道德价值观代际整合的条件和机制，以为未成年人道德建设如何在成年人道德价值观与未成年人道德价值观的双向互动和整合中得以实现铺设理论基石。现代社会中道德价值观的代际分化使未成年人道德建设成为十分必要并显得日益紧迫；道德价值观的代际整合则成为未成年人道德建设的现实任务和重要目标。

在最后一章中，笔者将要表明，社会转型时期代际关系视野中的未成年人道德建设，归根结底就是要实现道德价值观的代际互动，或者说，道德价值观的代际互动是现代社会特别是社会转型时期区别于以往任何时期未成年人道德建设的核心内容。只有在道德价值观的代际互动中，未成年人的道德建设才能真正得到贯彻；道德价值观代际互动的状况，是衡量未成年人道德建设及其实效的重要标准和尺度;道德价值观的代际互动,也应是未成年人道德建设研究的出发点和落脚点。笔者指出,道德价值观的代际传递和代际反哺是道德价值观代际互动的双向路径,这种双向路径体现了道德价值观主体即成年人和未成年人的“主—主”交互关系。社会中成年人与未成年人的代际互动、家庭中父母与子女的代际互动、学校中教师与学生的代际互动,是道德价值观代际互动的三大主要表现,代际关系视野中的未成年人道德建设主要就在这三大领域的代际互动中得以展开和实现。

第一章 历史镜鉴与现实反思

虽然未成年人真正被关注是近代以来的事,而从成年人与未成年人所构成的代际关系视野研究未成年人道德建设,更是迄今为止未得到应有关注和研究的具有现代性意味的问题。但是,对未成年人及其在历史上的道德地位和境况进行简单的梳理,以此作为当今认识未成年人的一面镜子,同时对未成年人在现代社会的独特境遇进行理论反思,却是完全必要的。这一工作同样没有得到应有的关注,甚至可以说,这是一块充满历史和理论魅力而又未被开垦的处女地。

本章将对中西方未成年人及其道德境况、未成年人在当代的道德境遇做一初步的探讨。这对于更好地理解代际关系视野中的未成年人道德建设,必将有所裨益。

一、西方文化中未成年人的道德景象

西方文化中未成年人的道德景象,也许只能从有关的文献和文化信息的再现及后人的解读中得到某种程度的发现和理解。因为,关于西方未成年人及其道德景象的现成文献实在过于缺乏。英国研究儿童问题的学者大卫·帕金翰(David Buckingham)曾对童年历史的研究方法有过一段中肯的评论:

童年的历史最终是一部再现的历史。正如许多历史学家所指出的，建立儿童自身历史所依赖的可用证据非常稀少。就像妇女一样，儿童在很大程度上也一直为“历史所遮蔽”……。在某种程度上，这种情形造成了严重的方法论问题。究竟在何种程度上，我们可以将童年的文化再现解读为儿童真实生活的反映呢？举例来说，菲利普·阿里斯的著作常常因为他确认了童年的“发明”而受到肯定，也正是基于这些原因他的观点受到质疑。阿里斯的理论基础，主要是他对儿童在中世纪与文艺复兴时期的绘画中如何被再现（经常发生的情况是，他们完全没有被再现）所做的分析。在此基础上，他追溯（一直追溯到 16 世纪末到 17 世纪初）了儿童逐渐被确认为一个特殊群体的方式——即拥有他们自己的空闲时间和穿着风格。然而，根据其批评者的意见，他的这些证据非常不充分。举例来说，人口统计学上的数据资料说明他的分析只适用于上流社会中的儿童；而且，数量有限但确实存在的同时期的纪录，则严重地挑战了他的论证——他认为成人与儿童之间的情感联系以及明确的儿童抚养计划，在中世纪大抵是不存在的。最终，阿里斯的数据更有可能揭露传统艺术再现的不断变化，而与社会现实的变化无关。①

大卫·帕金翰所描述的这种状况确实对我们的工作带来了很大的困难。因此，笔者试图从事的这一工作存在或多或少的缺陷也就在所难免了。

我们尝试将西方未成年人在历史上的道德景象分为三个阶段：第一阶段为古希腊罗马时期；第二阶段为中世纪时期；第三阶

① ［英］大卫·帕金翰：《童年之死——在电子媒体时代成长的儿童》，张建中译，华夏出版社 2005 年版，第 33 页。

段为16世纪到19世纪末20世纪初。

在这里有必要再次指出,“儿童”、“童年”、“少年”、“青少年”等概念都可以作为未成年人的替代概念。因此,为了表述的方便,特别是在笔者引述他人文献时,这些概念就会被通用。

(一)古希腊罗马时期未成年人的道德景象

美国著名的儿童问题研究专家尼尔·波兹曼(Neil Postman)在讨论儿童概念的历史时指出:“如果我们把‘儿童’这个词归结为意指一类特殊的人,他们的年龄在7—17岁之间,需要特殊形式的抚养和保护,并相信他们在本质上与成人不同,那么,大量的事实可以证明儿童的存在还不到400年的历史。的确,如果我们完全用一个普通美国人对‘儿童’这个词的理解,那么童年的存在还不超过150年。”①显然,除了年龄上的界定外,波兹曼是将儿童的概念与成人的概念作为相对的概念来规定的,也就是说,成人与儿童的本质不同,是形成儿童概念的前提。因此,在他看来,按照这样的规定,真正的儿童概念在400年以前是不存在的。

当然,这并不意味着儿童本身不存在,只是古代究竟如何看待儿童,是现代人所知甚少的。比方说,古希腊人对儿童的概念就是模糊的和缺少关注的。

> 希腊人把童年当作一个特别的年龄分类,却很少给它关注。有个谚语说希腊人对天底下的一切事物都有对应的词汇,但这个谚语并不适用于“儿童”这个概念。在希腊文中,“儿童”和“青少年”这两个词至少可以说是含混不清的,几乎

① [美]尼尔·波兹曼:《童年的消逝》,吴燕莛译,广西师范大学出版社2004年版,“引言”第1页。

能包括从婴儿期到老年的任何人。虽然他们的绘画没有能够流传到今天,但希腊人不可能认为替儿童作画是件值得做的事。我们自然也知道,在希腊人流传下来的塑像中,没有一尊是儿童的。在希腊浩瀚的文学作品里,可以找到有关我们所说的儿童的论述,但那些论述由于存在多种解释的可能而变得模糊不清,因此人们不可能准确地了解对“儿童”这个概念究竟如何看法。①

尽管如此,我们还是可以从古希腊的相关文献中发现,古希腊人很重视对青少年的教育,特别是道德教育。这不仅在诸如苏格拉底被处死的罪名之一是“毒害青少年”中可以看出来,而且古希腊确实有不少人专门讨论过对青少年的教育,并发明了“学校”这一概念。比如,“最伟大的雅典哲学家柏拉图就这个主题写过大量作品,光是针对如何对青年进行教育的问题就提出过不少于三个的不同方案。此外,他的一些难忘的谈话,是探讨诸如美德和勇气是否可以被教育出来的问题(他相信是可以的)。因此,希腊人发明了‘学校’这个概念是毫无疑问的。”②而“凡是有学校的地方,人们就会对未成年人的特殊性有某种程度的认识”③。从柏拉图(Platou)的著作中,我们可以看到,他主张在理想国中儿童和全部教育应该公有。在此基础上,他提出了多种教育方案,这些教育方案,用今天的教育理念来衡量,有些虽然是不合理的,甚至是戕害

① [美]尼尔·波兹曼:《童年的消逝》,吴燕莛译,广西师范大学出版社2004年版,第7—8页。

② [美]尼尔·波兹曼:《童年的消逝》,吴燕莛译,广西师范大学出版社2004年版,第9页。

③ [美]尼尔·波兹曼:《童年的消逝》,吴燕莛译,广西师范大学出版社2004年版,第10页。

儿童的，但有些是合理的，是有利于儿童健康发展的。例如，他认为儿童教育应该符合儿童身心发展的规律，在不同的年龄阶段提出不同的社会要求；他还反对对儿童进行灌输式的教育，反对儿童学习过程中的强迫性，“教育实际上并不像某些人在自己的职业中所宣称的那样。他们宣称，他们能把灵魂里原来没有的知识灌输到灵魂里去，好像他们能把视力放进瞎子的眼睛里去似的”①，“请不要强迫孩子们学习，要用做游戏的方法。你可以在游戏中更好地了解到他们每个人的天性。”②柏拉图还提出了以孝为核心的一系列代际规范和礼仪，“年轻人看到年长者来到应该肃静；要起立让座以示敬意；对父母要尽孝道；还要注意发式、袍服、鞋履；总之体态举止，以及其他诸如此类，都要注意”③。他还认为，“权力应该赋予年长者，让他们去管理和督教所有比较年轻的人”④。柏拉图上述关于未成年人的教育思想，体现了希腊时期以道德教育为教育根本的这一教育的原初本义。他说：

> 一个受过适当教育的儿童，对于人工作品或自然物的缺点也最敏感，因而对丑恶的东西会非常反感，对优美的东西会非常赞赏，感受其鼓舞，并从中吸取营养，使自己的心灵成长

① ［古希腊］柏拉图：《理想国》，商务印书馆 1986 年版，第 277 页。

② ［古希腊］柏拉图：《理想国》，商务印书馆 1986 年版，第 304 页。

③ ［古希腊］柏拉图：《理想国》，商务印书馆 1986 年版，第 140 页。

④ ［古希腊］柏拉图：《理想国》，商务印书馆 1986 年版，第 201 页。在古希腊，亚里士多德也曾有过样的论述。例如关于对长辈的尊敬，亚里士多德说：“对奉养的双亲最重要，因为这好像是债务，他们是我们存在的原因，和对自己相比，这种奉养是高尚的。对双亲还要像对诸神那样尊敬，……对于一切长辈都要按其年龄给予尊敬，如起立相迎，离座相让以及诸如此类的事情。”他甚至还说：“父亲对儿子，祖宗对后代，君主对臣属的主宰是自然的。”（参见亚里士多德：《尼各马可伦理学》，苗力田译，中国社会科学出版社 1999 年版，第 198—199、187 页）

得既美且善。对任何丑恶的东西,他能如嫌恶臭不自觉地加以谴责,虽然他还年幼,还知其然而不知其所以然。等到长大成人,理智来临,他会似曾相识,向前欢迎,因为他所受的教养,使他同气相求,这是很自然的。①

但是,古希腊人热衷于办学校来训练年轻人、重视道德教育并传播希腊文化,并不意味着他们的童年概念与现代的童年概念可以相提并论,即使撇开斯巴达人对儿童折磨式的管教方法不论,希腊人在管教未成年人方面是缺乏正常的同情心和理解的,这甚至在柏拉图那里也是如此。柏拉图在《普罗泰哥拉》中曾说过,对于不听话的儿童,要用恐吓加棍棒,像对待弯曲的树木一样,将他们扳直。正如有人指出的:"对于管教儿童的方法问题,我收集的证据导致我相信,在18世纪以前,有很大一部分儿童,用我们今天的话来说,是'受虐儿童'。"②

对于古希腊人一方面特别看重道德教育,另一方面对儿童的管教方法又缺乏正常的同情心的状况,波兹曼认为这是当时的一种必然现象,因为那时根本不可能有现代意义上的儿童教育科学。他说:"我们同样可以相信,尽管他们有学校,尽管他们关心如何把美德传给青年,但希腊人还是会对儿童心理学或者儿童养育概念大惑不解。"③尽管如此,在波兹曼看来,希腊人还是预示了"童年"的概念,因为在2000年后童年这一称谓产生时,仍然能够识别其古希腊之源。

---

① [古希腊]柏拉图:《理想国》,商务印书馆1986年版,第108页。

② Lloyd deMause, "The Evolution of Childhood," in Lloyd de Mause, ed., The History of Childhood. New York: The Psychohistory Press, 1974, p. 40.

③ [美]尼尔·波兹曼:《童年的消逝》,吴燕莛译,广西师范大学出版社2004年版,第11页。

古罗马人进一步发展了古希腊思想中的童年意识。这从两个方面比较明显地表现出来。

第一,体现在罗马艺术和有关文献中。与“希腊人认为不值得为儿童作画”和“在希腊塑像中没有一尊是儿童的”相比,古罗马艺术则表现出了“一种不同寻常的年龄意识,包括未成年人和成长中的孩子的意识。这种艺术表现直到文艺复兴以后才在西方艺术中再现。”①这样,童年或儿童意识在古罗马人的观念中开始清晰起来,儿童和童年开始受到一定的关注。此外,在一些文献中,未成年人通过某种方式也得到了一定的论述。例如,西塞罗(Marcus Tullius Cicero)专门写过《论老年》,对老年的优势以及老年的困惑作了十分精彩的论述。毫无疑问,论老年自然是离不开一种青年观的,也就是说,老年与青年开始成为一对对应的概念。西塞罗虽然对年轻人抱有某种偏见,如他认为那些最强大的国家往往都是差一点毁在“愚蠢、浅薄和自以为是的年轻人”身上,因为“莽撞当然是青年的特征,谨慎当然是老年的特征”②。但是,总的来看,他认为老年与青年是相互依存的,也是友好的。他针对“老年最大的痛苦”是“老年人觉得年轻人讨厌自己”说:“一般说来,年轻人并不讨厌老年人,而是比较喜欢老年人。因为,正如明智的老年人喜欢同有出息的年轻人交往,年轻人的亲近和爱戴可以减除老年人的孤寂一样,年轻人也乐于聆听老年人的教诲,这些

① J. H. Plumb, “*The Great Change in Children.*” Horizon, Vol. 13, No. 1, Winter 1971, p. 7.

② [古罗马]西塞罗:《论老年　论友谊　论责任》,商务印书馆 1998 年版,第 12 页。

教诲有助于他们去寻找美好的人生。”①他还认为，即使从一个人的一生来看，“我们生命的每一阶段都各有特色；因此，童年的稚弱、青年的激情、中年的稳健、老年的睿智——都有某种自然优势，人们应当适合适宜地享用这些优势”②。在这里，可以看出，在老年人与年轻人之间，西塞罗已经有了一种比较清晰的代际意识。

第二，古罗马人开始把儿童与羞耻的观念联系起来。波兹曼认为：“在童年概念的演化过程中，这是非常关键的一步。”实际上，在柏拉图那里，就已经有了对羞耻之心的简单看法。在谈到年轻人与老年人的关系时，柏拉图说，一般情况下年轻人之所以不会对老年人不敬和无礼，是因为“有两种心理在约束他们：一是畏惧之心，一是羞耻之心。羞耻之心阻止他去冒犯任何可能是他父辈的人”③，而这在中国则是通过孝这一社会机制来保证的。在波兹曼看来，羞耻心不仅在年轻人与老年人关系的个别方面表现出来，而且对于定义儿童具有了一般性的意义，他说：“没有高度发展的羞耻心，童年便不可能存在。罗马人把握了这个精髓，值得永远受到赞扬，尽管看来他们把握的还不是全部，也不够全面。”童年的羞耻心“提出了童年的部分定义，即宣称童年需要回避成人的秘密，尤其是性秘密”，即“在儿童和未成年人面前，对成人的性欲望和冲动三缄其口。”④且不论以“羞耻心”来定义儿童是否可靠和全面，至少它触及了对未成年人定义的深层的社会文化意义和道

① [古罗马]西塞罗：《论老年　论友谊　论责任》，商务印书馆1998年版，第14—15页。

② [古罗马]西塞罗：《论老年　论友谊　论责任》，商务印书馆1998年版，第18页。

③ [古希腊]柏拉图：《理想国》，商务印书馆1986年版，第201—202页。

④ [美]尼尔·波兹曼：《童年的消逝》，吴燕莛译，广西师范大学出版社2004年版，第12—13页。

德意义。

（二）中世纪未成年人的道德景象

随着古罗马帝国的灭亡，欧洲陷入了通常所谓的愚昧黑暗时代和中世纪。与古希腊古罗马时期出现了未成年人的概念雏形不同，"在中世纪，童年的概念是看不见、摸不着的。塔奇曼这样总结道：'在涉及中世纪与现代社会不同的种种特点中，最引人注目的是那时候对儿童相对缺少兴趣。'"①之所以中世纪儿童概念变得看不见、摸不着，原因极为复杂，但与中世纪教育的消逝和羞耻心的消逝存在着内在的关联。

我们在中世纪的相关文献中，很难看到有关于儿童成长发展的概念，更没有发展学校教育以为未成年人进入成人世界而作准备的概念。用菲利普·阿里斯的话来说，相对于古希腊古罗马时期而言，"中世纪的文明已经忘记了古人养育儿童的方法，但对现代教育又一无所知。最重要的是：它完全不懂教育为何物"②。教育的消逝必然导致童年概念成为多余。

中世纪羞耻心的消逝，主要是由于教育的消逝所导致的。羞耻心是与秘密相关联的。由于中世纪教育的消逝，因而不论年幼者还是年长者、成年人还是未成年人，就都人人共享同样的信息环境，生活在同样的社会和知识世界里，儿童与成人之间就只能在日常生活世界里通过口头来沟通，以及交流在成人和未成年人之间

---

① ［美］尼尔·波兹曼：《童年的消逝》，吴燕莛译，广西师范大学出版社2004年版，第27页。

② 转引自［美］尼尔·波兹曼：《童年的消逝》，吴燕莛译，广西师范大学出版社2004年版，第21页。波兹曼认为，中世纪没有关于养育儿童的书，也没有妇女如何承担母亲角色的书（见《童年的消逝》第26页）。

并无任何遮拦的所有信息，而口头沟通不像文字沟通和教育活动那样，在儿童与成人世界之间有一道屏障，使成人的秘密保守在文字世界里和教育活动的背后；同时现实生活又是完全开放的。这样，就失去了一种将儿童与成人分离开来的机制，成人的秘密在现实生活中对于儿童而言也就并不成为秘密，那些被认为不适宜儿童知道的东西也就不加区分地暴露给了儿童。同时，羞耻心还与一系列的社会礼仪相联系，然而，“在中世纪，礼仪规则究竟有多么贫乏，现代人是很难理解的”。这样，构成羞耻心的两个组成部分，即“当时的文化不能够、也不情愿对儿童有任何隐瞒”，以及“当时的社会并不存在一套内容详实的礼仪可供未成年人学习”这两方面，共同导致了中世纪时期儿童（包括成人）羞耻心的消逝。① 秘密的失却和礼仪的匮乏，使成年人与未成年人的界限开始变得模糊，成年人与未成年人共享着同样的秘密，同时在成年人与未成年人之间也没有必要的礼仪使两者得以分别开来。换言之，在古希腊古罗马还可以看到的某些成人秘密和使成年人与未成年人得以区分的礼仪（柏拉图和西塞罗都曾有过论述），在中世纪就几乎不存在了。

总之，正如波兹曼所说：“没有教育的观念，没有羞耻的观念，这些都是中世纪童年不存在的原因所在。”②

（三）16世纪到19世纪末20世纪初未成年人的道德景象

随着欧洲近代资本主义的产生，资本主义需要新型的劳动力，

① 参见［美］尼尔·波兹曼：《童年的消逝》，吴燕莛译，广西师范大学出版社2004年版，第22—23页。

② ［美］尼尔·波兹曼：《童年的消逝》，吴燕莛译，广西师范大学出版社2004年版，第25页。

要求对劳动“后备军”即未成年人进行“培养自制力以及守规矩的行为等一系列技巧训练”。“在这种社会情景中，将‘童年’本身定义成一种根本性的现代主义观念，好像并不是毫无根据。”正如很多作者都指出的那样，“在文艺复兴时代人们才开始把儿童与成人分隔开来的，并且随着资本工业主义的扩张，这种分离也加快了脚步”。因此，“我们当代的童年观念可以被看作是启蒙计划的一部分”①。也正是因为这样，一系列与未成年人相关的“概念的出现与资产阶级社会的出现紧密相关”②。资本主义的这种需要客观上造成了未成年人与成年人之间区别的必要。从这个意义而言，未成年人与成年人的区分才真正成为可能，对未成年人也就有了前所未有的认知。这时，羞耻心自然仍是定义未成年人的一个重要尺度，但未成年人的内涵已经远远扩张了。

表明未成年人真正出现及其内涵扩展的社会事实，可以从下述情况中看出端倪：

> 首先，儿童的服装变得与成人不同。到了16世纪末，童年应该有特别的服装，已是约定俗成的事实。儿童服装上的不同，以及成人所感知的儿童在生理特征上的不同，在16世纪以后的绘画作品中有很好的证明，即儿童不再被描绘成微型的成人。儿童的语言开始与成人话语也有所区别。……儿童专用的混杂语和俚语在17世纪前并不为人所知。后来，它

---

① ［英］大卫·帕金翰：《童年之死——在电子媒体时代成长的儿童》，张建中译，华夏出版社2005年版，第32页。

② ［巴拉圭］卡米洛·苏亚雷斯：《青年、过渡以及确定性的消逝》，载中国社会科学院、联合国教科文组织：《国际社会科学杂志》（中文版）2001年第8卷第2期“过渡中的青年”专号。

的发展非常迅速且日益丰富。有关儿科学的书籍也大量出现。①

这是历史上从未有过的景象。这种景象使社会的各个方面在对待未成年人的认知和态度上出现了两个方面的崭新变化：一方面，这种认知和态度用普拉姆(J. H. Plumb)的话来说就是："儿童越来越成为受尊重的对象，它是一个特别的产物，有它不同的本质和不同的需求。他们需要与成人世界分离并受到保护。"②另一方面，控制和征服未成年人的天性，成为成年人的一个重要特点。"成人存在自己对未成年人的符号环境有着前所未有的控制力，因此他们能够并且要求为儿童成为成人提出各种各样的条件"③。这两种认知和态度在学校、家庭和政府(社会)等各个方面都鲜明地表现出来。

由于资本主义急需新型的劳动力，因此，学校教育就成为近代以来资本主义培训新型劳动力的最合适最有效的途径。学校教育的一个鲜明特点就是，它是为培养有文化和守纪律的成人而设计的，未成年人因此不再被看作是成年人的缩影，而是被看作与成年人完全不同的一类人，即未发展成形的成人。也就是说，未成年人必须通过接受教育，才能变成成人。正因为这样，学校开始认同未成年人的特殊天性。于是，与此前不同，"进入学校"就成为未成年人与成年人分隔开来并具有独立地位的重要标志。同时，学校

① [美]尼尔·波兹曼：《童年的消逝》，吴燕莛译，广西师范大学出版社2004年版，第63—64页。

② J. H. Plumb, "*The Great Change in Children.*" Horizon, Vol. 13, No. 1, Winter 1971, p. 9.

③ [美]尼尔·波兹曼：《童年的消逝》，吴燕莛译，广西师范大学出版社2004年版，第67页。

的制度化规制又规定了未成年人的角色定位,“在学校中,依据生物年龄而非‘能力’来区分儿童的做法、师生关系所具有的高度规律化的性质、有关课程和课表的安排,以及评定等级的实行——所有这些不同种类的方式都用于强化和自然化关于儿童是什么以及儿童应该是什么这一特定的假设”①。由此可以看出,欧洲文明重新创造了学校,从而使童年的概念也变成社会的必需。在这里,最具意义的是,正是由于学校教育,“不同的‘同龄群体’出现了,一个个性鲜明的‘青年文化’……就此产生了”②。

与在上文讨论过的古希腊古罗马时期父母缺乏对未成年人的同情心和责任不同,近代以来的家长与孩子的关系也需要重新定位,并确实也实现了重新定位。由于社会要求未成年人接受长期的正规教育,因此家长的期望和责任变得越来越大。对未成年人而言,父母具有了多重角色:监护人、看管者、保护者、养育者、惩罚者以及品德和品位的仲裁者。这在一定程度上是对学校教育的扩展和延伸,于是家长甚至被赋予了教育者和神学家的角色,并一心一意要把孩子培养成为敬畏上帝、有文化的成人。对家庭关系的这种变化,爱森斯坦(Elizabeth Eisenstein)作了如下描述:“永无止境的道德说教文学像潮水一样侵入了家庭这方净土……‘家庭’一时间又被赋予各种新的教育和宗教功能。”③当然,未成年人的这种状况一开始只是发生在中产阶级家庭的男孩中,中产阶级

---

① [英]大卫·帕金翰:《童年之死——在电子媒体时代成长的儿童》,张建中译,华夏出版社 2005 年版,第 5 页。

② Elizabeth Eisenstein, The Printing Press As an Agent of Change. Cambridge, England: Cambridge University Press, 1979, pp. 133 - 134.

③ Elizabeth Eisenstein, The Printing Press As an Agent of Change. Cambridge, England: Cambridge University Press, 1979, p. 133.

已经有多余的钱能够把孩子当作炫耀性消费的对象。而社会较底阶层的家庭实现家长与孩子的重新定位则是一个世纪以后的事了。

由于较贫穷阶层的成年人即家长仍然不能对未成年人发展出或表现出正常的爱心、同情和责任，他们不仅常常把未成年人当作私有财产，可以任意处置，而且当作动产，其健康、幸福可以以家庭生存的名义被消耗掉。① 这种状况实际上到18、19世纪还在英国存在。不过，在此之前的欧洲文艺复兴和启蒙运动开始在倡导一种人性化地对待未成年人的思潮和知识氛围，这种思潮和知识氛围使政府增强了对未成年人的责任意识，认为国家有权成为未成年人保护者的崭新观念开始形成，所有社会阶层都不得不与政府合作，共同承担养育未成年人的责任。

未成年人受到前所未有的关注，还可以从17世纪后关于未成年人的两个理论流派——以英国洛克（John Locke）为代表的“新教派”和以法国卢梭（Jean Jacques Rousseau）为代表的“浪漫主义派”——对未成年人的不同理论假设中得到鲜明的体现。②

洛克从理性主义哲学出发，把未成年人视为珍贵的资源，把开发未成年人的理性能力作为目的。按照洛克的新教派观点，未成年人只有通过教育、理性、自我控制以及羞耻感的培养，才能

---

① 这种状况在当今中国似乎还比较突出地存在。这与三种因素有关：第一，中国仍然不太发达，处于社会底层的人口仍然很多，每个家庭都得为基本生计奔波；第二，与中国重家庭和私人生活的传统文化有关，包括未成年人的教育、权利、健康等在内的问题都属于“家务事”，他人和社会不得干涉；第三，与政府公共职能某种程度的缺位有关。

② 参见[美]尼尔·波兹曼：《童年的消逝》，吴燕莛译，广西师范大学出版社2004年版，第82—91页。

被改造成一个文明的成人。洛克通过“白板说”来论证他的这一观点。他把未成年人的心灵比喻为一本尚未写好的书，在未成年人心灵上写下什么内容，是由家长、教师和政府来完成的，也是他们应有的责任。洛克在这里为家长、教师、政府对未成年人所承担的责任提供了哲学上和心理上的根据。同时，这也就意味着这样一种全新的至今仍然具有现实意义的观念的产生：“一个无知、无耻、没有规矩的孩子代表着成人的失败，而不是孩子的失败。”①

自然主义者卢梭以他特有的浪漫主义观点，对未成年人的概念作出了两个重大贡献：一是坚持未成年人的特殊重要性，未成年人不是达到目的的工具，而是应该得到包括老年人在内的应有敬重；二是未成年人的知识和情感之所以重要，是因为未成年人是人类最接近‘自然状态’的人生阶段，未成年人的自发性、纯洁、欢乐、好奇等等是值得赞扬的美德，而这些与生俱来的美德往往被教育、理性、自我控制和羞耻感淹没了。从卢梭的逻辑可以推论出，未成年人的成长不能受到成年人所代表的“文明”的窒息。在这里，至少在关于成年人对未成年人所负有的责任这一点上，卢梭和洛克是殊途同归的。②

针对上述两个流派，19 世纪末的弗洛伊德（Sigmund Freud）和约翰·杜威都曾讨论过如何来平衡文明的要求和尊

---

① ［美］尼尔·波兹曼：《童年的消逝》，吴燕莛译，广西师范大学出版社 2004 年版，第 82—83 页。

② 从当今的现实情况来看，洛克和卢梭所分别代表的观点，应该说都有很重要的借鉴意义。然而，在今天未成年人的教育实践中，洛克的观点，即儿童是未成形的成人、需要接受文明改造的观点，仍然保持得完好无损，并得到很好的应用；而卢梭的观点，即如何保持或回归未成年人的自发性、纯洁、欢乐、好奇等美德，却面临着很多问题，甚至已经离此越来越远。

重未成年人天性的要求。例如，弗洛伊德认为未成年人的头脑里有一个无可否认的结构和特殊内容，因此他不同意洛克的观点，而赞同卢梭的观点，即未成年人的心灵并非白板，其各种自然的天性必须得到承认和尊重，否则就会造成永久的人格错乱；同时，弗洛伊德又驳斥了卢梭的观点，而赞同洛克的说法，认为未成年人与家长之间早年的相互影响，对于未成年人将来成为什么样的成人起着决定性的作用，因此，必须通过理性教育，通过压抑和升华，使未成年人成为文明的成人。杜威也表达了同样的看法。正是在这个意义上，可以说“他们两人结合起来，代表了从16世纪到20世纪童年旅程的综合和总结”①。

我们可以引用波兹曼的以下一段话来作为对16世纪以来未成年人发展历程的总结：

> 无论如何，当儿童和成人变得越来越有区别时，每个阶层都尽情发展各自的符号世界，最终人们开始接受儿童不会、也不能共享成人的语言、学识、趣味、爱好和社交生活。成人的任务其实是要帮助儿童为将来能够应付成人的符号世界而作准备。到了19世纪50年代，几百年的童年发展已颇具成效，在整个西方世界，童年的概念都已经成为社会准则和社会事实。②

---

① ［美］尼尔·波兹曼：《童年的消逝》，吴燕莛译，广西师范大学出版社2004年版，第90页。

② ［美］尼尔·波兹曼：《童年的消逝》，吴燕莛译，广西师范大学出版社2004年版，第74页。

(四)简短的评论

可以对西方文化中未成年人的道德景象做几点简短的评论:

第一,与未成年人有关的一系列概念的产生,是以与成年人的分离为前提的。① 因此,未成年人是与成年人相对应的概念。而且,未成年人与成年人只有相对于对方而言才能加以定义。波兹曼就指出:“像童年这样的概念得以产生,成人世界一定要发生变化。这种变化不仅表现在重要性上,而且一定要性质特别。具体地说,它一定要产生一个新的‘成人’定义。……就定义而言,新的成年概念不包括儿童在内。由于儿童被从成人世界里驱逐出来,另外一个世界让他们安身就变得非常必要。这另外的世界就是人所众知的童年。”②大卫·帕金翰更是明确地指出:“正如许多历史学家所指出的,现代童年的‘发明’所依据的正是成人与儿童之间的分隔,以及将儿童排除在那些被视为纯粹属于‘成人’生活的领域之外。完成这种分隔与排除的方法有很多,其中之一便是部分地将儿童从工作场所与街道中转移出来,并将他们限制在学校和家庭之内。人们通过儿童被排除在商业和政治等公共领域之外,以及接受道德制度与教育性监护等方式来定义他们,这些制度

---

① 大卫·帕金翰认为在这种分离过程中,教育发挥了很大的作用,例如:“从19世纪末开始实施的义务教育,是社会借以将儿童分隔在成人世界之外的主要手段之一;并且,它也是构成童年现代概念的主要先决条件之一。”([英]大卫·帕金翰:《童年之死——在电子媒体时代成长的儿童》,张建中译,华夏出版社2005年版,第71页。)当然,未成年人与成年人本身所存在的各种差异,是二者得以分离的客观基础。

② [美]尼尔·波兹曼:《童年的消逝》,吴燕莛译,广西师范大学出版社2004年版,第29页。

与监护都经过明确的设计，用以维持成人与儿童之间的界限。”①“因此，‘童年’是一个变化的、相对的词汇，它的意义主要是通过它与另一个变化的词汇——‘成年’——之间的比较而被定义的。”②

第二，未成年人的概念是一个建构性的概念，它既是一种社会性建构，也是一种成年人的建构。作为一个社会性建构，未成年人概念就不是完全由生物学所决定的自然范畴。相反，未成年人在历史上和文化上都是不断变化的，在不同的历史时期、不同的文化和不同的社会群体中，未成年人常常被以不同的方式看待。这也就表明这种社会性建构本身也一直在改变。作为一种成年人建构，“也许不可避免的是，成年人一直垄断了定义童年的权力。他们制定了用来比较和判断儿童好坏的评判标准。对于不同年龄的儿童，他们规定了各种对于他们合适的或妥当的行为。即使是在他们宣称自己只不过是在描述或代表儿童发言的场合，成人也不可避免地建立了什么才算是孩子般表现的规范性定义。”③ 由于社会与成年人往往是高度合一的，因此，未成年人的社会性建构和成年人建构在实质上就是一回事。

未成年人的社会建构和成年人建构不仅是一个社会过程，也是一个通过话语机制来实现的过程。“总的说来，‘童年’这个范

① ［英］大卫·帕金翰：《童年之死——在电子媒体时代成长的儿童》，张建中译，华夏出版社2005年版，第78页。

② ［英］大卫·帕金翰：《童年之死——在电子媒体时代成长的儿童》，张建中译，华夏出版社2005年版，第6页。

③ ［英］大卫·帕金翰：《童年之死——在电子媒体时代成长的儿童》，张建中译，华夏出版社2005年版，第10页。

畴的定义与维持,完全决定于两种主要话语机制。首先,有一些关于儿童的话语,主要是为成人而生产出来的——它们不仅以学术或专业讨论的形式再现出来,同时也出现在小说、电视节目,以及为社会大众提供生活指南的文学作品中,事实上,关于童年'科学的'或'事实的'话语(例如心理学、生理学或医学)通常与'文化的'或'虚构的'话语(诸如哲学、想象文学或绘画)紧密相连;其次,有一些为儿童而生产出来的话语,以儿童文学、电视节目和其他媒体等形式再现出来——这些话语尽管贴着儿童的标签,却很少是由儿童自己制作的。"①在大卫·帕金翰看来,这两种话语的大量涌现特别表现在19世纪后半叶关于儿童的现代性定义中。

第三,未成年人的社会建构和成年人建构,决定了西方文化中未成年人的基本道德景象。这就是,未成年人的道德地位和权利是由成年人赋予的,而且不会对成年人造成威胁;未成年人的道德话语是由成年人来代表和表达的,即使未成年人能够表达自己的道德话语,也是受成年人控制的。首先,未成年人的社会建构和成年人建构必然带有某种意识形态的意义,也就是说,它要么合理化和支持、要么挑战成年人与未成年人之间的权力关系。一方面,这种建构常常以保护未成年人的姿态出现,以免未成年人受到成人世界"不良"行为的影响,从而试图发挥教育功能和提供道德说教,并塑造社会期望的行为模式;另一方面,这种建构要将未成年人的行为限制在某些不会对成人造成威胁的社会场合和行为模式中。于是,未成年人的道德地位、道德权

① [英]大卫·帕金翰:《童年之死——在电子媒体时代成长的儿童》,张建中译,华夏出版社2005年版,第6—7页。

利等就不得不由成年人来赋予。其次，未成年人本来是能够也确实会代表他们自己发言，只是他们很少获得在公共领域中这样表现的机会，①“他们能够发言的情境，以及他们能引发的反应，在绝大多数情况下仍然受到成人的控制；而且，他们用以表达他们对于另类童年公开建构的能力仍然受到严重的限制。即使是主张‘儿童权利’的论述，也主要由成人提出，并且依据的是成人的观点。”②总之，由于“儿童不是成人，因此他们就不允许去接触那些被规定为成人的事物，以及那些成人认为只有他们自己才能理解或控制的事物。总的来说，社会拒绝给予儿童自我决定的权利：他们必须依赖成人替他们表述权益，并且为了他们的利益进行争论。”③ 笔者以为，这就是西方文化中未成年人的基本道德景象。

---

① 这不由使我想起发生在2002年两件具有重大象征意义的事。2002年5月8日开幕的联合国第56届大会儿童问题特别会议，是联合国历史上首次为儿童召开的特别会议，也是儿童和年轻人第一次作为与会代表站到讲台上发言。联合国秘书长安南说："这将是孩子们第一次在这样的场合讲话，我请求所有的成年人认真听听他们说了什么。"在2002年8月26日开幕的、包括104个国家元首和政府首脑在内的192个国家代表参加的"世界可持续发展首脑会议"（南非约翰内斯堡）期间，来自近50个国家的约200名年轻人作为青年代表参加了会议，他们虽然与头发花白的政府代表存在着较大的年龄差距，但他们的参与并企图使政府代表改变某些想法就足以令人关注。一位来自乌干达的12岁孩子在大会上说："你们得到了可以在20至30年时间内分期偿付的贷款，到时候将由我们来还款。而我们无钱可还，因为在你有钱的时候，你会花掉它。"不少国家的领导人承认这是第一次听到儿童如此尖锐和直言不讳的语言。

② ［英］大卫·帕金翰：《童年之死——在电子媒体时代成长的儿童》，张建中译，华夏出版社2005年版，第10—11页。

③ ［英］大卫·帕金翰：《童年之死——在电子媒体时代成长的儿童》，张建中译，华夏出版社2005年版，第12页。

二、中国文化中未成年人的道德境况

讨论中国文化中未成年人的道德境况，将会存在一个概念使用上的困难：第一，在中国，“未成年人”这一特定概念，在20世纪80年代以前都很难看到，至于“未成年人”成为学术研究的对象，已是20世纪90年代以后的事情了。可见，在中国几千年的文明史上，“未成年人”是一个阙如的概念。因此，中国文化中没有关于未成年人的文化意识和知识氛围，未成年人没有独立的文化地位。第二，虽然中国人特别讲究所谓辈分，辈分意识和辈分界限十分严格，我们也知道人们常常从辈分的意义上来理解代际关系，但这种辈分与未成年人和成年人所构成的代际关系既有内在的联系，又有明显的区别。也就是说，辈分虽然与年龄密切相关，即辈分一般与年龄大小成比例，但又不是受年龄限制的，80岁长者的辈分也许会比黄口小儿的辈分低。而我们所指的代际关系，就是指未成年人与成年人所构成的关系，而不是体现在辈分中的关系。尽管未成年人的概念在中国是很晚近的事，但为了概念使用的一致性，笔者在这里仍然使用“未成年人”的概念来讨论中国文化中未成年人的道德境况。

既然要讨论中国文化中未成年人的道德境况，那么，首先就必须弄清楚中国文化究竟是一种什么样的文化。由于中国文化的博大精深，在这个问题上自然存在不同的看法。但是，在某种意义上说中国文化是一种孝的文化，也许是很难被驳倒的。这不仅已被中国历史上浩如烟海的文献所佐证，而且是人们所广泛认同的。梁漱溟认为：“说中国文化是‘孝的文化’，自是没错。”这不仅是因为中国崇孝是世界闻名的，更在于它是中国文化的“根核所在"——"中国文化自家族生活衍来,而非出自集团。亲子关系为家族生活核心,一'孝'字正为其文化所尚之扼要点出。"①谢幼伟也同样认为:"孝是中国文化与中国社会的特殊产物,为其他文化和社会所缺少或不重视的","中国文化乃是以孝为主,以孝为根本的文化。"②

中国传统代际关系及由此决定的未成年人道德境况正好最集中最鲜明地体现在"孝"的文化和道德规范中。在这里,笔者先要说明两点:第一,"孝"并不仅仅是就未成年人对成年人而言的,而是针对"晚辈"对"长辈"而言的,而晚辈和长辈的关系既可以是未成年人和成年人之间的关系,也可以是成年人之间的关系。在本书的语境中,笔者所指自然就是体现在孝的道德规范中的未成年人与成年人之间的关系。第二,中国的孝文化,并没有建立在对未成年人某种程度的认识和哪怕是某种对未成年人的必要假设之上,而一开始就是一种社会文化和道德的规制,是一种"礼"的设置。这种规制和设置,对于未成年人而言,是先验的和无法选择的,更是不能拒绝的。

(一)孝与代际关系的历史演变

作为一种完全不同于西方文化的中国孝文化,对中国传统社会的各个方面都产生了极大的影响,其中之一就是建构了中国传统社会代际关系的基本框架。既然中国文化中未成年人与成年人的代际关系体现在孝的文化和道德规范之中,并由孝文化来加以

---

① 梁漱溟:《中国文化要义》,学林出版社 1987 年版,第 307 页。

② 谢幼伟:《孝与中国社会》,《孝治与民主》,见《理性与生命——当代新儒学文萃(1)》,三联书店 1994 年版,第 522—523 页。

建构，那么，完全可以通过考察孝文化的嬗变，来了解中国文化中未成年人与成年人关系的历史演变。

1. 孝的初始含义及其蕴涵着平等意识的代际关系

孝源起于原始社会，甲骨文和金文中都有孝字，无忠字。“孝”的甲骨文象形是一个曲背老人手抚幼子之头，表示父祖与子孙的亲爱关系。“孝”正式作为调节家族和家庭关系、特别是家族和家庭中的代际关系的道德原则和道德规范则出现在周代。孝在《尔雅·释训》中的解释是“善事父母为孝”。《说文》亦释为“善事父母者，从老、从子，子承老也”。由是观之，“善事父母”应是孝在道德意义上的最原始的含义，也是一贯历史的最基本的含义。但有论者认为若从宗教哲学的视野来看，作为宗族伦理的“尊祖敬宗”和“生儿育女、传宗接代”是比作为家庭道德的“善事父母”更初始的关于孝的两个含义。① 而创立系统的孝理论者当推孔子。有学者认为，孔子对西周以来孝道的理论贡献主要表现在三个方面：初步实现了从宗教到道德、从宗族道德到家庭道德的转化；为传统孝道的合理性找到了人性的根基，解决了孝道存在的哲学前提；区分了作为家庭伦理的“孝”与作为政治伦理的“忠”。② 一般而言，对孔子关于孝的含义，人们认为最基本的有三种，即：无违、能养、有敬。“子曰：父在观其志，父没观其行。三年无改于父之道，可谓孝矣。”③“孟懿子问孝。子曰：无违。樊迟御，子告之曰：孟孙问孝于我，我对曰：无违。樊迟曰：何谓也？子曰：生，事之以礼，死，葬之以礼，祭之以礼。”④“子游问孝。子曰：今之孝者，是

---

① 肖群忠：《孝与中国文化》，人民出版社2001年版，第14—25页。

② 肖群忠：《孝与中国文化》，人民出版社2001年版，第35—41页。

③ 《论语·学而》。

④ 《论语·为政》。

谓能养。至于犬马,皆能有养,不敬,何以别乎?"①这些关于孝的言论以及体现于其中的代际关系,其合理性是明显的,甚至即使对当代社会也具有重要的借鉴意义。

对孔子上述关于孝的三种含义,已有很多研究,在此无须详论。在这里特别需要指出的是,孔子虽谓"孝即无违",但并不反对对父母"几谏":"子曰:事父母几谏。见志不从,又敬不违,劳而不怨。"②这就是说,如果父母有不对的地方,就要劝谏;如果父母不听,即"谏若不入,起敬起孝,悦则复谏"。荀子甚至说:"从道不从君,从义不从父,人之大行也。"③当然,对父母"几谏"必须自始至终坚持"起敬起孝"、"劳而不怨"的原则和要求。在这里,孔子提出"事父母几谏"无疑是以承认父母也会犯错为前提的,这与后来所谓"天下无不是的父母"有本质的区别,即没有把孝绝对化和片面化,这就具有一定的民主精神和代际平等观念,甚至包含着"子能改父之过,变恶以为美,则可谓孝矣"④的意味。

此外,在早期儒家那里,不仅把孝作为调节家族和家庭中代际关系的道德规范和准则,而且又推己及人,将孝延伸到社会领域,作为建构理想和谐社会以及这一社会中代际关系的道德规范和准则,孟子所言"老吾老以及人之老,幼吾幼以及人之幼"⑤就是极好地表达了这种理想和谐社会及其代际关系的浪漫主义情怀。可见,在早期儒家那里,孝不仅体现了代际关系的两个基本维度(即家庭/家族和社会),而且在一定程度上蕴涵了平等的代际意识、

① 《论语·为政》。
② 《论语·里仁》。
③ 《荀子·子道》。
④ 朱熹:《四书章句集注》,中华书局1983年版,第85—86页。
⑤ 《孟子·梁惠王上》。

体现了平等的代际关系和未成年人的道德主体性。

2. 孝的精神蜕变及未成年人对成年人的绝对义务

如果说孝在孔子那里还是一种子女对父母敬爱的伦理意识的话，那么孝理论的集大成者曾子则开始将孝全面泛化，而发展成为一种抽象的、普遍的准则，把孝作为政治之基础而将"孝""忠"融为一体，从而使孝成为了集世界观、人生观、道德观和政治观于一体的综合体。曾子的这一工作为后来的孟子、荀子、《孝经》等将孝逐步政治化奠定了基础。

孝的彻底政治化是在汉代完成的，其表现就是"以孝治天下"。在汉代，孝表现出三个方面的特点："首先是孝道理论的纲常化与理论论证的神秘化；其次则是孝道的政治化、实践化；最后，是孝道义务与实践的片面化、绝对化。"①孝的纲常化和论证的神秘化是其政治化和实践化的需要，进而导致了孝道义务的片面化和绝对化，当然，这三个方面是相互为用的。贺麟先生认为由"交互之爱"的五伦发展为"绝对和片面之爱"的三纲具有逻辑必然性，因为"五伦的关系是自然的、社会的、相对的"，它们不能保证社会的绝对稳定，而将孝纲常化则可以"补救相对关系的不安定，进而要求关系者一方绝对遵守其位分，实行单方面的爱，履行单方面的义务。所以三纲说的本质在于要求君不君，臣不可以不臣；父不父，子不可以不子；夫不夫，妇不可以不妇。换言之，三纲说要求臣、子、妇尽单方面的忠、孝、贞的绝对义务，以免陷于相对的循环报复，给价还价的不稳定的关系之中。"②由是观之，孝的纲常化对

① 肖群忠：《孝与中国文化》，人民出版社 2001 年版，第 58 页。

② 贺麟：《五伦观念的新检讨》，载《文化与人生》，商务印书馆 1988 年版，第 58—59 页。

统治者加强统治是多么的重要！

“父为子纲”的形成，使先秦父慈子孝作为父子双方双向对应的代际平等义务，被汉代片面的子孝所代替。由于“父者，子之天也”①，使孝成为子辈不容置疑、只能绝对服从的伦理义务。体现在实践上就是父子代际关系权利与义务的极不平等，在父对子的权利与子对父的义务上进行了双重强化，其结果当然是“不利于幼下而大利于长上”②。

汉代父子代际关系的纲常化，不仅影响了汉代父子代际关系，而且对汉代以后整个封建社会中父子代际关系也产生了深刻影响。自汉以降，不论孝道经过了多少变化和变形（如孝由道德目的向道德工具、由内在的爱敬意识向外在的趋功逐利行为、由真诚的情感向虚伪的表白等的转化），也不论在历史长河中发生了多少既残酷毒烈又可歌可泣的忠孝故事，其总的方向是在一步一步走向愚孝并日益与愚忠相结合，以致发展到宋明时期理学将孝道义务推向极端化和专制化，将子绝对地服从父与臣绝对地服从君统一起来。这种极端化和专制化最鲜明地体现在理学家提出的“君要臣死，臣不得不死；父要子亡，子不得不亡”，使父与子的关系与君与臣的关系一样变成了统治与被统治、压迫与被压迫的关系。这种极端化和专制化使孔子主张的子对父还可“几谏”，即父子关系所内蕴的某些代际平等精神荡然无存，取而代之的是“天下无不是的父母”的极端专制和“父要子亡，子不得不亡”的极端残酷性和基本人性的缺乏。

孝的极端化和专制化使成年人与未成年人的权利与义务关系

---

① 董仲舒：《春秋繁露·顺命》。

② 蔡尚思：《中国传统思想总批判》，湖南人民出版社 1981 年版，第 44 页。

绝对化，即成年人（包括长辈、君主、“上级”）具有绝对的权利，而未成年人（包括晚辈、臣民、“下级”）只能尽绝对的义务。这是中国几千年封建社会中代际关系以及整个社会关系的基本境况。

3. 孝的现代命运及新型代际关系的理论建构

“物极必反”在封建孝道中也得到了应验。近代中国的特殊境遇使孝处于一种尴尬的境地。一方面，孝被怀疑批判；另一方面，孝又被一些人难以割舍。这两个方面甚至在同一个人或同一个组织中矛盾地共存着，如洪秀全和太平天国即是如此。最难能可贵的是谭嗣同在批判孝的观念时提出了“父子，朋友也”的平等命题，如一声惊雷使数千年来在“父为子纲”的孝道压抑下的人们精神为之一振。

然而，真正全面而深刻地批判封建孝道的是在“五四”运动以后。虽然现代新儒家对孝做了某些现代诠释和转化，但一些进步思想家们在对封建孝道进行批判的同时，还建设性地提出了建立新型代际和父子关系的新思想。

新文化运动的发起者和组织者陈独秀认为，中国最后觉悟之觉悟是伦理的觉悟，因此，他对儒家的三纲五常及其礼教进行了深刻的批判。他认为儒家的道德是宗法道德，与现代社会和现代生活相抵触。如作为中国两千年来“一切道德政治之大原”的三纲说，就是视臣、子、妻为君、父、夫的附属品，根本无独立人格可言，缘此而生的道德不是推己及人的“主人道德”，而是以己属人的“奴隶道德”，“父为子纲，则子于父为附属品，而无独立自主之人格矣”①。为了改变和摈弃三纲之奴隶道德，就必须摧毁以孝为核心的传统家族制度，以西方的“个人本位主义”取代中国传统的

① 陈独秀：《东西民族根本思想之差异》，《新青年》第1卷第4号。

“家族本位主义”。

胡适从人的基本权利和首先应该考量父母是否值得爱敬的角度，提出了包含着西方民主主义的父子平权精神的观念，对传统孝道的虚伪性进行了揭露，对泛孝主义进行了批判。尤其可贵的是，他首次将西方尊重个性和子女权利的理念引入中国社会的代际和亲子关系之中，对于中国社会代际关系观念的现代化产生了积极而深远的影响。①

鉴于封建社会家国不分，吴虞将孝与家族制度和专制制度联系起来，指出：“儒家以孝悌二字为两千年来专制政治与家族制度联结之根干，而不可动摇。”②他不仅抨击和瓦解了孝道的神圣体系，揭露了其虚伪性、荒唐性和陈腐性，指出孝的大作用就是把中国弄成一个“制造顺民的大工厂”，而且建设性地提出了自己所设想的新型代际和父子关系：“我的意思，以为父子母子，不必有尊卑的观念，却当有互相扶助的责任。同为人类，同做人事，没有什么恩，也没有什么德，要承认子女自有人格，大家都向‘人’的路上走。从前讲孝的说法，应该改正。”③

鲁迅对封建礼教的“吃人”本质进行了前所未有的深刻揭露，对《二十四孝》中孝行的荒唐性和伪善性、对传统的代际和父子关系进行了辛辣的讽刺和批判。他从权利与义务的关系角度深刻地指出，在中国传统社会的代际和父子关系中，长者的“长者本位与

---

① 参见胡适：《关于“我的儿子”的通信》，见《父父子子》，人民文学出版社1990年版，第20页。

② 吴虞：《家族制度为专制主义之根据论》，《新青年》1917年2月第二卷第六号。

③ 吴虞：《说孝》，见《中国现代思想史资料简编》（第1卷），浙江人民出版社1982年版，第371页。

利己思想、权利思想很重,义务思想和责任心却很轻。以为父子关系,只须'父兮生我'一件事,幼者的全部,便应为长者所有。尤其堕落的,是因此责望报偿,以为幼者的全部,理该做长者的牺牲。”他认为,在中国长者本位与幼者本位、过去本位与将来本位是颠倒的,因此,要变革这种长者本位的孝观念,建立新型的代际和父子关系,一方面必须从义务思想和权利思想两方面入手,父应加大对子的义务而核减权利;另一方面应变报恩为“爱”,爱应成为新型代际和父子关系的核心和基础,要做到这一点,主要在于父母,因为“觉醒的父母,完全应该是义务的、利他的、牺牲的”①。

从上述描述中,可以看出一个最基本的思路,这就是现代思想家对传统孝道的批判,贯穿着一个主题,立足于一个基点,就是抨击和揭露子对父的片面的孝即代际和父子关系的不平等,主张代际和父子关系应该建立在平等和权利与义务对应的基础上,“上述思想家们对建立现代新型父子关系提出了很好的建设性意见,这主要包括父子平等、解放子辈、变恩为爱、变权为责等。他们关于新型代际和父子关系的新的伦理观,奠定了现代代际和亲子关系的思想基础,其影响和作用是持久的、深刻的。这些思想为以后中国的马克思主义者所接受,与马克思主义人性解放,男女、长幼平等的思想是一致的,二者结合在一起,影响着现代中国人的实践。”②

当然,在后来的历次政治运动和“破旧立新”的“文化大革命”中,把对孝的批判与现实政治需要紧紧地捆绑在一起,不分青红皂

① 鲁迅:《二十四孝图》、《我们现在怎样做父亲》,见《父父子子》,人民文学出版社 1990 年版,第 14 页。

② 肖群忠:《孝与中国文化》,人民出版社 2001 年版,第 126 页。

白地把“孝”与“脏水”一起泼掉，导致历史上空前的“子不子”（如出于“政治热情”“揭发”父母、儿子造老子的反、与父母“划清界限”等）现象。这种孝的现代命运则另当别论了。

（二）孝文化与未成年人的道德境况

孝文化及其建构的代际关系，决定了中国传统社会未成年人的基本道德境况。

第一，中国孝文化中的未成年人处于极端不平等的地位。关于这一点，前以备述，无须赘言。在西方，虽然也有人如柏拉图、亚里士多德等都谈到过孝的问题，但古希腊哲人并没有提出慈孝的美德，而是将智慧、公正、勇敢、节制作为四主德。因此，西方文化并没有发展出孝的观念和孝道理论，更没有像中国这样将代际和父子关系置于极端不平等的地位。近代以来西方的天赋人权观念对西方代际关系也有重大影响：人权是天赋的，不论是父母还是子女，他们都具有天赋人权，是任何人（包括父母和子女）都不能剥夺的。如果套用天赋人权的公式，那么，也许可以说，中国在孝道观念中所体现的不是天赋人权，而是“天赋人责”，即人一旦来到这个世界上，就先验地、宿命地被赋予了片面的、绝对的孝的义务。当然，人一旦成为了父母，就具有了天赋人权。孔子重“仁”，而“孝”为“仁”之本，孝是最重要的德性，行孝是最大的美德。因此，在中国传统文化和伦理中，只片面地强调子女对父母绝对的孝，而鲜有强调父母对子女的慈的。在中国文化史和伦理思想史上，关于孝的文献可以说是汗牛充栋，且影响深远，而关于慈的文献则是寥若晨星。不论其他，仅这一点就足以证明在中国代际关系中是多么的重孝而轻慈。这从一个侧面已足以表明中国传统代际和父子关系的极端不平等。成中英对传统儒家孝的伦理的特点的概括也说明了这一点："1. 孝乃子女自我实现的德行，而不仅为对父母的责任。孝可包含责任，但孝的责任不等于孝。2. 孝不以'对等的交互权责'为前提条件，'天下无不是的父母'，人子不可因父不慈而不孝。3. 父母的权威是天之所赋，古《孝经》说'终身不可违'。4. 子女对父母不可言权利。5. 一切德行均要以孝为基础、为起点：国家伦理的忠与社会伦理的仁都建筑在孝的伦理上。"① 代际和父子关系的极端不平等还通过法律制度来加以保障。以明律为例：对于一般非亲属间的斗殴杀人者，判绞，故意杀人者，判斩；若儿孙辈企图谋杀父祖辈者，判斩（与非亲属间的故杀罪同），如谋杀得逞，则凌迟处死（最高刑，与谋反大逆罪同）；若父祖辈故杀子孙，则杖 70，徒一年半（相当于盗窃 60 贯钱财所受之处罚）。②

第二，中国孝文化倡导老年本位和过去本位，未成年人处于文化和社会的边缘地位。老年本位首先当然是由尊老传统和尊老价值观所决定的，换言之，老年本位是尊老价值观发展到极致的表现，是中国传统代际关系所尊崇和维护的基础性和本然性价值取向。这一价值取向使老年人在社会生活的一切方面处于至高无上的、不容置疑的地位，而老年人也正好利用并力图进一步强化这一价值取向，以巩固自己的地位，并使自己的地位绝对化。老年本位的自然发展直接导致了过去本位，即老年人总是面向过去的，总是强调自己在过去积累的经验的重要性，正如米德所揭示了的，老年人总是代表着过去，或者说是"后象征文化"的代表。老年本位和

① ［美］成中英：《论儒家孝的伦理及其现代化：责任、权利与德行》，见《文化、伦理与管理——中国现代化的哲学省思》，贵州人民出版社 1991 年版，第 170—171 页。

② 参见《唐明律合编》卷 18；《明律》卷 19。

过去本位共同造成了如下结果：一是老年本位导致了尊老抑少的价值观。老年本位使老年人常常自认为是后代的典范和楷模，总是按照自己的价值标准和社会形象来塑造下一代，要求子女对父母、未成年人对成年人的绝对服从，而不能有一丝异议和怀疑，否则就是“目无尊长”，就是“忤逆不孝”。因此，老年本位直接带来的就是代际关系和父子关系的不平等，就是一方面是“尊老”，另一方面却是“抑少”的价值观。这种尊老抑少的价值观通过强权完全消解了“代沟”，正是在这个意义上说，中国传统的代际关系只有“代钩”而无“代沟”。二是老年本位导致了社会的后倾，延缓了社会的发展。老年本位使老年人拥有话语霸权、制度安排权和资源控制权，而使用这些权力的价值取向又是过去本位的。因此，整个社会就表现出一种后倾之势，反对变革和创新，强调每一代人都应“无改于父之道”，只能“我注六经”，绝不能“六经注我”。这样，社会的发展和进步就必然受到严重的制约。那么，造成老年本位和过去本位的力量，或者说，维系中国传统代际关系的力量究竟是什么？这就是孝文化。孝先验地安排了这种代际关系，从而预防和减少了代际紧张、矛盾和冲突。从这里也可以看到孝对社会整合的巨大力量。之所以孝在中国传统社会有如此巨大的力量，冯友兰认为主要是因为中国传统社会是一个以家（家庭和家族）为本位的社会，因此，“‘孝为百行之先’是‘天之经，地之义’。这并不是某几个人专凭他们的空想，所随意定下的规律。”而是孝本身就是这种社会中“一切道德的中心及根本”①。

第三，中国孝文化是文化代际传承的重要机制，因此也是未成

---

① 冯友兰：《新事论》、《原忠孝》，见《三松堂全集》（第四卷），河南人民出版社1986年版，第271页。

年人形成道德价值观的基本机制。一个民族的文化之所以能够源远流长、绵延不绝，就在于它有一种特定而有效的传承方式。以文本和典籍作为文化载体的显性的文化传承方式是文明社会大多数民族文化传承的主要方式，这种文化传承方式主要是通过“文人”即广义知识分子来实现的。但是，任何民族文化的传承还有一种十分重要的方式，就是代与代之间的口口相传，这是一种文化传承的隐性方式，它是文化在民间流传和在家庭传承的一种样式。在中国以家庭为本位的传统社会中，父子关系作为文化传承的重要载体在文化代际传承中的作用表现得特别突出和明显。首先，中国传统社会特别强调家庭教育，家庭教育又是社会教育的具体化，因此，家庭教育是包括价值观念、道德规范在内的社会文化传承的重要渠道和场所。在家庭教育中，道德教育重于知识教育，做人教育重于做事教育；价值观念和道德规范的父子相传是家庭道德教育的主要方式，亲代通过这种方式将既定的文化传授给下一代。其次，承教继志是子代对亲代遗传下来的包括价值观念和道德规范在内的文化的继承方式，并通过这种方式将亲代传授的文化内化为自己的价值观念和道德规范。那么，在中国传统社会，文化的代际传承和父子相传究竟是如何实现的呢？答案只能是：孝道是这种文化传承的重要机制。不论是父辈对子代的文化遗传，还是子代对父辈的文化继承和内化，孝在其中发挥着传承机制的作用。孝的文化功能之一，就是对亲代和父辈所代表的文化的遵守和弘扬，做到了这一点，在一定意义上就做到了孝，所谓“三年无改于父之道，可谓孝矣”，就鲜明地揭示了孝的文化传承机制。在中国古代社会，未成年人的道德价值观之所以得以形成，在很大程度上就正是通过这种传承机制来完成的。当然，由于传统的孝道是以父子关系的极端不平等和老年本位、过去本位为特征的，因此，以孝作为文化传承的一种机制,其负面效应自然也是十分明显的,如妨碍了文化创新,可能导致文化保守主义等。

第四,未成年人对孝道的遵行还是社会稳定和家庭和睦的重要基础,因此也体现了统治者对未成年人之遵行孝道的道德期望。孔子有一段关于孝的经典论述,就是“其为人也孝悌,而好犯上者,鲜矣;不好犯上,而好作乱者,未之有也”①。人只要做到了孝悌,就不会犯上作乱,不会扰乱社会秩序,可见孝本身就具有维护社会秩序的功能。当然,由于孝与忠具有内在的联系,故而孝的这种社会稳定功能还通过“移孝作忠”进一步发挥和实现维护专制统治的政治稳定的功能,甚至孝之流化还能防止灾害的发生。《孝经》就认为,若能以孝治天下,便可得到“万国之欢心”、“百姓之欢心”,达到“天下和平,灾害不生,祸乱不作”②的理想状态。孝的这种社会稳定功能首先是通过协调代际关系来实现的。比如孟子设想这样一个理想社会:第一,“人人亲其亲、长其长而天下平。”③即如果人人能做到“各亲其亲、各长其长,则天下自平矣”④。第二,“老吾老以及人之老,幼吾幼以及人之幼,天下可运于掌。”⑤即将“各亲其亲、各长其长”推向他人和社会,就可以进一步实现天下太平。其次,孝的社会稳定功能还通过编织以孝为核心的社会网络和实施以孝为本的道德规范来实现。《大学》提出的“挈矩之道”实际上就是儒家所编织的一种社会网络。而对“挈矩之道”这一社会网络的“治国”功能,《大学》正是以孝来加

① 《论语·学而》。
② 《孝经·孝治》。
③ 《孟子·离娄上》。
④ 朱熹:《四书章句集注》,中华书局 1983 年版,第 282 页。
⑤ 《孟子·梁惠王上》。

以阐释的:“所谓平天下在治其国者:上老老而民兴孝,上长长而民兴弟(悌),上恤孤而民不倍,是以君子有挈矩之道也。”此外,封建统治者还以“孝”、“悌”、“忠”为纽结编织了维护社会政治稳定的关系网络。“一个忠字,用以维系皇帝和若干层次的官员之间的关系;一个孝字,用以维系上下代之间的纵向血缘关系;一个悌字,用以维系同代之间的横向血缘关系。千千万万个孝悌成员所构成的纵向和横向的血缘关系的结合体都心甘情愿地忠于……这个血缘关系的结合体的统治。”①至于孝的睦家功能,本来就是儒家家庭伦理的应有之义,且已有很多研究成果予以论述,如“父慈子孝加深了代际亲情,使得中国家庭比之西方国家家庭具有更大的凝聚力和更多的天伦之乐,有利于社会的安定与人际关系的和谐”②。“从文化生态学的观点来看,孝或孝道是一种复杂而精致的文化设计,其功能在促进家庭的和睦、团结及延续,而也只有这样的家庭才能有效从事务农的经济生活与社会生活,达到充分适应宜农的生态环境。”③正因为未成年人遵行孝道还具有社会稳定和家庭和睦的重要功能,因此,统治者必然对未成年人遵行孝道寄予极高的道德期望。

三、未成年人当代道德境遇的双重变奏

从上述回顾和考察中可以看到,在西方文化和中国文化中,未成年人的道德地位和道德境况是不同的,成年人对未成年人的建

① 肖群忠:《孝与中国文化》,人民出版社 2001 年版,第 96 页。

② 唐凯麟、张怀承:《成人与成圣——儒家伦理道德精粹》,湖南大学出版社 1999 年版,第 226 页。

③ 肖群忠:《孝与中国文化》,人民出版社 2001 年版,第 332 页。

构、要求以及对未成年人所制定的规范，也是旨趣各异的，以未成年人与成年人逐渐分离为基础的未成年人与成年人所构成的代际关系也各有差异。但是，自从世界历史进入近代以来，具体而言，在西方自16世纪以来、在中国自20世纪初以来，特别是20世纪下半叶以来，随着社会对未成年人的逐渐发现，人们对未成年人的历史际遇和现实地位进行了深刻反思。一方面，不论是西方还是中国，不论是未成年人的实际道德境遇还是社会对未成年人的看法和态度，出现了一种西方和中国合流或者说趋于一致的局面。有关国际组织、各个国家和民族以及广大民众都已经认识到，未成年人是一个与成年人完全不同的存在，未成年人既是一个需要保护的对象，又具有自己不可替代的地位和权利，而这种地位和权利在历史上却被严重忽视了。另一方面，20世纪下半叶以来，随着社会结构的重大变迁以及青年造反运动和青少年犯罪现象的大量出现，社会对未成年人的看法又相当负面，未成年人似乎又成了"道德恐慌"的对象。于是，不论在西方，还是在中国，社会对未成年人的看法和态度出现了一种历史上从未有过的全新局面，这就是空前尊重未成年人的权利与对未成年人道德恐慌的双重变奏。

（一）未成年人权利的凸显及其道德和法律地位的确认

未成年人权利的凸显，首先是以承认未成年人是与成年人一样具有独立人格、自我意识以及特殊利益和需要的存在为前提的。在这方面，已如前述，"在整个西方世界，童年的概念都已经成为社会准则和社会事实"①。在中国，通过20世纪初启蒙思想家们

① ［美］尼尔·波兹曼：《童年的消逝》，吴燕莛译，广西师范大学出版社2004年版，第74页。

对封建纲常的批判和对新型代际关系的倡建，未成年人开始从几千年封建枷锁的桎梏中解放出来。因此，不论是在西方还是在中国，未成年人在历史上的那种非权利主体的地位开始得到改变。特别是20世纪下半叶以来，这种改变已经十分明显，未成年人的权利不断得到确认，并体现在从观念到制度等各个方面。这标志着社会对未成年人认识的不断深化和文明的巨大进步。

1. 未成年人保护运动与未成年人权利观念的形成

未成年人权利的凸显首先是以未成年人保护意识的确立以及未成年人保护运动为先导的。虽然历史上曾经发生过以未成年人作为祭品以及未成年人时常受到非人虐待、被视为工具和私有财产等现象（事实上，未成年人被虐待的现象直到今天文明社会仍时常发生），但是从人类本性而言，人类的人道精神和母性利他主义等人类本性和理性却为未成年人提供着一种保护性硬壳。随着人类对未成年人认识的深化，全社会的未成年人保护意识逐渐确立，并发展为后来的未成年人保护运动。

在西方19世纪之前的早期未成年人保护运动中，教会发挥了重要的作用，教堂通常成为孤儿等受难儿童的庇护所。同时，教会的作用又是有限的，那些被遗弃后又被教会收养的未成年人通常仍在奴役中生存。于是，欧洲的一些大城市开始采取必要的行动，陆续建立了像育婴堂、救济院、儿童慈善院及各种收容机构等未成年人慈善机构。这标志着社会对未成年人生存境况的高度关注。但是，这种关注仍然是有限的。到了19世纪70年代，一场儿童解放运动迅速展开。美国人P. 亚当斯（P. Adams）等人主编了《儿童权利》一书，其副标题就是“走向儿童解放的时代”。随着儿童解放运动的展开，一些国家建立了防止对未成年人实施犯罪的机构，如1871年纽约成立了预防伤害儿童协会，许多类似的社团在欧洲也相继建立，且与保护未成年人有关的案件也开始诉诸司法，而在此之前，没有出现过一次捍卫未成年人权利的有组织的运动。自此之后，特别是到了20世纪下半叶，与未成年人有关的国际法和国内法开始大量出现。在中国，虽然自古即有尊老爱幼、体恤幼孤的传统，但父为子纲的封建礼教造成了未成年人人格平等的严重缺失和未成年人权利的阙如，未成年人必须依附成年人，从而严重阻碍了未成年人保护意识的确立。20世纪上半叶虽然有一些保护未成年人的运动，但由于中国当时正处于乱世，未成年人保护运动不可能形成气候，未成年人仍然处于封建礼教的枷锁之中。新中国建立后，未成年人首先从制度上和组织上（如成立了相关的未成年人保护和教育机构等）得到了较好的保护。

未成年人保护运动的重大成果之一是孕育了未成年人的权利观念。虽然未成年人权利观念的形成经历了曲折的发展过程，但到了20世纪早期，人们开始认识到，儿童不仅仅只是被保护的对象，儿童与成人一样也应该享有相应的权利。第一次世界大战后，救助儿童国际联盟于1924年首次提出了"儿童权利"这个国际性概念，并倡议草拟儿童权利宣言。从此之后，未成年人的权利开始吸引着成人的视线，成年人不得不开始认真地思考和对待未成年人的权利问题。随着对未成年人权利认识的深入，关于究竟什么是未成年人权利以及与未成年人权利有关的一系列问题也相应地被提了出来。比如说：

> 20世纪60、70年代间，关于什么是"儿童的权利"曾众说纷纭，人们对儿童权利的内涵、儿童权利是否将发展为成人权利的对立面、儿童权利是对抗成人权力的抑或是脱离父母的自治等问题产生了疑虑，这些疑虑和不同观点大概源于权利观念本身的复杂性。正如人权概念在解释和运作过程中总是

出现混乱和模糊一样，对儿童权利概念出现的多样解读也是不可避免的。①

人们当然无法否认未成年人权利问题的极其复杂性以及对未成年人权利解读的多样性，即使是从成年人的视角提出的未成年人权利有可能并不真正是未成年人的权利，但是不管如何，既然承认未成年人是有权利的，那么这种权利本身对未成年人就是极其有意义的。比如说，英国学者弗里曼(M. Freeman)在《儿童的道德地位》中所指出的“有权利就意味着有能力要求尊重，有能力提出要求，并有能力要求对方听取”②，就是这种意义的最好体现。实际上，“到了20世纪末，童年开始被看作每个人与生俱来的权利，成为一个超越社会和经济阶级的理想”③。

在中国，鲁迅等人在20世纪初曾经对未成年人给予了从未有过的关注，并发出了“救救孩子”的呼声，立场鲜明地反对封建父权制度，深刻地指出父母等成人必须“洗涤了东方古传的谬误思想，对于子女，义务思想须多加，而权力思想却可切实核减，以准备改作幼者本位的道德”④。“长者须是指导者协商者，却不该是命令者。”⑤但是，在中国历史上，未成年人权利观念真正成为全社会绝大多数人的共识，应该说是很晚的事了。据1998年的有关调查，已经有84.37%的成人和儿童认为，无论在社会、学校还是家

① 王雪梅:《儿童权利论——一个初步的比较研究》，社会科学文献出版社2005年版，第34页。

② M. Freeman, *The Moral Status of Children: Essays on the Rights of the Child*, Martinus Nijhoff Publishers, 1997, p. 11.

③ [美]尼尔·波兹曼:《童年的消逝》，吴燕莛译，广西师范大学出版社2004年版，第98页。

④ 鲁迅:《鲁迅全集》第1卷，人民文学出版社1981年版，第132页。

⑤ 鲁迅:《鲁迅全集》第1卷，人民文学出版社1981年版，第136页。

庭中,儿童都应是有权利的。[①] 虽然未成年人权利的真正确立还须走很长的路,但这个调查结果表明,未成年人的权利意识正在逐渐深入人心,因此是一个可喜和令人欣慰的现象。

此外,关于未成年人的权利还有一系列需要回答和解决的问题,如未成年人权利的保护及保护主体;未成年人权利的内容究竟包括哪些,或者说未成年人权利的特殊性是什么;未成年人的权利与成年人的权利(和权力)的关系究竟怎样、应该怎样等等。但因这些问题都是未成年人权利本身的派生问题,而我们所要解决的关键问题是未成年人究竟是否有权利的问题,因此,对上述这些问题也就无须详论了。

未成年人的权利必然在未成年人的道德地位和法律地位上得到鲜明的体现。正如有论者指出的:"经过长期的历史积淀和艰难跋涉,从20世纪初开始,儿童道德地位和法律地位在儿童保护运动中得到迅速提升。"[②]

2. 未成年人道德地位和法律地位的确立

已如前述,未成年人权利观念的形成是人类文明长期发展的产物,同时也标志着未成年人道德地位和法律地位的逐渐确立。

未成年人的道德地位首先体现在人类对未成年人认识的不断深化中,也就是说,"儿童的地位和权利首先取决于一个社会关于儿童的道德准则"[③]。从对西方文化和中国传统文化中未成年人道德景象和道德境况的考察中,我们已经看到,未成年人是一个在

---

① 参见郝卫江:《尊重儿童的权利》,天津教育出版社1999年版,第5页。

② 王雪梅:《儿童权利论——一个初步的比较研究》,社会科学文献出版社2005年版,第3页。

③ 王雪梅:《儿童权利论——一个初步的比较研究》,社会科学文献出版社2005年版,第3页。

人类的视野中“从无到有”、从生物个体到权利个体的历史发展过程。在西方文化中,未成年人经历了从古希腊罗马和中世纪仅仅被当作社会规范所制约的对象,到近代以来未成年人被发现,一直到现代人们关于未成年人权利意识和观念的逐步形成的过程;在中国,未成年人从被父权等封建礼教所桎梏,到20世纪初启蒙思想家“救救孩子”的呼唤和解放孩子的诉求,一直到20世纪末对未成年人权利的认真对待。这些都说明了人类对未成年人认识的不断深化、人类关于未成年人道德准则的变化以及与此相关的未成年人道德地位的逐步确立。其次,未成年人的道德地位还体现在对未成年人的道德态度和道德准则是判定人类自身道德水平的重要尺度,且是构成人类美德的基本元素。譬如说,“在渐行渐远的古老文明的进化中,许多美德的产生,如同情、仁慈等都是在对后代的关爱中诞生的,而这些美德又往往被淹没在低级和狭隘的人性之中。……只要人类对自身的理解和狭隘的利己主义的道德分不开,人类就不可能真正爱护他们的未来——儿童;只要人类不给予他们的后代以真正的关爱,就永远是狭隘的渺小的人类。”① 未成年人受到关爱本身既意味着人类道德水平的提升和人类美德的形成,也意味着未成年人道德地位的确立。第三,未成年人的道德地位还体现在未成年人的道德平等上。未成年人的道德平等可以从两个方面理解:一是成年人与未成年人的道德平等,二是成年人对待所有未成年人(不论肤色、种族、性别、贫富等)在道德上一视同仁。未成年人的道德平等,其实质就是未成年人之间及其与成年人之间虽然存在某些自然差异,但都享有与生俱来的权利和

---

① 王雪梅:《儿童权利论——一个初步的比较研究》,社会科学文献出版社2005年版,“序”第4页。

尊严,因此,应该遵循无歧视原则无差别地对待未成年人。最后,对未成年人权利的确认就意味着未成年人道德地位的真正确立。因为对未成年人权利的确认,实质上就是对未成年人道德地位的确认,也是人类道德进步的重要表现。弗里曼指出:“一个处于童年期的儿童被认可具有一定的道德地位,在这种地位中他的权利受到了认真的对待,这就是一个好的童年。”①

未成年人的道德地位必然要反映在其法律地位上。虽然在人类文明的早期就有关于未成年人的立法,但“无论是世俗的法律还是宗教的法律都未能拯救儿童所处的不利地位”。② 这从根本上来说是与对未成年人权利的忽视直接相关的。因此,未成年人的法律地位必须体现在未成年人及其权利的保护立法上。而“纵观儿童保护立法的历史,17 世纪和 20 世纪似乎是两个值得关注的时期。17 世纪中叶之后,儿童的法律地位有所改善;20 世纪之后,儿童的法律地位才得到真正的提升。”③

1641 年,美国马萨诸塞州率先承认未成年人是有自由权利的人,当时的父母被告知不要选择他们孩子的同伴,不要用违背人道的严厉方法对待他们的孩子。到了 1889 年,美国芝加哥就建立了世界上第一个少年法院。1899 年,美国伊利诺伊州又颁布了世界上最早的一部青少年保护法规《少年法庭法》。随后,美国各州和世界上众多国家都竞相仿效,陆续制定了自己的青少年法规。英

① M. Freeman, *The Moral Status of Children: Essays on the Rights of the Child*, Martinus Nijhoff Publishers, 1997, p. 7.

② 王雪梅:《儿童权利论——一个初步的比较研究》,社会科学文献出版社 2005 年版,第 18 页。

③ 王雪梅:《儿童权利论——一个初步的比较研究》,社会科学文献出版社 2005 年版,第 17 页。

国于1905年制定了少年法之类的法规,并建立了少年法院。德国柏林于1908年建立了少年法院。法国于1912年建立了青少年法院,并颁布了《青少年保护观察法》(1945年改为《少年犯罪法》),同年,比利时制定了《儿童保护法》。丹麦、荷兰、瑞典也都在20世纪初先后制定了《儿童福利法》。西班牙和意大利则分别于1929年和1934年制定了《少年法》。日本和印度等国是亚洲较早制定和实施青少年法的国家。印度于1919年在加尔各答设立了少年法院,1920年又制定了印度第一部《儿童法》。日本于1923年公布了《少年法》,于1947年和1949年先后制定和修改了《儿童福利法》、《少年法》、《少年法院法》和《少年审判规则》等青少年法规。

我国政府对未成年人立法工作十分重视,把保护未成年人健康成长、维护其合法权益作为社会主义法制建设的重要内容。建国后所颁布的各种法律法规中涉及儿童等未成年人权利的有关条款和专门规定就达数百条。1987年6月20日,我国第一部保护未成年人的地方性专门法规《上海市青少年保护条例》诞生。随后,各省自治区直辖市也都制定了自己的未成年人法规。在此基础上,1991年9月4日,第七届全国人民代表大会常务委员会第二十一次会议通过了我国第一部《未成年人保护法》,使未成年人权益保护正式纳入法制轨道,并于2006年12月29日在第十届全国人民代表大会常务委员会第二十五次会议上修订通过,进一步确认了未成年人的法定权益,即"未成年人享有生存权、发展权、受保护权、参与权和受教育权等权利"。2001年5月,我国政府还成功举办了第五次东亚及太平洋地区儿童发展问题部长级磋商会议,并通过了指导本地区未来10年儿童发展的战略文件——《北京宣言》。

目前，未成年人保护得到世界各国的普遍关注。1990 年，联合国儿童基金会发布了世界上第一部《儿童权利公约》，并已获得包括我国在内的 72 个国家签署、61 个国家批准实施。同年 9 月又在美国纽约联合国总部首次召开了世界儿童问题的国际首脑会议，提出了“儿童优先”的口号，通过了《关于儿童生存、保护和发展的世界宣言》及其后的《行动计划》，把青少年的保护摆在了首要位置，并得到了各成员国的广泛赞同。到 20 世纪末，已经有 80 多个国际性文件涉及未成年人权利的保护问题。[①] 这标志着未成年人法律地位在世界范围内的真正确立。

（二）对未成年人的道德恐慌

与未成年人权利的凸显形成鲜明对照的是，人们——实际上是成人——对未成年人的恐慌——实质上是道德恐慌——也与日俱增。未成年人权利的凸显与成人对未成年人的道德恐慌，这两者并无必然的联系，只是在现代社会，特别是 20 世纪下半叶以来，这两者恰好成了并行不悖的现象：一方面，未成年人的权利意识空前强烈，成年人对未成年人的权利也空前尊重；另一方面，未成年人的种种状况着实令人忧虑，成年人对未成年人的道德恐慌与日俱增。这也许就是当今未成年人所面临的最为现实的道德境遇。

那么，何谓“道德恐慌”？“道德恐慌”这一概念最早出现在斯坦利·柯亨（Stanley Cohen）于 20 世纪 70 年代发表的《民间妖魔和道德恐慌：青年摩登派和摇滚族的创造》一书中。伊冯·朱克斯认为：

---

① Sharon Detrick, (ed.), *The United Nations Convention on the Rights of the Child: A Guide to the "Travaux Preparatoires"*, Martinus Nijhoff Publishers, 1992, p. 20.

> “道德恐慌”是在犯罪、偏离和传媒学术中一个耳熟能详的措词，它用来指代对共同的价值和利益造成某种危险的少数派或被边缘化的个体或族群的公众或政治反应。而这些社会反应主要是传媒促成的。①
>
> 道德恐慌指社会对被定义为是种威胁的某种境况、事件、个人或群体敌视的、不成比例的反应。②
>
> 道德恐慌的五个特征是：1. 当大众传媒采用一个合情合理的普通事件并将它报道成一种不同寻常的事件时，道德恐慌会发生。2. 传媒使“偏离放大螺旋”开始运转，在这个过程中，道德说教被新闻记者、各种其他的有权有势者、思想领袖和道德推进者所建立，这些人概括地将做错事者作为一种道德滑坡和社会解体的根源而使之妖魔化。3. 道德恐慌澄清社会道德出现的边界，创造一种一致和关切。4. 在社会急速变化时期道德恐慌会产生，并且这种恐慌会定位和形成更广泛的社会对威胁的焦虑。5. 通常是年轻人被视为标靶，因为他们是未来的象征，他们的行为被视为是衡量社会健康与否的计量表。③

虽然自“道德恐慌”概念出现以来就一直存在争议，但依据伊冯·朱克斯的上述定义就会发现：第一，道德恐慌主要是以未成年人作为标靶或对象的；第二，道德恐慌是由未成年人造成的客观现象，

---

① ［英］伊冯·朱克斯：《传媒与犯罪》，赵星译，北京大学出版社2006年版，第77页。

② ［英］伊冯·朱克斯：《传媒与犯罪》，赵星译，北京大学出版社2006年版，第269页。

③ ［英］伊冯·朱克斯：《传媒与犯罪》，赵星译，北京大学出版社2006年版，第81页。

而不是人们的主观臆想；第三，社会包括成人对未成年人的道德恐慌具有一种不成比例的放大反应。这种情况完全可以用于考察未成年人的实际状况与成年人对未成年人实际状况的反应，即未成年人的状况令社会和成人实实在在地感到某种道德恐慌，而社会和成人对未成年人的道德恐慌同样确实有点“不成比例”或有点放大反应。

1. 未成年人究竟何以造成道德恐慌

笔者试图从以下三个方面讨论未成年人究竟何以造成道德恐慌：

第一，未成年人的犯罪率及其受关注度明显提高。

未成年人犯罪在历史上是一直存在的，只是进入 20 世纪以来，由于社会变迁的加剧，世界变得越来越丰富多样、越来越光怪陆离，面对这样的世界，处于身心发育阶段的未成年人显得因兴奋而躁动不安、因迷惘而不知所措、因好奇而跃跃欲试。他们以各种各样的方式去应对这个多变的世界，其中最激进的方式就是未成年人犯罪和违法行为的增加。特别是 20 世纪 50 年代以来，未成年人犯罪已成为一个世界性的问题，甚至被一些媒体描绘为难以治愈的“社会痼疾”，与环境污染、吸毒贩毒并称为三大公害。在中国，据有关研究显示，20 世纪 50 年代的犯罪主体是成年人，青少年（中国的犯罪学将青少年犯罪年龄定为 14—25 岁）犯罪率较低，只有 10/万左右，因此在 50 年代和 60 年代初，青少年犯罪还未成为重大社会问题；“文革”期间的青少年犯罪急剧上升，到 70 年代末 80 年代初，青少年犯罪出现高峰，青少年犯罪占到全部刑事案件的 70% 以上，有些地方达到 80%，青少年犯罪日益成为社会问题；此后到 1987 年青少年犯罪的发展势头得到遏止，但从 1987 年起，到 80 年代末 90 年代初，形成了第二个青少年犯罪高峰。这次犯罪高峰无论刑事发案的数量还是犯罪案件的严重程度和危害后果,都远远超出第一次青少年犯罪高峰。直到目前,青少年犯罪的高峰一直在持续发展。① 未成年人犯罪率的提高,直接导致的结果就是未成年人犯罪被社会关注的程度也相应地提高,这一点在后面的讨论中可以看得很清楚。未成年人犯罪率及其受关注度的提高,使社会和成年人对未成年人必然感到道德恐慌。

第二,未成年人的价值观及其行为偏离成人的价值期望。

未成年人的价值观及其行为包括未成年人的道德价值观、生活方式和生活态度。偏离成人价值期望的未成年人曾经被称为"堕落青年",如20世纪50年代英国的Teddy男孩(即当时穿着怪异、迷恋摇滚乐的不良青少年),60年代的摩登派、摇滚族和嬉皮士,70年代的光头仔、朋客,80年代的街头暴乱青年,90年代令人恐惧的摩托青年,等等,他们的价值观和行为方式显然与犯罪有明显的界限(虽然有可能成为犯罪的致因),但却明显偏离了成人对未成年人的价值期望,而成人的价值期望往往代表着社会的主导价值观,或者直接就是社会的主导价值观。偏离成人价值期望的未成年人价值观和行为方式必然导致道德恐慌。"如果'年轻人'代表着未来,那么未来被这些摈弃传统、捉摸不定的年轻人所掌控是许多人连想都不敢想的事。……年轻人代表着活力和社会流动

---

① 参见朱力等:《社会问题概论》,社会科学文献出版社2002年版,第256—257页。当然,也有学者研究表明,我国1990年、1995年、1999年少年犯罪率均未超过成年人的犯罪率,且有下降的趋势。(见李渝生:《少年犯罪与成年人比较研究》,《少年犯罪研究》2000年第5期。)还有学者指出,由于统计口径如统计年龄的不同,以及一些统计混淆了青少年犯罪与青少年违法乃至越轨的界限,因此,对未成年人的犯罪率有拔高之嫌,"实际上我国不满18周岁的未成年人犯罪占整个刑事犯罪最高没有突破9%"(见王雪梅:《儿童权利论——一个初步的比较研究》,社会科学文献出版社2005年版,第230页)。

性,并且达到使他们与前代人相区别的程度,但'现代'和'轻率、急躁、无礼相联,……和太低的道德水准伴生。"①朱克斯说:"有四种人可能会成为我们道德义愤的标靶:那些犯下从抢劫伤人和骚乱(总是那些被刻画成'小无赖'的工作阶层的年轻人成为这类行为的实施者)到性犯罪和谋杀罪等严重犯罪的个体;那些行为脱离制度程序以及像罢工、示威者等这些在工作场合打破传统行为规则的人;那些像摩登派、摇滚族、朋客、嬉皮士、光头党和城市帮伙这样的采取和'规则'不同的行为方式、服装类型或自我表现形式的人;最后,那些各种类型的不能遵从共同的、保守的思想——尤其是涉及传统的家庭组织机构——的人的群体。"②而这四种"道德义愤的标靶"恰恰都是与偏离成人价值期望的青少年密切相关的。

第三,未成年人对社会秩序和成人权威构成了威胁。

这实际上是上述两个方面的直接结果。不论是未成年人的犯罪,还是未成年人的价值观和行为方式偏离了成人的价值期望,最终都直接对社会秩序和成人权威构成了威胁,有些论者甚至把这种威胁看作是一种"代际斗争"。英国学者安迪·弗朗(Andy Furlong)在谈到20世纪70年代初青年研究刚刚起步时的情况时认为:那时"青年人的反叛和道德观是西方政治思想的前沿话题。60年代末学生热心政治,青年中各种社会政治活动风起云涌。有些国家把青年人看作对政治秩序的直接威胁。50年代和60年代初西方青年生活优裕,形成了独特的亚文化,青年文化随之如雨后

---

① [英]伊冯·朱克斯:《传媒与犯罪》,赵星译,北京大学出版社2006年版,第90页。

② [英]伊冯·朱克斯:《传媒与犯罪》,赵星译,北京大学出版社2006年版,第80页。

春笋。但只有当青年对秩序构成了挑战，社会科学家们才醉心此道。青年被看作社会变革的有生力量，甚至被看作列宁所谓社会主义革命关键角色的‘先锋队’。例如弗尔（Feuer）就把代际斗争看作历史的动力，比阶级斗争还重要。”①弗尔也许言重了，但这种代际之间的“斗争”及其对社会秩序和成人权威的挑战，确实会令成年人产生很大的道德恐慌。

2. 成人对未成年人何以会产生“不成比例”的道德恐慌

“成人对未成年人何以会产生‘不成比例’的道德恐慌”与“未成年人究竟何以造成道德恐慌”这两个问题是密切相关的，或者说这本来就是一个问题的两个方面。就成人对未成年人何以产生“不成比例”的道德恐慌而言，主要取决于以下两个相互影响的因素：

第一，成人对未成年人的道德恐慌与传媒有着直接关系。

有论者认为，由于商业化社会大环境等原因的影响，传媒越来越多地成为“社会的垃圾筒”，其内容充满着色情、暴力、怪诞等内容，犯罪、偏离等日益被报道成随机的、无意义的、不可预测的和准备好在任何时候袭击任何人的一种罪恶，戏剧化和娱乐性成了能否登上新闻日程的重要参照。在斯图亚特·霍尔（Stuart Hall）等人看来，在20世纪70年代末，所有的犯罪都可能提升至新闻可视性，而在30多年后的今天，则可以这样说，只要和孩子有关联，那么所有的犯罪都可能被报道；尤其是那些涉及未成年人偏离道德共识的犯罪，则会变得更具新闻性。之所以会这样，是因为作为被

① ［英］安迪·弗朗：《变化世界中的青年》，载中国社会科学院、联合国教科文组织：《国际社会科学杂志》（中文版）2001年第8卷第2期“过渡中的青年”专号。

关注中心的未成年人无论是被害人还是犯罪人，特别是作为被害的未成年人，不仅可以保证事件的新闻性而且能够确保传媒对"维护道德"的义务。这就是所谓的"替代性政治"①。在这方面最典型的例子就是发生在英国的、引起传媒和政治家们强烈反响的詹姆斯·鲍杰（James Bulger）案。1993年2月12日，在英国利物浦的一个购物中心，两名10岁男孩绑架并杀害了一个2岁的儿童詹姆斯·鲍杰。这一在今天似乎并非罕见的案件之所以引起轩然大波，与传媒极尽"偏离放大螺旋"效应之能事有着直接关系。"当今社会道德圣战者是新闻记者、报纸编辑、政治家、警察和压力集团，他们联合起来推动新闻事件受关注度及重要性的螺旋上升。"②例如，由于传媒常常将未成年人犯罪当作商品看待，其"市场价值"超过新闻价值，因此就不可避免地会歪曲和渲染未成年人犯罪的动机、真实性和影响，从而持续地强化了社会和成人对未成年人的道德恐慌。③ 当然，未成年人对传媒所具有的市场价值和新闻价值，不仅仅限于未成年人犯罪，而是包括未成年人"越轨"的所有方面，特别是与违反道德规范有关的方面。在当今中国，我们也不能否认传媒常常表现出来的这种螺旋放大效应。传媒的这种放大螺旋效应必然使成人对未成年人产生一种不成比例的即被放大或强化了的道德恐慌。传媒、政治家和成人"争先恐后给道德规范做出各种剪辑（'道德真空'、'道德混乱'、'道德危

① 参见[英]伊冯·朱克斯：《传媒与犯罪》，赵星译，北京大学出版社2006年版，第68—69页。

② [英]伊冯·朱克斯：《传媒与犯罪》，赵星译，北京大学出版社2006年版，第83页。

③ D. McQuail, *Midia Performance*, London, SAGE, 1993, p. 253.

机'等等),实际上已经确保了一种道德恐慌"①。

第二,成年人对未成年人的道德恐慌还与成年人对未成年人的认识有关。

未成年人本身所造成的道德恐慌以及传媒对未成年人"越轨"报道所带来的道德恐慌,使成人在对未成年人的认识上出现了一种将未成年人"问题化"乃至"妖魔化"的倾向。而这种问题化和妖魔化的倾向反过来又强化了未成年人的越轨行为和传媒对此报道的螺旋放大效应。詹姆斯·鲍杰案就是这两方面相互影响和相互强化的典型案例。② 我们在这里只讨论前者即成人对未成年人在认识上出现的"问题化"和"妖魔化"倾向。

在历史上,总体而言,要么未成年人"未被发现",要么未成年人被看作是纯真无邪的。然而,到 20 世纪 50、60 年代以来,由于种种复杂原因所导致的未成年人越轨行为的大量出现,未成年人开始被冠以诸如"问题青少年"乃至"公众妖魔"等各种负面符号。从社会学和法学的角度看,"少年"、"青少年"等称谓本来就是带有一定越轨意味的法律概念和社会学概念。在西方,特别是被视为"成为至少一代人的第一个案件"的詹姆斯·鲍杰案发生后,由于传媒和政治家的双重作用,未成年人的负面形象被彻底建构,"儿童纯真无邪的观念被儿童恐怖和恶魔形象所取代。公众的怒火被火上浇油",人们甚至歇斯底里地"以不同的方式把 10 岁的

① ［英］伊冯·朱克斯:《传媒与犯罪》,赵星译,北京大学出版社 2006 年版,第 84 页。

② 实际上,较之未成年人对未成年人的犯罪而言,成人对未成年人的虐待和犯罪要多得多,但并未像未成年人对未成年人的犯罪那样被传媒和公众所关注和渲染。

儿童描写为‘残暴’、‘怪物’、‘畜生’或‘恶魔的延伸’。”①这样，在成人眼中，未成年人就自然而必然地被认为是道德恐慌的载体和道德谴责的对象。在当今中国，在承认未成年人问题大量存在的前提下，也不能否认传媒对未成年人越轨报道的放大螺旋效应以及成人社会对未成年人认识上的各种偏颇甚至情绪化的谴责。

未成年人权利的凸显和对未成年人的道德恐慌及其双重变奏，呈现出当代社会未成年人现实道德境遇的基本景象。未成年人的这种现实道德境遇与中西方文化中未成年人的道德地位一道，展现了当今未成年人道德建设的总的历史背景，提出了未成年人道德建设的一系列现实问题。

四、未成年人道德地位与未成年人道德建设

不论是西方文化中未成年人的道德景象，还是中国文化中未成年人的道德境况，抑或未成年人在当代的道德境遇，都是不同社会、不同文化、不同时代未成年人道德地位的体现和反映。那么，未成年人的道德地位与未成年人的道德建设是一种什么样的关系？通过上述对未成年人道德地位的历史考察和现实反思，笔者认为，未成年人道德地位与未成年人道德建设的关系主要表现在以下两个方面：

首先，当未成年人还不具备独立的道德地位的时候，未成年人道德建设就既不可能成为一个话题，也不可能成为一个问题。

任何道德主体都是以其具有独立的道德地位为前提的，不具

---

① ［英］伊冯·朱克斯：《传媒与犯罪》，赵星译，北京大学出版社2006年版，第70页。

有独立道德地位的主体,不可能成其为道德主体,或者说,这个主体不可能具有道德主体性。那么,什么是道德主体的道德主体性?一般而言,所谓道德主体性,是指具有明确的道德意识(包括道德权利意识和道德义务意识),能够自主地进行道德决策和道德选择,并能对自己的行为承担道德责任的一种道德属性。道德主体性是对道德地位的确认,道德地位是以道德主体性为基础的。没有道德主体性,更不可能有主体的道德地位,因而也就不可能有所谓道德主体。

那么,在中西方传统文化中,未成年人究竟是否具有道德主体性?可以肯定地认为,在中西方古代历史上,未成年人总的来说是并不具备道德主体性的。根据前文所述,不论是西方古代文化中未成年人的道德景象,还是中国古代文化中的未成年人道德境况,都没有迹象表明未成年人道德主体性的存在,因而也就没有未成年人独立道德地位可言。在西方,至少在近代以前,未成年人往往处于被严重忽视的状况,未成年人并没有被作为独立的主体,更没有被作为需要认真对待的道德主体,以与成年人处于相同对待和对等的地位。正因为这样,人们才往往说,未成年人在西方古代并没有"被发现"。即使到了近代,未成年人开始作为与成年人相同对待的主体而出现(即被"发现"),但是,此时的未成年人仍然是被社会和成年人所建构的,未成年人是成年人所期望、所认为应该成为的那样而存在,未成年人的道德主体性并未真正建立起来。这就意味着,未成年人仍然不具备独立的道德地位。在中国传统文化中,未成年人虽然一直被置于种种道德规范之中,但这些道德规范完全是社会和成年人所建构的,而且未成年人与成年人处于极不平等的地位,未成年人只需遵守也必须遵守社会和成年人所制定的各种道德规范,因此,未成年人是不可能具有道德主体性和独立的道德地位的，未成年人恰恰被各种社会道德规范所桎梏。

未成年人不具备独立的道德地位对未成年人道德建设又意味着什么？这至少意味着未成年人道德建设不可能成为一个话题，也不可能成为一个问题。未成年人道德建设之所以不可能成为一个话题，是因为未成年人不是作为独立的道德主体而存在的，因而未成年人道德建设自然就不可能纳入社会和成年人的道德视野之内。未成年人道德建设之所以不可能成为一个问题，是因为社会对未成年人的道德要求与对成年人的道德要求并无实质性的区别，未成年人对社会主导道德价值观和成年人道德价值观只是直接的继承，因此客观上并不需要也无必要对未成年人提出道德建设的要求。人们在中西方传统文化中看不到在现代社会中如此急切的未成年人道德建设需要，盖由于此。

其次，未成年人权利的凸显和未成年人道德地位的确立，以及现代社会未成年人各种道德问题的大量出现，使社会和成年人不得不对未成年人及其道德建设给予必要的关注和认真的对待，未成年人道德建设就必然成为社会和成年人的现代性中心话语之一，也必然成为现代社会一个重要的现代性问题。

前文已经指出，进入近代以来，特别是进入 20 世纪以来，未成年人的基本道德境遇表现为未成年人权利的凸显及其被尊重与社会和成年人对未成年人道德恐慌的双重变奏。这种双重变奏集中体现了未成年人道德建设的必要性和重要性。

未成年人权利的凸显及其被社会和成年人所尊重，首先是以承认未成年人是与成年人一样具有独立人格、自我意识以及特殊利益和需要的存在为前提的。在西方，这一情况在 16 世纪就开始出现。在中国，通过 20 世纪初启蒙思想家们对封建纲常的批判和对新型代际关系的倡建，未成年人开始从几千年封建枷锁的桎梏中解放出来。因此,不论是在西方还是在中国,未成年人在历史上的那种非权利主体和非道德主体的地位开始得到改变,未成年人已开始鲜明地作为道德主体而存在,其道德地位得到了全社会和成年人的承认。特别是20世纪下半叶以来,这种改变已经十分明显,未成年人的权利和道德地位不断得到确认,并体现在从观念到制度等各个方面。这样,不论是对于整个社会和成年人而言,还是对于未成年人自身而言,未成年人究竟应该成为一个什么样的道德主体,未成年人的道德主体性与未成年人的健康成长,未成年人道德价值观与社会主导道德价值观和成年人道德价值观如何实现传承,即未成年人道德社会化如何实现等等一系列未成年人道德建设的问题,就必然成为社会和成年人的中心话语之一。通常认为只是因为未成年人因种种越轨、失范等行为的增加和普遍,才使未成年人道德建设成为必要的观念,显然是不全面的。

另一方面,已如前述,未成年人在自身权利和道德地位得到确认的同时,各种越轨、失范甚至犯罪的现象大量增加,并已发展成为一个世界性的现象。在中国,特别是在改革开放以来的社会转型时期,未成年人犯罪率持续偏高;与传统社会明显不同,现代社会未成年人的道德价值观和道德行为也往往偏离了社会和成年人的价值期望,并常常对各种社会制度和秩序以及既有的道德规范和成年人道德权威提出挑战,从而未成年人道德价值观与社会主导道德价值观和成年人道德价值观分化明显;未成年人的道德教育及其效果更是难尽如人意;如此等等。所有这些可以认为是未成年人已然得到确立的道德地位的反面镜像。如此诸象凸显出了未成年人道德问题的严重性,从而也凸显了未成年人道德建设的紧迫性。

改革开放以来,中国未成年人的道德地位已然确立,未成年人的道德主体性空前凸显,未成年人的权利也空前地得到关注和尊重,同时未成年人的各种道德问题也空前突出。所有这些都与中国社会的加速转型和深刻转轨相伴随、相缠绕,从而构成了未成年人道德状况的复杂景象,未成年人道德建设因而也就空前地列入重要的议事日程。

第二章　现代道德教育理论中的代际视角

对中西方文化及当代社会未成年人道德地位的历史考察和现实反思，为我们提供了研究未成年人道德建设的历史—现实背景和研究视角。本章将从对现代道德教育理论的简略考察中，揭示现代道德教育理论中一直被忽视的一个崭新视角即代际视角，以为未成年人道德建设提供一种必要的理论借鉴。在本章中，笔者将主要讨论杜威、涂尔干、皮亚杰、科尔伯格等人有关道德教育理论中的代际视角或者代际问题。

通过揭示这些道德教育理论中的代际视角，我们将会发现：(1)从代际视角阐述道德教育的有关重要理论问题，是现代道德教育理论的一个重要特点，而这个特点长期以来一直被人们所忽视。(2)西方现代道德教育理论特别重视对道德教育理论的微观建构，换言之，特别重视对未成年人的道德认知和发展阶段的研究，这恰恰是中国道德教育理论所明显欠缺的，因此对中国未成年人道德建设具有重要的借鉴意义。

一、杜威儿童中心论的道德教育理论及其代际视角

约翰·杜威(John Dewey,1859—1952)是美国著名哲学家、教

育学家和心理学家，实用主义哲学的创始人之一，功能心理学的先驱，美国进步主义教育运动的代表。

在教育理论方面，杜威教育思想的基本主张就是“教育即生活”、“学校即社会”。杜威的得意门生和得力助手悉尼·胡克(Sidney Hook)在评论杜威的教育思想时指出：“杜威首先表明的要点是，道德原理与人类的社会生活是不可分离的，不管他们置身于怎样的关系之中：学校是一种社会生活，而不是生活的准备。”①杜威还首次明确地提出了教育活动应以儿童为中心。他说，在传统教育中，“学校的重心是在儿童之外，在教师，在教科书以及其他任何你所高兴的地方，唯独不在儿童自己即时的本能和活动之中。”“现在我们教育中将引起的改变是重心的转移。这是一种变革，这是一种革命，这是和哥白尼把天文学的中心从地球转到太阳一样的那种革命。在这里，儿童变成了太阳，而教育的一切措施则围绕着他们转动，儿童是中心，教育的措施则围绕他们组织起来。”②“以儿童为中心”——即使到今天也还是一个很现代、很前卫，却又在教育实践中很难做到的教育观念。

杜威反对传统教育，提倡进步主义的和以发展(生长)为目的的教育。这是主张教育即生活和以儿童为中心的教育思想的必然逻辑结论。同时，杜威通过批评传统教育，已初步涉及传统教育和进步教育这两种教育模式下成年人与未成年人之间的关系。在杜威看来，以“外力形成说”为特征的传统教育和以“内在发展说”为特征的进步教育构成了教育思想史的两种基本主张，“教育思想

---

① 悉尼·胡克为杜威《教育中的道德原理》所写的《序言》。[美]杜威：《道德教育原理》，王承绪等译，浙江教育出版社2003年版，第2页。

② 赵祥麟等编译：《杜威教育论著选》，华东师范大学出版社1981年版，第31—32页。

史就是以内在发展说和外力形成说之间的对立为标志：一种认为教育是根据自然的禀赋，一种认为教育是克服自然的倾向并以在外力的强制下所获得的习惯来代替它的过程"①。传统教育具有以下一些特点：(1)传统教育的立足点是已经形成的现成知识（包括道德知识）。"教育上所用的教材由过去已经编好的一系列的知识和技能组成，因此，学校的主要任务是把这些知识和技能传授给新的一代。过去，也已经形成了各种行为规范的准则，学校的道德训练就在于培养符合于这些规范和准则的行为习惯。"②(2)在传统教育中，学生必须是温顺和服从的，而教师则是现成知识的传授者，处于相对于学生的主动地位。"传统教育的主要意图或目标是通过获得教材中有组织的知识和成熟的技能，为青年一代承担未来的责任和获得生活上的成功做好准备。既然教材和正确的行为规范都是从过去传下来的，那么学生的态度总体上应该是温良的、顺受的和服从的。书籍，特别是教科书，是过去的学问和智慧的主要代表，而教师是使学生和教材有效地联系起来的机体，教师是传授知识和技能以及实施行为准则的代理人。"③(3)与以上两点相联系，传统教育必然以灌输方法作为教育（包括道德教育）的主要方法甚至唯一方法。"传统教学的计划实质上是来自上面的和外部的灌输。它把成人的标准、教材和方法强加给只是正在逐渐成长而趋于成熟的儿童。差距是如此之大，所规定的教材、学

---

① ［美］杜威：《经验与教育》，载《道德教育原理》，王承绪等译，浙江教育出版社2003年版，第293页。

② ［美］杜威：《经验与教育》，载《道德教育原理》，王承绪等译，浙江教育出版社2003年版，第293—294页。

③ ［美］杜威：《经验与教育》，载《道德教育原理》，王承绪等译，浙江教育出版社2003年版，第294页。

习和行动的方法，对于儿童的现有能力来说，都是没有关联的。它们都是年青的学习者已有的经验所不及的东西。结果，尽管优秀的教师想运用艺术的技巧来掩饰这种强制性，以减轻那种显然粗暴的性质，它们还是必须灌输给儿童的。"①"在传统学校里那么普遍的一种外部的灌输，不仅不能促进反而限制了儿童的智慧和道德的发展。"②

在杜威看来，进步教育实质上就是一种"生长教育"。何谓"生长"？杜威认为："社会在指导青少年活动的过程中决定青少年的未来，也因而决定社会自己的未来。由于特定时代的青少年在今后某一时间将组成那个时代的社会，所以，那个时代社会的性质，基本上将取决于前一时代给予儿童活动的指导。这个朝着后来结果的行动的累积运动，就是生长的含义。"③在杜威看来，生长的首要条件是未成熟状态，未成熟状态这个词的前缀"未"具有某种积极的意义，而不仅仅是一无所有或缺乏的意思。也就是说，未成熟状态就是有生长的可能性，即发展的能力。"我们往往把未成熟状态只是当做缺乏，把生长当作填补未成熟的人和成熟的人之间的空缺的东西，这种倾向是由于用比较的观点看待儿童期，而不是用内在的观点看待儿童期。我们所以仅仅把儿童期当作匮乏，是因为我们用成年期作为一个固定的标准来衡量儿童期。这样就把注意力集中在儿童现在所没有的、他成人以前所不会有的

---

① ［美］杜威：《经验与教育》，载《道德教育原理》，王承绪等译，浙江教育出版社2003年版，第294页。

② ［美］杜威：《经验与教育》，载《道德教育原理》，王承绪等译，浙江教育出版社2003年版，第297页。

③ ［美］杜威：《教育即生长》，载《道德教育原理》，王承绪等译，浙江教育出版社2003年版，第64页。

东西上。……我们有非常可靠的成人凭据，使我们相信，在某种道德的和理智的方面，成人必须变成幼小儿童才对。"①基于此，杜威提出进步教育的目的是继续不断生长即发展的能力，而不是达到某种外在目的的手段。

由此出发，杜威在教育思想史上第一个提出了认知发展方法，对此，科尔伯格（Lawrence Kohlberg）指出："第一个对认知发展方法进行详尽阐述的是杜威。这一方法之所以被称为认知的，是因为它承认，在促使儿童对道德问题和道德决定进行积极思考方面，道德教育像智育一样，是有其根据的。而这一方法之所以被称为发展的，是因为它把道德教育的目的看作是促使儿童的道德判断顺着其发展阶段向前发展。"②杜威以认知发展方法为基础，同样是第一个提出了儿童道德发展阶段理论，"杜威假定道德发展有三个水平：前道德的或前习俗的水平，其特点是个体的'行为由生物性的和社会的冲动所驱动，其后果具有道德上的意义'；习俗水平，其特点是'个体几乎毫无批判地接受其团体的标准'；自律水平，其特点是'个体依据其对一种目的是否合适而作的思考和平等去指导其行为的，而不会不加思考地接受其团体的标准。"科尔伯格承认，虽然"杜威关于道德阶段的想法是假设性的"③，但对自己的影响是很明显的。

可以对杜威道德教育的有关思想及其代际视角做以下总结：

① ［美］杜威：《教育即生长》，载《道德教育原理》，王承绪等译，浙江教育出版社 2003 年版，第 65 页。

② ［美］科尔伯格：《论中学民主与为公正的社会而教》，载《道德教育的哲学》，魏贤超、柯森等译，浙江教育出版社 2000 年版，第 278—279 页。

③ ［美］科尔伯格：《论中学民主与为公正的社会而教》，载《道德教育的哲学》，魏贤超、柯森等译，浙江教育出版社 2000 年版，第 279 页。

不论是智育还是德育,教育的目的都是发展;儿童道德发展是一个具有阶段性特征和顺序的连续过程;应以儿童为中心,遵从儿童发展阶段的特点;道德教育的方法要围绕促进儿童积极的道德思维,而不是成人的灌输。完全可以说,杜威的道德教育思想及其代际视角开启了后来道德教育学家和道德心理学家对所有相关问题研究的先河,换言之,孕育了后来道德教育学家和道德心理学家所讨论的所有相关问题。

二、涂尔干集体主义道德教育理论及其代际视角

爱弥儿·涂尔干(Emile Durkheim,1858—1917)是法国第一位学院式社会学家,巴黎大学社会学和教育学教授。这里笔者在简要概述其道德教育基本观点的基础上,重点讨论"道德教育中的代际关系"问题,并简述皮亚杰等人从道德心理学方面对涂尔干道德教育论的批评。

(一)纪律精神、对群体的依恋、自主性:道德三要素

涂尔干的道德教育论是建立在反对神启论道德、提倡世俗道德基础之上的。他认为,基于世俗道德之上的道德教育,是一种纯粹理性主义的教育。在他看来,世俗道德是由纪律精神、对社会或群体的依恋和认同以及道德的自主性等三大要素组成的。这也是其道德教育理论的三大理论支柱,道德教育的其他问题均是由这三大要素所派生和决定的。

涂尔干将纪律精神作为道德的首要要素。那么,什么是道德的纪律精神?涂尔干是这样表述的:

在道德生活的根基中,不仅有对常规性的偏好,也存在着

道德权威的观念。进一步说，道德的这两个方面是紧密相连的，两者的统一性来源于一个更为复杂的、能够将两者都涵括在内的观念。这就是纪律的概念。实际上，纪律就是使行为符合规范。纪律意味着在确定的条件下重复的行为。不过，倘若没有权威，没有能够起到规定作用的权威，纪律就不会出现。因此，……我们就可以说，道德的基本要素就是纪律精神。①

道德的常规性意指在同样情境、同样条件下必然出现一致的和可重复的道德结果，并能一以贯之，因此是自然地、惯常地、相对稳定地存在的道德属性；而道德权威则是指能独立发挥作用（用涂尔干的话说即能“发号施令”）、自我决定（用涂尔干的话说即“自成一类”）和必须服从（因而有一种强制性力量）的道德规范。在涂尔干看来，道德的常规性和道德权威实际上就是同一个道德要素即纪律精神的两个方面。可见，纪律精神作为道德的第一个要素，是涵括和统一道德的常规性和道德权威的重要概念。

需要说明的是，涂尔干特别强调纪律是对违背道德的欲望和行为的规范和约束，而不是对合乎道德的行为或符合秩序的行为的约束，更不是对人性的压制。因此，纪律虽然是一种规范和约束因素，但“与以下做法毫不相干：阴险地把顺从精神反复灌输给儿童，或者抑制他合理的远大抱负，或者不让他了解他周围的各种情况。这些意图与我们社会体系的各个原则是矛盾的”②。纪律若

① ［法］涂尔干：《道德教育》，陈金光、沈杰、朱谐汉译，上海人民出版社2001年版，第33页。本文所引用的《道德教育》中文版是由陈金光翻译的《道德教育》、沈杰翻译的《教育与社会学》和朱谐汉翻译的《讨论与讲稿》合编而成的。

② ［法］涂尔干：《道德教育》，陈金光、沈杰、朱谐汉译，上海人民出版社2001年版，第51页。

对人性构成了危害，便必不能扎根于人的良知深处。这样，纪律便成为人们用来实现其人性的手段。

道德的第二个要素是对群体的依恋。个人对群体或社会的依恋和认同，也被称做自制精神，作为道德的第二个基本要素，可以用涂尔干的下面两段话来表述：

> 除了由个人的联合所形成的群体，即社会，就不再有任何外在于个人的东西了。于是，道德目标也就是那些以社会为对象的目标。而合乎道德地行动，也就是根据集体利益而行动。①

> 重要的是要确立以下原则，即真正意义上的道德生活领域的起点，就是集体生活的起点，换言之，只有在我们作为社会存在的意义上，我们才是道德存在。②

在涂尔干看来，社会的起点就是道德的起点。因为除了社会之外，不会再有任何能够为道德行为提供目的的东西，也就是说，道德目标就是以社会为对象而非以个人为对象的目标。涂尔干非常鲜明地指出，在个人之外，存在着一种精神实体，这就是社会，亦即一种在经验上可观察到的、能够把我们的意志与之联系起来的道德存在。在这里，必然涉及社会与个人的关系。一方面，绝不能把社会还原为个人的简单集合。涂尔干断定，各个个人的利益是没有道德价值可言的，因此，这些个人利益的总和也就没有道德价值可言。另一方面，社会又是与个人相互融合的。假若社会仅仅是与个人不同的东西，以至于与个人格格不入，那么个人对社会的依恋

---

① ［法］涂尔干：《道德教育》，陈金光、沈杰、朱谐汉译，上海人民出版社2001年版，第60页。

② ［法］涂尔干：《道德教育》，陈金光、沈杰、朱谐汉译，上海人民出版社2001年版，第65页。

就完全不可理解。

把社会作为道德行动的目标,即对社会群体的依恋,是确定道德教育任务和目标的理论依据。对此,涂尔干是这样说的:"如果人要成为一种有道德的存在,他就必须献身于某种不同于他自己的东西;他必须感到与社会一致,而不管这个社会可能多么低级。这就是为什么,道德教育的首要任务就是使儿童与其周围的社会重新合为一体。……教育首先具有把儿童与社会连结起来的功能。"①

道德的第三个要素是道德的自主性。道德的自主性又被称为"知性精神"。在涂尔干看来,道德原本完全是行动的一种功能,现在已越来越依赖于知识。知识的重要功能之一,就是"更加深入事物的本性:对规范本身、规范的根源以及存在理由进行符号解释。"他说:

> 如此一来,我们便确定了道德的第三要素。要合乎道德地行动,光靠遵守纪律和效忠群体是不够的,不再是足够的了。除此之外,不管是出于遵从规范还是忠于集体理想,我们还必须对我们行为的理由有所了解,尽可能清晰完整地明了这些理由。这种自觉意识为我们的行为赋予了自主性,从此时起,公共良知要求所有真正的、完整的道德存在都具备这种自主性。因此,我们可以说,道德的第三要素就是道德的知性。道德不再是单纯按照某些指定的方式行事,哪怕是有意为之。除此之外,规定这种行为的规范,必须是人们自愿地向往的规范,也就是说,必须是人们自愿接受的规范;而这种接

① [法]涂尔干:《道德教育》,陈金光、沈杰、朱谐汉译,上海人民出版社2001年版,第78—79页。

受，不过是一种启蒙了的赞同而已。

涂尔干据此对道德教育发表了一句宏论："教授道德不是布道，也不是灌输，而是解释。"①这表明，理性的道德教育，既不同于宗教式的说教，也不同于意识形态的强制，而应是自愿的接受和科学的解释。这表面看起来好像与纪律精神和对群体的依恋相矛盾，但仔细考究就会发现，它们是内在一致的。正因为这种一致性，才使得道德教育真正符合人性。

（二）道德的代际传承和代际互动

涂尔干在《教育与社会学》这部著作中，系统地阐述了道德是如何在代际间实现传承以及未成年人是如何在成年人的教育和影响下实现道德社会化的。

首先，涂尔干从宏观上说明了道德作为一种相对于个人的先在，是任何一代人都要面对的基本前提，是超越于世代兴衰更替的；同时道德也是在代际间实现传承的。

这是由于：第一，社会的起点或者集体生活的起点就是道德的起点，道德规范首先是一种社会性存在而非个体性存在。这是涂尔干的一贯思想。他认为，个人并不是社会中唯一真实的东西，否则，就必然是社会依赖于个人，而不是个人依赖于社会。这样就必然得出以下错误结论："甚至过去各代人的价值也根本不是我们的条件"。相反，我们所面对的传统和规范是一种集体的产物，因此始终是超越于世代兴衰更替的："若我们能够想象过去传统担负着未来，就必须认为传统不仅能够支配个人，也能够使传统本身

① ［法］涂尔干：《道德教育》，陈金光、沈杰、朱谐汉译，上海人民出版社2001年版，第118页。

始终超越于世代的兴衰。”①第二,从道德演化的角度看,每一代人在道德演化中所起的作用是非常有限的。因为此时此地的道德从我们出生之日起就已经固定下来了,即使是巨大的道德转型也往往以长时段作为自己的前提条件。因此,道德在每个人的生命旅程中所经历的变化,即我们能够分享的那些变化,也是极为有限的。我们每个人都不过是在这样一种变迁中进行合作的无数单元中的一个单元而已。在这种复杂的结果中,我们个人的贡献永远不过是一个小小的因素而已,而且这一因素将了无声息地消失其中。以上两点使我们看到:“同时代人的集体行动怎样在每时每刻都影响着我们每一个人,而且也说明每一代人都怎样依赖于过去的各代人,每一个世纪怎样延续着以前各个世纪的工作,又怎样在以前各个世纪踩出的道路上前进。”②

涂尔干还从人与动物的差异着眼,认为动物纯粹是一种个体存在,它在个体生存中所学到的一切,几乎无法比它自身存在得更久,也就是说,动物所学到的东西必然随着它生命的结束而结束。而人则是一种社会性存在,并能够创造文化和文明,比如可以“代代相传的各种书籍、雕刻、工具、乐器,以及口头传说等等”。有了这些文化和文明,人类经验所产生的结果才几乎可以被完整而详尽地保存下来。这样,人类本性这块土壤,才会覆盖上一层厚厚的积淀,而且依然在不断加厚。正因为有了一代一代的兴衰和更迭,人类的智慧才不会消弭,反而会无限积累起来,也正因为有了这种无限的积累,才能使人类得到提升,使人类既胜过动物,也能超越

① [法]涂尔干:《道德教育》,陈金光、沈杰、朱谐汉译,上海人民出版社2001年版,第248页。

② [法]涂尔干:《道德教育》,陈金光、沈杰、朱谐汉译,上海人民出版社2001年版,第265页。

自己。所有这些积累,“只有在社会中并通过社会才能实现,这是因为,要想把每一代人的遗产保存起来,添入下一代人那里,还必须具有一种能够历经几代人之久、并把几代人结合起来的道德人格:这就是社会”①。在这里,个体与社会的对立消失了,它们统一在道德和文化的代际传承之中。

其次,从代际关系的角度看,道德教育就是成年人与未成年人的一种特定关系。

实际上,道德的代际传承就是道德教育的一种重要方式。除此而外,成年人与未成年人的相互关系也深刻地规定着道德教育的内涵。

什么是教育?在涂尔干看来,所谓教育无非就是一种代际关系的变化模式。他对教育所提出的几种定义莫不如此:“教育若想成为教育,就必须有成年人和年轻人这两代人的互动,有成年人对年轻人的影响。”②“教育是年长的一代对尚未为社会生活做好准备的一代所施加的影响。教育的目的就是在儿童身上唤起和培养一定数量的身体、智识和道德状态,以便适应整个政治社会的要求,以及他将来注定所处的特定环境的要求。”③“同辈之间的影响也不同于成年人对年轻人的影响。在这里,我们所关心的只是年轻人,因此,也只有这个意义才便于保留‘教育’一词的涵义。”④

---

① [法]涂尔干:《道德教育》,陈金光、沈杰、朱谐汉译,上海人民出版社2001年版,第315页。

② [法]涂尔干:《道德教育》,陈金光、沈杰、朱谐汉译,上海人民出版社2001年版,第306页。

③ [法]涂尔干:《道德教育》,陈金光、沈杰、朱谐汉译,上海人民出版社2001年版,第309页。

④ [法]涂尔干:《道德教育》,陈金光、沈杰、朱谐汉译,上海人民出版社2001年版,第301页。

很明显,涂尔干是从成年人与未成年人的代际关系的角度来定义“教育”这一概念的。

那么,为什么涂尔干要从代际关系的角度来定义和讨论(道德)教育?这仍然应该从他关于社会对象是道德的主要目标的观点来理解。涂尔干断定每个人都有两种存在,“一种是由仅仅适用于我们本身以及我们个人生活事件的所有心态构成的:我们可以称之为个体存在。另一种是一套观念、情感和实践的体系,它们所表现的并不是我们的人格,而是我们所参与的群体或各个不同的群体;它们是宗教信仰、道德信仰和实践、民族或职业传统以及各种类型的集体意见;它们的总体构成了社会存在。”“教育的目的,就是在我们每个人身上形成这种社会存在。”“当每一代新人出现时,社会就会发现自己几乎面对着一块白板,必须重新开始建设。对于那些刚刚产生的利己主义和非社会性的存在,社会必须尽可能迅速地添加上另一种存在,把他引向一种道德生活和社会生活。……教育在人身上创造了一种新的存在。”也就是说,教育就是使年轻一代不断地从个体存在转变为社会存在的过程,亦即“是年轻一代系统地社会化的过程”①。

根据涂尔干从成年人与未成年人的关系的角度来定义教育,可以逻辑地推论出:成年人就是社会的化身,成年人与社会是完全合一的。因此,社会对道德所具有的重要性,对成年人也同样具有。正因这样,社会最终是通过成人的影响来实现对儿童的道德教育的。虽然涂尔干说过教育就是成年人与未成年人的互动,但从他的整个道德教育体系看,成年人相对于未成年人而言是处于

① [法]涂尔干:《道德教育》,陈金光、沈杰、朱谐汉译,上海人民出版社2001年版,第309—310页。

主动和强势地位的。这就决定了只有成年人对未成年人的单向影响,而不是成年人与未成年人的互动。“一切教育实践无论是怎样的实践,无论彼此间有怎样的差别,都共同拥有一个本质特征:都来源于上一代人为使下一代人适应他们注定生活其中的环境,而对下一代人施加的影响。所有教育实践都是这种基本关系的工作模式。”①这种代际关系中的道德教育模式与他的社会优先于个人的总观点,亦即与他关于道德的第一要素和第二要素的观点是完全一致的。

(三)“道德教育的传统模式”:来自道德心理学的批评

由于道德教育在涂尔干整个理论体系中并不占有主要地位,因此很少有人对他的道德教育理论进行系统的研究和批评。在这方面,可能道德心理学家是个例外。比如美国道德心理学家科尔伯格和瑞士心理学家皮亚杰(Jean Piaget)就对涂尔干的道德教育理论提出过批评。综观他们的批评,主要表现在以下几个方面:

第一,涂尔干的道德教育理论,总体上说就是一种集体主义道德教育理论。

涂尔干的道德教育理论强调为规则而遵守规则,因而最终是坚持集体主义立场的。它是通过强调团体对某成员的权威和把团体当作儿童个人和成人权威之间的媒介来体现出集体主义的特征的。这种集体主义道德教育理论的逻辑结论就是集体生活的纪律对道德品质具有直接的促进作用。这种集体主义道德教育理论也正是苏联人的道德教育前提和假定。他们都推定,集体主义及其

---

① [法]涂尔干:《道德教育》,陈金光、沈杰、朱谐汉译,上海人民出版社 2001 年版,第 329 页。

伴生的利他主义始终是为某些比自我更重要的东西而牺牲自我，一个自我绝不会比另一个自我重要，除非它代表着集体或社会。因此，道德教育的一个主要部分就是培养从属于集体而牺牲自我的观念。科尔伯格站在美国个人主义的立场，认为这种集体主义“既不是理性的道德标准，也不是美国的、符合宪法精神的传统”①。

第二，涂尔干的道德教育理论是一种保守的传统的道德教育论。

所谓保守的传统的道德教育论，就是指以社会在逻辑上先于个人、在地位上高于个人的道德教育理论。因此，科尔伯格明确指出：“将道德教育看作是教儿童尊敬团体及其规则并与其保持一致，这只是传统的道德教育这一概念的一种逻辑结果。”在科尔伯格看来，这种“传统的道德教育，即符合社会规则为目的的教育不能适当解决道德相对论问题”②。

皮亚杰在他的经典著作《儿童的道德判断》中曾专门针对涂尔干的道德教育理论作过详细评述。皮亚杰通过对儿童如何制定游戏规则的深入研究，认为存在着两种道德，一种是“约束的道德”，一种是“协作的道德”。所谓约束的道德，是指主要由成年人制订道德规则并以他律的方式强加给儿童的道德；所谓协作的道德，是指主要由儿童在“游戏”过程中以平等的精神所自发和自主地达成的道德规则。约束的道德是以儿童对成人单方面的尊重为基础的，而协作的道德则是以儿童之间以及儿童与成人之间的相

---

①　[美]科尔伯格：《道德教育的哲学》，魏贤超、柯森等译，浙江教育出版社2000年版，第264页。

②　[美]科尔伯格：《道德教育的哲学》，魏贤超、柯森等译，浙江教育出版社2000年版，第38、41页。

互尊重为基础的。涂尔干不仅没有区分这两种道德,相反,他将这两者不适当地混同了起来,认为一切道德都是集体强加给个人的,都是成人强加给儿童的。皮亚杰正确地指出,涂尔干的"这种教育系统以传统模式为基础,而它所依赖的方法基本上是权威的方法,虽然他介绍到这种方法中去的一切特性都是允许良心内在自由的"①。因为"涂尔干把约束这个词的定义已经扩充到包括一切社会现象。不管他所谈的是一个人对普遍的人类理想的内在吸力还是公共舆论或警察所施行的压力,它们都是约束。社会现象的'外在性'也引起了同样的概括。逻辑的和道德的原则是在个人之外的,这个意义是说,个人的心灵不能在无帮助的情况下把它们制订出来。……总之,社会总是同样的一个,而协作与约束的差别乃是程度上的,而不是质量上的。"由此可见,"道德也可以产生毫无理由的禁止和强迫。因此,绝对命令就是从社会的约束直接发源的。道德的目的和尊重的来源只能是社会本身,而不是来源于个人并超越于个人。"②皮亚杰对涂尔干在提出道德三要素后就急于问我们怎样才能把道德的这些因素逐渐灌输给儿童的做法很反感。

皮亚杰虽然有条件地承认涂尔干从社会学观点所做的某些分析和结论,但他对涂尔干忽视心理学观点也表达了合理的不满。这首先是由于涂尔干无视儿童的协作的道德,总是想到社会仅仅是由成人组成的,在他的著作里,每一件事情的发生似乎都是一个社会整体简单地对个人施加压力的结果,而不管他们的年龄如何。

---

① [瑞士]皮亚杰:《儿童的道德判断》,傅统先、陆有铨译,山东教育出版社1984年版,第416—417页。

② [瑞士]皮亚杰:《儿童的道德判断》,傅统先、陆有铨译,山东教育出版社1984年版,第418、419页。

此外，与涂尔干恰恰相反，皮亚杰认为，社会的约束并不能真正足以使儿童"社会化"，而只是加强了他的"自我中心"，即把自己封闭在自我之中，进而妨碍了儿童的社会化。

应该说，皮亚杰等人对涂尔干集体主义道德教育理论的批评具有明显的片面性，但对涂尔干只重成年人与未成年人之间"约束的道德"而无视未成年人之间"协作的道德"的批评却是十分深刻的。

三、皮亚杰儿童道德认知理论及其代际视角

让·皮亚杰（Jean Piaget，1896—1980），瑞士心理学家，发生认识论创始人，日内瓦大学教授。皮亚杰于 1930 年出版的《儿童的道德判断》（*The Moral Judgment of the Child*）是其道德心理学的主要著作之一。笔者将以皮亚杰《儿童的道德判断》为蓝本，通过对皮亚杰关于"约束的道德"与"协作的道德"的分析，并以其道德心理学原理来印证本书的基本观点——在现代社会，对未成年人的道德建设应放在成年人与未成年人的相互关系中来进行，才能实现未成年人道德建设的创新。

（一）认知发展阶段与道德发展阶段

众所周知，皮亚杰在对儿童的认知发展进行研究的基础上，提出了儿童逻辑思维发展必经四个重要的推理阶段：感知运动阶段、前运演阶段或前逻辑阶段、具体运算阶段和形式运演阶段。

皮亚杰通过对儿童玩弹子游戏的规则的分析，发现儿童的道德发展阶段与儿童的认知发展阶段存在着有趣的对应关系。因为道德推理显然也属推理，因此，高级的道德推理总是维系于高级的逻辑推理的。皮亚杰认为，"儿童的游戏构成了一种最好的社会

制度。”“一切的道德都是一个包括有许多规则的系统，而一切道德的实质就在于个人学会去遵守这些规则。”①他通过对大量事例的分析和研究，将儿童游戏规则的形成分为四个阶段。② 我们把这四个阶段简述如下：

第一个阶段是具有纯粹运动性质和个人性质的阶段。这一阶段是从出生到 2 岁左右。在这个阶段，儿童是按照他的欲念和运动习惯玩弹球的，此时的规则只是一种运动规则而不是真正集体的规则。

第二个阶段是自我中心阶段。这一阶段大约是在 2 岁到 5 岁之间。在这个阶段，儿童每个人都是“个人玩个人的”，他一方面受着成人从外面强加于一整套规则和范例的支配，另一方面又由于他不能把自己和他的长者们处于平等的地位，不能与成人建立真正的相互接触，他就在没有意识到自己的孤立状态的情况下，把自己封闭在自己的自我之中。

第三个阶段是初步的协作阶段。这个阶段是在 7 岁至 10 岁之间。在这个阶段，每个游戏者都试图取胜，所以大家开始考虑互相控制和统一规则的问题，但对一般规则的看法仍然是模糊的。在这里，必须区分两类不同的社会关系：约束的社会关系和协作的社会关系。约束的社会关系包含着单方面尊重的因素，一种权威和特权的因素；协作的社会关系就是两个人站在平等的地位彼此交谈。这样，自我中心就必然与协作的社会关系相冲突，而约束的社会关系则总是与自我中心关联在一起。

---

① ［瑞士］让·皮亚杰：《儿童的道德判断》，傅统先、陆有铨译，山东教育出版社 1984 年版，第 1 页。

② 参见［瑞士］皮亚杰：《儿童的道德判断》，傅统先、陆有铨译，山东教育出版社 1984 年版，第 18—80 页。

第四个阶段是规则编集成典的阶段。这个阶段开始于 11 岁至 12 岁之间。在这个阶段,规则已经发生了实质性的变化:在儿童看来,游戏规则不再是外在的法则,而是自由决定的结果,并已获得彼此的同意,因而是值得尊重的。这种变化可以从以下三个相互伴随的象征中显现出来:第一,只要某种变化获得了全体的同意,儿童便允许改变这个规则;第二,儿童已不再根据现存事实而把规则视为永恒的和一代一代原封不动地相传下来的;第三,规则远不是成人所赋予给他的,儿童也不再相信规则是来源于成人的,规则必须在儿童的首创中逐渐制订出来,也就是说,自主的规则代替了强制的规则。于是,协作便变成了一种有效的道德法则。

通过对皮亚杰认知发展阶段和道德发展阶段的分析,可以发现,第一,皮亚杰的道德发展研究是建立在思维发展基础上的。他认为儿童的道德发展是认知发展的一部分,儿童的道德判断能力受到儿童逻辑思维能力的制约,因此,儿童道德判断能力的发展阶段与儿童认知能力的发展阶段是相平行的。第二,在皮亚杰看来,儿童的道德发展是一个从"约束的道德"向"协作的道德"演变同时又是两者相互作用的过程。

(二)约束的道德与协作的道德

在皮亚杰看来,"儿童存在有两种道德观:一种是具有约束性的道德,一种是具有协作性的道德"①。根据皮亚杰对"约束的道

① [瑞士]皮亚杰:《儿童的道德判断》,傅统先、陆有铨译,山东教育出版社 1984 年版,第 410 页。一般认为,皮亚杰最早系统地提出并全面地阐述了"他律道德"和"自律道德",并把笔者在这里概括的"约束的道德"和"协作的道德"与"他律道德"和"自律道德"等同起来。实际上,笔者以为它们是有明显区别的。这从本书后面的讨论中可以看得很清楚。

德”与“协作的道德”的论述，可以将它们简述如下：所谓约束的道德，是指主要由成年人制订道德规则并以他律的方式强加给儿童的道德；所谓协作的道德，是指主要由儿童在“游戏”过程中以平等的精神所自发和自主地达成的道德规则。

约束的道德和协作的道德分别具有以下特点：第一，约束的道德是成人权威的体现，协作的道德则是儿童自主制订规则的道德；第二，约束的道德倾向于惩罚性的公正；而协作的道德则追求平等的公正；第三，约束的道德是他律的道德，协作的道德则是自律的道德。

1. 成人的权威与儿童的规则

社会学鼻祖孔德和著名社会学家涂尔干都倾向于认为，社会只是一系列的世代，每一代都压制它下面的一代；一代对另一代的压力是社会生活中最重要的现象。这种现象实际上是由成人的权威及其对儿童的约束所导致的。这种由成人不断施加于儿童的约束通常表现为社会因素的干预。皮亚杰指出：“现在儿童学会遵守的大多数的规则是他从成人那里接受来的，这就是说，他是在这些规则已经完备之后才接受它们的。而这些规则的精细制定往往并不是和儿童有关联的，也不是因为儿童需要这些规则，而是早期成人世世代代连续不断的活动结果。”“打弹子游戏的规则，正像所谓道德现实一样，乃是一代一代传下来的，并由于个人遵守这些规则而被保存了下来。……在儿童和他的伙伴游戏之先，他要受到他父母的影响。从他的婴儿时期起，他就要遵守许多规矩，甚至在他会说话以前他就意识到有一定的义务。”①

① ［瑞士］皮亚杰：《儿童的道德判断》，傅统先、陆有铨译，山东教育出版社1984年版，第1—2页。

成人的权威及其对儿童的约束导致了皮亚杰所谓的"道德实在论"(或"道德现实主义")。所谓道德实在论,是指这样一种倾向:儿童不得不把(道德)责任和附随于责任的价值看成是自在的(Seif-subsistent)、不受内心支配的。也就是说,儿童的道德规则来自于外在的、客观的成人的权威。由此可见道德实在论的三大特征:第一,道德责任本质上是受外界支配的。"好"被严格地规定为服从。任何服从于规则或成人的行为都是好的行为,而不管成人的命令是什么;任何不符合规则和成人命令的行为都是坏的。于是,规则就绝不是由内心来"制作"、判断和解释的某种东西,而是给定的、现成的和外在于心灵的,总而言之,是由成人所揭示和强加的。第二,道德实在论要求遵守规则的词句,而不是它的精神。儿童道德演进刚开始的时候,成人的约束造成了一种字面上的实在论(Literal realism),儿童并不了解规则的内在含义。这也就是所谓"知其然,不知其所以然"。第三,道德实在论导致客观的责任感。在皮亚杰看来,这甚至可以作为道德实在论的一个标准。既然儿童只注意规则的字面意思,并且只认为"好"就是服从,所以,开始时,他评价行为将不是根据激起行为的动机,而且根据行为是否严格地符合现有的规则。因此,人们将清楚地看到儿童道德判断中客观责任的表现。①

在这里,可以很清楚地看出,道德实在论是成人权威的产物。道德实在论之所以是成人权威的产物,主要是由以下因素决定的:儿童道德成长过程本身需要成人权威的约束,就像儿童的智力和思维的发展需要成人的开发和帮助一样。因为人类心理的基本事

① 参见[瑞士]皮亚杰:《儿童的道德判断》,傅统先、陆有铨译,山东教育出版社1984年版,第125—126页。

实是,社会已经几乎完全具体化为外在于个人的东西,而不是像被其本能所驱使的动物那样几乎是内在于单个有机体的东西。换言之,正如涂尔干有力地表明的那样,社会的规则(不管它们是语言学的、道德的、宗教的,还是法律的)不能通过体内生物学遗传的方法,而只有利用个人相互之间施加外部压力的手段才能加以构成、传递和保留。因此,成人的行为和命令便构成了作为儿童道德实在论源泉的这种"世界秩序"的最重要组成部分,"由成人的约束强加于儿童思想的规则,开始时的确是或多或少地表现出一种外在化的和纯粹权威的特征"①。也就是说,儿童的道德成长过程必定经历成人的约束这一阶段。这样,成人权威的约束便构成了儿童的"约束的道德"。

但是,除了成人的权威造成儿童的"约束的道德"之外,儿童还存在有一种"协作的道德"。事实上,儿童的道德规则在形成过程中,一方面受着成人的约束,另一方面却在"儿童社会"内部或者说儿童同辈之中得以完成。这也正是皮亚杰与涂尔干的最大区别之所在。关于协作的道德与约束的道德以及他与涂尔干的分歧,皮亚杰非常明确地指出:"我们相信第一种道德是在儿童本人之间的团结所准备起来的,而第二种道德是在成人对儿童的约束中产生的;涂尔干却认为一切道德都是集体强加于个人的,都是成人强加于儿童的。"②皮亚杰认为,除约束的道德外,儿童还能自发和自主地形成一种协作的道德。皮亚杰认为,"如果给予儿童充分的行动自由,他将自发地脱离他的自我中心状态并使他的整个

① [瑞士]皮亚杰:《儿童的道德判断》,傅统先、陆有铨译,山东教育出版社1984年版,第221页。

② [瑞士]皮亚杰:《儿童的道德判断》,傅统先、陆有铨译,山东教育出版社1984年版,第416—417页。

存在倾向于协作。”①“社会约束只是一代人对另一代人所施加的压力，而协作乃是最深刻、最重要的一种社会关系，最后它能发展理性的模式。”②不仅如此，皮亚杰认为约束的道德与协作的道德还是互相冲突的，而涂尔干将两者不适当地等同了起来。可以认为，皮亚杰《儿童的道德判断》一书的主旨无非是两个：一个是儿童是如何形成“协作的道德”的；另一个是成人应如何站在儿童的道德观点而不是成人的道德观点来看待儿童的道德形成。因此，皮亚杰虽然也讨论并有限度地承认约束的道德，但他的真正落脚点却是揭示儿童的协作道德及其形成。

儿童协作道德的形成至少取决于以下两种因素：第一，儿童道德能力已经发展到了第三个阶段，特别是第四个阶段。因为，在第三个阶段之前，特别是在第二个阶段之前，儿童最容易受成人权威的影响。在皮亚杰看来，越是成人权威的约束最厉害的地方和时候，就越是儿童处于“自我中心”状态最明显的地方和时候。在儿童道德发展的第三阶段，开始分化出两种社会关系，即约束的社会关系和协作的社会关系。约束的社会关系总是发生在成人与儿童之间，而协作的社会关系则发生在儿童同辈之间。正是这种协作的社会关系在儿童之间的形成，为儿童在第四个道德发展阶段的平等交往和“商谈”提供了社会基础。最能体现儿童道德发展第四阶段本质特点的，就是道德规则不再是完全由成人所制订并外在地不可改变的了，而是由同辈儿童之间在共同协商、相互同意基础之上所自由自主地制订的了。这正是协作的道德与约束的道德

① ［瑞士］皮亚杰：《儿童的道德判断》，傅统先、陆有铨译，山东教育出版社1984年版，第227页。

② ［瑞士］皮亚杰：《儿童的道德判断》，傅统先、陆有铨译，山东教育出版社1984年版，第119页。

之间的本质区别。第二,与社会已经明显地发生代际分化有关。这里所谓的代际分化,主要是指社会文化和价值观在代与代之间出现了差异乃至冲突,这种代际分化在传统社会是很难发生的,它只有在出现涂尔干所谓的社会的异质化的情况下才会发生。在没有发生代际分化的社会里,儿童对成人只存在服从的关系,“说在一个人服从集体命令和儿童服从于一般成人之间能够建立一种联系,这并不是一种比喻。在这两种情形中,人都服从于一定的命令,因为他尊重他的长者。”而在已经发生代际分化的现代社会,“当我们想到原始社会老人政治所发挥的作用,当我们想到在社会进化历程中家庭势力日益减低,以及当我们想到一切现代文明所特有的社会特点时,我们就会在社会历史中看见个人逐渐得到解放;换言之,我们看到了不同的各代彼此关系的拉平。正如涂尔干本人所指出的,对于从分割的社会的强迫服从到分化社会的有机团结这一过渡的解释,一定要借助于集体对个人的监督这个根本的心理因素的减少。这个社会‘越稠密’,青少年就越迅速地从他的直接约束中逃脱出来并置于许多新鲜的影响之下。青少年得通过对这些新鲜的影响彼此进行比较而获得精神上的独立。社会越复杂,人格就越主动,而平等的个人之间的协作关系也就越重要。”①可见,约束的道德往往与老人统治的传统社会相关,而协作的道德则往往与现代社会的平等结构有关。“在我们的社会里,随着儿童的成长,他也越来越从成人的权威下解放出来;而在比较低级的文化中,青春期的标志则是个人越来越明显地隶属于年长者和他的部落的传统。”②

---

① [瑞士]皮亚杰:《儿童的道德判断》,傅统先、陆有铨译,山东教育出版社1984年版,第411页。

② [瑞士]皮亚杰:《儿童的道德判断》,傅统先、陆有铨译,山东教育出版社1984年版,第305页。

2. 惩罚的公正与平等的公正

道德心理学家都十分关注公正问题,或者说,都从道德心理学的角度探讨公正问题。皮亚杰正是从道德心理学的角度,根据他提出的约束的道德与协作的道德及其关系来讨论公正问题的。与约束的道德和协作的道德相对应,公正亦可有"惩罚的公正"和"平等的公正"之分;并且,惩罚的公正与成人的约束和约束的道德有关,而平等的公正则与儿童的团结和协作的道德有关。

综观皮亚杰对惩罚的公正的论述,可以勾勒出符合以下几个要件之一者即为惩罚的公正:(1)成人是通过惩罚来实现某种公正的。这是惩罚的公正最本质的特征。(2)成人对儿童的惩罚不解释理由。这是导致儿童不断重犯错误的重要原因。(3)成人不合理地偏爱儿童。譬如成人经常牺牲其他孩子的利益来偏爱服从他的孩子。可见,惩罚的公正反映了成人与儿童之间的一种特定关系,即不平等的关系。正是基于此,皮亚杰断言:"儿童与成人之间容不得平等。"①这是由成人权威所造成的约束的道德决定的,"权威的道德是一种责任和服从的道德,在公正的领域里,它把公正混同于已经建立起来的规则的内容和接受抵罪的惩罚"②。实际上,所谓"惩罚的公正"只是从成人的观点来看才是公正的,而从儿童的观点来看却是不公正的。不仅如此,儿童往往在惩罚的领域更容易发现成人的错误。

与惩罚的公正相对应,符合以下几个要件之一者即为平等的公正:(1)平等的公正发生在儿童同龄人之间的社会关系之中。

---

① [瑞士]皮亚杰:《儿童的道德判断》,傅统先、陆有铨译,山东教育出版社1984年版,第336页。

② [瑞士]皮亚杰:《儿童的道德判断》,傅统先、陆有铨译,山东教育出版社1984年版,第399页。

平等的公正是儿童之间相互作用的结果，而不是由成人的权威所规定的。(2)平等的公正是儿童之间的一种相互协作、相互尊重和互惠。平等的公正是与儿童之间协作的发展同步的，而不是儿童对成人单方面尊重的结果。(3)儿童与成人处于一种平等的地位，这种平等的地位高于成人权威。“这样，尽管成人的权威或许是在儿童的道德发展中的一个必要的阶段，但它本身并不足以产生一种公正感。公正感的发展必须要通过不断发展的协作和相互尊重——开始是儿童之间的协作，接着是接近青春期的儿童与成人之间的协作，最后，儿童开始暗中认为他自己和成人处于同等的地位。”①可见，在皮亚杰看来，平等的公正才是他所希望看到的真正的公正。当然，也应看到，只要儿童和成人在实际的活动中保持互惠的关系，并通过榜样而不是言语进行教诲，成人对平等的公正的发展是可以发挥巨大的影响的。

惩罚的公正和平等的公正与儿童道德发展阶段也是相对应的。总的来说，不同年龄时期的儿童对公正的看法是有所不同的：年幼儿童认为惩罚比平等更重要，而年长儿童则与之相反。具体而言，儿童公正感的发展经历了三个阶段：(1)七八岁之前的儿童，还没有把公正从规则的权威中区分出来，公正服从于成人的权威，仍然是成人所掌握的那种东西，因而惩罚的公正感自然比平等的公正感要强烈。(2)8至10岁的儿童逐渐发展和加强了平等的公正感，并将平等置于优先的地位，以平等的公正对抗服从和惩罚。这一阶段可以称为“纯粹平等主义”的阶段。(3)从十一二岁开始，纯粹的平等主义让位于公道的概念，而公道就在于确立平等

---

① [瑞士]皮亚杰：《儿童的道德判断》，傅统先、陆有铨译，山东教育出版社1984年版，第394页。

的细微的差别，因此，纯粹平等主义的公正由于考虑到公道而有所减轻。由此可见，“平等主义的公正是以牺牲对于成人权威的服从为代价，并随着年龄的增长和儿童之间团结的增强而发展的。平等主义似乎来自于互相尊重的情感所特有的互惠的习惯，而不是来自于以单方面尊重为基础的责任。”①“虽然公正感能够由于成人的戒律和实际的榜样而自然地得到加强，但它在很大的程度上并不受这些因素的影响，而且，公正感发展所需要的只是儿童之间的互相尊重和团结。公正和不公正概念之进入年轻人的思想，经常不是由于成人的缘故，而是要以成人为代价的。……随着儿童间团结的增进，公正的概念也将几乎完全自发地出现。”②这就是皮亚杰关于惩罚的公正和平等的公正所得出的结论。

3. 他律的道德与自律的道德

通过对皮亚杰关于约束的道德与协作的道德、惩罚的公正与平等的公正的梳理，我们还可以发现，约束的道德就是他律的道德，协作的道德就是自律的道德。关于他律（道德）和自律（道德），人们已多有讨论，这里仅就约束的道德何以是他律的道德，协作的道德何以是自律的道德做一简单评述。

皮亚杰认为，他律的道德之所以就是约束的道德，是因为他律无一例外地都导致单方面的尊重，不论是一般的社会规则，还是成人的权威，无不如此。而自律的道德之所以就是协作的道德，是依据于儿童之间的相互尊重和互惠的。他说：“儿童是怎样不断地达到自律的呢？当儿童发现同情和互相尊敬的关系必须要有诚实

① ［瑞士］皮亚杰：《儿童的道德判断》，傅统先、陆有铨译，山东教育出版社1984年版，第361页。

② ［瑞士］皮亚杰：《儿童的道德判断》，傅统先、陆有铨译，山东教育出版社1984年版，第236页。

的时候,我们便看到了自律的最初征兆。在这方面,互惠似乎是自律的决定性因素。因为当心灵认为必须要有不受外部压力左右的观念的时候,道德的自律便出现了。……相反地,任何对于单方面尊重的关系都导致他律。因此,自律只与互惠有关,当互相尊重的情感强到足以使个人从内部感到要像自己希望受到别人对待的那样去对待别人时,才出现自律。”①在这一基础之上,皮亚杰概括出了一条儿童道德认知发展的总规律:儿童的道德发展是从他律道德阶段逐渐发展到自律道德阶段的规律。正如在儿童的认知发展中存在着一个不变的发展顺序一样,儿童的道德发展也是一个不变的顺序,即从他律道德到自律道德。儿童必须经历他律道德阶段才能发展到自律道德阶段,而不可能越过他律阶段直接进入自律阶段。促进儿童从他律道德向自律道德过渡的主要认知转变机制是认知矛盾(失平衡)。同伴间的不同意见就会造成认知矛盾,比如,在儿童游戏过程中,有关游戏规则的争论会使儿童逐步认识到游戏规则并非是上帝制定的或者是不可改变的,规则不过是儿童游戏的一种契约,只要大家同意,规则是可以改变的。这就促进了儿童从他律向自律的过渡。

(三)“两种道德论”对未成年人道德建设的启示和价值

为了验证皮亚杰关于儿童道德认知理论的普适性,“我国心理学教育工作者在全国范围内进行协作,他们的研究基本上是重复皮亚杰的试验,结果证明皮亚杰关于儿童道德判断发展的学说

① [瑞士]皮亚杰:《儿童的道德判断》,傅统先、陆有铨译,山东教育出版社1984年版,第233页。

具有普遍的意义"①。本书在此仅仅试图探寻皮亚杰关于约束的道德和协作的道德之于未成年人道德教育具有什么意义。笔者认为,其意义至少表现在以下两个方面:

第一,约束的道德与协作的道德是道德教育的两个基本领域。

在这里,不得不提到在上面没有涉及的一个问题,即约束的道德与协作的道德分别存在于两类社会关系,即成人对儿童的约束关系和儿童之间的协作关系之中,这两类社会关系是皮亚杰作为约束的道德与协作的道德之社会基础的。这两类不同的社会关系和两种不同的道德,分别造就了两种不同的道德教育模式,即平等的道德教育模式和权威的道德教育模式,皮亚杰倾向于前者,他认为涂尔干主张后者。"我们相信第一种道德是在儿童本人之间的团结所准备起来的,而第二种道德是成人对儿童的约束中产生的;涂尔干却认为一切道德都是集体强加于个人的,都是成人强加于儿童的。结果,从教育学的观点来看,我们会倾向于视'活动'学校、'自治政府'和儿童的主动性为教育产生理性道德的唯一形式;涂尔干主张这样的一种教育系统,这种教育系统以传统模式为基础,而它所依赖的方法基本上是权威的方法,虽然他介绍到这种方法中去的一切特性都是允许良心内在自由的。"②

在我看来,在皮亚杰的语境中,约束的道德和协作的道德都应成为道德教育的基本模式。就约束的道德对道德教育的意义而言,儿童的道德成长自然是不可能离开成人的约束的,成人的权威对于儿童道德认知和道德能力发展的作用绝不可低估。这实际上

① 参见[瑞士]皮亚杰:《儿童的道德判断》,傅统先、陆有铨译,山东教育出版社 1984 年版,中译者序。

② [瑞士]皮亚杰:《儿童的道德判断》,傅统先、陆有铨译,山东教育出版社 1984 年版,第 416—417 页。

是儿童道德社会化的重要方面。这不仅是皮亚杰本人所赞同的，也是所有道德心理学家、伦理学家，乃至文化人类学家（如玛格丽特·米德）所论证过的。

问题是，在强调约束的道德对道德教育之意义时，必须考虑以下两点：第一，虽然约束的道德对于道德教育具有不可低估的价值，但确实不能像涂尔干那样片面强调约束的道德，即把约束的道德作为道德教育的唯一领域或方式，否则必然陷于皮亚杰已经指出过的错误，不仅不会真正发挥约束的道德对道德教育的作用，反而会使约束的道德反其道而行之，使道德教育难以适应现代社会的需要，更重要的是不利于儿童的道德发展。第二，应充分认识到协作的道德对道德教育的重大意义，也就是说，儿童同辈群体必然自主形成一种儿童社会的“内在秩序”，这种内在秩序是在儿童平等、互惠、协作和相互尊重的基础上建立起来的。儿童在这种相互协作的关系中实现着自我道德教育。这种情况在现代社会已越来越明显，也越来越成为道德教育的重要领域和重要方式。遗憾的是，这恰恰是人们迄今所忽视的，甚至是某些人不愿意看到的。我们迄今不是仍然仅仅死抱着皮亚杰所否证了的约束式道德教育模式不放吗？客观地看，仅仅以这种模式开展道德教育究竟还有多少效果？

因此，对儿童的道德教育，应该在约束的道德和协作的道德两个领域同时展开，或者说，同时以约束的道德和协作的道德两种方式开展道德教育，并将两种方式有机结合起来并融入道德教育之中。

第二，实现成年人与未成年人的良性互动应是现代社会道德教育的出发点。

诚如上述，约束的道德和协作的道德作为道德教育的两个领域和两种方式，绝不是相互孤立的。约束的道德所凸显的是成年人对未成年人的制约，以及成年人对未成年人的单向度关系；协作的道德所张扬的则是未成年人对成年人的疏离以及可能由之而来的对成年人道德权威的反叛。这两种结果都不应是人们所希望看到的。同样遗憾的是，这两种结果在现代社会已越来越明显。这与人们所看到的现实，即道德教育效果不佳之间，真的就不相关联吗？我想，对此的回答应该是否定的。

四、科尔伯格的道德发展阶段理论及其代际视角

劳伦斯·科尔伯格（Lawrence Kohlberg，1927—1987），美国当代著名的发展心理学家和道德教育学家，哈佛大学教授，因其对道德认知发展理论所作出的重大贡献，被西方学者誉为“现代道德认知发展理论之父”。

科尔伯格对发展心理学和道德教育理论的贡献是多方面的，笔者仅对其道德发展阶段理论及与其相关的道德教育理论作一分析，以揭示其中所蕴涵的代际视角。

（一）科尔伯格道德认知发展阶段理论

科尔伯格的理论体系主要体现在他三十多年潜心研究的四十多篇论文中，这些论文分别集结在《道德发展哲学》、《道德发展心理学》和《道德发展与道德教育》等著作中出版发行，这些著述表明科尔伯格对道德发展和道德教育的研究已构成了以哲学观点来分析和指导、用心理学方法来实验和描述、在教育实践中加以验证和推广的完整的理论体系。其中对儿童道德认知发展阶段的划分和界说是其道德发展理论的核心部分。

按照科尔伯格本人的说法，他之前的道德发展理论，特别是杜威的道德发展理论和皮亚杰的道德认知阶段理论对他的道德认知

发展阶段理论都产生了很大影响。① 在此基础上，科尔伯格提出了他自己的道德认知发展阶段理论。他把道德认知发展阶段分为三个水平，每个水平又包括两个阶段，科尔伯格分别对这些水平和阶段的内容及社会观点进行了解说。② 现用表格加以说明：

水平	阶段	内容		社会观点
		所谓的对	做得对的理由	
水平1：前习俗水平	阶段1：他律阶段	避免破坏规则而受惩罚，完全服从，避免对人和物造成物理伤害。	避免惩罚和权威的强力。	自我中心观点。不考虑他人的利益或认识到它们与行为者的利益之间的区别，不能把这两种观点联系起来。依据物质后果而不是依据他人的心理兴趣来裁判其行为。把自己的观点和权威的观点相混淆。
	阶段2：个人主义、工具性的目的交易	遵守会给人即时利益的规则。行动是为满足自己的利益和需要，并允许别人这样做。多的也就是公平的，即一种公平的交易、交换和协定。	在满足自己的需要或利益的同时，也要承认别人有自己的利益。	具体的个人主义观点。意识到每个人都有自己追求的各种利益，且充满着冲突。所谓对是相对的（具体的个人主义意义上的）。

① 参见[美]科尔伯格：《道德教育的哲学》，魏贤超、柯森等译，浙江教育出版社2000年版，第279—280页。

② [美]科尔伯格：《道德发展心理学——道德阶段的本质与确证》，郭本禹等译，华东师范大学出版社2004年版，第165—167页。

水平	阶段	内　容		社会观点
		所谓的对	做得对的理由	
水平2：习俗水平	阶段3：相互性的人际期望、人际关系与人际协调	遵从亲人的期望或一般人对作为儿子、兄弟、朋友等角色的期望。“为善”是至关重要的，意指有良好的动机，表明关心别人；也意指维持相互关系，如信任、忠诚、尊重、感恩等。	需要按自己和别人的标准为善，关心别人，相信“金科玉律”，愿意维护保持善行的规则和权威。	与他人相联系的个人观点。意识到共享的情感、协议和期望高于其个人的利益。联系具体的“金科玉律”观点，设身处地考虑问题，但仍不能考虑普遍化的制度观点。
	阶段4：社会制度和良心	履行个人所承诺的义务，严格守法，除非它们是与其他规定的社会责任相冲突的极端情况。对的也是指对社会、团体或机构有所贡献。	致力于使机构作为一个整体，避免破坏制度，或者迫使良心符合规定的责任。	把社会观点与人际之间的协议、动机区分开来。采纳制度观点，并据以指定角色和规则。依据制度来考虑个人之间的关系。
水平3：后习俗水平或原则水平	阶段5：社会契约或功利和个人权利	意识到人人都持有不同的价值和观点，而大多数价值和规则都相对于所属的团体。但这些相对的规则通常只有是公平的才应该遵守，因为它们是社会契约。有些非相对的价值和权利诸如生命和财产应该在任何社会中都必须遵守，而不管大众的意见如何。	有义务遵守法律，因为个人缔结这种社会契约的目的乃是用法律来发展所有人的福利和保护所有人的权利。签订的承诺自由地进入家庭、友谊、信任和工作义务之中。关心法律和义务是基于整体的功能，即“为了绝大多数人的最大利益”。	超越的社会观点。这是一种理性的个体意识价值和权利超过社会依附和契约的观点。通过正规的协商、契约、客观的公平的机制和正当的过程来整合各种观点。考虑到道德和法律的观点，承认它们有时冲突，发现整合它们的困难。

水平	阶段	内　容		社会观点
		所谓的对	做得对的理由	
	阶段 6：普遍的理论原则	遵守自己选择的伦理法则。特定的法律和社会协议之所以通常是有效的，因为它们建立在这种法则之上。当法律违背这些原则时，人们会按照原则行事，因为这些法则是普遍的公正原则；人权平等和尊重个人作为人类的尊严。	作为一个理性的个体相信普遍的道德原则的有效性，并且立志为之献身。	基于治理社会的道德依据的观点。这种观点使任何理性的个体都懂得道德的本质和人的目的的这个事实。

科尔伯格道德认知发展的三水平六阶段说，尽管受到一些责难和质疑，但经过教育实验证明，这一划分基本上是正确的，且迄今为止无有出其右者。

在道德认知发展三水平中，有几个概念须加以简要说明。一是"习俗"的概念。习俗是长期形成的一种规则，这种规则具有权威的性质。对"习俗"概念，科尔伯格是这样解释的："'习俗'一词是指遵守和坚持社会或权威的规则、习俗和期望，之所以遵守和坚持也仅仅因为它们是社会的规则、期望和习俗。"①二是"社会观点"或"社会道德观点"(sociomoral perspective)的概念。"社会道德观点概念，它是指个体用来界定社会事实和社会道德价值(或

① ［美］科尔伯格：《道德发展心理学——道德阶段的本质与确证》，郭本禹等译，华东师范大学出版社2004年版，第163页。

者说‘义务’)的观点。”在科尔伯格看来,社会道德观点对应着道德判断的三个主要水平,即前习俗水平对应着具体个人的观点,习俗水平对应着社会成员的观点,后习俗或原则水平对应着超社会的观点。① 据此,科尔伯格指出,处在前习俗水平的个体还没有真正地理解和坚持习俗或社会的期望,对他而言,规则和社会期望是自我之外的东西;处在习俗水平的个体已经认同和内化了规则和他人的期望,尤其是权威的期望;处在后习俗水平的个体理解并从根本上接受了社会的规则,但对社会规则的接受是以理解和接受这些规则的一般道德原则为基础的。

科尔伯格与皮亚杰等人一样,都认为“认知发展理论的核心就是认知阶段理论。认知阶段具有以下一般特征:1. 儿童在不同的阶段思考或解决同一问题的方式具有显著的或质的差异。2. 这些不同的思维方式在个体发展中形成一个不变的序列、顺序或系列。虽然文化因素可能加速、减缓或中止个体的发展,但是它们不能改变个体的这一发展序列。3. 在这些不同的、序列性的思维方式中,每一个都形成一个‘结构的整体’……。4. 认知阶段是一个具有层级结构的整合体。”②

那么,从成人与未成年人关系的视角来看,科尔伯格道德认知发展阶段理论又具有什么样的价值和意义?笔者以为,其意义和价值主要体现在两个方面:

第一,对未成年人道德认知发展阶段作了明确的界定或定位。科尔伯格指出:“大多数 9 岁以下的儿童、部分青少年、大多数少

① [美]科尔伯格:《道德发展心理学——道德阶段的本质与确证》,郭本禹等译,华东师范大学出版社 2004 年版,第 164 页。

② [美]科尔伯格:《道德发展心理学——道德阶段的本质与确证》,郭本禹等译,华东师范大学出版社 2004 年版,第 23 页。

年犯和成年罪犯都处于前习俗水平上。我们的社会和其他社会中的大多数青少年和成人都处在习俗水平。少数成人，而且只有在他们 20 岁之后，才能达到后习俗水平。”①不论是科尔伯格，还是皮亚杰抑或其他道德发展阶段论者，无论持论何种观点，他们的一个共同点就是都聚焦于以未成年人（儿童）的道德发展及其阶段的划分，并各自提出了自己的观点，这可以说是现代西方道德发展理论和道德教育理论的理论传统和独特优势。这对研究未成年人道德教育，进行未成年人道德建设，无疑具有重大的理论指导意义和实际操作价值。反观我国对未成年人道德教育和未成年人道德建设的研究和实践，则正好存在着与之截然相反的情形，即对未成年人道德教育和道德建设的研究，特别是未成年人道德教育和道德建设的实践，并不基于未成年人道德认知发展的特点和规律，而是更多地从抽象的原则出发，在大讲未成年人道德教育和道德建设的必要性、重要性和紧迫性之外，很少涉及未成年人道德认知发展的规律和特点，更没有提出未成年人道德认知发展阶段的理论学说，因此总是显得大而无当，很有隔靴搔痒的感觉。可见，现代西方道德认知发展理论对我国未成年人道德教育和道德建设具有重要的借鉴意义。

第二，未成年人有着与成年人不同的道德思维结构和道德认知方式，未成年人的道德思维结构并不是成年人道德思维结构的复制品。现代西方道德认知发展阶段理论表明，“如果儿童经历了性质不同的思维阶段，那么，他们的组织经验的基本模式就不可能是成人教授的结果，或者也不会一开始就是成人思维的复制品。

① ［美］科尔伯格：《道德发展心理学——道德阶段的本质与确证》，郭本禹等译，华东师范大学出版社 2004 年版，第 163 页。

如果儿童的认知反应是儿童对外部世界结构的不完全学习，而不管结构是根据成人文化还是根据物理世界的法则来界定的。如果儿童的反应表明它是一个不同于成人的结构或组织，而不是一个更不完整的结构或组织，并且这种结构在所有儿童身上都相似，那么把儿童的心理结构视为对外部结构的直接学习是非常困难的。"①科尔伯格明确指出："认知—发展方法的基础是：儿童确乎有他们自己的思维方式，道德教育必须以关于发展阶段的知识为基础。通常，教师和家长试图将他们自己的道德灌输给儿童，而不注意儿童自己作出的道德判断。如果儿童仅仅重复了成人的某些行为模式，并能循规蹈矩，大多数家长就会认为儿童采纳或内化了家长的标准。教师和心理学家也同意这个假定，而且这个假定是可以不管儿童实际所作的道德判断而被接受的。通过对儿童道德判断的研究，我们发现，儿童有许多不是以任何明显的方式来自父母、同伴或教师的道德标准。我们发现，儿童有一种他自己的道德，在其中，儿童以一种有组织的方式考虑对和错的问题。"②这就鲜明地显示了未成年人道德认知发展和道德思维的特殊性。认识和揭示其特殊性，是更好、更有效地进行未成年人道德教育和道德建设的重要基础。

（二）科尔伯格的道德教育理论

除道德认知发展阶段理论外，道德教育理论也是科尔伯格理论体系的重要部分，且对未成年人道德教育和道德建设的借鉴意

---

①　［美］科尔伯格：《道德发展心理学——道德阶段的本质与确证》，郭本禹等译，华东师范大学出版社2004年版，第25页。

②　［美］科尔伯格：《道德教育的哲学》，魏贤超、柯森等译，浙江教育出版社2000年版，第45页。

义同样重要。可以认为,科尔伯格道德教育理论也是建立在道德认知发展阶段理论基础之上的。

科尔伯格道德教育理论之与未成年人道德教育和道德建设的借鉴意义主要是反对片面的道德灌输。他说:“我们提倡的发展性方法是以非灌输性的道德教育模式为基础的,这些模式被设计用来促进儿童自己的思维以一个自然的方面发展并朝向每一个儿童可能达到的目的前进。……发展性的道德教育方法并不基于社会权威,而是基于使发展着的儿童走向更高发展阶段的那种自然权威。”①这一思想具体体现在以下几个方面:

第一,不能将道德原则直接教给儿童。人们通常认为,既然存在着一般的普遍的道德原则,那么最简单和最有效的道德教育方法就是将道德原则直接教给儿童即可。然而,科尔伯格认为,道德原则是不能直接教给儿童的,因为儿童的道德思维和道德原则是从他内心产生的,因此道德发展也是按照固定的顺序分阶段渐进变化的,儿童的道德发展还没有进入某一阶段,就不可能先进入高一级的阶段,否则道德教育是无益的。对此,科尔伯格以实验加以了证实。

第二,不能通过权威向儿童灌输道德观念。成人往往以为儿童以成人的某些行为为榜样行事是对成人准则的内化,因而企图将自己的道德观念和道德准则灌输给儿童,而忽视儿童自己作出道德判断的能力。而科尔伯格通过实验研究发现,虽然成人的权威对儿童必然产生一定影响,但儿童的道德判断有很多并不是来自于成人的道德标准,而是有自己的道德准则,并以一种特有的方

① [美]科尔伯格:《道德教育的哲学》,魏贤超、柯森等译,浙江教育出版社2000年版,第61页。

式和相应的道德发展水平考虑对与错的问题。因此,道德教育应该激发儿童内在的发展,而不能依靠权威以强力的方式从外面施加影响。显然,这与涂尔干强调社会权威对儿童道德教育的作用是正好相反的。

第三,必须了解儿童所处的道德认知发展阶段。在科尔伯格看来,传统道德教育之所以没有什么效果,是因为传统道德教育没有注意儿童所处的道德认知发展阶段,因而将成人的道德规范强加给儿童。科尔伯格深刻地指出:"成人们通常对儿童是如何思考的问题没有多少探索的兴趣,而更多地感兴趣于告诉儿童应想些什么。"由于不了解儿童的道德发展,成人确认的一套道德规范往往超越了儿童理解的水平,并以高人一等的方式对儿童进行居高临下的说教,这样,"儿童与成人的交流停止了,道德见识狭窄了,因而道德发展也受到阻碍。"①因此,成人必须了解儿童所处的道德认知发展水平,并了解儿童与成人之间在道德推理上的差异,道德教育才能真正产生效果。

与任何一种理论一样,不论是科尔伯格的道德认知发展阶段理论,还是他的道德教育理论,都存在着不可避免的缺陷。譬如,在道德认知发展阶段理论中,有些是科尔伯格推论出来的,科学依据显得不足,例如在道德认知发展的六个阶段中,只有前四个阶段经过某些实验加以了证实,而后两个阶段则缺少必要的实验,只是推论出来的;在道德教育理论中,科尔伯格认为道德教育的目的就是促进儿童道德认知的发展,但是他过分注重了儿童认知发展这一个方面,而忽视了其他方面如情感、意志、榜样、权威等对儿童道

① ［美］科尔伯格:《道德教育的哲学》,魏贤超、柯森等译,浙江教育出版社2000年版,第12页。

德认知发展的作用和影响，同时还忽视了儿童道德行为和道德实践的重要性。

五、对未成年人道德建设的启示

任何一种理论，包括上述现代西方道德教育理论，都不可避免地存在某种理论不足。但这不是笔者所要讨论的问题。笔者之所以要特别提出、关注和分析现代西方道德教育理论中的代际视角，其主要目的在于试图通过对现代西方道德教育理论及其代际视角的初步考察和分析，从中得到有关未成年人道德建设的借鉴价值和几点启示。

第一，未成年人道德教育和未成年人道德建设研究应充分挖掘和借鉴西方道德教育理论中的代际维度，重视其道德教育理论的代际视角。

挖掘和借鉴西方道德教育理论中的代际维度，重视其道德教育理论的代际视角，不论是在西方，还是在中国，都是迄今未得到足够关注却有着重大理论和实践意义的研究领域。通过上述考察和梳理，可以发现，不论是所谓集体主义道德教育论者涂尔干，还是与涂尔干在理论旨趣上相异的杜威、皮亚杰和科尔伯格，都无例外地对道德教育中的代际维度给予了足够的关注和论述，从而使西方具有代表性意义的上述道德教育理论的代际视角得以形成，他们从不同的出发点围绕一个共同的理论问题，即成年人与未成年人的相互关系，分别建构了道德教育的一种代际视角。这是他们在理论方向上一个重要的共同点。

当然，涂尔干与杜威、皮亚杰和科尔伯格的理论，即使在他们最具共同性的有关道德教育的代际视角上，也仍然存在着重大的视阈差异和理论分歧。诚如前述,涂尔干更强调道德教育的社会观点和成人权威,在道德教育的代际关系中倾向于社会和成人,客观上体现了一种成年人与未成年人的不平等的代际关系,即皮亚杰尖锐指出的"一切道德都是集体强加给个人的,都是成人强加给儿童的"那种代际关系。正因为这样,涂尔干的道德教育理论才被皮亚杰们指责为是一种"传统的"实即"过时的"道德教育模式。而杜威、皮亚杰和科尔伯格等人则更倾向于从儿童的观点而不是从成人的观点来讨论道德教育问题,建构道德教育理论。这种理论取向,从杜威到科尔伯格是一脉相承的。他们的一个共同点,是在承认成年人对未成年人影响的同时,更突出地关注和强调未成年人自身道德认识和道德发展的基本规律,以及未成年人之间的相互影响对未成年人道德观念和道德规则形成的关键作用。这正是最能给予中国当前未成年人道德建设的理论和实践以深刻启示的方面。

客观地说,在我国迄今为止的道德教育理论中,鲜明地从代际角度对未成年人道德建设和道德教育进行系统探索还几乎没有过,这不论是在理论上,还是在实践上,都是未成年人道德建设和道德教育的严重不足。其导致的后果,一方面与上述讨论过的所有西方道德教育学家都对未成年人道德教育的代际维度给予足够关注不同,未成年人道德建设和道德教育中的代际视角从未得以确立;另一方面却与涂尔干殊途同归,即特别强调和突出成年人对未成年人道德教育和道德建设的单向影响和作用,而将未成年人完全置于被动地位。因此,从代际视角思考和建构未成年人道德建设的模式,应该成为我国当前和今后未成年人道德建设理论研究和实践探索的一个重要视角和方向。

第二,未成年人道德价值观的形成及其社会化,既是全社会道德价值观和成年人道德价值观对未成年人影响的结果，也是未成年人在自身所创造的文化中相互作用的结果。这是现代西方道德教育理论给予我们的又一重要启示。

笔者已经指出，从根本上说，未成年人道德建设就是未成年人道德价值观何以形成的问题。从我们所讨论的西方道德教育理论的代际视角中，可以清楚地看到，未成年人道德价值观通过两条基本途径得以形成，即成年人对未成年人的影响和未成年人之间的相互影响。关于在道德教育和道德建设中成年人对未成年人道德价值观形成的作用并不是什么新观点，而是一个相当古老和传统，而且是已成定论和共识的观点，上面讨论过的涂尔干的道德教育理论已经提供了一个范本，在此无须赘述。至于未成年人之间的相互作用对未成年人道德价值观形成的意义，我们可以在皮亚杰关于"协作的道德"理论中看到最典型的形式。对此，笔者还想多费点笔墨，因为这方面还没有得到足够的重视，至少在我国未成年人道德教育和道德建设的理论研究和实践探索中是如此。

我们知道，皮亚杰是通过观察和研究儿童游戏来展开他的理论思路的。① 儿童通过游戏形成了儿童的社会交往关系，儿童的社会交往关系与儿童和成人的关系不同，是相互尊重和互惠的关系。那么，儿童的游戏对道德建设和道德教育究竟具有何种意义？有论者以为，这种意义至少表现在三个方面：首先，游戏的合作性促使儿童之间的相互合作，在此基础上形成儿童的合群感和亲社会行为。这是因为，游戏总是与他人合作进行的，即使是儿童单个

---

① 一般而言，教育学视阈中的儿童游戏主要是指以儿童的玩耍活动为基本内容的游戏，这是狭义的游戏概念。笔者在本书中所讲的"游戏"则是指广义的游戏概念，其意与日常生活中人们经常提到的应遵守"游戏规则"即交往规则中的"游戏"之义相近。

人的游戏,也是在想象中与他人游戏的。儿童游戏得以可能的前提就是儿童之间的相互了解和理解,在影响他人的同时接受他人的影响。这种没有功利性的人际互动关系容易使儿童融入人群之中,形成合群感,这种合群感既与亲社会行为相伴生,又是亲社会行为的基础。这样,儿童在游戏中形成的合群感和亲社会行为,必将自然而然地形成利他主义情感和道德价值观。① 其次,儿童游戏是有规则的。一方面,儿童游戏必须遵循某种规则;另一方面,儿童游戏又必将形成某些规则。"儿童学习了解规则,学习按规则行事,并在尊重规则的情况下控制目标;改变规则和重新发明规则。"②游戏是有基本伦理要求的,即尊重规则,这也正是儿童养成规则意识的有效方式。游戏规则是形成道德规则的重要基础,或者说,游戏规则本身就具有道德规则的内蕴,而道德规则也是儿童形成道德价值观的制度前提。最后,儿童游戏是有角色的,因此,游戏总是一种角色游戏。在社会中,角色必须承担某种社会责任,包括道德责任,而儿童的角色游戏有利于儿童了解社会角色的相互关系及各种社会角色的责任,并形成与此相关的道德价值观,从而在客观上为未来的生活作准备。完全可以认为,皮亚杰卓越的理论贡献之一就在于,他充分而令人信服地证明了由儿童之间的交往实践所构成的儿童世界是儿童道德价值观、儿童社会的道德规则以及儿童道德品质形成的最终根源之一。令人遗憾的是,人们对皮亚杰的研究已经很久,研究成果也很丰富,但对皮亚杰关于儿童之间的交往实践作为儿童道德形成重要途径的独创性贡献,却严重地忽视了。

① See Elliot Aronson, Social Psychology(Second Edition), Addison-Wesley Educational Publishers Inc., 1997, p.401.

② 茨达齐尔:《教育人类学原理》,李其龙译,上海教育出版社 2001 年版,第 178 页。

当然,与人们通常所想象的不同,未成年人的世界是一个丰富多彩的世界,儿童之间的游戏只是其丰富多彩世界的一个侧面,但它已较好地说明了未成年人之间的相互影响对其道德价值观形成的重要意义。实际上,文化人类学家米德也已经从文化的角度对这个问题作出了很好的实证回答。笔者将在后面对未成年人社会及未成年人文化进行专门探讨,以进一步说明未成年人的相互交往及其所创造的文化对未成年人道德建设和道德教育的影响。

第三,加强对未成年人道德认知发展的研究,从而充分尊重未成年人道德发展的特点和规律,应成为我国未成年人道德建设的应有内容和重要任务。

杜威、皮亚杰和科尔伯格有关儿童道德认知发展阶段的理论是他们道德教育理论的核心内容,这也是迄今为止对儿童道德认知发展阶段的最系统研究。科尔伯格指出,儿童道德认知发展理论充分表明:"儿童的行为有其自身的认知结构和组织模式,而且这种结构或模式具有与成人文化相对应的地位,需根据儿童自身的文化特征来加以描述。这种意识与卢梭一样古老,但是它只是最近才渗透到认知发展的实际研究之中。用儿童自己的术语来界定其心理结构而被经常引用的两个例子:一是皮亚杰(1928)对儿童认知发展的理论研究。……二是乔姆斯基(1968)对儿童语言的研究。在最近十年,心理学家已经用结构语言学的方法来探讨儿童的语法,儿童的语言是不同于成人的、具有自身结构的语言。皮亚杰在认知上的革新和乔姆斯基在语言革新上具有的意义是非常明显的。"①这也就是说,儿童的道德"认知结构和组织模式"本

① [美]科尔伯格:《道德发展心理学——道德阶段的本质与确证》,郭本禹等译,华东师范大学出版社 2004 年版,第 20 页。

身应该成为儿童道德教育的基本依据。

但是,儿童道德认知发展阶段研究的意义,不仅体现在它能加深对儿童道德认知发展阶段的深入研究和深刻理解,而且还体现在它对未成年人道德教育和道德建设具有重大的借鉴价值。也就是说,未成年人道德教育和道德建设不仅要依靠某些道德教育和道德建设的基本原则以及“应该如何如何”的种种“对策”,这正是当前人们所热衷于大谈特谈的方面,同时必须建立在对未成年人道德心理结构、道德认知发展有必要的科学的了解和理解的基础上。因为未成年人道德教育和道德建设的基本原则和种种“对策”,如果不是建立在对未成年人道德心理和道德认知发展的科学认识的基础之上,甚至与未成年人道德发展阶段相脱离和相违背,那么这种所谓的未成年人道德教育和道德建设是难以进行的,更是不可能取得实际效果的。然而遗憾的是,这却恰恰是我们当前进行未成年人道德教育和道德建设中普遍存在的现象。为了改变这种局面,必须借鉴西方有关儿童道德认知发展的理论成果,加强对未成年人道德认知发展的研究,从而充分尊重未成年人道德发展的特点和规律,并以此作为我国未成年人道德建设的应有内容和重要任务。

还必须看到,杜威、皮亚杰和科尔伯格对未成年人道德认知发展的研究,还是他们坚决反对对未成年人进行道德灌输的理论依据。正因为未成年人具有自身的道德认知结构和组织模式,所以对未成年人的道德教育和道德建设就不能采取成年人对未成年人进行灌输的方法,而应该以成年人与未成年人的良性互动作为未成年人道德教育和道德建设的重要机制。反对道德灌输,是杜威、皮亚杰和科尔伯格共同的理论特色和价值诉求。

第三章　社会转型与代际关系的变化及其道德表现

正如上述,从代际视野观照未成年人道德建设是一个重要的研究维度,而代际视野中的未成年人道德建设既要从历史资源和已有理论中吸收营养和发现价值,又要从现实社会生活中敏锐地观察到社会转型和代际关系的变化及其对未成年人道德建设的重大影响。

社会转型及其所带来的代际关系的重大变化,是观察和讨论未成年人道德建设的重要视角。这一研究视角的重要意义主要在于:不是远离而是密切结合现实社会生活来审视、研究和思索未成年人道德建设问题。在当前关于未成年人道德建设的研究文献和实际运作中,可以坦率地说,不少是从“抽象的原则”甚至是从“想象的假设”出发的,诸如未成年人道德建设应该如何如何之类,而不是从现实生活出发并扎根于活生生的现实生活的。而笔者在这里所要阐明的是,未成年人道德建设不仅仅是一个需要理论原则和主观努力的问题,更重要的是要看到,未成年人道德建设之所以越来越紧迫地成为现代社会中的一个重要问题,并不完全是由于某种道德建设原则出现了问题,也不完全是人们(包括社会、政府、家庭、学校等)的主观努力不够,而是因为社会结构不以人们意志为转移地发生了重大变化,以及社会结构的变化所带来的代际关系的重大变化,这些变化必将客观地使未成年人一方面面临前所未有的道德问题，另一方面又不断地产生着前所未有的道德问题（在这两方面，成年人也不例外）。因此，有必要对社会转型和代际关系的变化及其对未成年人道德建设的影响作一全方位的考察。

一、传统社会向现代社会的转型

社会转型首先是与社会变迁联系在一起的，而要理解社会变迁，又必须引入社会结构的概念。可以认为，社会结构可以理解为社会生活和社会秩序的一种不易改变的相对稳定状态。① 而社会变迁应该有两种理解：一种理解是，社会变迁是社会发展的一种常规状态，只要社会在变化、在发展，就说明社会在变迁；另一种理解是，社会变迁是社会发展的一种非常规状态，是社会的一种转型，即社会转型。本书凡提到社会变迁的地方，基本上是以后一种理解为主的。由是观之，社会转型就是社会结构的一种非常规变迁，是从一种社会结构向另一种社会结构的变迁或转变。当社会的根本特征发生变化时，社会转型就开始了。社会转型的含义比较宽泛，既包括恢弘的社会制度变革，也包括细微的社会习俗的变化；既包括社会革命引起的社会变革，也包括民主改革带来的社会变迁。判断社会转型大致可以运用以下两个标准：一个是外在标准，即社会制度和民间习俗的变化；另一个是内在标准，即社会和个人观念的变化和内心情感的震荡。当然，社会转型不是简单的某一社会现象的变化，而是包含着社会各个方面，即政治、经济、文化、

---

① 参见［德］沃尔夫冈·查普夫：《现代化与社会转型》，陆宏成、陈黎译，社会科学文献出版社 1998 年版，第 1 页。

思想等方面整体、全面的发展和变迁,一种具有战略性的、影响社会全局的社会大变革。从一种社会结构向另一种社会结构的转变往往有一个过渡时期,这个过渡时期就是社会转型期。

在西方,18 世纪开始的工业革命在主要发达国家相继完成以后,其社会结构发生了翻天覆地的变化,并为现代社会奠定了经济基础,使市场经济最终战胜了自然经济,成为了西方社会的基本经济模式,由此必然带来政治、文化和整个社会结构发生相应的变化,这一变化经历了很长的过程,到 20 世纪初基本上实现了完全意义上的现代社会,即完全实现了传统社会向现代社会的转型。马克思把这一从传统社会向现代社会的转型看作是一种由分工和交换的发展导致的从“人的依赖关系”向“物的依赖关系”的转变。藤尼斯(Tendinanel Tonnis)则专注于人们之间联系方式从基于“本质的意志”或“有机的意志”的共同体社会向基于“选择的意志”或“任意的意志”的联合体社会的转变。涂尔干则从社会团结类型由“机械团结”到“有机团结”的变化来看待社会转型。

中国的社会转型也是一个非常漫长的过程。有论者认为 20 世纪中国社会有两次重大转型,第一次是 1911 年的辛亥革命及相继成立的中华民国,它标志着中国由一个有两千多年封建专制历史的传统社会向现代社会的转变。它是暴力革命式的社会转型。第二次是 1978 年的改革开放,这一转型是中国由一个具有初步现代性的社会向建设较为发达的现代社会的转型。它是采用和平的、变革式的转型。① 也有学者认为,从总体上看,中国社会转型是从 1840 年鸦片战争正式开始的,到目前为止,这一过程已大致经历了三个阶段:1840—1949 年为第一阶段,在这一阶段,中国总

---

① 参见张宪文:《论 20 世纪中国的社会转型》,《史学月刊》2003 年第 11 期。

的来说选择的是资本主义现代化的道路和模式，但没有成功。1949—1978 年是第二阶段，在这一阶段盲目向苏联社会主义模式学习，把一种特殊的社会主义模式误认为一般性的社会主义模式，并按这种模式建立了高度集中的计划经济体制。1978 年至今是第三阶段，在这一阶段，确立了中国特色的社会主义道路和发展模式，认识到中国的现代化是社会主义的现代化；中国所建立的市场经济是社会主义市场经济；改革是社会主义的自我完善。这一时期的社会转型是中国社会转型过程中的加速期。① 不管是哪一种中国社会转型理论，把 1978 年改革开放以来的社会变革看作是一次深刻的社会转型，则是基本一致的看法。

社会转型的内容主要由社会结构的转换、社会运行机制的转换和价值观念的转换三个基本部分构成。中国社会转型的时代特征或主要标志是什么呢？郑杭生从经济、政治、文化等方面比较全面地对中国社会转型的特征作了深刻描述："从计划到市场，我国社会正经历着全面的变革。在资源配置方式上，从国家调配到市场交换；在资源占有关系上，从集中到分散，从一元到多元，单一公有制生产资料占有关系转向国家、集体、私人、外资等多种所有关系；在社会分配关系上，从直接转向间接，从单一转向多样，平均主义的直接分配转向多样化以市场机制为基础的按劳分配社会体系，力求机会平等，结果仍不公平；在社会功能结构上，从分化不足转向高度分化，从同质性转向异质性，功能结构雷同的同质性社会组织转向政治、经济、文化功能系统和组织高度专门化；在社会阶层结构上，从封闭转向升级，从等级身份转向平等契约，打破先赋

① 参见郑杭生等：《转型中的中国和中国的社会转型——中国社会主义现代化进程的社会学研究》，首都师范大学出版社 1996 年版，"前言"，第 1—8 页。

性身份壁垒的等级性社会权益，社会成员转向平等的社会权利和均等的社会机会，激发人们重新寻找与确立自己的身份和角色；在社会政治与公共生活上，从集权到分权，从伦理型到法理型，推动社会组织与成员社会参与意识的增强；在社会精神文化生活上，从大一统到多样化，从禁锢到开放，倡导开放的思维方式与开拓、求实、理性的组织个性；在城乡结构上，从隔绝到融通，从二元到一体，统一的城乡市场体系建立，将使城乡居民及其经济组织逐步获得基本平等的社会权利与机会。"①从一元到多元、从保守到开放、从传统到现代……，是对中国改革开放进程中社会转型的时代特征的比较普遍认同的概括。

社会转型一方面是以某种或某些价值观念作为判据的，另一方面又必然带来社会价值观念的转变。社会转型包括经济、政治、文化特别是社会价值观的变迁，而经济、政治、文化和价值观的变迁依次更缓慢、但更深刻，甚至有社会学家如帕森斯(Talcott Parsons)等结构功能主义者将社会结构的变迁最终归结为价值观的变迁，并认为这是观察社会制度的最高层次，"我们把一个社会制度结构中依次变迁定义为其规范文化的变迁。当我们观察社会制度的最高层次的时候，就会涉及整体社会价值体系的变化"②。社会转型对社会价值观变迁影响最大的是导致了价值评价多样化。在社会转型时期，社会价值评价标准出现多元化，旧有的评价标准、新生的评价标准、外来的评价标准会聚在一起，人们因不同的价值立场而采用不同的评价标准，各种价值标准的对立越来越明

① 郑杭生等：《转型中的中国和中国的社会转型——中国社会主义现代化进程的社会学研究》，首都师范大学出版社1996年版，第168页。

② 转引自[德]沃尔夫冈·查普夫：《现代化与社会转型》，陆宏成、陈黎译，社会科学文献出版社1998年版，第4页。

显，人们的意见越来越难以统一，终将导致社会秩序的混乱。不过必须指出的是，社会秩序混乱的终极原因不是价值观，而是利益结构的变化。在重大的社会转型时期，价值观之间的冲突往往表现得最为激烈，甚至会淹没掉社会结构其他方面的变化，这样，变革的得利者和失利者都会鲜明地表现出其价值观的好恶，从而将利益上的变化归罪于价值观的变化。事实上，价值观的变化只是利益变革的外在体现和观念表达而已。

从对社会价值观念及其变迁的观察来说，社会转型时期还是观察社会价值观念变迁的最佳时期，因为价值观念变迁最激烈、最深刻的时期就是社会发生大变革的时期，也就是社会转型时期。人类文化史上的重要转型时期，如欧洲文艺复兴时期、日本明治维新时期、中国的春秋战国时期、辛亥革命和“五四”新文化运动时期等，就是观察价值观念深刻变迁的最好时期。中国改革开放以来的 30 年一直处于社会转型的重要时期，社会正在发生着深刻的结构变迁，这对研究改革开放以来中国社会的价值观变迁提供了最好的观察视角。

同样，中国改革开放以来的社会转型，也为从理论和现实两个方面研究我国未成年人道德价值观问题及未成年人道德建设问题提供了最好的观察视角。可以认为，在中国，各种未成年人道德问题的大量出现，正是与改革开放以来的社会转型有着直接的内在关联，甚至可以说，正是中国改革开放以来的社会转型才使得未成年人道德建设问题成为当代中国的一个重要的理论和实际问题。

二、社会转型与道德价值观的代际变迁

社会转型的另一重要表征和重要后果往往被人们所忽视，这

就是社会转型还导致了社会代际关系的变化，以及由此导致的道德价值观的代际变迁。这在社会学研究领域虽然得到了一定的关注，但还没有得到应有的重视，研究得还不够；在道德价值观研究领域就更是处于研究者的视野之外，可以说还基本上没有触及。有论者虽然提到了这一点，甚至把代际冲突、传统与现代的冲突、利益与道德的冲突并列为中国社会转型时期价值冲突的三大典型①，但并没有对此做系统的研究。

有鉴于此，笔者将从社会转型与代际关系变化的内在关联中，探讨随着社会的转型代际关系何以必然发生变化，或者说传统社会与现代社会的代际关系何以必然存在重大差异；同时以中国改革开放以来的社会转型期道德价值观的代际变迁为典型案例，探讨其变迁的轨迹、规律和特点。

（一）传统与现代：代际关系的两种基本模式

我们将重点从传统社会与现代社会的结构差异及各自特点的角度，探讨社会转型对社会代际关系变化的重大影响。

代际关系是社会关系和社会结构的重要方面。在不同的社会结构中，社会代际关系自然有着相应的区别。社会结构的转型必将导致社会代际关系的变化。其中传统社会向现代社会的转型就是一种最明显、最深刻、具有历史转折意义的社会结构的变迁。传统社会向现代社会的转型最能说明社会代际关系的变化。

有学者从两个方面来揭示“社会结构”的基本含义：“一是从社会基本构成要素的角度，指政治、经济和文化这三个基本社会生

---

① 参见兰久富：《社会转型时期的价值观念》，北京师范大学出版社1999年版，第42页。

活领域之间的结构关系；二是从个人与社会的关系的角度，指个人的‘私人生活领域’与社会的‘公共生活领域’这两大领域之间的结构关系。”在传统社会结构中，经典社会学家所一致认同的“同质性”或“未分化性”是其最根本的特性。涂尔干就此曾经指出：“社会越是原始，构成它的个体之间就越具有相似性。”例如你见到了一个美洲土著，你就见到了所有的美洲土著，“我们越追溯到原始时代，就越会发现这种同质性的存在”①。这种特性表明，社会生活的各个领域在功能和需要上缺乏自主性和互补性，没有形成以充分分工和自主发展为基础的、开放的自愿联合，社会的整合主要依赖于一个自上而下的强制性政治权威来实现，社会生活的各领域处于一种无差别、无个性的机械统一状况之中。具体而言，在政治、经济、文化三大领域中，政治具有至高无上的地位，并成为经济和文化的最高主宰。在个人的“私人生活领域”和社会的“公共生活领域”的关系上，公共政治权力统治着一切生活领域，“私人生活”无任何空间。“与传统社会结构完全相反，现代社会结构的典型特征恰恰是‘异质性’和‘分化性’。这种‘异质性’和‘分化性’充分表现在两个方面：一是政治、经济和文化等社会生活的基本领域，从原来的以政治领域为绝对核心逐渐转向各领域的相对独立和自主，从而实现了从‘领域合一’向‘领域分离’的转向；二是个人的‘私人生活’从社会的‘公共生活’中分离出来，获得了独立自主的存在空间。”②这种分别从“社会基本构成要素的角度”和“个人与社会关系的角度”对传统社会结构和现代社会结构各自特征（即“同质性”或“未分化性”和“异质性”或“分化性”）的诠释是非常深刻的。

---

①　［法］涂尔干：《社会分工论》，渠东译，三联书店2000年版，第94页。

②　贺来：《“道德共识”与现代社会的命运》，《哲学研究》2001年第5期。

但是,社会基本结构本身是纵横交错的要素和关系系统。在对社会结构的研究中,人们往往只是静态地将目光对准社会的横向结构,比如对社会结构分析的上述两个角度,就是对社会结构的横向和静态审视。那么,能否对社会结构进行纵向和动态的审视?对社会结构纵向和动态审视的角度是什么?关于第一个问题,虽然很少被作为问题提出过,但应该是不言而喻的——对社会结构完全可以而且应该进行纵向和动态的审视,因为社会的纵向关系或纵向结构是社会所固有的一种最基本的社会关系;至于对社会结构进行纵向和动态审视的角度,应该是多维的,而揭示其代际关系就是其中一个重要的、不应忽视的视角。

那么,在代际关系的意义上,传统社会结构与现代社会结构有些什么区别?或者反过来说,在传统社会和现代社会中,社会代际关系的区别何在?

必须承认,即使在代际关系的意义上,“同质性”或“未分化性”和“异质性”或“分化性”仍然是传统社会结构和现代社会结构的重要区别。这种区别同样是作为社会结构之重要方面的代际关系的基本底色,并深刻地制约着代际关系的性质。简单地说就是:由于传统社会中的代际关系是同质的、未分化的,因此,它们总是处于一种相当稳定、几无变迁的状况,由此决定了传统社会中的代际关系也相当平滑和固定,在文化、价值观、生活方式等方面几乎没有代际冲突;相反,现代社会中的代际关系则越来越凸显其异质的、分化的特点,代与代之间在文化、价值观、生活方式等方面的差异日显、变迁迅速,代际冲突不断发生。

除了社会结构的同质性和未分化性与异质性和分化性决定了传统社会与现代社会代际关系的不同之外,传统社会结构与现代社会结构的下述区别,对代际关系也发生着明显不同的影响:

首先,传统社会变迁的迟缓性与现代社会变迁的急剧性,使传统社会和现代社会的代际关系具有明显的区别。由于生产力水平很低,科学技术不发达,传统社会的变化是相当缓慢的。这种缺少变化或变化迟缓的社会,导致文化的变迁也相当缓慢。美国文化人类学家玛格丽特·米德将传统社会的文化归属为"未来重复过去"型的文化,她称之为"后象征文化"(Postfigurative)①,"后象征文化是一种变化迟缓、难以察觉的文化"②,"后象征文化的基本特点是这样一种假设:他们的生活方式是不可改变的,永远如此的。"③在传统社会和"后象征文化"中,"老年人、中年人和年轻人所接受和传授的都是同一套信息"④。老年人的经验起着举足轻重的作用,老年人对后代人的文化传授主要是通过灌输,后代人只是不断地重复和接受他们的经验,未来永远重复着过去,代际间没有冲突,只有同一。这样,同样的道德价值观就会在数代、数十代甚至更长的时间里重复,因此也就没有令人困扰的代际道德价值观问题。与传统社会形成鲜明对照的是,以高度发达的生产力和科学技术为动力,以信息化和全球化为润滑剂的现代社会的变迁是非常急剧的,以致现代社会的发展具有"时空压缩"的特点,各种样态的文化模式、道德价值观念、生活方式等被浓缩在同一时空并在同一平台上相互激荡。"社会变革使现行文化和社会经济基础结构在一代人时间里就发生引人注目的变化,其变化之快至少相当于以往一个

---

① 参见[美]玛格丽特·米德:《代沟》,曾胡译,光明日报出版社 1988 年版(本书还有一种中文译本:《文化与承诺——一项有关代沟的研究》,周晓虹、周怡译,河北人民出版社 1987 年版。两种版本在内容上有所区别)。

② [美]玛格丽特·米德:《代沟》,曾胡译,光明日报出版社 1988 年版,第 20 页。

③ [美]玛格丽特·米德:《代沟》,曾胡译,光明日报出版社 1988 年版,第 21 页。

④ [美]玛格丽特·米德:《代沟》,曾胡译,光明日报出版社 1988 年版,第 25 页。

世纪。技术、教育、旅行和现代通信之间的相互作用彻底改变了时间和距离的含义,而且使主观范畴内社会道德标准和客观范畴内社会环境都发生着迅速的变化。"①在现代社会,"世界变化很快,每一代人所处的文化、生活方式和社会基础结构都与上一代不同,而且差异程度一代比一代大"②。现代社会的文化特征,用米德的话说,就是"互象征文化","在互象征文化中,年轻一代的经验与他们的父母、祖辈和社团中其他年龄较大成员的经验有着极为显著的不同"③。这必然就会带来代与代之间的差异甚至冲突,"在我们这种社会变动很大的社会里,在教育和生活方式方面就不可避免地产生代与代之间的断裂","现代世界的另一个特点是承认各代之间的断裂,承认每一代新人都将经历技术不同的世界"④。这样,代际关系在传统社会和现代社会便有了完全不同的表现。

其次,传统社会的封闭性与现代社会的开放性,使社会代际关系出现明显的区别。传统社会的同质性和未分化性是与传统社会的封闭性相互制约、相互作用的,而现代社会的特点之一就是开放性,开放性是对同质性和未分化性的瓦解和颠覆,并与异质性和分化性相互建构。我们可以通过对社会流动的考察来认识传统社会的封闭性和现代社会的开放性对代际关系的影响。社会学研究表明,传统社会由于其封闭性,几乎没有社会流动,自然也就几乎没有代际流动。所谓代际流动,是指两代人之间的职业和社会地位

---

① [美]兹比格涅夫·布热津斯基:《大失控与大混乱》,潘嘉玢、刘瑞祥译,中国社会科学出版社1995年版,第219页。

② [美]兹比格涅夫·布热津斯基:《大失控与大混乱》,潘嘉玢、刘瑞祥译,中国社会科学出版社1995年版,第218页。

③ [美]玛格丽特·米德:《代沟》,光明日报出版社1988年版,第46页。

④ [美]玛格丽特·米德:《代沟》,光明日报出版社1988年版,第63页。

等的流动。封闭的传统农业经济通过“父子相传”实现农作技术和经验的传递，一个人的一生注定要在他父辈所属的阶级和阶层里终其一生，子承父业，代际流动很少。这是传统社会的一个典型特征。而在现代社会，传统的力量衰减，开放性增加，每个阶级和阶层的大门向所有社会成员敞开，再加上现代社会的信息化和交通便利等条件，因而社会流动性增大，代际流动不仅在职业和社会地位上，而且在时空上也以前所未有的规模和速度推进。社会的代际流动对代际关系的变化意味着什么？这就是相对于封闭的传统社会因缺少代际流动而使各代道德价值观没有什么变化、社会容易达成代际道德价值观的认同和共识不同①，开放的现代社会的代际流动则使各代道德价值观出现各种差异，社会出现了道德价值观的代际分化。代际道德价值观问题也就随着传统社会向现代社会的变迁而被催生出来。改革开放以来中国社会流动的一个典型表现就是农村青年外出“打工”。农村青年到城市、异地打工，突破了原来狭小的生活圈子，接触并很快接受了崭新的生活方式和道德价值观念，这些生活方式和道德价值观念必然与他们父辈的生活方式和道德价值观念不同，从而必然出现道德价值观的代际差异和冲突。改革开放以来中国的这种情况与文化人类学家认为移民导致道德价值观的代际差异和冲突有异曲同工之处。此外，从中国当前社会中间阶层的年龄构成来看，中国社会中间阶层的主要成分已从原来的中老年群体，逐渐被新涌现的年轻一代所替代，这是中国社会分层中的一大代际特点。

通过对传统社会和现代社会上述各自特点的简单描述，可以

① 这种认同和共识是以社会的封闭性为保障的，因此具有涂尔干所说的“机械团结”的特点。

认为:(1)从横向的角度来审视,社会结构包含了政治、经济、文化三大领域的结构关系和个体私人生活领域、社会公共生活领域两大生活领域的结构关系;从纵向的角度来审视,社会结构还包含了社会代际关系这一重要的结构关系。这种纵横交错的社会结构关系构成了完整的社会结构。(2)在传统社会,由于其同质性或未分化性、变化的迟缓性和封闭性等特点,社会代际关系,包括代际道德价值观、代际生活方式、代际行为模式、代际思维方式等各方面均表现为没有分化、保持同一的"一元化"状态。而现代社会由于具有异质性或分化性、变化的急剧性和开放性的特点,而使代际道德价值观、代际生活方式、代际行为模式、代际思维方式等出现了"二(多)元化"的趋向,即道德价值观等在不同代之间越来越出现了各种不同的主张和取向。(3)因社会从传统向现代的转型,导致了社会代际关系的变迁,进而使社会代际道德价值观问题凸显。因此,代际道德价值观及其分化和整合作为一个"社会问题"和"价值问题",从根本上和总体上来说,只是社会进入现代以后,或者说是在社会现代化过程中才会出现的一种"现代性"现象。

(二)中国社会转型期道德价值观的代际变迁

改革开放以来中国社会正在发生深刻的社会转型,由此带来的社会代际关系的变化,以及道德价值观的代际变迁,应该引起人们的高度关注。这对于人们思考中国当前未成年人道德建设的一些重大问题,如改革开放以来中国社会转型时期未成年人道德问题何以如此凸显、未成年人道德建设与全社会道德建设包括成年人道德建设之间的关系等,必将提供一种全新的视角。

1. 中国社会转型期代际关系变化的主要表现

改革开放以来中国社会转型所带来的代际关系的变化,主要

表现在以下两个方面:

第一,由长者本位向代际平等的转变。在中国传统社会,甚至在计划经济时期,与宗法血缘关系、自然经济和计划经济相关联的长者本位(特别是老年本位)和尊老传统、长者统治,是传统社会的典型特征。长者本位是中国传统社会具有基础性和本然性的价值取向,这一价值取向导致了"长者"在社会生活的一切方面处于至高无上的地位,长者也正好利用并力图进一步强化这一价值取向,以巩固自己的地位,并使自己的地位绝对化。长者本位的自然发展直接导致了"过去本位",即长者总是面向过去的,总是强调自己在过去积累的经验的重要性,正如米德所揭示的,老年人总是代表着过去,或者说是"后象征文化"的代表。长者本位和过去本位共同造成了如下结果:第一,长者本位导致了"尊老抑少"的道德价值观。长者本位使长者常常自认为是后代的典范和楷模,因此总是按照自己的道德价值标准和社会形象来塑造下一代,要求子女对父母、未成年人对成年人绝对服从,而不能有一丝异议和怀疑,否则就是"目无尊长",就是"忤逆不孝"。因此,长者本位直接带来的就是代际关系和父子关系的不平等,就是一方面是"尊老",另一方面却是"抑少"。第二,长者本位导致了社会的后倾,延缓了社会的发展。长者本位使成年人拥有话语主导权、制度安排权和资源控制权,而使用这些权力的价值取向又是过去本位的。因此,整个社会就表现出一种后倾之势,反对变革和创新,强调每一代人都应"无改于父之道",只能"我注六经",绝不能"六经注我"。这样,社会的发展和进步就必然受到严重的制约。然而,中国改革开放以来一直处于社会转型时期,社会正在发生着深刻的转型和变迁,新的代际关系正在形成,长者本位的道德价值观正在逐渐转变,其转变的一个重要表现就是未成年人的地位包括道德地位的提高,并正在逐步实现代际平等,尽管这一转变是缓慢而艰难的。这种变化不仅发生在经济较发达的城市和沿海地区,甚至在比较落后的农村地区也正在发生。

第二,代际流动空前活跃。社会转型所必然发生的社会流动也在深刻地改变着传统的代际关系。中国传统社会代表皇权思想的"血统论"和代表农民思想的"平权论",正是对中国传统社会代际关系的两种不同反映和追求。血统论实际上就是命定论,"龙生龙,凤生凤,老鼠生崽会打洞"就是典型的血统论言论。在这种理论看来,社会地位是遗传的,因而是不可变更的,不管如何努力,永远改变不了命运。平权论是对血统论的反抗,是对命运的抗争。"王侯将相,宁有种乎!"就是平权论的典型主张。当然,在中国传统封建社会里,血统论永远处于绝对的统治地位,甚至对社会底层的百姓也成功地进行了意识形态的控制。但是,随着封建社会的结束,特别是在社会转型时期,社会流动势不可挡地发生了。社会流动,特别是社会的代际流动,即向上流动和向下流动,使原来固定不变的代际关系发生了深刻的变化,这不仅对家庭,而且对社会都产生了重大影响。① 改革开放以来中国社会转型时期的社会流

---

① 陆学艺主编的《当代中国社会流动报告》(社会科学文献出版社 2004 年版)指出,当代中国合理的社会流动模式还没有最终形成。例如,该书在分析社会地位变迁时,十分注重家族影响。在分析流动机制的九个自变量中,父亲的职业地位、父亲的受教育程度和父亲的单位部门就占了三个。报告指出,受教育程度是人们获得初次就业的职业地位的最主要因素,而"14 岁时父亲的职业地位"则对本人现职的获得有着显著影响,有好职业的父亲更有可能帮助子女调换到好的工作。报告称,1978 年后,国家干部录用过程中对"学历"的强调使干部直接将自己的子女安排进国家机关的概率得以降低,但统计数据表明,父亲具有权力资本的那些人比一般人更易于成为干部。在父亲受教育程度这个自变量固定的情况下,干部子女成为干部的机会,是非干部子女的 2. 1 倍。

动包括代际流动正在以前所未有的规模进行着，由此必然导致代际道德价值观的深刻嬗变。

2. 中国社会转型期道德价值观代际嬗变的轨迹

代际关系的变化，必然导致道德价值观在代际之间的变化。那么，在改革开放以来的中国社会转型时期，建立在代际关系变化基础上的道德价值观代际变迁的轨迹如何？笔者以为，改革开放以来中国社会转型期道德价值观的代际变迁，主要经历了以下几个阶段：

（1）改革开放之初青年人对人生价值观的痛苦反思。“文革”结束，改革开放肇始，“以阶级斗争为纲”转变为“以经济建设为中心”，意味着一个旧世界的终结，一个全新时代的到来。这是一个具有重大历史意义的社会转折时期。而恰恰就在这个转折时期，“实践是检验真理的唯一标准”犹如一声春雷，惊醒了麻木中的心灵，人们的思想蓦然得到了空前的解放，一切苦闷、痛楚、压抑……也得到了痛快淋漓的释放！也就在这个时期——20 世纪 70 年代末 80 年代初，人们对过去特别是极端压抑人们思想和个性的人生观、价值观进行了深刻的反省、痛苦的反思和毫不留情的质疑！进行这些反省、反思和质疑的，是一些经历过痛与苦洗礼的时代青年。在这个时期，青年人对过去道德价值观的痛苦反思最集中地体现在对人生价值或人生意义的诘问。这是一种并不限于反思过去、同时面对现实和面向未来、深刻思考人生价值和意义的哲学反思。这一反思活动的思想前提是思想解放运动，反思的主体是青年人，虽然老一辈人在过去受到的冲击和伤害更大。这时的青年所受的教育是过去的革命教育，是集体主义和理想主义的教育，可现实的状况与他们所受教育的反差是如此之大，他们不能不感到困惑和迷茫。于是，当时《中国青年》以发表“潘晓来信”为契机所激起的关于人生价值观的大讨论掀起了深刻反思过去道德价值观的高潮。这场发生于改革开放之初的人生价值观大讨论，意味着人生价值观在两个方面的大转折，甚至是大裂变：一是改革开放前后人生价值观的大转折和大裂变。这场讨论实质上是对“文革”期间和“文革”前人生价值观的反思，是对片面理解的集体主义对个性和自我压抑的反抗。因此，这场讨论可以说在道德价值观上宣告了传统集体主义的终结和新的集体主义的发轫。这种终结和发轫都是以这次大转折和大裂变为分界限和分水岭的。我们可以看到中国改革开放进程中的道德价值观变迁在很大程度上肇始于此次讨论。二是道德价值观开始在代际之间出现分化，一种建基于社会转型之上的、作为文化自觉的代共同体意识开始觉醒，青年道德价值观清晰地凸显出来，并与成年人道德价值观渐成相对之势。此时可以屡屡听到成年人特别是老年人对青年人生活方式的微词和对青年道德价值观的“担忧”。① “代沟”一词开始出现在日常用语之中。甚至往后出现的道德价值观的多元化也可以从这里看到端倪，或者说发端于这次大讨论。从上述意义上看，这次大讨论是我国道德价值观变迁包括道德价值观代际变迁的一个标志性阶段。

(2)20 世纪 80 年代道德价值观在代际之间的历史调整。在整个 80 年代，人们的思想特征表现为活跃与彷徨相交织。这也是与当时中国社会处于特定的历史阶段相联系的。进入 20 世纪 80 年代，改革开放全面启动，并摸索着不断深入开展和扩大范围，经济体制、政治体制、教育体制等等的变革转型接踵而至，虽然其中

① 胡乔木当时非常关心人生意义的讨论，指出对青年人提出和表现出的各种问题“最需要的是年长的一代人的耐心和热情”（参见《中国青年》1980 年第 7 期）。

不乏曲折和徘徊，但中国社会已不可逆转地进入了加速转型期。这个时期在思想文化领域发生了一场因传统文化与现代文化、本土文化与异域文化的交织和碰撞而导致的中西文化大讨论和人性论、人道主义大讨论。前者企图为中国现代化道路提供一种文化选择，后者则是对改革开放前特别是“文革”期间摧残人性、不讲人道的历史批判和对马克思主义的重新解读。这一讨论的影响之广泛深远，尤其是对青年人的影响之大，是建国以后所罕见的。这样一种文化底色势必导致社会道德价值观纷然杂存，道德价值观多元化的时代已经到来。道德价值观多元化的具体体现就是价值选择的多元化和价值评价的多元化，其不可抵挡的直接后果就是道德价值观的分化和冲突。人们为此而或者欢呼，或者忧心，更多的人则是茫然失措。社会转型时期的这种状况往往会导致社会失范、价值观失序。那么，道德价值观多元化表现在代际关系上又是如何？发端于人生价值观讨论的个人与集体的关系、个人价值与社会价值的关系等问题，以及表现在日常生活、消费方式、社会交往和其他各个领域的道德价值观问题，在整个80年代成为了人们议论和讨论的中心话题之一，也是青年道德价值实践的重要内容。在个人（价值）与社会（价值）这两者所构成的张力关系中，人们一般都能看到，青年人追求偏重个人价值的道德价值观及其在各个方面的具体表现成为很多“过来人”和成年人关注、关心和指责的对象，而青年人也往往反唇相讥。1988年1月发生在深圳蛇口的一场分别代表成年人道德价值观和青年道德价值观激烈碰撞的“蛇口风波”，最典型地反映了这种状况。于是，道德价值观的“代沟”现象凸显起来，不管承认不承认，道德价值观的代际分化和冲突已经非常现实地摆在了人们面前，可以说已经欲罢不能了。可以说，这是整个80年代中国社会道德价值观代际嬗变的基本脉络。

在整个 80 年代,中国社会的道德价值观状况可以用这样几句话加以概括:新的道德价值观在改革开放的土壤里逐渐产生,旧的道德价值观势力还很强大,新旧道德价值观碰撞剧烈,并在这一道德价值观的剧烈碰撞中实现着道德价值观在代际之间的历史调整。

(3)20 世纪 90 年代以来道德价值观在代际之间的重新整合。如果说中国是在从“以阶级斗争为纲”向“以经济建设为中心”的转变中进入 80 年代的话,那么,可以说中国是在从有计划的商品经济向社会主义市场经济的转变中进入 90 年代的。然而,在提出建立市场经济体制之初,一些人蓦然间更感到迷茫,因为市场经济提供给人们的是更多的选择和更多的机会;同时对社会主义与市场经济的内在统一性仍然感到不解。而更多的人则不再像 80 年代那样去花时间思考人生的意义和价值问题了,也不管市场经济是姓“社”还是姓“资”,下海经商是他们更现实的选择,甚至一时间形成了全民经商的局面,追逐金钱已经是一种天经地义、无可指责的事情了。此外,从社会学的角度看,从“文革”时期的政治高压中解放出来和从 80 年代高度的政治热情中冷却下来之后,人们最容易投入金钱的怀抱。在这样的大背景下,中国社会的主流道德价值观发生了较大的转向:世俗化、功利化倾向明显增强;道德价值观多元化更为突出;理想主义和精神价值明显隐退;与 80 年代崇外崇洋的倾向比较,民族自信心和民族尊严意识等民族价值观空前增强;后现代道德价值观初露端倪。主流道德价值观的这种转向又为全新道德价值观的生长提供了契机,与 80 年代对“时间就是金钱,效率就是生命”的市场观念还颇有微词相比,与市场经济相适应的时间观念、效率观念、竞争观念、公平观念……已经全面深入人心,不同地位、不同职业、不同年龄等各个不同群体的道德价值观都共同接受和奉行着市场经济社会所通行的道德价值观念。另一方面，在社会非主流道德价值观上仍然存在着差异和冲突，其中包括道德价值观的代际差异和冲突。这是因为，90年代的中国社会，传统道德价值观、现代道德价值观、后现代道德价值观最明显地交织在一起，网络社会在中国正式形成，全球化所带来的更大范围的道德价值观冲突越来越明显等。在经过80年代社会道德价值观的历史调整之后，90年代中国社会道德价值观变化的一个最大特点，就是旧的道德价值观渐隐，新的道德价值观大量产生和涌现并逐渐占据主导地位，人们已经不那么为传统道德价值观的包袱所负累。道德价值观在进一步发生代际分化的同时，出现了明显的整合趋势，而促使整合的因素主要有两个，这就是市场经济提供的肥沃土壤和80年代道德价值观的代际分化、冲突和历史性调整。

改革开放以来中国社会转型期道德价值观代际变迁的轨迹，还呈现出以下规律和特点，即道德价值观的代际变迁方向与改革开放的实际进程是一致的；道德价值观的代际变迁与社会整体道德价值观的变迁在变迁性质和变迁阶段上总体上是相同的；在社会道德价值观变迁的过程中，青年道德价值观发挥着新道德价值观的肇始作用和对社会道德价值观的引领作用；改革开放以来中国社会代际之间的道德价值观经历了从道德价值观的代际分化，到代际碰撞，再到代际动态整合的过程，并呈现出一种从感性不断上升为理性的鲜明特点。

三、社会转型期代际关系变化的道德后果

（一）代际道德价值观代际共同体的形成

社会转型所带来的社会代际关系的变化，必然导致以代为单

元的道德价值观共同体的形成，并通过代的社会结合功能，使代与代之间发生丰富而复杂的社会关系。同时，代的形成也会对社会生活产生重要的影响。卡尔·曼海姆指出："代问题是重要的，也值得对其进行严肃的研究，该问题对于理解社会和精神运动的结构来说是一个必不可少的向导。如果人们想要对我们时代中越来越快的社会变迁特征有更准确的了解的话，那么此问题的重要性就更为明显。"①他还指出："一种新的代类型是否会在每一年、每三十年或每一百年出现，或者是否以固定的节奏出现，这完全由社会和文化过程引发。"②

笔者在"导论"中已经对代的自然属性和社会文化属性以及个体之代和类之代的两个基本维度进行了必要的分析。在这里，我们再从社会转型及其所引起的代际关系的变化这一特定视角出发，对代际共同体的形成作进一步的分析。社会转型期代际共同体的形成，可以从以下三个视角进行分析：

第一，作为血缘辈分的代。这是人们通常对代所作的理解，只要一讲到代，人们便自然而然地作如此理解。作为血缘辈分的代，体现着我们所讨论过的代的自然属性。在以宗法血缘关系和自然经济为主的社会里，年轻人的生活被禁锢在家庭、家族的狭小范围内，他们直接从父辈那里获得关于生产和生活的全部技能和知识。但是，这种意义上的代，难以在更大的社会范围内对代进行观照，更无法显示代的文化属性。因为作为血缘辈分的代，比如父母代与子女代，其实质是一种极其稳定的家庭权力构造，是一种极其稳

① ［德］卡尔·曼海姆：《代问题》，载《卡尔·曼海姆精粹》，徐彬译，南京大学出版社2002年版，第76页。

② ［德］卡尔·曼海姆：《代问题》，载《卡尔·曼海姆精粹》，徐彬译，南京大学出版社2002年版，第98页。

定的自然秩序。费孝通对这种代的生物性及其局限性作了深刻分析，他指出："世代是分别亲属的一种原则，根据生育的事实，把生者和被生者，也就是亲子，分成相衔接的两个世代。借用生物学的名词是F1—F2，凡是由同一父母所生的同属于一代。在人类的谱系上，和其他生物一般，从生育关系上可以很清楚地划出一代又一代，不相混淆。""世代划分被采用到亲属体系中去的原因和社会继替有很密切的关系。从大体上说来，继替过程是社会的新陈代谢作用，陈旧者退伍，新健者入社。世代的代字就是指这新旧的关系。但是亲属体系普通所采取划分世代的标准却是生物性的，等于生物学上的F，是生者和被生者的关系。用这标准来划分世代，再用世代的秩序来作继替原则时，不免缺乏弹性，竟可以和社会继替过程实际的交代方式不一定完全相符合。我在这里所用交代方式一词是指：一个人把他的社会地位交给代替他的人。若是继替过程按着世代秩序，交代的对手是亲子。我们现在要问的是在普通社会里，交代的对手是否必然是亲子两代之间。"①就是说，世代关系既可以作为生物学上划代的依据，又应该不仅仅局限于此。假若在传统社会里代的基本所指就是血缘辈分的话，那么，在现代社会对代仅仅做这种理解就远远不够了。在现代社会，特别是在社会转型时期，社会文化意义上的代已经超越血缘辈分的代而成为人们越来越关注的焦点。

第二，作为特殊文化群体的代。在传统社会，年龄本来并不具有特别的文化意义，只具有自然的少长关系的意味，所谓尊老爱幼最能体现这种年龄意义上的文化意味了，但这无法使年龄成为一个代群的集体意识。只有年龄被赋予文化意义，才能真正成为一

① 费孝通：《生育制度》，商务印书馆1999年版，第186—187页。

种特殊的代文化群体。另外，传统社会的年龄还被淹没在辈分的定格之中。现代社会的年龄群体已经完全是一个文化意义上的代的范畴，不论所谓的传统辈分，现代意义上的年龄群体是指出生于大约相同年代的同龄群体。由于成长环境的相同或相似，这一同龄群体在价值观念、生活方式、思维方式、语言习惯、情感体验等各个方面具有“同类意识”（希尔斯语），即代意识。在现代社会，即使社会处于常规发展时期，这种作为代之表征的特殊文化群体也是存在的，只是在社会转型时期，这种以年龄群体表现出来的代会更鲜明地凸显出代的文化意义而已。作为特殊文化群体的代的出现，只是到了近代大工业生产和城市化运动之后才成为可能。

第三，作为历史事件之文化标志的代。这实际上是年龄群体的一种特殊情况。由于某一具有特定意义的历史事件的发生，经历着这一事件的同年龄群体就会有相同的感受，并形成相同或相似的以这一历史事件为标志的道德价值观。因此，在这种情况下，人们往往以历史事件来命名“某某代”。作为历史事件之文化标志的代，往往形成于社会转型时期或社会重大转折时期。

现代社会道德价值观代际共同体的形成及随之而来的代意识的出现，使代又成为一种身份认同或角色认同的价值归依。丹尼尔·贝尔（Daniel Bell）指出：“一个人把自己的经验当作检验真理的标准，他便发现共同的意义。在这种情况下，一代又一代人崛起，代序感便成了现代身份的焦点。”这种身份认同甚至在逐渐取代过去社会的阶级认同，“在传统的西方社会里，或者在当代社会的早期，社会身份通常是身份的主要来源……。然而随着教育作为达到社会‘地位’的主要渠道而兴起，社会阶级的重要性降低了。不仅在文学界（在这一领域代沟是历史悠久的现象），而且在政治领域，代与代的差别起着举足轻重的作用。在移民世界，代序列已成为知识分子判断心理身份的主要依据。”①代的身份认同意识的确立,必然使代成为一个真正的道德价值观共同体。

总之,正如曼海姆所指出的那样:“作为社会和文化转型节奏加快的结果,基本态度的变化也随之加快,这就使得对于传统的经验、思想和表达模式的潜在的、连续的适应不再可能,然后各种新的经验阶段得以巩固,从而塑造了明显的新的动机和新的结构中心。我们将这些情况称为新的代类型的形成,或新的代实体的形成。”②

20世纪80年代初,随着改革开放的逐步展开和深入,中国社会的代际关系发生了明显的变化。这种变化导致了两个结果:一是代意识日益清晰,道德价值观代际共同体逐渐形成;二是对代及代际关系的研究日渐重视和深化,出现了对中国社会代的各种划分。有关论者通过对新中国成立后社会代际关系的分析,认为存在着四代人,即出生于19世纪末20世纪初,从革命时代走过来的第一代人,是共和国的缔造者;出生于20世纪20—30年代,建国后17年成长起来的第二代人,是迎接解放的一代;出生于20世纪40—50年代,“文革”时代的第三代人,他们是“红卫兵一代”;出生于20世纪60年代的第四代人,被称为改革开放时期成长起来的一代人。应该说,他们都各有属于自己一代的价值系统和人生定位,并对中国社会不同时期产生了不同的影响。对新中国成立后关于代的这种划分,虽然引起了很大争议,但还是给人以很多启发。假若就以这种划分作为分析框架的话,那么,在不同的社会环

① [美]丹尼尔·贝尔:《资本主义文化矛盾》,赵一凡译,三联书店1989年版,第137—138页。

② [德]卡尔·曼海姆:《代问题》,载《卡尔·曼海姆精粹》,徐彬译,南京大学出版社2002年版,第97页。

境下成长起来的这四代人，又都同时生活在改革开放以来的这20多年中，特别是在20世纪80年代。这四代人在改革开放以来社会转型时期的道德价值观嬗变，以及他们对改革开放和社会转型的价值立场和态度，构成了改革开放以来社会转型时期代际道德价值观的基本格局。不仅如此，还有论者又以出生于20世纪70—80年代、90年代进入社会的独生子女一代为第五代，他们更多地被赋予"新人类"的代征。可见，在中国社会转型时期，与以往的社会不同，代及代意识已经明显形成，从而为道德价值观代际共同体的形成提供了基本的构成元素。

（二）长者道德权威的弱化和失落

社会转型及代际关系变化的又一个重要后果就是长者道德权威的弱化和失落。德国社会学家马克斯·韦伯（Max Weber）把权威分为"克里斯玛"权威（魅力型权威）、传统权威和法理权威。克里斯玛权威建立于对领袖个人的魅力崇拜之上。这种权威发挥作用无须规范，领袖本身即具神圣性和权威性。传统权威建基于人们对既往人与事的虔诚态度，故而坚持按惯例行事，认为惯例本身就是规范，不可违抗，家长制、世袭制是传统权威的典型形式。法理权威既不同于克里斯玛权威，也不同于传统权威，而是非人格化的法律和规章，是制度化的社会契约，普遍性的义务和职责，它不依个人意志为转移。可以认为，改革开放前的中国社会是以克里斯玛权威和传统权威为主，而辅之以法理权威的。这是因为自然经济、计划经济和小农意识的普遍存在，为克里斯玛权威和传统权威提供了肥沃的土壤。改革开放后，随着商品意识、市场意识和公民意识的觉醒，原有的权威不得不承受极大的冲击，法理权威的地位逐渐突出。而一旦克里斯玛权威和传统权威受到冲击，法理权威尚未强大之时，就极有可能出现权威真空，导致权威的弱化甚至权威的失落。

在传统社会里，如果把社会权威放在代际关系中加以考察和分析，就会发现长者权威是克里斯玛权威和传统权威的化身，他们往往以自己丰富的阅历、经验和知识获得无穷魅力，这些阅历、经验和知识又成为不可更改的传统，并具有绝对性和普遍效用性，由此决定了成年人道德价值观和由成年人社会制定的社会道德规范也具有绝对的严格性，它通过制度规范、技术控制、意识形态灌输等各种手段要求年轻一代无条件地遵守和服从，甚至不容许有与成年人权威不同的道德价值观存在。这种状况自然造成了道德价值观的代际一元化。而现代社会的年轻一代正以宽容性、相对性和多元性取长者权威的绝对性和严格性而代之。"在成人世界里，管理、统制作为最重要的、理所当然的事情被接受"，而"很多年轻人对此表示异议，他们认为，不能用大人们的价值观求得立身处世"①。应该说，这种状况的出现当然是社会转型或社会变迁的结果。奥格本（William Fielding Ogburn）曾以"静止社会"和"变迁社会"来分别说明长者权威的存在和年轻人地位的强固及各自的社会后果："在静止社会中，所有已经做过的都是好的，即使实验和新方法应当被引进，也没有人会以赞赏的态度对待他们。以往的过去有很高的权威，了解过去的老年人受到尊敬。……过去和老年人的权威非常重要，法律有威严，道德行为的准则非常详细，必须要遵守，民德必须严格服从，违背它们是不允许的。人们都有严格的规矩，对于各种制度有很深厚的感情。礼节和仪式是稳定

① ［日］千石保：《日本年轻人的文化代征》，《当代青年研究》2002 年第 1 期。

的。社会崇尚艺术、宗教和阶级界限。总之,静止的社会是平衡的、和谐的社会。在变迁的社会中,人们的态度都是追求进步。那里总存在更好的办法。他们喜欢新的,进步构成社会观念的特征,乐观主义很普遍,社会哲学都倾向于实用主义。过去都是要死的,应该抛弃。青年的地位很强固,他们的影响越来越大。权威产生于理性和证据,但危机时还会产生独裁。对法律并不尊重,犯罪频繁。道德的典范已经丧失了影响,好的行为有赖于理性能力。民德不再重要,规矩很坏,他人的自我令人厌恶,人们越来越依照生物和动物本能发生行为。仪式减少,对制度的感情降低,社会条件不再赞成阶级间的严格界限。社会环境对于艺术而言太困难了,传统的宗教发现自己受到敌视。文化的各部分不再和谐。时间似乎已经脱节,由于文化各部分变迁速度不一,出现各部分的失调。”①

按照涂尔干的观点,传统社会是一个“机械团结”的社会,这样的社会具有很高的同质性,社会成员的活动、经历和生活方式大体相同,因而拥有共同的信仰、追求共同的价值目标、接受同样的行为规范、持有同样的价值评判标准,这些因素形成强大的集体意识,对社会成员的控制非常严密,并渗透到社会的各个领域和个人生活的各个方面。在这样的社会里,道德价值观不可能出现分化,自然也就不可能存在代际道德价值观。他说:

> 传统之所以具有某种力量,是因为上一代把传统传承和灌输给了我们。只有他们才能亲眼目睹祖先们的经历,并且能够把它活生生地表现出来。只有他们才是过去和现在之间

① 威廉·费尔丁·奥格本:《社会变迁——关于文化和先天的本质》,浙江人民出版社 1989 年版,第 227—228 页。

> 的中介。因此，他们在他们所监护和养育的这一代人中间，享有着不可比拟的威望。倘若孩子天天围在老人的身边，他就会意识到自身的卑微和对老人的依赖，会对长者的每言每行都怀有一种敬仰之情，也会很自然地对长者流传下来的各种物品非常重视。这样一来，年龄上的权威就变成了传统权威。不仅如此，能够把上述影响扩大到童年以后的任何力量，也都会进一步加强这种传统信仰和传统习俗。正因如此，人们便会在生他养他的环境里继续生活下去，他还像自己的童年时代那样，天天见到同样的人，天天受到他们的影响。他对他们的感情也依旧存在着，也依旧产生同样的作用，换句话说，他们束缚了变革的力量。因为若想使社会生活进行一场变革，仅凭新的一代对未来充满憧憬是不够的，他们必须不再亦步亦趋地追随祖先的足迹。祖先的影响越深入，也就越持久，就会对各种变化产生阻碍作用。①

而现代社会的集体意识则发生了深刻变化，由原来的那种神圣的、信仰式的和对集体的崇尚，变成了世俗的、理性的和对个人的尊崇，由对社会和个人的全面控制，变成了仅仅在高度抽象层面上对共同道德价值观的遵从。这种社会是“有机团结”的社会，具有很强的异质性。这种异质性表现在代际关系中，就是长者道德权威的弱化乃至失落。对此，涂尔干又指出：

> 随着文明的不断发展，这种建立在年龄基础上的崇敬也慢慢地衰落了。一旦文明高度发达起来，这种崇敬就变成了一些出于某种怜悯的礼貌而已。今天，与其说人们惧怕老人，

① ［法］涂尔干：《社会分工论》，渠东译，三联书店2000年版，第250—251页。

> 不如说人们在怜悯老人。年龄的界限被拉平了。人们一旦迈入了成熟时期,就开始平等相待。年龄界限消失以后,祖先定下来的各种习俗也就失去了威严,因为很少有人去表现这种权威了。对这些传统而言,人们已经变得更加自由,因为对那些体现传统的人来说,人们已经是很自由的了。人们不再能够感觉得到时间所带来的团结性,因为代际之间的持续联系也不再需要物质表现。当然,人们还能感受得到早期教育的影响,但它的力度却大大地降低了,因为维持它的基础已经不存在了。①

改革开放以来中国社会转型时期道德价值观变迁一个最突出的表现,就是原来存在于代际关系之中的长者道德权威的弱化和失落。长者道德权威弱化和失落的一个最明显的表现,就是成年人所制定的道德规范在年轻人那里不一定管用了。从社会学的角度来看,这是不同代的人由于社会化过程的不同所导致的。“中老年社会群体,由于他们的早期社会化完成于改革开放之前,因此他们遵从的基本上是原有的价值评判体系。青少年社会群体,由于他们的早期社会化处于社会转型加速期,他们所接受的大都是处于变动中的价值评判体系。”②由于道德价值评判体系的不同,长者道德权威对年轻人的影响力自然就会减小。

(三)道德价值观代际模式的转变

通过对社会转型期代际关系的变化以及中国社会转型期道德

---

① [法]涂尔干:《社会分工论》,渠东译,三联书店2000年版,第251—252页。

② 郑杭生等:《转型中的中国和中国的社会转型——中国社会主义现代化进程的社会学研究》,首都师范大学出版社1996年版,第204页。

价值观代际变迁的考察和分析，我们发现，在中国社会转型期，道德价值观的代际模式也发生了深刻的变化。这种变化主要表现在以下两个方面：

1. 以成年人道德价值观为主导向成年人道德价值观与未成年人道德价值观互动的转变

在中国，这种转变虽然是渐进的、艰难的、现在仍在进行中的，但是，这种转变却在不可逆地发生着、进行着，并必将越来越明显和深刻。这种转变是与中国社会转型时期的经济、政治、文化变革密切地联系在一起的，无论是政治舞台、经济舞台还是文化生活领域，年轻人的影响和作用越来越令人刮目。① 如果说年轻人道德价值观作为一种亚文化的重要内容符合传统社会年轻人道德价值观所处地位的实际和传统社会人们对年轻人道德价值观的定位，那么，在现代社会，尤其在现代信息社会，所有这些情况都已发生了变化。现代社会的年轻人道德价值观，已经带有米德所说的"年长者不得不向孩子学习他们未曾有过的经验"的"前象征文化"②的特征。对于现代年轻人道德价值观，越来越多的人看到了其越来越重要的地位，以至于有人甚至认为"一个青年本位文化的时代已经到来"。与当代社会在自然年龄上已经进入老年社会相反，在道德价值观和其他一切精神生活方面，社会却越来越年

---

① 比如，在现代民主社会，年轻人对政治的影响力越来越大；在经济领域，据《世界周刊》报道，近30年来，全球百万富翁的平均年龄已从62岁降到38岁，百万富翁的队伍日渐年轻化（参见赵涛、许立东、陈磊：《年轻人领导世界——百万富翁为什么越来越年轻》，民主与建设出版社2001年版）；在文化、娱乐生活领域自然更是如此；在科技领域，大家一定还记得王选院士关于科技创新是属于年轻人的那次感人至深的演讲。

② ［美］玛格丽特·米德：《代沟》，曾胡译，光明日报出版社1988年版，第20页。

轻，出现了“社会年轻化”的趋势，从这个意义来说，现代社会就是年轻人的社会。在市场经济条件下，年轻人与市场已经有着难以割舍的天然缘分，年轻人不仅成为市场经济的主体之一，而且成了市场消费的“上帝”，以年轻人为对象、为主角的各种产业迅速发展起来，从一定意义上讲，市场经济就是年轻人的经济。美国耶鲁大学教授戴维斯（Davis-Friedmann）曾经指出，改革开放前中国城市代际结构的重要特点是，文化程度较低的年长一代人占据了地位较高的职业和地位，而文化程度较高的年轻一代人从事着较低职位的工作。① 这与米德所描述的后象征文化的代际特征是一致的。然而，我国有社会学者指出，在市场转型和现代化过程中，中国出现了完全相反的代际结构，实现了收入水平、职业和产业结构以及社会地位的代际更替。② 随着年轻一代在政治、经济、文化、知识等各方面地位的提高，社会权力不得不重新分配，年轻一代开始分享社会权力，从而拥有了更多的话语权。这样，年轻人的道德价值观至少有相当一部分也就随之与成年人道德价值观一样，能够制度化和意识形态化了。此外，在现代社会，年轻人的道德价值观对成年人道德价值观的反哺功能越来越突出，对成人道德价值观的影响和改变越来越明显。所有这些都突出地表明，在中国社会转型时期，道德价值观的代际模式已经开始从由成年人道德价值观主导向成年人道德价值观与未成年人道德价值观互动转变。

2. 从现代性道德价值观向后现代性道德价值观的转变

目前，在对代际价值观尤其是年轻人价值观的研究领域，已经

---

① See Davis-Friedmann, Deborah. 1985. “Intergenerational Inequalities and the Chinese Revolution”, Modern China 11: 177 - 201.

② 参见李强：《转型时期的中国社会分层结构》，黑龙江人民出版社 2002 年版，第 90—98 页。

出现了一种研究范式的转型，即由现代化理论研究范式向后现代化理论（又称“代际价值变迁理论”）研究范式的转型，因为现代化理论研究范式已经无法解释当代社会价值观的变化了。美国密歇根大学教授R.英格莱哈特（Ronald Inglehart）根据1990—1993年对包括中国在内的43个国家和地区所做的“世界价值观调查”的横剖研究数据分析，提出当今世界各国的价值观变迁实际上存在“两个维度”，一个是“现代化”维度，它反映的是从“传统价值观”向“现代价值观”转变的程度；另一个是“后现代化”维度，它反映的是从“生存价值”向“幸福价值”转变的程度。此外，他还依据近20年来的纵贯研究数据，揭示了当今世界发达工业社会出现的从“物质主义价值观”向“后物质主义价值观”、从“现代价值观”向“后现代价值观”转变的文化变迁趋势。他认为，经济的繁荣使工业发达国家的最新一代发生了价值排序的变迁，透过渐进的代际转变，第二次世界大战后一代接一代年轻一群的后物质主义价值取向，渐渐取代了接受物质主义价值观的较年长的一群。已经并将继续发生的这种价值观的变化，在其方向上显著地不同于自工业革命以来开始的“现代化（性）”，因而，人们再也难以用“现代化（性）”这一概念来加以概括；相反，对于发达工业社会发生的这种价值观变迁，用“后现代化（性）”这一概念加以概括则更为准确和恰当。①

这种从现代道德价值观向后现代道德价值观（其主要表现形式是经济发达、物质丰裕社会的“后物质主义价值观”，即对自我实现、提高生活质量、言论自由等的强烈偏好）的转变，是后现代

① Inglehart, R. Modernization and Postmodernization: *Cultural, Economic and Political Change in the* 43 *Societes*. Princeton: Princeton University Press. 1997.

性意蕴凸显的重要表现。这种转变反映在各个群体和各代之中，只是年轻人走在了转变的前列。据1970年欧共体对英国、法国、西德、意大利、比利时、荷兰6个国家的调查结果显示，65岁以上的老年人中，持有现代性价值观者的比例将近50%，而后现代性价值观者的比例还不到5%；但在15—24岁的年轻人中，持有后现代性价值观者的比例有近25%，已明显高于前者。① 我国还将长期处于现代化进程之中，社会已经呈现出前现代（传统）、现代和后现代的“时空压缩”的特点，成年人道德价值观和未成年人道德价值观都各自带着其前现代性、现代性和后现代性的色彩在同一个平台上相互激荡，既五彩缤纷而又斑驳杂离，其道德价值观的差异程度表现得淋漓尽致。在这种社会道德价值观差异的大背景下，年轻人道德价值观中的后现代性底蕴越发凸显，发达国家在高度现代化之后才出现的后现代道德价值观，在当代中国年轻人道德价值观中业已出现。据上海团市委1995年的调查，在涉及个体本位项目的多项选择中，上海青年对“崇尚个人本位，强调个人价值，做自己想做的事”等“追求合乎自己兴趣的生活”所占的比重最大（44.5%）。这一比例与“世界青年意识调查”的结果是一致的。② 同时必须看到，在中国当代年轻人中出现的后现代道德价值观具有早产的特点，这一特点一方面可以避免西方发达国家在现代化过程中出现的诸种“现代性”问题，另一方面也可能导致个人主义和享乐主义的泛滥。

① 参见吴鲁平：《发达国家青年价值观变迁的启示》，《中国青年研究》2001年第5期。

② 参见杨雄：《“第五代人”：自身特点与发展趋势》，《中国青年研究》2002年第3期。

四、社会转型时期的未成年人道德建设

笔者之所以要以较大篇幅讨论社会转型及其引起的社会代际关系的重大变化，其目的就是为了说明，社会转型是导致未成年人道德问题凸显的最深刻根源，因此也是提出未成年人道德建设任务最重要的客观依据。

首先，中国未成年人道德建设问题的凸显和未成年人道德建设任务的提出，与改革开放以来的中国社会转型直接相关。

正如前述，改革开放以来的中国正处于深刻的社会转型时期，甚至可以说是社会加速转型时期，这已成为无可争议的客观事实。同时，社会转型必然导致社会代际关系的重大变化，代际关系的重大变化又必然使社会的道德价值观在成年人和未成年人之间发生代际变迁，笔者据此还简单地勾勒了改革开放以来中国社会转型时期道德价值观代际变迁的基本轨迹和规律。所有这些使道德价值观代际共同体初步形成，成年人道德权威和往往以成年人为代表的传统道德价值观受到了空前的挑战，以成年人为主导的社会道德价值观逐步向成年人道德价值观与未成年人道德价值观的互动转变。这是改革开放以来中国社会转型时期未成年人道德建设问题的凸显和未成年人道德建设任务得以提出的总的社会背景。

改革开放以来的 30 年，是中国社会发生翻天覆地变化的 30 年。在这 30 年中，同时生活着从不同历史时代走过来的不同代的人，他们总体上可以分为在计划经济时代成长起来（包括从革命战争年代走过来）的成年人，和改革开放以后市场经济时代成长起来的未成年人。也就是说，从时间的维度看，在计划经济时代成长起来的成年人和在改革开放以后市场经济时代成长起来的未成

年人,都共同生活于改革开放以来的30年中。然而,这30年对于从计划经济时代走过来的成年人和在市场经济时代成长起来的未成年人来说,其意义是大不相同的。这种不同,主要是由于成年人和未成年人这两代人对市场经济的体验是不同的。这种情况就如有学者所说的"同时代人的非同时代性(the non-contemporaneity of the contempoaraneous)"。例如,平德(Pinder)就认为,不同代的人虽然生活在同一时间(时代),但他们在生活中体验着的时间才是唯一真实的时间,因此他们实际上生活在性质上相当不同的主观时代中。"每个人都与相同年龄或不同年龄的人们生活在同一时代,因此面对多种不同的体验。但对于每一个人来说,'同一时间'却是不同时间——换言之,代表了他自己的不同时段,这种不同时段他仅能与其同一年龄的人们所分享。"①"同时代人的非同时代性"不仅是一个很好的理论观点,更是一个很好的解释框架或解释方法,例如,它能很好地解释,同时生活于改革开放以来中国社会转型时期的成年人与未成年人,其道德价值观的差异何以如此之大。

那么,中国改革开放以来的社会转型与未成年人道德建设问题的凸显和未成年人道德建设任务的提出之间的直接关联性究竟体现在哪些方面?笔者以为,这种关联性主要体现在以下两个方面:

(1)中国实行改革开放政策和建立市场经济体制,使中国社会处于前所未有的社会转型时期,经济体制也发生了前所未有的转变。这种转型和转变使总体上横跨计划经济与市场经济两个时

① Pinder, Kunstgeschichte nach Generationen. Zwischen Philosophie und Kunst. Johann Volkelt zum 100. Lehrsemester dargebracht. Leipzig, 1926.

代的成年人的道德状况和道德观念发生了重大变化。对成年人而言，这种变化至少导致了一个困境和一个困惑。一方面，成年人面对传统的与现代的、中国的与西方的、理想的与现实的等各种道德价值观出现了前所未有的抉择困境。也就是说，在计划经济时代成长起来的成年人，所受的教育特别是价值观教育是与计划经济体制所要求的道德价值观相适应的，他们在计划经济时代已经基本形成了那个时代的道德价值观，这些道德价值观总的说来具有传统的、本土的和理想的特征，他们对这些道德价值观是无法割舍的；同时，成年人背负着这些道德价值观不可抗拒地进入改革开放和市场经济的洪流之中，而改革开放和市场经济所要求的某些道德价值观与计划经济时代的道德价值观很自然地出现了某种龃龉，市场经济时代道德价值观的现代性、现实性和世俗性特征日益突出，且西方的道德价值观对中国传统的道德价值观也产生了程度不同的影响。面对如此复杂的道德价值观的多元格局，成年人不可避免地处于各种道德价值观的夹缝之中，不仅一时难以适应，更是令人难以抉择。另一方面，与上述抉择困境直接相关，成年人对各种新生的道德价值观，总是感到前所未有的困惑，甚至很难加以接受。

上述困境和困惑对未成年人道德价值观的影响是显而易见的。譬如，成年人对各种道德价值观所面临的抉择困境、对新生的道德价值观所感到的困惑，使未成年人在很大程度上必然产生某种道德虚无感，缺失道德方向感，并导致价值目标的失落，于是未成年人的各种道德问题也就必然空前突出。这种状况充分地表明，改革开放以来的中国社会转型，使成年人并通过成年人使未成年人面临着前所未有的道德问题，从而与未成年人道德问题的凸显和未成年人道德建设任务的提出具有深刻的内在关联。

(2)与上述成年人所面临的道德价值观抉择困境和对新生道德价值观感到困惑不同,沐浴着改革开放的春风和接受着市场经济洗礼而成长起来的未成年人,直接感受着各种市场经济的道德规则,并能较快地认同和接受这些道德规则。但是,中国市场经济的道德规则由于各种原因仍然处于逐步完善的过程之中,且有些道德规则与计划经济时代的道德规则是相对立的,如公平竞争是市场经济的基本准则,而中国计划经济时代是反对竞争的;又如,市场经济往往与金钱崇拜相联,而计划经济时代则特别强调无私奉献等等。这种状况必将使未成年人的道德价值观出现两种后果:一种后果是,未成年人以市场经济的道德规则为参照,对计划经济时代的道德价值观,包括广义上的传统道德价值观持一种怀疑甚至否定的态度,从而使未成年人的道德价值观可能与传统道德价值观相脱离,甚至发生所谓的道德价值观的历史断裂,这种脱离和断裂往往成为各种未成年人道德问题的重要表征;另一种后果是,由于市场经济的道德规则又没有完全建立起来,或者还不完善,因此,未成年人在很大程度上又将失却道德价值观的重要依托。这同样充分显示了未成年人道德问题的凸显和未成年人道德建设任务的提出与改革开放以来的社会转型具有深刻的内在关联。

其次,既然未成年人道德问题的凸显和未成年人道德建设任务的提出与改革开放以来的社会转型具有深刻的内在关联,那么,社会转型时期的未成年人道德建设,就不能仅仅就未成年人道德建设论未成年人道德建设,因为,如果社会发生了重大转型,而对未成年人道德状况的观照和分析仍然沿袭永远不变的观念和方法,那么,未成年人道德建设就不可能得到客观和科学的研究。综观当前对未成年人道德建设(包括道德教育)问题的研究文献,笔者发现一个很明显的现象，即研究者很少结合社会转型来探讨未成年人道德建设问题，基本上仍然仅仅以传统的或转型前的既有观念和方法，来思索和探究未成年人道德建设问题。这种现象一方面说明未成年人道德建设没有与社会转型这一中国当代最大的社会现实有机和紧密地结合起来，与此相关的另一方面就是未成年人道德建设的观念和方法陈旧，难以实现未成年人道德建设的创新。因为任何创新，既包括未成年人道德建设的创新，也包括对未成年人道德建设研究的创新，其实质和特征都是与时俱进，也就是与社会发展的进程相协调、相一致。因此，当前中国的未成年人道德建设，以及对当前中国未成年人道德建设的研究，都应该以中国社会的转型作为历史背景，并从社会转型的这一特殊历史阶段着眼和入手。

第四章　道德价值观的代际构成

如果说关于社会转型时期代际关系的变化及其道德表现是从动态的角度探讨道德价值观的代际变化的话，那么，笔者在本章将从相对静态的角度探讨道德价值观的代际构成。

在此，有必要说明两点：第一，可以肯定地说，关于道德价值观的代际构成，并未见诸过去的任何文献，而是一个全新的概念和提法。这个概念和提法是以审视道德价值观的代际视角、以揭示道德价值观的代际维度以及道德价值观在代际之间的客观存在为前提和基础的。第二，道德价值观的代际构成，只有在现代社会才有可能并成为现实。在传统社会，由于其社会结构的高度同质性和未分化性，也就不可能存在道德价值观的多元化，道德价值观是高度一元的，因此也就谈不上所谓道德价值观的代际构成问题。可见，道德价值观的代际构成与道德价值观的多元化是相辅相成的。

一、道德价值观多元化的代际体现

关于道德价值观的多元化，或者广义而言的价值观的多元化，不仅在国内，即使在全球范围内也已经是一个众所周知的事实。但是，道德价值观的多元化在代际关系中的体现，几乎还没有人注意到。这与人们没有从代际关系视角去审视道德价值观的多元化有着直接的关系。事实上，道德价值观的多元化已经很明显地表现在代际关系之中。这在本书的有关部分已经或将会充分地得到证明。在这里，笔者仅将对“代道德价值观”作必要的说明，并对成年人文化与未成年人文化这一道德价值观的文化基础作一必要的论证。

（一）代文化、代价值观与代道德价值观

在讨论“代道德价值观”之前，有必要对“代价值观”这一上游概念进行必要的分析。“代价值观”与“代道德价值观”这两个概念是一般与个别的关系。

与代需要从其自然属性与文化属性这两个方面来加以界定相对应，代价值观也应该从代的自然属性和文化属性这两个方面来加以规定。也就是说，代价值观首先是一个如何界定价值观语境中的代的问题。与对代的一般规定一样，价值观语境中的代同样具有自然属性和文化属性。其自然属性与一般所说的代的自然属性是完全同一的，即必须以年龄层来理解价值观语境中的代的自然属性。至于价值观语境中的代的文化属性，主要就是指代的价值属性，因为文化的核心就是价值观。在对代的研究中，人们往往将不同的价值观作为划分代的文化属性的核心部分，这在客观上就突出了代的价值底蕴。因此，价值观语境中的“代”，其本质的规定就是以价值观差异为标志的。这一简要交代的意义在于：在对代价值观的规定中，我们必须明确，价值观语境中的代所标示的是以年龄层为标志的自然属性和以价值观为核心的文化属性的高度统一。

如果撇开代的自然属性，仅就代的文化属性作进一步的考察，那么，表征代的文化特征的主要有价值观（念）、思维方式、生活和行为方式、情感方式和话语方式等，它们的辩证综合构成了代的基

本文化特色和特征。① 价值观是构成代文化的基本内容或核心内容。价值观变化的根源是时代的任务和需要发生了变化。不同时代的任务和需要势必影响生存于该时代的各代对价值观的选择和改变,由于各代对时代任务和需要的理解不同,因而其价值立场也就不同,他们对价值观的选择和改变自然就有所区别。价值观的变化直接导致思维方式的变化,具有不同价值观的各代,也就具有不同的思维方式。如果说价值观和思维方式是表征代文化的内在因素,那么,作为它们之外在的和投射的生活和行为方式则直接地表现出代文化的外部特征。包含着情感需要、情感体验和情感表达等内容的情感方式是表征代文化的重要方面,一代人有一代人独特的情感方式。话语方式是随时代的变化而变化的,话语方式的不同使不同代的人也表现出不同的文化特征。所有这些因素都具有相互渗透和相互建构的功能。在这些相互渗透和相互建构的诸因素中,价值观是代最主要的文化标志,并在代文化中起着最核心和最主要的作用。这样,从价值观的角度观之,代文化归根结底就是代价值观,或者反过来说,代价值观是代文化的基本内核和主体部分。这就是我们所要简单交代的代价值观的基本表征。由此亦可见,对代价值观的讨论,主要就是对代文化中的价值观问题的讨论,而不是对代的上述所有问题,如代的生活和行为方式、思维方式、情感方式和话语方式等的全面研究。当然,在作这样的理解和交代时,绝不能以价值观代替构成代的文化属性的其他各种因素,而且必须看到代价值观与代文化中的其他因素之间存在的不

① 日本青少年研究所所长千石保先生针对日本"富裕社会"对年轻一代价值观变化所产生的影响,以意谓"现在享乐主义"的"consummatory"概念和象征后现代主义的"差异"概念来描述当代日本年轻人的"文化代征"。参见千石保:《日本年轻人的文化代征》,《当代青年研究》2002 年第 1 期。

可割断的有机联系。

那么,代价值观又是如何形成的呢? 一般而言,代价值观作为代文化的一个核心层面和核心内容,与代文化的形成机制是一样的。因此,我们以讨论代价值观的形式将两者合在一起讨论。代价值观的形成无疑是一个十分复杂的过程。下述三个方面的因素在代价值观的形成中发挥着非常重要的作用:

第一,从代价值观产生的社会背景看,代价值观的形成首先是由社会的政治、经济、文化诸因素和条件相互作用的结果,也就是社会结构变迁和社会转型的结果。由于不同时代政治、经济、文化条件的差异,导致了各代在生存时空和生存环境上的差异,由此造成了各代持有多少有所不同的价值观,对社会价值有着多少不同的判断和选择。比如说,在中国,生存于传统计划经济时代的各代人与生存于市场经济时代的各代人,在价值主张、价值判断和价值选择等价值问题上的态度有着明显的不同;即使分别生存于计划经济时代和市场经济时代不同时期的各代人,其价值主张、价值判断和价值选择等也存在着大小不同的差异。

第二,从代价值观的发生学来看,代价值观的形成首先是由代内的一部分人(往往是代内的先进分子)从时代的变迁中获得新的冲动、新的需要、新的价值和新的价值观念,这些新的冲动、需要、价值和价值观念通过社会文化和原有价值观的过滤、筛选而逐渐被社会文化和该代人所接受与认同,从而成为代价值观的一部分和代价值观的基本特征之一。这种新的代价值观的内容和基本特征,是价值创新的结果,因而具有价值创新的性质。其次,当每一代人对自己所属的代价值观的内容和特征具有自我意识的时候,他们就要强化这种内容和特征,并逐渐形成“代意识”和“代价值意识”。代意识和代价值意识的成熟是一代人及其价值观形成的重要标志。

第三，从代际关系的角度看，代与代之间各自的价值观并不是铁板一块、相互隔膜的，而是相互影响、相互作用和相互渗透的。这样，此代与彼代对对方的价值观就能够相互借鉴、取长补短、互相建构，而相互从对方吸收新的价值因素，使本代进一步获得价值观的新内容。这也是价值观能够实现代际沟通的基础。

由于一般而言的价值观包含了道德价值观，或者反过来说，道德价值观是价值观的核心部分，有一些研究者甚至还认为价值观实质上就是道德价值观。不管这些观点是否正确，但至少有一点是没有疑问的，即完全可以把研究一般价值观的方法运用到研究道德价值观中去。同理，代价值观也包含着代道德价值观，或者说，代道德价值观是代价值观的核心，甚至在一定意义上可以认为代道德价值观就是代价值观。因此，上述对代价值观及其形成机制的讨论，也同样可以适用于对代道德价值观及其形成机制的研究。

由此可见，提出和规定“代道德价值观”是讨论成年人道德价值观和未成年人道德价值观及其相互关系的逻辑前提。

（二）成年人文化与未成年人文化

由于文化是价值观包括道德价值观之所以能够存在的基础，因此，提出和规定成年人文化与未成年人文化，承认成年人文化与未成年人文化的各自存在，或者说区分成年人文化与未成年人文化，也就成为讨论成年人道德价值观和未成年人道德价值观的又一前提。然而，迄今为止，还很少有人对成年人文化与未成年人文化分别加以讨论和研究，这或许和不承认成年人文化与未成年人文化具有根本区别有关。事实上，在承认和区分成年人文化与未成年人文化的问题上，确实存在着两种不同的观点，有人将这两种观点分别以“代际派”和“阶级派”来加以概括：

我们所说的青年文化究竟是什么意思？不同的理论立场在这个问题上相互冲突。大致有两个主要流派：代际派与阶级派。

代际派视青年为生命中的一个阶段，因此强调其独特性。他们思考的主要问题是代际价值观的传承与断裂。其理论框架的基础主要是功能学派（帕森斯、艾森斯塔特和科尔曼）提出的社会化理论，以及代际理论（曼海姆和奥尔加特·伊·加西特）。按照功能主义社会化理论的观点，代际冲突与断裂首先是社会化过程中的“功能失调”。而代际理论的观点很接近说“如果真有连续运动就没有物理学”时的爱因斯坦。用他们的话说，如果没有代际断裂，也就没有代际理论——不论出自社会化理论还是代际理论——认为存在着某种青年文化，它以某种方式对成年人提出了挑战。

代际范式中的社会再生产仅限于对代际关系的分析，而阶级范式则认为再生产从根本上说是社会阶层（以及性别、种族等）的再生产。基于后一种认识的研究反对把青年看作生命中的一个阶段。他们认为青年文化永远是阶级文化，是由阶级关系决定的环境中产生的抵抗文化。①

阶级派的阶级研究范式事实上是不承认成年人文化与未成年人文化的区分和存在的。虽然成年人文化与未成年人文化具有或

---

① ［葡萄牙］何塞·马乔多·佩斯：《过渡与青年文化：形式与表演》，载中国社会科学院、联合国教科文组织：《国际社会科学杂志》（中文版）2001 年第 8 卷第 2 期“过渡中的青年”专号，第 98 页。

反映了“阶级文化”的某些特征,或者说,成年人文化与未成年人文化在特定的条件下可以成为“阶级文化”的构成部分,但笔者认为,成年人与未成年人在一般情形下还是很难构成阶级关系的,他们之间主要还是一种代际关系。因此,笔者基本上同意代际派的观点,即成年人文化与未成年人文化是代际关系中的文化,而非阶级关系中的文化。

1. 未成年人文化

在有关未成年人文化的研究文献中可以很清楚地看到,未成年人文化往往被看成是一种与成年人文化不同的、在成年人看来通常是“有问题的文化”。正如有人指出的那样:“对许多年轻人来说,日常生活就是常破,就是众多旁门左道。这才是充满反叛意识的年轻人的价值观,是所谓青年文化的根基。”①正因为这样,成年人才觉得未成年人文化实际上就是成年人建构的关于未成年人的文化和为未成年人的文化。笔者认为,这当然是研究未成年人文化的一种必要的视角。但是,笔者所指的未成年人文化,不仅是指关于未成年人的文化、为未成年人的文化,更是指未成年人自身所创造的文化。未成年人所创造的文化,是指未成年人在与同伴的交往过程中并以未成年人自己的思想和行为来决定其价值和标准的文化。② 这也是皮亚杰早就论证过的未成年人通过建立游戏规则所创造的文化。未成年人的游戏首先是一代代未成年人了解社会文化的一种媒介,同时对于未成年人的社会化进程、良好行为习惯和品德的形成具有不可忽视的推动作用。

---

① [葡萄牙]何塞·马乔多·佩斯:《过渡与青年文化:形式与表演》,载中国社会科学院、联合国教科文组织:《国际社会科学杂志》(中文版)2001 年第 8 卷第 2 期“过渡中的青年”专号,第 97—98 页。

② 裘指挥:《理解儿童文化》,《学前教育研究》2003 年第 2 期。

在关于未成年人文化的问题上，存在着两种不同的观察视角：一是未成年人自己创造的文化。这种文化的主体就是未成年人自身。在未成年人自己创造的文化中，有着未成年人自己的感知、理性和道德价值观，并以此指导自己的行动。这是本体形态的未成年人文化，未成年人是文化的生产主体。未成年人文化的生产环境就是未成年人的生活世界。未成年人有着自己的生活世界，并在他们自己的生活世界中创造着属于他们自己的文化。在这种文化中形成了他们自己的价值观念，构造了属于他们自己世界的价值秩序，即使是来自成年人的价值观念和价值秩序，未成年人也是按照自己的体验和理解来加以接受和再创造的。二是成年人所创造和叙述的未成年人文化。在这里，成年人掌握着未成年人文化的话语权和选择权，"未成年人文化"这个概念的生成，本来就不仅是作为专家学者以及教育者的成年人对儿童生活方式、活动现象的"事后"归纳，儿童心理学、儿童生理学、儿童精神哲学等就是这种归纳的结果；而且也是某种关于未成年人的意识形态的策划者的"创造"和"设计"，为未成年人生产的各类文化文本——儿童文学、儿童影视剧、儿童玩具等就是这种创造和设计的结果。左右这些文本生产过程的最主要因素，是成年人的两个动机：保护儿童的动机和教育儿童的动机。在这两个动机背后，都隐藏着某种关于未成年人的意识形态。在某种意义上可以说，"如果儿童拥有他们自己的文化，那这种文化几乎是完全由成人为他们创造的——实际上是兜售给了他们。"①在这里，未成年人文化从来都不是自足的，它与成人的政治、经济、道德甚至政策等都有着千丝

① ［英］大卫·帕金翰：《童年之死——在电子媒体时代成长的儿童》，张建中译，华夏出版社2005年版，第104页。

万缕的联系。代言形态的未成年人文化不用说是成年人想象未来的一个特殊领域，即使是本体形态的未成年人文化，也因为未成年人这一群体的特殊性，难以超越成人的社会文化环境。这也是未成年人道德价值观的社会化的必经环节。

这样，未成年人文化必然由未成年人自己创造的文化和成年人所叙述和创造的文化所构成，并必然时刻面对着这两种文化。当然，这两种文化的同时存在，也必然使未成年人面临着成年人文化与未成年人文化的冲突。

此外，人们往往把未成年人文化与流行文化，如各种各样的时尚文化、偶像文化、行为文化、消费文化等同起来。未成年人流行文化一般具有流行性、商业性、消费性、享受性以及与成年人文化的疏离和反叛等特点。未成年人流行文化也是实现未成年人与成年人相互沟通的重要渠道。就与未成年人文化密切相关的现代商业社会的消费文化而言，消费文化虽然也包括成年人在内，但是，未成年人已越来越成为消费文化持续和广泛关注的对象，“以未成年人为导向”已成为商家的重要营销技巧和理念。“仅仅是在最近十几年内资本主义无休止地寻求新的市场才使儿童成为其关注的焦点。就像青少年作为一个明显的消费群体在战后的经济繁荣中‘被发现’，儿童现在也变成了一个为获取‘分众市场’最主要的追求目标。”①“当代的童年——及成年——是与消费文化不可分隔地纠缠在一起。儿童的社会和文化需要不可避免地通过他们与物质商品的关系被表达、定义，并且通过商业性的运作渗透到与他们生活相关的媒体文本里。就像‘年轻人’的概念一样，童年的

---

① ［英］大卫·帕金翰：《童年之死——在电子媒体时代成长的儿童》，张建中译，华夏出版社2005年版，第163页。

意义是社会地、历史地被建构的;这是一个商业化市场越来越重要的角色。儿童一直就是消费者,即使是实际的购买权力掌握在代表他们利益的父母手中。”①可见,未成年人文化借助于各种各样的文化载体,已经越来越成为现代社会不可忽视的重要文化主体和文化形式。

中国改革开放以来的社会转型,使未成年人文化呈现出多姿多彩的局面。例如,出生于20世纪80年代的所谓“80代”就是人们议论得最多的一代人,他们既在改革开放的社会转型时期出生,又是中国实行计划生育政策后出生的第一代独生子女,他们一方面常常成为成年人进行各种各样负面描述甚至“猜想”的对象,另一方面其自身也表现出独特的价值追求。他们“生活在思想解放和文化多元的社会,正像他们的服饰一样,他们的价值世界也是五彩斑斓。相对于高度集中统一的计划经济体制下社会文化单一、意识形态单纯、社会价值观高度同质的状况来说,‘80年代生人’赶上了一个众声喧哗的文化时代。文化的冲突、观念的碰撞、思想的互渗、价值的并行,构成了中国思想文化发展史上前所未有的多元景观。开放、多元的社会给个人提供了多样选择的机会,也给这代新人充分发挥自己的个性创造了广阔的空间。他们不再被陈规陋俗所束缚,不再被阉割了的教条所禁锢。……这是一个不可概括的一代,因为他们是个性的、丰富的,每个人都是一个世界。……或许,只有‘多姿多彩’才是他们共同的特点。”②

① ［英］大卫·帕金翰:《童年之死——在电子媒体时代成长的儿童》,张建中译,华夏出版社2005年版,第182页。

② 王勤:《走向前台的‘80后’:解读80年代生人》,《中国青年研究》2005年第4期。

2. 成年人文化

非常奇怪的是，在人们热议未成年人文化时，却对成年人文化三缄其口，这也许与人们以为成年人文化就是社会主导文化、在谈论社会主导文化时也就是在谈论成年人文化有关。①这种观点常常被认为是不言而喻的，但笔者认为这恰恰是一个重大的谬见。事实上，成年人文化既是与未成年人文化相对而言的文化，也是与社会主导文化不能等同的文化。

成年人文化与未成年人文化一样，归根结底是由成年人和未成年人的生活世界所决定的。成年人的生活世界包含着未成年人生活世界所不可比拟的丰富而复杂的内容。成年人的生活世界决定了成年人的文化模式和价值观念，这些文化模式和价值观念与未成年人的文化模式和价值观念有着很大的区别。正是因为这种区别，使成年人在将属于自己的生活世界及其文化模式和价值观念建议给、传递给乃至强加给未成年人时，就在所难免地会与未成年人产生矛盾和冲突。由此可见，在现代社会，成年人文化与未成年人文化往往是相互分隔的。

那么，为什么说成年人文化与社会主导文化又是不能等同的呢？这是因为：第一，成年人文化与未成年人文化一样，只是社会整体文化的一个组成部分，而并不是社会整体文化本身。那种认为成年人文化就是社会主导文化的观点，不论是在理论上，还是在实践上，都是站不住脚的。第二，社会主导文化通常是由统治者所倡导、控制和向大众强行灌输的文化，统治者不仅要向未成年人，同样要向成年人倡导和灌输社会主导文化，并控制未成年人文化

① 事实上，将社会主导文化与社会主流文化相混同，也是很盛行的一种谬见。笔者将在后面作专门分析。

和成年人文化。第三,成年人往往以社会主导文化的代表自居来向未成年人倡导和灌输社会主导文化,但这并不意味着成年人文化就是社会主导文化,只是成年人相对于未成年人而言掌握着文化话语权和控制权。第四,相对于社会主导文化而言,成年人文化与未成年人文化一样,也存在着与社会主导文化不一致,甚至相对立的文化取向和价值观念,如在当前中国成年人中比较普遍存在的拜金主义、极端个人主义等,就是与中国社会倡导的集体主义、理想主义等主导文化相悖的。

正因为成年人文化不同于未成年人文化,特别是成年人文化与社会主导文化并非等同,因此,专门讨论成年人文化就显得十分必要,其意义主要在于,从代际关系的视角看,成年人文化与未成年人文化及其区别是现代社会代际关系发生重大变化的必然结果,特别是未成年人文化取得了应有的地位;从社会文化的构成看,成年人文化与未成年人文化是社会整体文化的两个重要构成部分,社会整体文化既不能没有成年人文化,也不能没有未成年人文化。

3. 代内亚文化

由于代价值观是以代文化为依托的,为了更细致地观照代价值观,必须指出现代社会的另一个代文化现象,即“代内亚文化”。如果说“代文化”就是某一代所特有的、能与其他代文化相区别的文化,它能反映这一代的文化本质,体现其文化面貌和文化特征,并具有稳定性特点的话,那么“代内亚文化”就是指与该代享有同一文化模式,但又与整体代文化有所区别,或者游离于代文化之外,甚至表现为“另类”文化的文化,它具有易变性的特点。代文化与代内亚文化的关系在未成年人文化中表现尤为显著,因而“未成年人代文化”和“未成年人代内亚文化”也是研究者们讨论得最多的一种文化现象。

代文化与代内亚文化的关系，是以同一代在文化特别是作为文化核心的价值观上的同一性、稳定性与差异性、变异性的关系为基础的。就是说，在宏观上，同一代处于同一时代和同一个大环境之中，这使他们在文化的核心方面，如价值观方面属于同一代人；而在微观上，他们成长和活动的环境又有着无限的差异性，因此，其内部也就包含着复杂的层次，活动着各种各样的代内群体和代内"小团体"。所以，应从代的差异性中来把握其同一性，从变异性中来把握其稳定性，只有这样，才能对代文化有一个真正的理解和把握；同样，要在代的同一性和稳定性中看到其内部存在着差异性和变异性，也只有这样，才能实事求是地承认在代文化中存在着代内亚文化。

在这里我们要注意一个倾向，即以代内亚文化取代代文化，并以此为根据又将仅带有代内亚文化特征的代内群体替换独立的、作为整体的某一代。当前十分普遍的将所谓"新人类"、"新新人类"、"飘一代"、"e 世代"等等从未成年人一代中剥离出来当作独立的"代"来对待，就是这种倾向的明显表现。由于"新人类"等现象的出现在很大程度上是由他们特殊的生存境遇决定的，故而具有一定的社会必然性，对这些现象进行特例研究是十分必要的。但是，按照我们上面所做的分析，这些"新人类"等现象只是未成年人一代中比较独特而易逝的"亚代"现象，"新人类"等不能代表也代表不了整个未成年人一代，他们不能反映未成年人一代的本质特征和全貌，最多只是未成年人一代的一个特殊群体而已。

当然，所谓代内亚文化在成年人文化中的表现是不明显的，这也许与成年人文化的成熟性和已经基本定型化有关。

（三）道德价值观的代际多元化

提出成年人文化和未成年人文化及其区分的目的，一方面是要为讨论成年人道德价值观和未成年人道德价值观提供文化前提和基础，也就是为讨论道德价值观的代际构成提供文化前提和基础；另一方面是要证明，成年人道德价值观和未成年人道德价值观是当今社会道德价值观多元化的重要体现，而这正是人们在讨论道德价值观多元化问题时所常常忽视的。

道德价值观的多元化，往往是与道德价值观的一元化相对而言的。但是，人们在谈到"道德价值观的多元化"和"道德价值观的一元化"时，往往并未对它们的所指作某种规定。笔者认为，道德价值观的一元化与道德价值观的多元化，既指一个社会中价值观在数量上的多寡，也就是说，道德价值观的一元化往往是指一个社会只有或基本上只有一种道德价值观，道德价值观的多元化则表明一个社会拥有两个以上相互作用的道德价值观；也指一个社会中不同道德价值观所具有的不同地位和作用，如某种道德价值观在某个社会具有核心道德价值观的地位并发挥着对其他各种道德价值观的主导作用，那么，这种价值观就具有"一元"的性质，而其他价值观则往往用"道德价值观的多元化"来表示。在这里，所谓"元"并无"始基"、"始元"的意义。因此，假设某种社会是"一元道德价值观的社会"，那就意味着这个社会是以一种占统治地位的道德价值观主导整个社会，这个社会往往有且仅有一种道德价值观，即使有其他道德价值观的偶然存在，那么也会被主导道德价值观极力排斥。而"多元道德价值观的社会"则是指这个社会具有两种以上的道德价值观，且各种道德价值观之间既相互碰撞甚至冲突又具有相互包容性和共存性，同时不排除甚至往往需要某种道德价值观成为这个社会的主导道德价值观,更甚至可以说,社会的和谐和稳定须以某种主导道德价值观充分地发挥作用为前提。这种社会的道德价值观最明显的特征就是存在着一元道德价值观与多元道德价值观的互动。

那么,从代际关系的角度看,可以毫无疑问地认为,与社会生活的各种道德价值观共同构成道德价值观的多元化一样,成年人道德价值观和未成年人道德价值观也是现代社会道德价值观多元化的重要表征,或者说,成年人道德价值观与未成年人道德价值观及其相互作用构成了现代社会道德价值观代际多元化的新格局。这在中国改革开放以来的社会转型期道德价值观日益多元化的趋势中得到了鲜明的体现。譬如,改革开放以来中国社会道德价值观的多元化,一方面包含着越来越明显的代际分化、代际差异甚至代际冲突,另一方面却又与代际整合和代际沟通有着越来越密切的关系,道德价值观的多元分化以及在此基础上的多元整合越来越明显地向社会代际关系领域展开,或者说,道德价值观的代际分化、代际差异和代际冲突以及代际整合和代际沟通是改革开放以来中国社会转型期道德价值观多元化的重要表征之一。看不到这一点,就不能完整而深刻地把握改革开放以来中国社会转型期道德价值观多元化的整体面貌。

在以上讨论的基础上,笔者将对未成年人道德价值观、成年人道德价值观、社会整体道德价值观及其基本特征分别加以考察,并试图揭示它们之间的相互关系,以进一步说明道德价值观的代际构成。

二、未成年人道德价值观

正如前述,不论在西方还是在中国,在近代以前的历史上,未成年人一直缺乏自己独立的道德地位,由此造成了未成年人社会地位及其权力的边缘化。自从20世纪初以来,未成年人作为人生的一个阶段才真正得到关注,并在各国得到了普遍的认同。60年代世界各地的青年反叛运动,更是加深了人们对当今社会中的青年问题以及青年在社会中的作用的认识。在我国,自20世纪初以来,青年成为社会和观念变革的中坚力量。

与此同时,关于青年的价值观问题也提上了议事日程。1965年联合国大会通过了《关于在青年中促进和平以及相互尊重和理解的宣言》,提出了六条基本原则,其中一条基本原则是"注重青年人高尚道德情操的教育,强化青年人对和平、自由及尊严的尊重和爱好"。新中国成立以后,尤其是改革开放以来,党和政府对未成年人的价值关怀和对青年价值观问题的关注一直是社会关心的重要方面。江泽民在纪念中国共产主义青年团成立八十周年大会上的讲话中,对青年提出了五点希望,其中一点就是"希望青年们注重锤炼品德",指出青年应该成为引领社会风气之先的力量,努力做中华民族传统美德的传承者,做体现时代进步要求的新道德规范的实践者,做新型人际关系和良好社会风尚的倡导者。同时,全社会都要认真研究在改革开放条件下成长起来的新一代未成年人的特点。

未成年人道德价值观具有与包括成年人道德价值观在内的其他各种群体道德价值观不同的特点。从普遍性的意义而言,未成年人道德价值观的基本特征主要表现在以下几个方面,且每一个特征都具有肯定与否定、积极与消极相互缠绕的社会功能和表现形式。

（一）未成年人道德价值观的未定性

在此借用德国生物学家、社会心理学家和生物人类学家阿尔诺德·格伦(Arnold Glenn)提出的“人的未定性”概念来说明未成年人道德价值观的未定性。格伦从生物学的角度强调了人的生物未定性的一面,并用它来代替其他方面的未定性,认为人的任何理性能力(如语言使用、工具制造、思维判断、精神创造等)都是作为一种对人的生物学意义上的未定性的补偿出现的。本书不能完全同意格伦的观点,也不局限于将人的未定性仅限于生物学的范围。我们所谓的未成年人的未定性是由未成年人的生物未定性、心理未定性、社会未定性和精神未定性等所构成的辩证的整体性特性,而未成年人道德价值观的未定性是未成年人精神未定性的重要内容,并体现于上述各种未定性之中。

未成年人道德价值观的未定性,首先意味着未成年人道德价值观的不成熟性。未成年时期正是处于世界观、人生观、道德价值观的成长时期,由于其生理、心理发展和社会化程度的局限,其道德价值观尚未成型,因此,相对于成年人社会而言,其道德价值观还不成熟。正因其道德价值观的不成熟,人们对未成年人群体所奉行的道德价值观,一方面不能一味地加以指责、批评甚至简单拒绝了事,另一方面又应加以正确地引导,使其尽快与社会主导道德价值观相适应、相一致,使其不断地从不成熟状态向成熟状态过渡。

同时,因其道德价值观的不成熟,未成年人道德价值观就又显得可塑性很强。这样,未成年人道德价值观的形成环境就显得特别重要。所谓“近朱者赤,近墨者黑”对于未成年人道德价值观的形成就表现得特别明显。为了利用未成年人道德价值观的可塑性而使道德价值观向正面发展,社会各方面就必须营造和提供有利于未成年人道德价值观健康形成和发展的社会物质环境和精神环境,切实整治不利于未成年人道德价值观的社会环境,从而充分体现“环境育人”的基本理念。

未成年人道德价值观的开放性,是未成年人道德价值观未定性的又一表现形式。由于未成年人道德价值观的不成熟性和可塑性,未成年人道德价值观也就在一定程度上不会受各种既成的道德价值观的约束,而具有吸纳各种道德价值观的开放性,其发展的可能性空间也就较大。这是未成年人道德价值观具有发展性和价值取向、价值选择多元性的重要基础。当前中国未成年人已越来越具有全球性的开放眼光,他们对世界范围内的既丰富多彩又眼花缭乱的道德价值观,抱着一种既开放又可能难辨是非的全球胸怀予以审视,从而很可能在这种情境中显得莫衷一是。因此,社会所提供的正确的价值引导就显得尤其重要。

(二)未成年人道德价值观的先锋性

未成年人道德价值观的先锋性,并不完全是指它的“超前性”,而是指对新的价值现象反应的敏感性和付诸行动的率先性,也就是所谓领风气之先的特性。不论是在美国20世纪60—70年代的民权运动、“嬉皮运动”、反战运动中,还是在中国的“五四”运动、“文化大革命”、改革开放初期的人生意义大讨论中,未成年人道德价值观都具有先锋的性质。正如有学者所指出的那样:“最近对生活方式和青年文化所做的不少研究,都爱把青年当作一般社会报道的测震仪和风向标。与被动忍受的上辈人相比,青年对价值趋向更敏感,他们对未来的需求和威胁所做的反应更新颖、更不落俗套。……这样说来,青年的道德价值观可能具有预测性的价值,这也就是为什么要认真听取青年的呼声。”①

以改革开放以来中国未成年人道德价值观的先锋性为例。在改革开放以来中国社会的道德价值观变迁中,未成年人道德价值观对成年道德价值观具有肇始和引领作用。这至少表现在两个方面:第一,在社会道德价值观的演变过程中,未成年人道德价值观总是走在前面,因而未成年人道德价值观的演变相对于成年人道德价值观的演变而言总是具有先行性。中国社会科学院社会学研究所通过对未成年人道德价值观的一项大型调查得出结论认为,研究未成年人道德价值观念的演变,乃是研究社会道德价值观念演变的最佳视角,这是因为在社会道德价值观念的演变过程中,未成年人的先行性作用是显而易见的。② 未成年人憧憬未来,对社会有着较高的期望值,对事物变化的反应最敏感,因而最少有保守思想。与成年人相比,最大限度地向未来开放是未成年人的本质特征之一,这不仅意味着未成年人是建设和改造未来社会的主体,而且具有不同于成年人的对未来的憧憬。未成年人的道德价值取向,往往代表着未来社会的道德价值观念和社会意识。这些从改革开放之初的人生价值观大讨论中可以看出。第二,在未成年人道德价值观念的影响之下,未成年人在价值选择等价值行为方面

① [瑞士]布里塔·琼森等:《青年对分配公正、权利和义务的看法:跨文化研究》,载中国社会科学院、联合国教科文组织:《国际社会科学杂志》(中文版)2001 年第 8 卷第 2 期“过渡中的青年”专号,第 71 页。

② 参见中国社会科学院社会学研究所“当代中国青年价值观念演变”课题组:《中国青年大透视——关于一代人的价值观念演变研究》,北京出版社 1993 年版,“概述”第一部分。

也勇敢地进行着一些新的价值实践。在整个改革开放的过程中，价值标准越来越多元化，价值选择的自由度越来越大，这给未成年人勇敢地进行价值实践和价值探索提供了广阔空间。于是，在改革开放的全过程中，自始至终伴随着未成年人在价值实践方面的各种“热点”，如“经商热”、“海南热”、“退学热”、“出国热”、“三资企业求职热”、“下海热”、“上网热”、“消费时尚热”……，这些“热点”基本上是由年轻人所引领的。

未成年人道德价值观的先锋性，为未成年人探索新的道德价值观念，进行道德价值(观)创新提供了广阔的空间。这一方面是因为未成年人没有稳定的特殊利益，因而拥有试错的“特权”，可以在不同取向和不同质的比较中，探求符合时代要求的新观念；另一方面，未成年人处于最新科技、文化知识的集中地和前沿窗口，而科技文化知识蕴涵着强大的道德价值进步和发展的理性力量，它们在对道德价值更新提出挑战的同时，又是道德价值探索的理论和精神武器。置身于科技文化知识海洋的未成年人，往往首当其冲地感受到新旧道德价值观的碰撞，从而能够担当起革故鼎新的重任。未成年人道德价值观先锋性的革命性意义在于它对保守的道德价值观念和规范的冲击和颠覆。

因此，“创新”与以怀疑、挑战、解构和颠覆等为特性的“汰旧”是相反相成的。未成年人道德价值观的先锋性在为未成年人探索新的道德价值观念和价值规范、进行道德价值创新提供广阔空间的同时，对社会既成道德价值观念和道德价值规范往往又表现出汰旧的冲动。未成年人的本质个性往往以反叛性为其文化象征，又由于未成年人的生命与未来发生最长时间的联系，他们的关注点始终是面向未来的，并与主要受制于传统和习惯的现实始终保持着一定的距离，这样，他们对既有道德价值观念和道德价值规范的汰旧就具有较大的主动性和自觉性。然而，对这种汰旧必须进行辩证的分析，正如美国学者理查德·弗拉克斯（Richard Flax）所说的："对于既存社会秩序来说，未成年人的想法是很危险的，但也是很有希望的。"①也就是说，不论是其所淘汰的对象及其性质（如进步性和保守性），还是其汰旧所持的方法（如理性的与非理性的），未成年人对既有道德价值观念和道德价值规范的种种怀疑、挑战、解构、颠覆，既具有破坏性的一面，也具有建设性的一面。对这两个方面如果处理不当，则会导致未成年人的道德价值危机和道德信仰危机。

正因为这样，未成年人道德价值观的先行性和先锋性，总免不了跌跌撞撞、磕磕碰碰，并且还不时显得稚嫩，因此，未成年人道德价值观确实还需要成年人的精心呵护和善意矫正。我们可以用一种对未成年人道德价值观的调查所得的结论来说明改革开放以来未成年人道德价值观的先行性、先锋性及其结果："尽管当代青年道德价值观念已发生了巨大的变化，但他们的观念演变并没有显示出对于传统的全盘否定，也没有显示出与主导价值体系绝对对立的倾向。当代青年道德价值观念演变与整个社会演变趋向基本上是步调一致的，虽然在许多方面他们接受新观念的速度要快于成年人，但他们的观念演变没有过度超前于整个社会的发展水平。某些传统意识和道德规范仍对青年道德价值观念发生影响，从而限制了某些极端倾向的发展。这就使得我国青年道德价值观念演变没有发展到像 20 世纪 50—60 年代西方社会出现的那种现象——青年人对现存社会的全面反叛，激烈的代际冲突，青年亚文

---

① ［美］理查德·弗拉克斯：《青年与社会变迁》，李青、何非鲁译，北京日报出版社 1989 年版，第 132 页。

化与主导文化和主导价值体系的对抗。这种渐变的演进步伐有利于整个社会的稳定发展，避免剧烈的社会冲突和动荡。”①

（三）未成年人道德价值观的自我肯定性、自我否定性和自我超越性

未成年人道德价值观不仅对社会道德价值观念和道德价值规范具有创新和汰旧的倾向与特性，而且在对自身道德价值观念和道德行为的自我意识方面具有自我肯定性、自我否定性和自我超越性。它们是未成年人道德价值观发展过程中未成年人对自身道德价值观的自我意识、自我评判和所持态度的三种性质。

未成年人道德价值观的自我肯定性是指未成年人对自己所主张、所创新、所实践的道德价值观念和道德行为的坚持和肯定，未成年人的道德价值观念和道德行为，在未成年人自己看来总是正确的、应该的，而不管这些道德价值观念和道德行为事实上是否正确和应该。这不仅是由于知识和经验的欠缺，更重要的是由于未成年人对自己道德价值观念和道德行为的执著。对于社会而言，处于未成年人道德价值观自我肯定性阶段的未成年人道德价值观，是一种还未经过社会的磨炼、过滤和筛选，因而与社会道德价值观还不尽一致的“前道德价值观”。未成年人道德价值观的这种自我肯定性，如果没有加以及时、科学和正确的引导，就有可能导致与社会整体道德价值观的分化甚至对抗，从而造成对未成年人进行道德价值观教育的困难。

---

① 中国社会科学院社会学研究所“当代中国青年价值观念演变”课题组：《中国青年大透视——关于一代人的价值观念演变研究》，北京出版社1993年版，“概述”第三部分。

未成年人道德价值观的自我否定性是指未成年人对自身道德价值观的诸种不完善性的一种自我发现和精神自觉,由此对自身道德价值观所进行的重新自我审视和重新社会定位。未成年人道德价值观的自我否定性表明,未成年人道德价值观开始走向成熟,进入了一个新的阶段。但是,如果未成年人道德价值观的自我否定性使未成年人道德价值观的发展失去了方向感、目标感和道德自信,那么,这种自我否定性就会由一种蕴涵着进步性和向上性的积极因素变为带有自暴自弃倾向的消极因素。未成年人道德价值观的自我否定性,一方面体现了未成年人道德价值观自身发展的客观规律性,人们应该正确地认识和把握这一规律性;另一方面又必须因势利导,使这种自我否定性向着进步和向上的积极方向发展。

未成年人道德价值观的自我超越性,意味着未成年人道德价值观在经过自我肯定和自我否定的双重自我审视后的未成年人人生境界和价值追求的升华,它以自我肯定和自我否定为逻辑前提,又是自我肯定和自我否定的必然结果,是在扬弃自我肯定性和自我否定性的基础上二者的统一。未成年人道德价值观自我超越性的实现和完成,还标志着未成年人道德价值观社会化的完成,并开始与社会整体道德价值观趋于一致和和谐。

未成年人道德价值观的自我肯定性、自我否定性和自我超越性,既是未成年人社会化的一种表现,也是未成年人对自身道德价值观的自我意识、自我评判不断升华的表现。未成年人道德价值观在这种自我肯定、自我否定和自我超越中不断地走向成熟。

(四)未成年人道德价值观在理想与现实取向上的二元性

未成年人的自我发现标志着他们进入了一个崭新的人生境

界,但同时又往往感到自我的深深失落,这样,他们就不知在理想的自我与现实的自我中如何取舍:他们力图根据自己的认识把握自我,但实际上又是那样地渴望别人的认同;当他们用社会的标准和期待进行自我约束时,担心失去自己的个性,而当他们竭力保持自我个性的时候,又似乎感到与社会格格不入;当自我评价与他人评价基本一致时,他们会产生一种满足和愉悦的体验,反之则有被压抑和受挫折的痛苦感;当理想的自我与现实的自我处于一种和谐状态时,他们就对自己充满信心,而当两者发生分离时,又容易导向自暴自弃。上述矛盾状态导致未成年人在道德价值取向上出现了"形而上"与"形而下"的二元化:在形而上的层面,未成年人道德价值取向具有浓厚的理想化的色彩;在形而下的层面,却具有很强的现实性。比如,未成年人在理论上常常能够大谈特谈理想和道德,但在行为上却又非常的务实。这种道德价值取向的二元性不仅是普遍存在的,而且常常是呈两极跳跃的。每当社会处于迅速变化和变革时期,这种二元性表现得更加尖锐。因此,在现代社会,不仅是未成年人本身,而且包括整个社会,理想与现实的距离明显加大,存在与选择之间、可能性与必然性之间具有了更大的张力和弹性。这既是当代未成年人所面对的社会环境,也是未成年人道德价值观的一个明显特征。

未成年人道德价值观在理想与现实取向上的二元性,除了表现在其对自我道德价值观评价上之外,还表现在他们对社会现实、对社会和他人道德价值观的评价上,即对社会和他人常常有超越现实的理想化的要求,而很难把自己放在同样具体和现实的情境中对自己提出同样理想化的要求,或者说,不能像要求社会和他人那样地去要求自己,对别人有严格的要求,而对自己则往往以难以"改变现状"为自我安慰的借口来降低自己的社会责任。

未成年人道德价值观在理想与现实取向上的这种二元性，往往使未成年人成为眼高手低的典型，正所谓“理论上的巨人，行动上的矮子”。我们在所谓“愤青”的言论中可以很清楚地看到这种情况。

（五）未成年人道德价值观的边缘性与中心性

人们通常把未成年人文化界定为一种亚文化，与社会主流文化始终处于中心地位不同，亚文化在文化体系中处于边缘地位。按此推论，作为未成年人文化重要内容的未成年人道德价值观，也属于“亚道德价值观”（姑且如此称谓），在社会道德价值观系统中也处于边缘地位。然而，这只是从未成年人道德价值观作为一种尚未制度化和意识形态化的道德价值观现象而言的。若从其制度化和意识形态化的角度而言，未成年人道德价值观就成为社会主流道德价值观系统的一个组成部分。

问题在于，未成年人道德价值观从两个方向表现出了边缘性与中心性的分裂。

一方面，未成年人道德价值观不论是在客观事实上，还是在主观意愿上，都有一种与主流道德价值观相分离的趋势和倾向。这是因为，由于各种客观条件越来越具备，未成年人自我意识越来越强，因而未成年人形成自身道德价值观的渠道越来越多样化，对自身的各种道德价值目标有明确的追求，从而有要求自觉和独立发展的特征，这样，未成年人道德价值观的形成就已经远远不是通过主流意识形态的宣传和教育这一种渠道了；在道德价值观的取值上，现代未成年人的道德价值观出现了一些与主流意识形态所导向的道德价值观不一致甚至相悖的现象，和过去力争与主流意识形态高度整合的状况已大为不同；如果说上述情况还是一种积极选择的话，那么，一种全新的道德价值取向就是完全消极的，即未成年人对主流道德价值观完全不加理会，也就是与主流道德价值观的疏离，“青年人中的抵抗也表现为基本不与规章制度打交道，他们认为这些规章制度毫无意义”，他们“常常会发生拒绝在学校学习、拒绝在工作中予以合作或拒绝走正常的政治途径的情况”，①这种情况必然会导致道德价值观社会整合的危机。在社会主流道德价值观念中，上述种种现象都具有与中心性有别的边缘性。

另一方面，在现代社会，随着未成年人在社会生活中的地位越来越突出，未成年人所主张和奉行的道德价值观对社会主流道德价值观的影响也越来越大，甚至已经成为社会主流道德价值观的一部分，从而也就越来越取得中心的地位。这是因为，第一，从辩证的观点看，上述具有边缘性的未成年人道德价值观，虽然与社会主流道德价值观保持着一定的距离，但是，随着它们在社会生活中的作用越来越大，未成年人道德价值观本身也就必然独立地成为社会主流道德价值观的构成部分而逐渐获得中心地位。第二，未成年人道德价值观既具有非制度化的特点，同时也随着社会权力的重新分配和未成年人的社会权力的不断增大，未成年人道德价值观也就必然被逐渐制度化，进而取得中心地位。从这个意义而言，如果说未成年人文化作为一种亚文化非常符合传统社会未成年人文化所处地位的实际和传统社会人们对未成年人文化的定位，那么，在现代社会尤其是现代信息社会，所有这些情况都发生了变化。现代社会的未成年人文化，已经带有米德所说的“年长

① ［美］玛格丽特·米德：《代沟》，曾胡译，光明日报出版社 1988 年版，第 83 页。

者不得不向孩子学习他们未曾有过的经验”的“前象征文化”①的特征。对于现代未成年人文化,越来越多的人看到了其越来越重要的地位,以至于有人甚至认为“一个青年本位文化的时代已经到来”。与当代社会在自然年龄上已经进入老年社会相反,在道德价值观和其他一切精神生活方面,社会却越来越年轻,出现了“社会年轻化”的趋势,从这个意义来说,现代社会就是未成年人的社会。在市场经济条件下,未成年人与市场经济已经有着难以割舍的天然缘分,未成年人不仅成为市场经济的主体之一,而且成了市场消费的“上帝”,以未成年人为对象、为主角的各种产业迅速发展起来,从一定意义上讲,市场经济就是未成年人的经济。因此,现代社会的特点和市场经济的本性,必然使未成年人及其道德价值观越来越具有中心的地位。

上面粗略地勾勒了未成年人道德价值观的基本特征。这些基本特征具有内在的逻辑联系,同时有一种基调,即具有肯定与否定、积极与消极的两面性:从静态的、当下的和直观的层面看,未成年人道德价值观具有否定的、消极的一面,有可能成为一种越轨的、破坏性的力量;从动态的、历史的和理性的层面看,它又具有肯定的、积极的一面,而可能成为社会变迁的制约力和推动力。此外,未成年人道德价值观的上述特征总是随着社会变迁的状况而有不同的表现方式,即在社会变迁不大的情况下,未成年人道德价值观可能表现出更多的肯定和积极的一面,而在社会转型等社会变迁剧烈或发生重大政治、历史事件的情况下,未成年人道德价值观则可能表现出对现实道德价值观的怀疑和批判,从而具有更多

---

① [美]玛格丽特·米德:《代沟》,曾胡译,光明日报出版社 1988 年版,第 20 页。

的否定和消极的色彩。

三、成年人道德价值观

一般而言,成年人又可分为中年人和老年人。考虑到在一个社会中,虽然中年人和老年人都属于成年人,且他们共同作为成年人而与未成年人处于相对的地位。但是,中年人和老年人在社会资源的拥有以及在道德价值观的特征等方面都或多或少地存在着差异,尽管这种差异远远没有由中年人和老年人所共同构成的成年人与未成年人的差异那么大。因此,将中年人道德价值观与老年人道德价值观及其特征分别加以讨论,既是可能的,也是必要的。

(一)老年人道德价值观

老年人道德价值观的某些特征与未成年人道德价值观的特征具有对应性。比如,相对于未成年人道德价值观的未定性而言,老年道德价值观则已非常定型。除此之外,下述几点在总体上最能反映老年道德价值观的基本特征:

1. 老年人道德价值观的深刻性

这首先表现为老年人道德思维的深刻性。老年人由于其人生阅历、人际关系经验和知识的丰富,对社会各种道德现象和道德价值观念有着深刻的理解和思考。老年道德价值观的深刻性还表现在道德实践的深刻性上。老年一代经历了人生的主要阶段,积累了十分丰富的人生经验,社会的风霜在老年人的人生历程中留下了深深的印痕,各种道德价值观念在人生的长河中大浪淘沙。因此,老年人在道德实践中对道德价值观的践行和体会就显得非常深刻、持重和恒久。老年人道德价值观的深刻性有利于老年人执著于自身的生命意义，因为老年人道德思维和道德实践的双重深刻性，使老年人对人生和生命的意义及价值有着非常独到和深刻的理解与认识，这对于提高老年人的生命质量和整个社会的道德生活质量，都具有十分重要的意义。

2. 老年人道德价值观的相对保守性

由于"保守性"在日常用语中是一个带有贬义因而具有评价性的词汇，用相对保守性来概括老年人道德价值观的特征，似乎令人难以接受。在这里，我们将不在评价性的意义上，而是在事实性的意义上，即在对老年人道德价值观相对保守性的客观描述上加以理解和使用。所谓老年人道德价值观的相对保守性，就是从它"相对于"未成年人道德价值观的先锋性而言的。"有关老年人普遍的信念之一是，人们随着年龄的增长，社会和政治态度更加保守。据说青年人的态度和思想很活跃，更愿意接受新的思想和社会变化，老年人过程致使人们出现固执和对新思想与社会变化的抵触。"比如在美国，"确实有许多研究证据支持这个结论。对当代各种问题的态度的调查发现，老年人更会拥护维持现状，抵制社会变化，对激进的、越轨的或出乎寻常的行为方式容忍程度很低。跟年轻人相比，老年人对要求邻居和学校种族混合，对性道德，对吸毒，对宗教价值，对法律实施，及对其他一些专门论题的观点比较保守。"①在中国，尤其是在改革开放以后，人们的道德价值观念和价值取向出现了多元变化，并相互碰撞，老年人的道德价值观念和价值取向与未成年人的道德价值观念和价值取向发生了一定的

① ［美］戴维·L. 德克尔：《老年社会学——老年发展进程概论》，沈健译，天津人民出版社1986年版，第194—195页。

分化，其表现之一就是，未成年人的道德价值观念和价值取向更加趋向先锋性，而老年人的道德价值观念和价值取向则更加稳重，也更加保守。思想观念的“保守”又往往导致思想观念的“滞后”，如果说“保守”具有一种主观欲求和自觉取向意味的话，那么，“滞后”就完全是一种客观的状态了。

问题是，老年人道德价值观的保守性，是应该放在不同的坐标上来考察的。这样，对老年人道德价值观的保守性就会有一种新的看法。也就是说，老年人道德价值观的保守性，究竟是其生命周期引起的，还是一种代际力量的结果？换言之，老年人道德价值观的保守性究竟是随着年龄的增长而变得越来越保守，还是在与未成年人道德价值观的比较中显得更保守呢？美国老年社会学家德克尔结合横剖研究、纵贯研究和同期群研究三种方法，通过对美国老年人社会和政治态度变化的研究，得出结论认为：老年人相对于自己的过去而言，其社会和政治态度更加解放，而与同期的更年轻的人比较，则显得更加保守，“随着年龄的变大其政治和社会态度通常更解放，而同时他们在整个社会中构成了越发保守的那部分人。”①因此，对老年人道德价值观的保守性特征应该作辩证的理解，不能绝对化。

老年人道德价值观保守性的消极作用主要在于，它对社会道德价值观的发展具有一定的阻碍作用，并通常对未成年人的某些道德价值观念和行为中的“越轨”甚至“挑战”的观念和行为进行压制，从而成为代沟的原因之一。老年人道德价值观的相对保守性也具有一定的积极意义，这就是它对社会稳定和社会文化延续

① ［美］戴维·L. 德克尔：《老年社会学——老年发展进程概论》，沈健译，天津人民出版社 1986 年版，第 197 页。

性的价值诉求。

3. 老年人道德价值观从中心向边缘的退移

老年人曾经是社会权力的拥有者,但是,新陈代谢是自然界和社会的铁的普遍规律,老年人必然要将权力交给后来人。随着权力的失去,老年人道德价值观也就随之而由中心退居边缘。但是,在不同的社会历史时期,这一规律有着不同的表现形式。在传统社会,在米德所谓“老年人有对文化进行修改的权力”①的“后象征文化”中,老年人由于其智慧、经验和品德而具有“德高望重”的地位(“德高望重”一词绝不能用于未成年人),由此而垄断了许多有关社会风俗、习惯、历史和礼仪方面的知识,这些知识在传统社会是十分重要的,正因如此,许多领导职位也就留给他们,因为人们认为他们担任这些领导职位最适合。比如,在中国历史上,数朝元老屡见不鲜,最高退休年龄是 110 岁(参见《魏书·罗结传》),“老即是贤”的观念根深蒂固。中国古代爵、齿、德是三位一体的,其鲜明体现是老人的地位可以按年龄段与官阶对应。如唐开元七年曾“版授”(授予名誉官职)八十以上为县令,九十以上为郡司马,百岁为郡太守。② 在这样的社会中,老年人道德价值观对整个社会道德价值观的中心地位和主导作用(往往以尊老抑少的形式表现出来)就是毋庸置疑的了。然而,在现代社会,情况发生了根本性的变化,“在工业化社会中知识垄断不再可能:技术和社会飞速变化,使大部分传统知识淘汰,被人以为有价值的知识可以从书本上或其他非人的信息储存系统中得到。在这个系统中,老人垄

① [美]玛格丽特·米德:《代沟》,曾胡译,光明日报出版社 1988 年版,第 36 页。

② 参见肖群忠:《孝与中国文化》,人民出版社 2001 年版,第 377—378 页。

断的知识并不受到人们很高的推崇，领导职位不再留予他们，人们并不以为他们比年纪轻的人担任某个职位更适当，相反可能比之更不称职。”①在现代道德价值观念和价值取向变化急剧的社会，老年人往往难以适应，对不断推出和翻新的道德价值观难以接受，对不得不退出历史舞台的道德价值观眷恋不舍，但又感到十分无奈。现代社会对未成年人的器重使老年人产生一定的“精神疲乏感”：出现无用感和排斥感、内心空虚感和厌烦感、孤独感和害怕。② 老年人的这种精神生存边缘状态，也使他们的道德价值观逐渐由中心退移到边缘。

（二）中年人道德价值观

如果说未成年人及其道德价值观和老年人及其道德价值观都是有关学科积极关注和研究的对象，那么，一个十分有趣的现象是，学界对中年人及其道德价值观的专门研究却几乎是个空白。这是否与前二者相对处于弱势地位因而常常成为关注的对象而后者处于强势地位而往往成为话语主导者有关？从社会文化的角度看，中年人一代是一个执掌着社会权力的阶层，因此，也就是社会主导文化和主流文化的代表。这是中年人道德价值观与社会主导道德价值观和主流道德价值观同一的最根本的基础。所谓对社会权力的执掌，并不仅仅是指对政治和行政权力的执掌，尽管这个方面是执掌社会权力的重要方面；它更是指在精神方面、舆论方面、科学技术的发明创造方面和生活方式的创造方面、环境的创造方

① ［美］戴维·L. 德克尔：《老年社会学——老年发展进程概论》，沈健译，天津人民出版社1986年版，第87页。

② 参见［美］戴维·L. 德克尔：《老年社会学——老年发展进程概论》，沈健译，天津人民出版社1986年版，第299页。

面以及家庭关系的创造方面的权力执掌。相对于政治和行政权力而言，上述各个方面执掌社会权力的意义是更为重要的，因为这些方面不但具体体现着一代人的时代风貌，也影响着未来。因此与其把一代人执掌社会权力理解为对权力的支配，不如理解为一种支配的地位、全面的影响和中坚作用。① 在现代社会，中年人作为处于社会支配地位和发挥全面影响力的社会中坚力量，相对于未成年人和老年人来说，确实执掌着各种社会权力。传统社会中老年人对社会权力的支配，随着社会的变迁和转型而不得不将社会权力让给中年人；未成年人虽然有对社会权力的强烈欲求，并已显示能够争取到越来越大的社会权力，但他们毕竟是代表着未来的，他们只有在未来才会真正获得完整的社会权力。

这些社会权力主要表现为话语主导权、制度安排权和资源控制权等。

以“权力思想家”著称的福柯（Michel Foucault）对话语与权力的内在联系进行了深刻的剖析，在他看来，在任何社会里，权力都是为话语所固有的，权力无所不在，权力与话语无法分开。话语一旦产生就会立刻受到若干权力形式的控制、筛选、组织和再分配；同时，话语本身也常常转化为权力，并成为权力所争夺的对象。得到权力认可的话语就以真理自居，受到权力排斥的话语往往就被认为是谬误。在现代多元社会，任何人、任何集团和任何群体都具有话语权力，但不一定都具有话语主导权。这里所说的话语主导权主要指基于上述社会权力（政治权力和意识形态权力是其表现形式之一，社会权力常常通过它们而得以实现）之上的对其他话语具有主导、控制乃至压制力量的话语权威。这种话语权威表现

① 参见张永杰等：《第四代人》，东方出版社1988年版，第88页。

在道德价值观领域就是道德价值观话语主导权。从代际的角度看，这种道德价值观话语主导权往往是由中年人一代来执掌和行使的。发挥社会中坚作用的中年人的话语体系归根结底会成为社会普遍化的话语体系。

制度安排权是对话语主导权的一种制度保障。社会的各种制度安排深刻地反映了各种社会利益，并对各种社会利益进行协调。从代际的观点看，中年人在对制度安排的过程中起着举足轻重的作用，事实上掌握着对制度的安排权。中年人所主张和奉行的道德价值观就是制度化了的道德价值观，换言之，中年人往往通过制度化的形式对社会道德价值观进行引导和控制。

资源控制权是指对各种自然资源、社会资源和精神资源的储存、使用、转移和评估等权力，它是与话语主导权和制度安排权密切联系在一起的。各代人都有对资源的控制权，但由于中年人执掌着话语主导权和制度安排权，因而相对于未成年人和老年人来说，真正掌握着资源控制权的还是中年人，例如，他们"控制着年轻人……的发展所急需的资源"。① 对资源控制权的掌握，对人类后代的生存和发展具有十分特殊的意义。

这种状况自然使中年人道德价值观具有这样的基本特征，即中年人道德价值观对社会道德价值观特别是未成年人道德价值观具有一定的主导性。由于中年人执掌着各种社会权力，因而中年人道德价值观在社会道德价值观系统中就必然占据举足轻重的中心地位，并通过各种形式表现出来。首先表现为它的主流性。在多元的社会道德价值观中，有主流也有支流，相对而言，中年人道

① ［美］玛格丽特·米德：《代沟》，曾胡译，光明日报出版社 1988 年版，第 74 页。

德价值观总是社会的主流道德价值观。其次表现为它的支配性。中年人道德价值观对未成年人道德价值观具有支配作用。再次，中年人道德价值观往往与社会主导道德价值观相结合，从而对未成年人道德价值观具有导向性，它通过代表社会主导道德价值观的发展方向和根本趋势，而对未成年人道德价值观起到导引的作用。当然，中年人对未成年人道德价值观的上述影响和作用，老年人也同样具有。这也正是中年人和老年人在对未成年人道德价值观影响上的共同特征。

我们只是通过讨论中年人道德价值观与社会权力之间的关系，来简约地勾勒中年人道德价值观的基本特征。实际上，其特征在与未成年人道德价值观和老年人道德价值观特征的比较中，就应该较清楚地展现出来了。

另外，对未成年人道德价值观、中年人道德价值观和老年道德价值观基本特征的描述，还需作几点必要说明：首先，这种描述只是一种静态的描述，实际上，未成年人道德价值观、中年人道德价值观和老年人道德价值观不仅要随社会的发展而发展，而且它们之间也有着内在的相互贯通、相互联结的逻辑关系，并从未成年人道德价值观进而中年人道德价值观进而老年道德价值观依次推移和过渡。就这个意义而言，对未成年人道德价值观、中年人道德价值观和老年人道德价值观的静态描述是有缺陷的。其次，在不同的社会文化背景下，存在着对未成年人道德价值观、中年人道德价值观和老年人道德价值观的不同偏好，它们的社会地位也就有所区别。比如，在中国传统文化中，很早就形成了尊老文化，在这种文化中，尊老抑少的道德价值观贯穿其中，并由此使中国传统社会带有典型的文化意义上（而不完全是年龄意义上）的“老人社会”（如“老人政治”、“老人文化”等）的色彩，从而使老年人道德价值观处于社会和道德价值观的中心地位，而未成年人道德价值观完全是对老年人道德价值观的服从、模仿和翻版，没有也不可能有什么变化。而在美国，根据美国功能主义社会学主要代表人物塔尔科特·帕森斯(Talcott Parsons)的研究，美国有个对未成年人有利而对老年人不利的传统和社会结构。对未成年人的器重受到了价值系统的支持，即美国人喜欢行之有效的事，喜欢能看得见、常常是物质方面结果的结构，还赞成进步和那些看起来会使社会进步的东西。正是因为在身体和观念上的优势，未成年人更容易适应这种社会结构，更能够实现这些价值偏好。这样，美国社会的结构和反映这种结构的价值偏向，就会成为有利于未成年人而不利于老年人的结构和价值系统。① 在这种社会结构和价值偏好的背景中，未成年人道德价值观自然就会容易受到重视。再次，已如前述，虽然为了使道德价值观的代际构成得到更深入和更细致的阐述，而将中年人道德价值观和老年人道德价值观及其基本特征进行分别考察和论述，但是在本书后面的章节中，笔者仍将“中年人道德价值观”和“老年人道德价值观”的概念合为“成年人道德价值观”这一个概念，以与“未成年人道德价值观”概念相对应。因为就对应于未成年人道德价值观而言，中年人道德价值观和老年人道德价值观具有更多的共同性和一致性。

四、社会整体道德价值观

以上是从代际关系的视角对成年人道德价值观和未成年人道

---

① 参见[美]戴维·L.德克尔：《老年社会学——老年发展进程概论》，沈健译，天津人民出版社1986年版，第166—167页。

德价值观及其基本特征进行的描述，意在表明社会道德价值观的代际构成，即未成年人道德价值观和成年人道德价值观是社会整体道德价值观的两大构成部分，而这是迄今为止一直被人们所完全忽视的。然而，成年人道德价值观和未成年人道德价值观又不是社会道德价值观的全部。社会整体道德价值观是一个十分复杂和内容丰富的价值观系统。除了成年人道德价值观和未成年人道德价值观之外，社会道德价值观还包括其他各种复杂的构成部分，并可以从不同角度对社会整体道德价值观进行分析。笔者在这里仅仅从道德价值观主体、道德价值观的地位和作用这两个方面作一简要阐述。

从价值主体及其构成的角度看，社会道德价值观除了划分为成年人道德价值观和未成年人道德价值观之外，还可以从不同利益主体及其变化的角度来加以考察。当然，成年人与未成年人也可以当作一种特殊意义上的即利害关系意义上的利益主体。从不同利益主体的角度来考察社会道德价值观，首先必须明确，这里所说的“利益”，当然不仅仅指物质利益、经济利益等这些看得见摸得着的利益，虽然这些利益是最根本的利益，而且指各种精神利益以及人际间的利害关系等。从不同利益主体的角度来看道德价值观，至少可以得出以下几点结论：第一，道德价值观归根结底是由主体的利益决定的。利益决定立场，也决定道德价值观。处于不同利益关系中的主体，必然具有不同的与利益主体的地位相适应的道德价值观。第二，道德价值观的多元化，归根结底是由利益主体的多元化所决定的。在现代社会，不论是在全球范围内，还是改革开放以来的中国社会转型期，道德价值观的多元化已是不争的事实。道德价值观的多元化可以由非常复杂的众多因素所导致，但归根结底是由不同的利益主体所决定的。第三，在中国，改革开放及其不断向纵深推进、市场经济体制的建立及其与原有残余体制的矛盾、社会结构的不断分化等等，使社会的利益主体构成发生了巨大的变化。与此相对应，已有社会学者不断发表研究报告，对中国社会的阶层及其变化进行了十分有意义的研究。随着上述因素而发生的阶层变化，充分说明了中国社会的利益主体也在不断发生分化。根据利益决定价值观的原理，利益主体的分化及其多元化，就必然导致价值观的多元化。因此，包括道德价值观在内的社会整体价值观，总是随着利益主体的变化而发生社会道德价值观构成上的变化的。正是这些利益主体不断变化所导致的多元道德价值观，构成了当今中国社会的整体道德价值观。

从社会道德价值观的结构、地位和作用来看，社会道德价值观可以分为社会主导道德价值观与主流道德价值观、社会主导道德价值观与非主导道德价值观、社会主流道德价值观与非主流道德价值观。首先，社会主导道德价值观与主流道德价值观。人们在使用“主导”这一概念时，总是将“主流”概念暗含于其中；或者直接将“主流”概念等同于“主导”概念，例如，在使用“主流意识形态”这一概念时最明显地反映了这一状况。这里所谓“主流意识形态”就是指在一个社会中处于主导或统治地位的意识形态。然而，主导道德价值观与主流道德价值观是有明显区别的。弄清这个问题，对分析社会道德价值观状况有很重要的意义。在笔者看来，所谓主导道德价值观，就是一个社会占主导或统治地位、对社会其他道德价值观的发展方向和基本走向具有引导和规范作用的道德价值观。主导道德价值观通常是官方所倡导的道德价值观，它对巩固统治阶级的统治、凝聚社会各种不同的道德价值观、维护社会稳定都有着不可忽视的作用。所谓主流道德价值观，则是指一个社会大多数民众所信奉、或者说对社会大众具有较强影响力的道德价值观。此外,人们通常用道德价值导向和道德价值取向来描述一个社会的道德价值观状况,但如果不同时使用“主导道德价值观”和“主流道德价值观”这两个概念工具,就不能完整而准确地反映一个社会道德价值观状况的全貌。一般而言,“主导道德价值观”的存在及其作用,是“道德价值导向”得以可能的前提,即主导道德价值观就是具有导向作用的道德价值观,或者说道德价值导向就是由主导道德价值观所引领的;而“主流道德价值观”则是对道德价值取向既在数量上又在方向上的一种标示,即一个社会指向大致相同的方向并为社会相当数量的民众所信奉的道德价值观,或者说各种道德价值取向(既可以包括主导道德价值观也可以不包括主导道德价值观)的大体一致,就是“主流道德价值观”的基本特征。主导道德价值观与主流道德价值观之间的关系,一般有一致、矛盾、对抗等多种表现形式。当一个社会的主导道德价值观与主流道德价值观处于一致的时候,这个社会就会是一个和谐和稳定的社会,反过来说,一个社会在和谐和稳定的时候,主导道德价值观与主流道德价值观往往是一致的。但是,不管一个社会是多么和谐和稳定,主导道德价值观与主流道德价值观总会或多或少地存在着这样或那样的矛盾,这往往是一个社会的常态,但又必须把握好这种矛盾的度。如果主导道德价值观与主流道德价值观发生了激烈冲突和尖锐对抗,那么这个社会就必将不再稳定,甚至有崩溃的危险。还有一种情形需要特别指出,即主导道德价值观与主流道德价值观完全合一,或者说只有主导道德价值观而没有主流道德价值观,这种情形往往意味着社会处于不正常和高压状态,它恰恰潜伏着极端不稳定的因素。其次,社会主导道德价值观与非主导道德价值观。任何一个社会都有一个或几个主导道德价值观,更有大量非主导道德价值观。只有主导道德价值观而无非主导道德价值观的社会,或只有非主导道德价值观而无主导道德价值观的社会,都是不正常的社会。社会的主导道德价值观引导着社会的道德价值取向和人们的理想、信念和信仰。只有至少符合以下条件的道德价值观才能成为社会的主导道德价值观:对社会的深刻解释力;为人们的道德价值取向指明方向、为人们的道德行为提供最深刻的价值依据;有最广泛的接受者、认同者、支持者和践行者;与社会生活基本状况和基本要求相一致;它不在场时必将导致社会的道德价值危机、信仰危机和道德失范。非主导道德价值观可分为三类:一是与主导道德价值观基本一致的道德价值观;二是与主导道德价值观基本不一致或背道而驰的道德价值观;三是对主导道德价值观而言保持价值中立的道德价值观。需要指出的是,非主导道德价值观在人数上不一定属于少数,因此当它处于人数上的多数时,非主导道德价值观就可能成为社会的主流道德价值观。再次,社会主流道德价值观与非主流道德价值观。任何一个社会同样有主流道德价值观和非主流道德价值观之分。主流道德价值观既可以是统治者倡导的道德价值观,即主导道德价值观,也可以是社会大众自发形成的、与主导道德价值观可能一致也可能不一致的道德价值观,当它与主导道德价值观不一致的时候就必然成为非主导道德价值观。在这种情况下,社会就可能发生道德价值观危机。非主流道德价值观则是与主流道德价值观相对应的在人数上处于少数、在地位上处于劣势或弱势的道德价值观。一般而言,非主流道德价值观很少存在与主流道德价值观相一致的情形,它要么与主流道德价值观相对立,要么与主流道德价值观相疏离。

社会整体道德价值观及其构成远远不是以上描述所能涵括的,但通过上述分析可以对社会整体道德价值观及其构成的复杂性和丰富性略见一斑。

五、诸道德价值观的相互关系

由于社会道德价值观是一个复杂的系统，因此，讨论社会整体道德价值观中各道德价值观之间的关系是一件极为困难的事情，对本研究课题而言也是不必要的。本书除了在下一节对成年人道德价值观和未成年人道德价值观的关系进行专门讨论外，笔者在此仅就与本课题相关的成年人道德价值观、未成年人道德价值观和社会主导道德价值观三者之间的相互关系作一简要阐述。

（一）成年人道德价值观与社会主导道德价值观

如果翻开所有有关成年人道德价值观（包括更广意义上的一般价值观）与社会主导道德价值观（包括常常与其相混同的社会主流道德价值观）的文献，可以绝无例外地发现，如果说不是在见诸文字的各种有形载体上，至少可以说在思想观念上，所有的人都是把成年人道德价值观与社会主导道德价值观（和社会主流道德价值观）不加区分地加以理解和混同使用，也就是说，当人们说到社会主导道德价值观时，实际上也就包括成年人道德价值观，同样，当人们提到成年人道德价值观时，毫无疑问也就是指社会主导道德价值观。笔者以为，这是一个重大的谬见，而且是一个非常盛行且从未遭到过任何质疑的重大谬见。虽然成年人道德价值观与社会主导道德价值观在一定条件下是可以相互转化的，但是成年人道德价值观在任何时候和任何情况下都不可能与社会主导道德价值观完全画等号，二者是有鲜明区别的。

1. 成年人道德价值观与社会主导道德价值观何以是有区别的

之所以说成年人道德价值观与社会主导道德价值观是有区别的，是因为二者至少在道德价值观的主体、道德价值观的地位和道德价值观的性质等方面存在着显著的区别。

第一，成年人道德价值观与社会主导道德价值观在道德价值观的主体上存在着区别。

所谓道德价值观的主体，就是道德价值观的主张者、承载者、倡导者和推行者。成年人道德价值观的主体毫无疑问就是生活于特定时代的成年人。这里所指称的成年人既指作为个体而存在的成年人，也指作为一代人而存在的成年人。一般而言，作为个体而存在的成年人的道德价值观往往反映了作为一代人而存在的成年人的道德价值观，而作为一代人而存在的成年人的道德价值观，又总是在作为个体而存在的成年人的道德价值观上得到具体的体现。正是由于这个原因，在谈到成年人道德价值观时，一般是在作为一代人而存在的成年人的道德价值观的意义上来指称的。从这个意义来讲，一代人有一代人的道德价值观，特别是在社会转型或社会大变革时期就更是如此。

那么，社会主导道德价值观的主体是谁？这是一个从未引起人们注意，同时也确实是一个令人困惑的问题。笔者以为，社会主导道德价值观的主体不应该是某一与其他社会群体相互平行的社会群体，也不应该是某一代人，而是一个特殊的阶层，即社会的统治者、管理者或治理者。社会主导道德价值观就是一个社会的统治者、管理者或治理者所倡导和推行的道德价值观。在人口特征上，社会的统治者、管理者或治理者虽然往往是成年人，但这并不意味着成年人就是社会的统治者、管理者或治理者，因此社会的统治者、管理者或治理者所倡导和推行的道德价值观,就是社会的主导道德价值观,但社会的统治者、管理者或治理者所倡导和推行的社会主导道德价值观,并不等于是成年人的道德价值观。由此亦显然可见,成年人的道德价值观就是社会的主导道德价值观的观点,是不能成立的。

这里须作一说明,社会主导道德价值观的主体问题之所以一直未能引起人们的注意,与下述相互作用的两个因素有着直接的关联:一方面,与长期以来人们并未将成年人道德价值观与社会主导道德价值观加以区别有关;另一方面,是因为社会主导道德价值观总是由社会的统治者、管理者或治理者通过制度化、意识形态化和其他各种社会机制加以倡导和推行的,因此社会主导道德价值观的主体往往被淹没在这些制度和机制之中而得不到彰显,从而就被置于人们的视野之外。

第二,成年人道德价值观与社会主导道德价值观在道德价值观的地位上存在着区别。

既然社会的统治者、管理者或治理者所倡导和推行的道德价值观是社会的主导道德价值观,这就自然地表明:社会的统治者、管理者或治理者所倡导和推行的道德价值观,就是一个社会占统治地位的道德价值观。而成年人虽然由于拥有着更多的社会权力,而在道德价值观上对未成年人具有话语主导权,但这并不意味着成年人对整个社会的道德价值观具有话语主导权。对整个社会的道德价值观具有话语主导权的是社会的统治者、管理者或治理者,虽然社会的统治者、管理者或治理者对社会道德价值观的话语主导权往往通过成年人来表现和实现,但这并不能等同于成年人的道德价值观主导话语权,因为成年人的道德价值观也是受社会主导道德价值观所支配和主导的。由此可见,成年人道德价值观与社会主导道德价值观在地位上是有区别的，而不是等同的，因此不能将成年人的道德价值观与社会主导道德价值观加以混淆。

第三，成年人道德价值观与社会主导道德价值观在道德价值观的性质上存在着区别。

在一个社会中，特别是在一个社会转型和价值多元的社会中，社会道德价值观表现为多姿多彩的局面。这种多姿多彩的局面既是道德价值观多元化的原因，也是道德价值观多元化的结果。道德价值观多元化的实质，就是各种五彩斑斓的道德价值观在性质上具有显著区别。就成年人道德价值观与社会主导道德价值观的关系而言，成年人道德价值观与社会主导道德价值观在性质上是有区别的。例如，在当今中国，社会的主导道德价值观之一就是社会主义集体主义。社会主义集体主义决定着社会主导道德价值观的性质。但是，如果说社会主义集体主义是所有成年人的道德价值观，不论是在理论上（已如上述）还是在现实生活中，都是站不住脚的。因为现实生活充分地表明，在成年人中，既有社会主义集体主义的坚决拥护者、坚定信仰者，也有奉行个人主义道德价值观者，甚至极端个人主义者也并不罕见。而个人主义道德价值观与社会主义集体主义道德价值观，在性质上是根本不同的。社会主导道德价值观与成年人道德价值观在性质上的这种区别，表现在当今中国道德价值观的各个方面。这就足以表明，成年人道德价值观与社会主导道德价值观不能完全等同，更不能加以混淆。

2. 成年人道德价值观与社会主导道德价值观的相互转化

虽然成年人道德价值观不能等同和混淆于社会主导道德价值观，但二者并不是没有联系的，在一定条件下它们是可以相互转化的。正是因为这种相互转化，使成年人道德价值观常常被无条件地误认为就是社会主导道德价值观本身，这并不是主观臆想的结果,而是有客观成因和正当理由的。

成年人道德价值观与社会主导道德价值观的相互转化,主要表现在以下两个方面:

第一,成年人往往被看作是且事实上也确实是社会主导道德价值观的代言者和承载者。

已如上述,成年人由于对社会权力的拥有,而具有道德价值观话语主导权、资源使用权和制度安排权。正因为这样,社会主导道德价值观对社会整体道德价值观的主导性,就总是通过成年人对社会权力的拥有及由此而来的某种制度设计而转换为成年人的道德价值观话语权,进而成年人便理所当然地成为社会主导道德价值观的代言者、承载者和实践者。反过来,成年人所拥有的社会权力和所具有的社会主导道德价值观的代言者、承载者和实践者身份,又往往使成年人力求将自己所主张的道德价值观转换为社会的主导道德价值观。应该说,这也是成年人道德价值观与社会主导道德价值观相互转化的重要的内在机制。

第二,社会的统治者、管理者或治理者对某种成年人道德价值观的倡导,或成年人对社会的统治者、管理者或治理者所倡导的道德价值观的认同。

与成年人作为社会主导道德价值观的代言者、承载者和实践者相对应,社会的统治者、管理者或治理者,往往倡导某种符合自己需要的成年人道德价值观,从而使由统治者、管理者或治理者所倡导的成年人道德价值观转化为社会的主导道德价值观。反之,成年人也往往通过对社会的统治者、管理者或治理者所倡导的社会主导道德价值观的认同,而使自己所主张的道德价值观转化为社会主导道德价值观。

总之,之所以要提出和讨论成年人道德价值观与社会主导道德价值观的关系，其目的和意义就在于，虽然成年人道德价值观与社会主导道德价值观可以相互转化，但二者不是等同的，不能将二者混淆起来。这样，既能够使成年人道德价值观在社会道德价值观体系中有一个正确的定位，而不至于被湮没；也能够使成年人道德价值观与未成年人道德价值观处于一种相互对应的地位，从而不至于使未成年人道德价值观直接与社会主导道德价值观相互对应，而找不到成年人道德价值观的位置和作用。

（二）未成年人道德价值观与社会主导道德价值观

已如上述，成年人道德价值观和社会主导道德价值观虽然有所区别，指出和揭示二者的区别也是完全必要的，但总体而言二者在基本取向上又具有更多的一致性。与此不同的是，未成年人道德价值观与社会主导道德价值观（及成年人道德价值观）则表现出更多的差异性和不一致性。这种差异性和不一致性是未成年人道德价值观社会化的重要根据，也是未成年人道德建设的重要内容。

第一，未成年人道德价值观与社会主导道德价值观的差异性和不一致性主要表现在两个方面，即一方面未成年人对社会主导道德价值观的抵触和疏离，以及由此而来的另一方面，即社会主导道德价值观对未成年人道德价值观的边缘化和排斥。与成年人道德价值观和社会主导道德价值观之间的关系完全不同，未成年人不可能和成年人一样成为社会主导道德价值观的代言者和承载者，相反，未成年人倒总是成为社会主导道德价值观的颠覆者。首先，未成年人“不会总是安于社会强加给他们的规定性文化”，“年轻人的多种行为都表现出一种张力或企图，要打破社会既定制度和文化常规的束缚；许多这样的行为打破或质疑了制度的藩篱"①。当然,未成年人对社会主导道德价值观的抵触和疏离,因各种原因而不可能像社会主导道德价值观那样,以一种制度化的、系统的、强势的、可以进行意识形态表达的方式表现出来,而仅仅以"各种新形式的亚文化、青年协会、联盟和运动"等弱势形式表现出来。可以说,未成年人形成自己相对独立的道德价值观以及这种道德价值观对社会主导道德价值观的抵触和疏离,已经不是某一个国家、某一个地区或某一种孤立的现象,而是已经成为一种全球化的现象和趋势。其次,正因为未成年人道德价值观对社会主导道德价值观的抵触和疏离,社会主导道德价值观也就往往会对未成年人道德价值观产生"道德恐慌",从而给未成年人道德价值观以种种负面的评价,并力图使其边缘化。于是,未成年人道德价值观与社会主导道德价值观之间的差异和不一致就成为一种必然的结果。

正如笔者在第三章已反复指出的,就像未成年人道德价值观与成年人道德价值观之间的差异和不一致一样(笔者在第五章将专门讨论),未成年人道德价值观与社会主导道德价值观之间的这种差异和不一致,同样是由多种复杂的原因造成的,但归根结底是由社会转型所导致的。

第二,未成年人道德价值观与社会主导道德价值观的差异性和不一致性正是未成年人道德价值观社会化的重要根据,也是未成年人道德建设的重要内容。事物总是相反相成的。未成年人道德价值观就像未成年人本身一样,不可能永远停留于未成年人阶

① ［葡萄牙］何塞·马乔多·佩斯:《过渡与青年文化:形式与表演》,载中国社会科学院、联合国教科文组织:《国际社会科学杂志》(中文版)2001 年第 8 卷第 2 期"过渡中的青年"专号,第 99—100 页。

段。未成年人及其道德价值观都必将通过社会化而不断接近和认同社会主导道德价值观，而社会也总是通过各种制度、意识形态和其他各种社会机制力求使未成年人不断接受和认同社会主导道德价值观。这表现在未成年人道德价值观与社会主导道德价值观的相互整合的整个过程。就未成年人道德价值观被整合于社会主导道德价值观而言，有学者已经指出，这种整合"可通过两种途径实现：首先是墨守成规，即接受社会的价值规范并以习惯方式达此目标。其次是创新，即年轻一代发扬首创精神。"不管是哪一种途径，未成年人道德价值观被整合于社会主导道德价值观，实质上就是未成年人融入社会的过程，这种整合"既涉及规化于各种社会结构或活动，也涉及年轻人对它们的认同。在这里，社会把青年融入其中的过程表明了作为整体的社会与作为其组成部分的青年之间过程的性质。我们把青年看作一个社会人口学意义上的群体，关注他们融入社会体制的过程，考察在何种程度上稳定的社会关系由此得到维系。这样，社会整合就不仅被包容进一个社会共同体；年轻人还必须感到自己是该共同体的一个有机部分。……我们用年轻人被包容进各种社会结构（职业的、政治的、婚姻的，等等）的程度以及他们对该结构的认同程度，来界定他或她融入社会的水平。认同不仅指年轻人被纳入某个特定社群，也指该共同体所有价值规范被年轻人内化。"①

由此，我们就很容易发现未成年人道德建设中的一个重要问题，即未成年人道德价值观被整合于社会主导道德价值观，实际上

---

①　［俄］弗拉基米尔·楚普洛夫、朱利娅·祖伯克：《整合与排斥：俄罗斯青年与劳动市场》，载中国社会科学院、联合国教科文组织：《国际社会科学杂志》（中文版）2001 年第 8 卷第 2 期"过渡中的青年"专号，第 32 页。

就是未成年人及其道德价值观社会化的过程。可以说,未成年人道德价值观向社会主导道德价值观的整合和社会化,就是未成年人道德建设的实质性内容和根本性目标。

(三)成年人道德价值观、未成年人道德价值观与社会主导道德价值观

相对于成年人道德价值观与社会主导道德价值观、未成年人道德价值观与社会主导道德价值观这两对关系而言，成年人道德价值观、未成年人道德价值观与社会主导道德价值观这种“三角关系”就更为复杂。在这里，笔者只将三者的关系做一简单交代，而根据本课题研究的任务，将讨论的重点即成年人道德价值观与未成年人道德价值观的关系放到下一节进行专门讨论。

第一,成年人道德价值观和未成年人道德价值观都是社会道德价值观体系的构成部分,但都不能与社会主导道德价值观等同起来,甚至三者之间都存在不同程度的冲突。

关于成年人道德价值观和未成年人道德价值观作为社会道德价值观体系的构成部分,以及它们不能与社会主导道德价值观等同起来的观点,已如上述,在此不赘。然而,在成年人道德价值观、未成年人道德价值观和社会主导道德价值观的关系中,却还存在着相互冲突的关系。有学者已经将未成年人道德价值观与成年人道德价值观和社会主导道德价值观之间的相互冲突表述得比较清楚:“当年轻一代建立社会关系时,他们便开始与社会体制中的其他社群发生冲突。在每个社会,青年与社会的对立都源于许多因素,包括青年人与成年人在社会地位上的不平等,以及青年与社会化机制的抵触。这些因素造成了年轻人的目标和利益与常常是较

为保守的体制规范之间的冲突。”①关于成年人道德价值观与未成年人道德价值观，以及社会主导道德价值观与未成年人道德价值观之间的冲突，可以说在现实生活中已经司空见惯而根本无须理论证明了，“青年作为一个社群与成人社会的冲突，以或尖锐或温和的形式存在于每个现代社会。”②至于社会主导道德价值观与成年人道德价值观之间的冲突，就像过去从未将二者区别开来一样，目前也没有进入人们的研究视野。事实上，社会主导道德价值观与成年人道德价值观也是存在冲突的，比如上文所列举的中国主导道德价值观所倡导和推行的社会主义集体主义道德价值观与一些成年人所奉行的个人主义道德价值观之间，就必然存在着冲突。

第二，社会主导道德价值观既对未成年人道德价值观具有规范和导引作用，也对成年人道德价值观具有规范和导引作用。由于社会主导道德价值观主导着社会道德价值观体系中其他各种道德价值观，因此它不仅像人们所经常看到和讨论的那样对未成年人道德价值观具有规范和导引作用，而且对成年人道德价值观也同样具有规范和导引作用。只要承认成年人道德价值观与社会主导道德价值观不是等同的，且二者之间存在着冲突，那么社会主导道德价值观对成年人道德价值观的规范和导引作用，就当然是不言而喻的。

第三，未成年人道德价值观与社会主导道德价值观的关系，是

① ［俄］弗拉基米尔·楚普洛夫、朱利娅·祖伯克：《整合与排斥：俄罗斯青年与劳动市场》，载中国社会科学院、联合国教科文组织：《国际社会科学杂志》(中文版)2001 年第 8 卷第 2 期“过渡中的青年”专号，第 32 页。

② ［俄］弗拉基米尔·楚普洛夫、朱利娅·祖伯克：《整合与排斥：俄罗斯青年与劳动市场》，载中国社会科学院、联合国教科文组织：《国际社会科学杂志》(中文版)2001 年第 8 卷第 2 期“过渡中的青年”专号，第 32 页。

通过成年人道德价值观作为中介环节而得以联结和贯通的。与大多数研究者认为未成年人道德建设的目标就是未成年人道德价值观认同和内化成年人道德价值观的观点不同,笔者认为,未成年人道德建设的最终目标就是未成年人通过各种社会化机制不断认同和内化社会的主导道德价值观。假若不是如此,我们就连《中共中央国务院关于进一步加强和改进未成年人思想道德建设的若干意见》所指出的“一些成年人价值观发生扭曲,拜金主义、享乐主义、极端个人主义滋长,以权谋私等消极腐败现象屡禁不止等等,也给未成年人的成长带来不可忽视的负面影响”这句话都无法理解。当然,未成年人道德价值观认同和内化社会主导道德价值观,又是而且必须是以成年人道德价值观为中介环节的,所以《中共中央国务院关于进一步加强和改进未成年人思想道德建设的若干意见》又指出,“注意加强对成年人的思想道德教育,引导家长以良好的思想道德修养为子女作表率”,这就包含着成年人道德价值观之作为未成年人道德价值观与社会主导道德价值观之中介环节的意蕴。

第四,社会主导道德价值观(包括社会整体道德价值观)需要以代为载体而得以创造、积累和传承,因此,不论是成年人道德价值观,还是未成年人道德价值观,都是社会主导道德价值观得以创造、积累和传承不可或缺的重要媒介。从代际运动和变化的观点看,每一代人都有自己独特的成长环境,独特的文化标志,独特的价值世界和独特的行为方式,因此,任何一代人的成长都需要一个过程,并被打上时代的烙印。每一代人以自己一代人的时代所建构的道德价值观为社会整体道德价值观,包括社会主导道德价值观,赋予新的形式,充实新的内容,从而实现社会道德价值观的不断创造、积累和传承。卡尔·曼海姆曾对文化包括道德价值观的代际传承有过深入的论述。他说：

> 若要理解由于代的存在而产生的社会生活特征，最好的方式是做一个思想实验，即想象如果一代人永远活下去，而没有下一代人来代替的话，人类的社会生活将会如何。与这种乌托邦式的假想社会相对比，我们的社会有如下特征：
>
> a. 文化过程的新参与者的出现；
>
> b. 与此同时该过程中先前的参与者逐渐消失；
>
> c. 任何一代的成员只能参与有限的历史过程；
>
> d. 因此，就有必要将积累的文化遗产传递下去；
>
> e. 代际更替是一个连续的过程。①
>
> 与没有代的假想社会相比，我们这个代际更替社会的显著特征是文化创造和文化积累不是由同一群个体完成的，而是相反，是由新的年龄群体不断出现的过程完成的。②

也就是说，不存在没有代的社会；代际更替是文化和道德价值观创造、积累和传承的重要实现形式和途径；文化和道德价值观的创造、积累和传承归根结底是由不断出现的新的年龄群体即新的一代来完成的。曼海姆的这一观点，与笔者认为成年人道德价值观和未成年人道德价值观是社会主导道德价值观不断得以创造、积累和传承的媒介的观点，是完全一致的。

在这里，将未成年人道德价值观作为社会主导道德价值观不断得以创造、积累和传承的重要媒介，具有重大的观念变革的意义。人们过去往往认为未成年人道德价值观由于与社会主导道德

---

① ［德］卡尔·曼海姆：《代问题》，载《卡尔·曼海姆精粹》，徐彬译，南京大学出版社2002年版，第82页。

② ［德］卡尔·曼海姆：《代问题》，载《卡尔·曼海姆精粹》，徐彬译，南京大学出版社2002年版，第83页。

价值观的疏离和冲突,不可能为社会主导道德价值观的创造、积累和传承作出什么贡献。然而,笔者和曼海姆的共同观点是,未成年人的道德价值观,在经过社会化的洗礼后,必定成为未来社会的主导道德价值观。因此,那种一味指责未成年人道德价值观的做法是既不理智,也不现实的。例如,"当我们在对'80 年代生人'品头论足、横加指责的时候,类似的批评也曾落在'60 年代生人'和'70 年代生人'的头上,如今他们却成为国家各行各业的中坚力量。更重要的是,无论我们如何评价他们,他们终究要走向历史的前台。"①

六、道德价值观代际构成与未成年人道德建设

提出道德价值观的代际构成,意在表明成年人道德价值观和未成年人道德价值观是社会整体道德价值观的重要方面,同时也是为了在社会道德价值观的代际框架中讨论未成年人的道德建设。也就是说,未成年人道德建设不仅仅是在未成年人道德价值观与社会主导道德价值观之间进行的,而且也是在未成年人道德价值观与成年人道德价值观之间相互社会化和良性互动中得以实现的。

未成年人道德建设实质上是一个道德价值观社会化的过程。然而,现代社会未成年人道德价值观的社会化,与传统意义上的未成年人道德价值观单向地向成年人道德价值观的社会化不同,它包括未成年人道德价值观向成年人道德价值观的社会化和成年人

① 王勤:《走向前台的'80 后':解读 80 年代生人》,《中国青年研究》2005 年第 4 期。

道德价值观向未成年人道德价值观的反向社会化两个方面。现代社会的未成年人道德建设，就是在这两个方面相互作用的基础上得以实现的。这是现代社会代际关系发生重大变化的必然结果。

（一）未成年人道德价值观的社会化

未成年人道德价值观向成年人道德价值观的社会化，不论是过去、现在还是将来，都永远是未成年人道德建设的主要方面。成年人通过各种形式如家庭教育、学校教育和社会教育将自己的道德价值观传输给未成年人，以及未成年人从一开始就生活在成年人所提供的道德环境中而受到成年人道德环境的熏陶，这是未成年人道德建设的现实和逻辑的前提。离开成年人对未成年人道德价值观的教育和成年人提供的道德环境，未成年人的道德价值观是不可能形成的，更谈不上未成年人的道德建设。因此，"新一代人步入成年，其根本方面为一复杂的社会化过程，亦即接受各种影响和（经济资源、财产以及文化的）传承过程，这一切决定着一个人进入所谓成年世界后的道路。"①

未成年人道德价值观的社会化，不仅是一个宏观的社会过程，而且也是个体道德心理发展的过程。科尔伯格从道德发展心理学的角度指出，在道德心理发展理论中，不论是哪种理论，都承认未成年人的道德心理发展，实质上都是接受和内化成年人道德价值观的社会化过程。他说："道德发展是一种社会化，也就是说道德发展是儿童或青少年学习或内化家庭和文化规范的过程。在社会

① ［葡萄牙］何塞·马乔多·佩斯：《过渡与青年文化：形式与表演》，载中国社会科学院、联合国教科文组织：《国际社会科学杂志》（中文版）2001年第8卷第2期"过渡中的青年"专号，第94页。

化这个一般概念范围内，提出了几种很不一样的理论探索。其中社会学习理论和精神分析理论是两种最流行的理论。前者把道德社会化等同于通过榜样和强化而获得的情境学习，后者则假定源自内疚的超我或良心是儿童早期通过认同或吸纳父母的权威和标准形成的。然而这两种理论都认为，道德发展是儿童内化父母和文化的准则的过程。"①科尔伯格还指出，未成年人道德价值观的社会化，充分体现了成年人对未成年人道德价值观的某种"期望"，或者说，成年人的期望直接影响着未成年人道德价值观的社会化："成人不是把道德内化界定为对文化规范的行为服从，而是把道德内化界定为高于对文化期望之实际服从的道德原则的发展。""除了自然年龄趋势之外，社会化分析易于从人种学的角度把成人文化期望的内容界定为社会化历程的终点和方向。显然，在任何文化中年龄发展趋势与成人期望之间存在某种大致的匹配，否则这种文化几乎不被传递。不过，这种大致匹配或一致既代表着发展形式对发展进程的影响，也代表着成人期望对发展进程的影响。"②

除成年人直接将自己的道德价值观传输给未成年人外，成年人还将自己所代言和代表的社会主导道德价值观传输给未成年人，这也是未成年人道德建设的重要方面。已如上述，成年人往往以社会主导道德价值观的代言者和代表者的身份出现，他们总是通过各种方式将社会的主导道德价值观传输给未成年人。不仅如此，现实生活中的人们还经常发现，成年人出于对未成年人的道德

① ［美］科尔伯格：《道德发展心理学——道德阶段的本质与确证》，郭本禹等译，华东师范大学出版社2004年版，第12页。

② ［美］科尔伯格：《道德发展心理学——道德阶段的本质与确证》，郭本禹等译，华东师范大学出版社2004年版，第92页。

责任感，为了使未成年人顺利实现道德价值观的社会化，对于即使自己并不完全认同的社会主导道德价值观，也会同样向未成年人加以灌输和教育。这样，未成年人道德价值观的社会化和未成年人的道德建设自然也就少了一些障碍。

（二）成年人道德价值观的反向社会化

未成年人道德建设在现代社会所面临的一个崭新问题，就是未成年人道德价值观不仅向成年人道德价值观的社会化，而且还能影响成年人的道德价值观，即对成年人道德价值观的反向社会化，也有人称为未成年人对成年人的“文化反哺”。

我国学者周晓虹首先从文化传递的角度，将年轻一代把知识文化等传授给年长一代的反向社会化现象称之为“文化反哺”，即“在疾速的文化变迁时代，年长一代向年轻一代进行文化吸收的过程。”①其实质是青年文化（包括作为其核心的道德价值观）对成人文化的积极的、主动的影响过程。从社会学角度看，“文化反哺”是一个“反向社会化”的过程，即受教育者对教育者反过来施加影响，向他们传授社会知识、价值观念和行为规范的一种自下而上的社会化过程。②

未成年人道德价值观对成年人道德价值观的反向社会化，最明显地反映在未成年人的时尚追求对成年人的影响上。时尚不仅是未成年人的一种标识，还往往是体现未成年人道德价值观之创新汰旧最好的载体。总体而言，未成年人的时尚爱好往往引领着

① 周晓虹：《试论当代中国青年文化反哺的意义》，《青年界》1988 年创刊号。

② 周晓虹：《现代社会心理学》，上海人民出版社 1997 年版，第 162 页。

成年人对时尚的追求,从而以此影响着成年人的道德价值观。例如,“作为消费者,年轻人通过时尚的春夏晨昏变化来探讨这种流动形式。青年人为什么要花费那么多工夫乔装打扮?因为时尚的本义就是朝秦暮楚,充满运动与变化。跟潮也罢,弄潮也罢,都是进入最新潮的回音室,用新款式动摇传统。时尚总是对常规的破坏,对新意的追求。要‘标新’不一定就是‘自恋’。自恋将世界作为一面镜子,年轻人从中搔首弄姿。而标新却是一种‘理性的自恋’:年轻人觉得自己是镜子,其他人都盯着看。最后,我们吃惊地在那种‘来回摇摆’的生活中发现,父母为了孩子的社会化而扔球,结果球弹了回来:父母也被孩子社会化了,接受了日益走向中心地位的青年文化。于是老前辈也来投资青春。”①

在中国改革开放以来的社会转型时期,我们时时可以感受到未成年人道德价值观对成年人道德价值观的影响。未成年人的价值观、生活方式、消费方式乃至语言都发生了巨大变化。未成年人道德价值观虽然刚开始常常不为成年人所理解,甚至不可避免地带来某些非议,但却悄悄地影响着成年人道德价值观。许多时尚、观念、行为都是先由未成年人付诸行动,然后才慢慢扩展、影响到成年人,逐渐被他们接纳,成为成年人文化和成年人道德价值观的一部分。未成年人道德价值观对成年人道德价值观的反向社会化,有如一场“静悄悄的革命”,具有“颠覆性的意义”,不知不觉之间,将我们社会中原本是教化者和被教化者的关系倒了一个个儿,上一代不再是绝对权威,下一代的选择吸收能力与创造能力,让上

① ［葡萄牙］何塞·马乔多·佩斯:《过渡与青年文化:形式与表演》,载中国社会科学院、联合国教科文组织:《国际社会科学杂志》(中文版)2001 年第 8 卷第 2 期“过渡中的青年”专号,第 94 页。

一代有意无意地受到影响,并在潜移默化中向下一代学习。

改革开放以来社会转型时期未成年人道德价值观对成年人道德价值观的反向社会化,其成因是多方面的:一是随着全球化进程的加速和社会变迁的加剧,未成年人对新事物的反应越来越敏感,接受能力越来越强;二是代际关系发生了重大变化,同辈群体的交往互动较成年人对未成年人的影响更大,因而未成年人在同辈的群体中能够更多地获得各种新观念、新知识;三是中国改革开放的大环境,为未成年人提供了一种较为宽松、民主的文化氛围,尊重未成年人的主体性,重视未成年人的主观能动性、创造性的大环境日益形成;四是现代社会发达的信息网络使未成年人获得信息的渠道增多,信息占有量增大,从而使他们处于新技术的领先地位、新观念的引领地位、新规则的制定地位,从而强有力地影响、"反哺"成年人的道德价值观与行为规范。

未成年人道德价值观对成年人道德价值观的反向社会化,对未成年人道德建设意味着什么?笔者以为,其意义主要表现在两个方面:

第一,未成年人道德教育和道德建设的观念必须进行变革。未成年人道德建设,已不是成年人单方面对未成年人进行教育和施加影响的活动,而且也是成年人向未成年人学习和未成年人教育成年人的过程。"向孩子学习"课题组在对全国10多个城市116名10—18岁小学、初中学生及其家长和教师及41名知名学者的访谈中,得出的研究结论是:

> 成人的教育和影响仍是儿童少年社会化的主流,但90年代中国孩子对成人社会化的反向影响日趋明显。生活在信息时代的孩子已经有能力影响成人世界,在儿童期蕴藏着代际超越和进步的潜能比以往任何时代都要大。因此,如何接受

孩子的影响，向孩子学习，两代人共同成长，将成为教育观念重大变革的焦点课题。①

可以认为，这一观念迄今为止还没有真正树立起来。

第二，未成年人能使成年人的道德更加健康和纯洁，因而未成年人道德价值观对成年人道德建设也具有不可忽视的重要作用。同时，成年人的道德状况对未成年人道德建设也是一面镜子，很大程度上影响着未成年人道德建设的成效。正如有学者所说的：

我们人世间最神圣的是儿童，而不是教师，也不是社会，更不是教育。……儿童的纯真意味着他们是成人的道德的榜样。儿童的成长，丰富着成人的精神，没有他们，我们的成人社会可能比现在还要堕落。不是我们在教育儿童，而是儿童在教育我们，他们向我们成人提出了人文、道德的诉求。儿童清澈的目光和直接的思想观察着我们成人的世界：你们成人是否是道德的？为了我们的成长，你们是否能够道德一些？……我们用众多的成人社会的东西败坏着儿童的心灵，那些成人社会的荣耀、那些工于心计的算计，那些道貌岸然的虚伪，那些禁锢头脑的压制，都在消灭着儿童的纯真，都在败坏着儿童的人性，毁灭着儿童的成长。……我们的教育、我们的学校、我们的教师以及所有我们成人，能够反思我们对儿童的所作所为吗？②

总之，在未成年人道德建设中，不仅成年人对未成年人必须施加教育和影响，而且成年人也得向未成年人学习，在成年人向未成

① 孙云晓等：《教育观念的重大变革——向孩子学习，两代人共同成长》，《儿童少年研究》1998年第5期。

② 金生鈜：《向儿童学习》，《辽宁教育》2002年第3期。

年人学习过程中,并在成年人与未成年人的良性互动中,实施和实现未成年人的道德建设,同时也使成年人的道德建设得到深化和加强。

第五章　道德价值观的代际分化与代际整合

成年人道德价值观和未成年人道德价值观作为社会整体道德价值观的两个重要构成部分，在现代社会特别是社会转型时期代际关系发生重大变化的情况下，呈现出越来越明显的代际分化和代际整合的辩证运动。道德价值观的代际分化和代际整合同样构成了社会整体道德价值观分化和整合的重要方面。

在中国改革开放以来的社会转型时期，道德价值观的代际分化和代际整合是社会整体道德价值观分化与整合的重要内容和基本特征。忽视道德价值观的代际分化和代际整合及其辩证运动，就不能对改革开放以来社会整体道德价值观的运动和变化作出完整而深刻的说明；同时，考察和分析道德价值观的代际分化和代际整合也是深刻揭示未成年人道德建设的必要性和艰巨性、明确未成年人道德建设任务和目标的历史和逻辑前提。正因如此，笔者在这里试图通过探讨现代社会特别是中国社会转型时期道德价值观的代际分化和代际整合，揭示道德价值观代际分化和代际整合与未成年人道德建设之间的内在关联。

一、对道德价值观代际分化的三种态度

道德价值观的代际分化是指社会道德价值观在不同代的人那

里，主要是上下两代人之间，具体是指未成年人一代与成年人一代之间所表现出来的差异、隔阂甚至冲突。道德价值观的代际差异在社会常规发展时期也会程度不同地表现出来，而在社会转型时期，社会道德价值观不仅有代际差异和代际隔阂，甚至有代际冲突。“代沟”就是现代社会价值观（特别是道德价值观）代际分化的一种典型形式，也是人们对现代社会道德价值观代际差异、隔阂和冲突的一种通俗化表达方式。因此，笔者在本书中就不可避免地将“代际分化”与“代沟”这两个概念在同样的意义上交替使用。

（一）代沟及其含义

“代沟”是一个不见于传统语言的新生词汇，这是因为传统社会不常见到代沟这种现象。严格说来，代沟是一个流行于第二次世界大战以后尤其是20世纪60年代全球青年（学生）运动以来的概念。西方大多数学者以“二战”为分水岭，考察了二战前一代和二战后出生的一代人在对待世界上所发生的一切事件和变化以及自身与世界的关系等方面某些截然不同的价值观点和行为应对策略，这可以说是“二战”以来西方研究代际问题的主要问题域之一，也是西方对代沟问题的研究经久不衰的原因之一。正是“二战”以后出生的一代人，在20世纪60年代掀起了一场波澜壮阔、席卷全球的青年及大学生造反运动，使全球性的“代沟”问题空前地凸显在世界面前，“代沟”使全社会感到震惊，而社会也就不得不正视和重视代沟问题了。自那以后，以描绘代际冲突或社会生活中的代沟现象为主题的研究著述不断涌现。20世纪80年代以前，中国虽然没有对“代沟”问题进行系统研究的论著，但在梁启超、陈独秀、鲁迅等人那里已经可以隐约看到对中国传统代际关系的批评和对建立新的代际关系的期盼，他们都有对代际关系问题的论述。费孝通在《生育制度》中则描绘了20世纪上半叶的中国，由于新旧两种文化的交锋所引发的亲子两代人之间的激烈冲突。①

那么，究竟什么是"代沟"？从一般理论视角来看，简单说来，代沟就是指代与代之间在价值观念、思维方式、生活方式、行为模式、情感体验和语言习惯等各方面所表现出来的差异、隔阂和冲突。这种差异、隔阂和冲突因社会环境和条件的不同以及社会文化变迁的缓急而随之时隐时现、或转化为激烈冲突或表现为和平相处。即使在社会比较平稳发展的时期，代沟也不可能完全消失，而只是更加隐蔽或表面上显得相安无事而已，"隐"并不意味着"消失"，"和平共处"并不意味着"没有差异"。同时，代沟基本上在"差异"、"隔阂"和"冲突"等三个层面上展开，代际差异是代沟的基本层面，这种差异将导致代际隔阂，而差异发展到极端和尖锐的程度，则导致代际冲突。社会学者周怡在对代沟的专门研究中，对代沟给出了如下定义："所谓代沟是指由于时代和环境条件的急剧变化、基本社会化的进程发生中断或模式发生转型，而导致不同代之间在社会的拥有方面以及价值观念、行为取向的选择方面所出现的差异、隔阂及冲突的社会现象。"②这是迄今为止比较完整的定义。

然而，进一步的问题是："代沟"真的存在吗？对于这个问题，自然有两种完全不同的价值倾向或答案：一种是"代沟必然论"，一种是"代沟虚构论"。笔者则主张"代沟辩证论"。

① 参见费孝通：《生育制度》，商务印书馆1999年版。

② 周怡：《代沟现象的社会学研究》，《社会学研究》1994年第4期。

（二）代沟必然论

所谓代沟必然论，就是认为代沟是现代社会一种普遍而不可避免的现象。代沟必然论最著名的代表人物就是美国文化人类学家玛格丽特·米德。现代社会的一般民众在日常生活中都感受到“代沟”的存在，因而在常识的层次上承认代沟是存在的。代沟必然论者认为，代沟是人类社会的普遍现象，这种现象以前只局限在父母与子女之间的情感和相互理解方面，但到了20世纪60年代，代沟已经成为一个突出的社会问题。60年代西方的学生运动，最足以展现这种代沟现象。米德甚至认为，在现代社会，两代人的差异、分歧和隔阂，已经发展到了尖锐冲突和仇恨的地步。代沟必然论在承认代沟存在的前提下，对代沟的社会意义有两种不同的看法：一种认为代沟对社会发展具有进步意义，①而大多数人则认为代沟具有更多的负面作用，因此要妥善处理代沟问题。

在代沟必然论者看来，中国社会转型时期的代沟现象不仅已经出现，而且日益明显，并正在成为中国社会必须正视的问题。正如有人在分析未来中国社会发展趋势时所说的：“最头痛的是，随着20世纪后半叶出生的人群成为社会中上管理阶层的骨干，他们新的价值取向愈来愈大地影响着中国未来的走势。特别是新一代青年，出现价值观念的多样化和个性化，他们对成功者的价值判断呈现不同的理解，更要求自己把握命运，更加认同一些新的社会价值”，由此所导致的“代际之间的价值观念将显示出更大差异”是

① 甚至有研究者提出代沟对社会具有正功能，主要表现在其经济功能、政治功能、文化功能和社会功能四个方面。（参见邓希泉：《“代沟”的社会正功能》，《中国青年研究》2003年第1期）

中国社会面临的严峻形势之一,"对年轻一代意识形态的新变化,只能因势利导,以免激化代沟和矛盾。"①还有人认为,现代媒体空前地扩大了成年人与未成年人的裂痕,代沟因此已成为不可回避的现象:"在媒体的使用上,出现了一道越来越宽的代沟——也就是说,由于年轻人与他们的父辈们对于新媒体科技体验不同(特别是计算机),使他们的文化和其父辈的文化之间出现了越来越大的裂痕。媒体根本没有消除童年与成年之间的界限,反而强化了这一界限——只不过在这种情况下,一般相信可能遭受严重损失的会是成年人;由于儿童精通这些技术的运用,使他们得以接触新的文化与传播形式,而这些传播形式多半都不受家长的控制。"②

(三)代沟虚构论

代沟虚构论则认为代沟是根本不存在的、危言耸听的虚幻现象,它只不过是某些人想当然的虚构,其代表人物是美国学者杜文。代沟虚构论者认为,60年代发生的学生运动是由具体的社会条件促成的,根本不是由于两代人的价值观对立所导致的。两代人之间的某些分歧并不新鲜,它过去就存在,但根本不是什么两代之间的尖锐冲突或代沟。差异的存在并不意味着"沟"的存在。例如,有论者认为,青年文化是成年文化的反映,它继承了成年人世界的许多基本价值观念,二者并不对立,所谓代沟只不过是两代人在某些非原则问题上的分歧,但这种分歧往往被上纲上线,贴上

① 任慧文:《中国社会问题形势严峻》,香港《信报》2005年1月28日。

② [英]大卫·帕金翰:《童年之死——在电子媒体时代成长的儿童》,张建中译,华夏出版社2005年版,第4页。

"代沟"的标签大肆渲染，青年人与成年人在价值观念上实际上并没有代沟存在。① 代沟虚构论往往认为虚构代沟对社会发展具有不可忽视的消极作用，甚至视其为洪水猛兽。

代沟的问题往往与媒体的话题不可分离。与关于媒体空前扩大了成年人与未成年人之间界限的观点相反，另一些人则坚决主张媒体正在使成年人与未成年人的界限消失。成年人与未成年人界限消失观点的核心就是所谓"童年之死"。他们"认为我们过去熟知的童年，正在消逝和消亡，而媒体（特别是电视）则是被指责的主要对象。从这个观点来看，媒体消除了童年与成年之间的界限，因而也就破坏了成年人的权威。"②既然成年人与未成年人的界限已然消失，既然童年已然不存在，那么代沟自然也就是天方夜谭了。

（四）代沟辩证论

笔者既不同意代沟必然论，更不赞同代沟虚构论，而是认为，对代沟是否真的存在，以及怎样对待代沟，应该抱持一种客观和科学的态度。一方面，代沟确实是现代社会不可避免因而也就无法回避的现象；另一方面，绝不能无根据地夸大代沟，甚至把代沟一味地看作是对社会具有促进作用的东西。

首先，不论代沟对社会是具有积极作用还是消极作用，代沟的真实存在是必须承认和正视的。代沟的存在在社会转型或社会剧变时期表现得最为明显。有论者从社会转型或依据现代化理论认

① 参见彭庆红：《代沟到底有多大?》，《中国青年研究》2000 年第 2 期。

② ［英］大卫·帕金翰：《童年之死——在电子媒体时代成长的儿童》，张建中译，华夏出版社 2005 年版，第 4 页。

为，代际的冲突是社会转型时期价值冲突最典型的领域之一："当我们到社会转型时期去探索价值观念的时候，应该把目光集中在那些冲突最为激烈的地方，以便能够更清楚地观察价值观念。在如潮一样汹涌澎湃的大变革中，有许多领域都发生了激烈的价值冲突，然而只有代际的冲突、传统和现实的冲突以及利益和道德的冲突最为典型。"社会转型时期的价值冲突往往在成年人与未成年人之间筑起一道无形的代沟。由于时代的变迁，成年人与未成年人的价值观念出现对立和冲突，形成一道交往的障碍，把成年人与未成年人隔在时代的两端，使之不能交流，无法沟通。"当代沟出现的时候，老年人和青年人之间展开一场维护价值的斗争，老年人一般维护传统的价值，年轻人更喜欢现代的价值，双方都认为自己是对的而对方是错的，但谁也不能说服谁，使代际之间的鸿沟越来越深。老年人不能接受年轻人的观念和行为，年轻人也不能理解老一代人的想法和做法。""'代沟'是时代变迁造成的，而时代变迁的原因在于社会转型。一般而言，老一代人代表即将逝去的旧时代，年轻人代表正在来临的新时代……代沟就是旧时代与新时代之间的界限。从表面来看，代沟产生在一个家庭或一个社会的两辈人之间，而实际上两辈人的隔阂是时代之间的隔阂，代沟是两个时代的疏离和间断。不同的时代有不同的价值观念，老一代人和年轻一代人也有不同的价值观念，从而导致观念和行为的冲突。"①杜维明甚至认为，年龄或代沟与族群、语言、性别、地域、阶级、宗教等七个领域对社会而言是具有文化根源性的因素，"所谓文化根源性绝非虚无缥缈的文化因素，而是在生命文化中塑造日

---

① 兰久富：《社会转型时期的价值观念》，北京师范大学出版社1999年版，第42—43页。

常生活经验的具体势能。”“以前的代沟，我们说是30年，后来觉得十年就有代沟了。……如果不谋求解决之道，就会出现日本和台湾媒体所谓‘新人类’及‘新新人类’的问题”①。总之，代沟作为一种事实性的存在，是伴随着加速发展的现代社会的必然产物。

那么，改革开放以来中国社会转型时期是否存在代沟？我们的回答是肯定的。这除了人们日常生活中有足够的经验证明外，我们还可以引证某些调查数据来说明改革开放以来中国社会转型时期代沟的真实存在。下表是对南京10大城区16岁以上非农业人口问卷调查的数据，所反映的是不同代的人们对目前中国社会是否存在代沟的评价：

目前中国社会不同代人的表现

目前中国社会不同代人的表现	16—35岁（N=163）		36—50岁（N=100）		50岁以上（N=82）	
	频数	（%）	频数	（%）	频数	（%）
非常一致	0	(0)	0	(0)	0	(0)
基本一致	27	(16.56)	20	(20)	24	(29.27)
存在较大差距	133	(81.60)	79	(79)	56	(68.29)
根本对立和冲突	3	(1.84)	1	(1)	2	(2.44)

资料来源：周怡：《代沟现象的社会学研究》，《社会学研究》1994年第4期。

我们从表中可以看出，老、中、青三代肯定目前中国社会存在代沟（即存在着不同代人的差异）已是很明显了：回答目前整个中国社会不同代人的表现“非常一致”的即认为没有代沟的，在三个年龄组中都为0；认为“存在较大差距”的，在三个年龄组中分别为

① ［美］杜维明：《东亚价值与多元现代性》，中国社会科学出版社2001年版，第96—98页。

81.60%、79%、68.29%，而且年龄越轻，肯定的比例越高。与回答"非常一致"为"0"形成鲜明对照的是，回答存在"根本对立和冲突"的，在三个年龄组中竟然平均达到了1.76%。

其次，在承认存在代沟的同时，绝不能夸大代沟及其作用。夸大代沟与完全否认代沟一样，在理论上是脱离实际的，在方法上是形而上学的，在实践上是十分有害的。因此，对代沟必须进行辩证的理解。其一，代沟，不论是表现为代际差异和隔阂，还是以更激烈的形式如代际冲突的形式来表现，都是在根本利益和基本原则一致基础上的代际关系，这是代沟与阶级冲突和阶级斗争最根本的区别。金克木先生在评论20世纪80年代的文化论争时，形象地指出："无论是多么深的沟，最下面总是两边相连的，不然便不是沟而是分成两半了"，"'代沟'的底层是什么？我想就是上一代以至上上一代没有解决而要现在一代甚至将来一代去解决的问题。"①实际上，代沟的底层就是文化在代际间传承和延续的"血脉"。其二，代沟虽然也有着对体制的冲击，但总是在"体制内"展开的。汤因比（Arnold Joseph Toynbee）和池田大作在他们著名的对话中，曾以"代沟与体制"为题，专门讨论过代沟的问题。在他们看来，两代人之间最大的不同，首先就是对体制的看法。成人一代更倾向于对体制的维护和捍卫，因为不仅自己的生存受到体制的保护，而且体制关系到自己的权威和利害；而对于年轻一代来说，威胁个人自由和生命的最大元凶正是体制。这样，"现代世界性反体制运动的一个明显特征，就是这种斗争主要采取在体制之内青年与中年之间对抗的形式。""这种体制内两代人的斗争"对本已很危险的现代状况而言是"更加剧了这种危险"。就在他们

① 金克木：《代沟的底层》，《读书》1989年第6期。

把代沟看作是如此危险的事实时，也没有将代沟夸大到无以复加的地步，因为一则这种代沟是在“体制内”的，而与体制外对体制的破坏力量（比如战争、阶级斗争等）不同；二则无论哪一代人，他们对人类最基本的共同价值或底线价值如平等、尊严等等的看法原则上是一致的，①“黄金规则”在代际之间毫无疑问也是存在的。还应该看到，代沟虽然在特定的条件下可能导致代际之间激烈的情感冲突，但一般而言，代沟并不会导致代际情感的割裂和冲突，譬如父母与子女、老一代人与年轻一代人对某些现象存在着价值态度的差异和冲突，但并不一定会导致他们的情感冲突，或由此割断他们之间的情感纽带。此外，我们要正确地看待代沟的社会功能，虽然道德价值观的代际差异对社会的健康发展和道德建设具有重要的作用，但不能夸大代沟的作用，把价值观的代际冲突当作一种正常状态来看待，更不能抽象地肯定“代沟的社会正功能”。

二、道德价值观代际分化的核心和本质

如果说在现代社会特别是社会转型时期代沟是一个不可回避的基本事实，那么代沟究竟意味着什么？或者说，代沟的核心和本质是什么？笔者认为，代沟的表现形式多种多样，但代沟的核心实际上就是文化、价值观以及道德价值观的代际分化；而道德价值观代际分化的本质则是道德价值观的代际断裂。此外，现代网络社会又使道德价值观的代际分化不断向纵深发展。

---

① 参见［英］汤因比、［日］池田大作：《展望二十一世纪——汤因比与池田大作对话录》，荀春生等译，国际文化出版公司 1985 年版，第 158—165 页。

（一）代沟的核心是道德价值观的代际分化

代沟是一个表现形式多样、发生领域多元的社会现象。就代沟的发生领域而言，几乎波及社会生活的各个方面。譬如，在政治领域，不同代之间在政治取向、政治立场和政治行为等方面都存在着差异或冲突。可以认为，汤因比和池田大作关于代沟与体制关系的讨论，在一定意义上就是针对政治领域代沟问题的讨论。政治领域的代沟如果激化到尖锐的程度，就有可能发展为严重的政治对立，这种现象在中外历史上是并不鲜见的，其典型事例就是20世纪60年代中外都发生的"青年造反运动"。这一运动不能仅用代与代之间的政治冲突即"政治代沟"去加以解释，但其中确实包含着政治代沟的问题。后者是长期以来被忽视了的一个问题。可喜的是，近几年来，政治领域的代沟问题逐渐受到了人们的重视。① 在现代民主社会和信息社会，年轻一代在政治决策、政治发言权等方面已表现出越来越强势的影响力，他们正在进入权力的中心。有一个典型事例颇能说明这个问题：在2002年的韩国总统选举中，"386"一代为了青年人参与政治，在因特网上发起了一场"选举日走出去投票"的运动，对卢武铉当选总统发挥了重大作用。所谓"386"一代，是指这样一个年龄群体："3"指的是他们的岁数，这群人都是30多岁，在儒家社会，这样岁数的人掌权执政还算非常年轻；"8"指的是20世纪80年代，这正是他们上大学、韩国政治从独裁走向民主的年代；"6"指的是20世纪60年代，他们是在这一时期出生的。人民团结党领导人、36岁的金基植说："这

① 如刘少蕾在《新的代沟》一文中就将政治行为方式的代际差异作为代沟的一个重要方面。（见《青年研究》1996年第4期）

次选举是对老一代人、老的政治制度和老领导人权威的打击。”①在经济领域，不同代的人也存在着不同的经济价值观。在中国，每当一项重大经济改革措施出台之初，或者在经济体制出现重大转折（如计划经济向市场经济的转变）之时，年轻一代与年老一代对此必定会产生不同的价值取向和价值评价。此外，在道德与利益、义与利等诸种经济价值观方面，未成年人与成年人常常也存在着差异。

不论是政治领域，还是经济领域，或者其他领域所存在的代沟，归根结底是一个文化上的问题。这是因为，代沟的核心问题是一个文化上的问题。代际差异正是代与代之间在文化上的差异，代际冲突也主要是代与代之间在文化上的冲突。两代人之所以被称作两代人而不是一代人，归根结底是由于他们在文化上的差异和冲突。那么，为什么代沟的核心问题是一个文化上的问题呢？这主要是因为，虽然代与代之间的差异和冲突毫无疑问地包含着利益因素（如包括政治的、经济的因素等），利益因素甚至是代际差异和冲突的一个重要原因，但是代际差异和冲突与由利益所直接规定的阶级冲突和对立不同。在阶级关系中，阶级差异和对立是和利益的差异和对立直接同一的，利益的差异是首要的和本质的，文化的差异和冲突只是对它的反映和补充；而在代际关系中，文化上的差异和冲突是首要的和直接的，利益的差异和冲突则是次要的和间接的。在社会结构中，代与代在利益上的凝聚力远不如其他社会集团在利益上的凝聚力。这是代际差异和冲突从来也没有像阶级冲突那样直接由利益的对立所规定，更没有表现为直

---

①　［美］《商业周刊》2003 年 2 月 24 日载《韩国年轻的狮子》，转引自《参考消息》2003 年 2 月 28 日载《“386”一代步入韩国权力中心》。

接的利益对立的主要原因,这也是人类文化和各民族文化得以在代际传承和延续的主要原因。

众所周知,文化的核心就是包括道德价值观在内的价值观。因此,作为文化问题的代沟,最核心、最根本的就是价值观和道德价值观的代际分化,或者说,一切所谓代沟的问题都可以归结为价值观和道德价值观的代际分化。对此,社会学者周怡的调查结果显示,在价值观代际分化的各种主要表现形式中,分布于不同代的被调查者一致认为,“生活方式”(包括消费方式和娱乐方式)和“价值观念”是代际分化最主要的两个方面,它们被选取的频数最大,分别处于第一位和第二位。其次才依次是“拥有的知识或能力”、“目标追求”和“拥有的地位或经验”的不同。① 而生活方式和价值观念实际上又是互为表里的:生活方式体现了内在的价值观念,是价值观念的外在表现,包含着丰富的价值内容;价值观念则是生活方式偏好即对不同生活方式作出选择的内在根基和价值指南。在生活方式和价值观念的代际分化中,价值观念的代际分化主要体现为对价值目标选择的差异,包括两代人在价值目标选择上的某些非结构性改变和由于核心价值的改变而引起的价值系统的结构性改变和调整;生活方式的代际分化则是为追求同一价值目标而在认知模式和行为方式上的差异,这实际上是随价值目标的变动而变动,即由价值目标所制约和决定的行动策略上的差异。因此,在生活方式和价值观念二者之中,价值观念又居于主导地位。由此可以得出结论:价值观念的代际分化是所有代际分化中最主要、最核心、最根本的代际分化。

在现代社会,对道德价值观代际分化的自觉意识是社会成熟

① 参见周怡:《代沟现象的社会学研究》,《社会学研究》1994 年第 4 期。

的重要标志。也就是说,人们对道德价值观代际分化的意识是处于自在状态还是自觉状态,是衡量社会是否成熟的重要标志。同样是周怡的调查显示,改革开放以来80%以上的中国人对道德价值观代际分化的看法和态度都趋向于认为,不同代的人在生活方式和价值观念的选择方面存在差异是“完全正常”和“基本正常”的。① 这种自觉意识为理智和宽容地对待道德价值观代际分化、实现道德价值观代际沟通、使代际关系保持和谐和代际间在生活方式和价值观念上求同存异奠定了坚实的价值和心理基础,从而表明社会的成熟度和文明度达到了较高的水平。

(二)道德价值观代际分化的本质是道德价值观的代际断裂

从本质上讲,道德价值观的代际分化就是道德价值观发生了代际断裂。

道德价值观的代际断裂首先表现在以“代”为单元的道德价值主体对道德价值的不同判断、解释和评价上。道德价值观本来是一个相对完整的道德价值体系,但是,不同代的人由于不同的生活环境而导致社会经历不同、价值立场不同,因而对同一价值对象会表现出不同的价值判断、价值解释和价值评价。任何道德价值观都是由其所对应的时代所决定的,这个时代就是特定道德价值观的生长土壤和解释背景。“不同时代的政治、经济、文化等社会情况均有差异,形成为不同的解释背景,价值观念以这样的解释背景为前提,因而造成价值观念在时代之间的冲突。”②道德价值观

① 参见周怡:《代沟现象的社会学研究》,《社会学研究》1994年第4期。

② 兰久富:《社会转型时期的价值观念》,北京师范大学出版社1999年版,第142页。

代际分化无非是不同时代的道德价值观在不同代人的观念之中的体现而已。时代的不同,造成了社会道德价值观的代际裂变,也造成了不同代的人对同一道德价值现象有不同的解释。例如,关于某种行为是不是文明行为,年轻一代与成年一代就可能看法不同。日本早稻田大学的一个学生研究小组,曾对1000余名40来岁的中年人做了一次问卷调查,询问的题目是:您认为在地铁、公共汽车上,乘客的哪些行为属于最不文明的?结果显示,中年人不满意程度最强烈的"不文明行为"包括:在车上旁若无人地搂搂抱抱,随意大声打手机以及当众化妆。据此结果,许多公交公司制作了文明乘车的宣传广告,要求乘客遵守乘车规范,遗憾的是收效不大。原来,问题出在年轻人对这些成年人认定的"不文明行为"并不认同。在另一项以东京都1000余名20来岁的年轻人为对象所做的同题问卷调查中,年轻人表示,在公交车上最不文明的行为是:抢在下车人之前上车,在车上吸烟以及乱扔垃圾或烟头。年轻人纷纷强调,这些不顾他人或明显污染环境的行为才是最不文明的,至于在车上亲热、打手机或化妆等,纯属"个人喜好"或"个人行为",对旁人也不会产生任何妨碍——要是看不惯,掉转头不看便是,完全不必对年轻人的这一行为说三道四。对年轻人的这番表白,不少人摇头叹息,认定这完全是年轻人我行我素制定的"自我规范";而年轻人反唇相讥说,成年人也是按照他们自己认可的"原则"来制定他们的"行为规范"的。① 可见,代与代之间对文明行为的理解和解释是大相径庭的。这是道德价值观代际裂变的一种典型例证,也是改革开放以来中国社会常常可以感受到的现象。

---

① 参见若水:《哪些行为不文明——日本两代人看法迥异》,《青年参考》2001年5月17日。

其次,道德价值观的代际断裂与传统道德价值观的断裂互为表里、相互为用。一个时代的道德价值观,随着时间的推移和时代的更迭而逐渐成为传统道德价值观,而传统道德价值观往往是通过一代又一代的人来加以传承的。此外,在传统社会里,尽管各代人有着明显的生理和性格上的差别,但大家基本上共享着一种文化和道德价值观,这种文化和道德价值观具有同质性,并因此代代相传,绝少变更,老年人的道德价值观对社会道德价值观具有统合作用,各代人共享一种因袭已久的道德价值观,各代道德价值观不可能存在冲突和对立。但是,在社会转型或社会剧变之时,传统道德价值观往往会发生断裂,传统道德价值观的断裂往往又会造成道德价值观的真空或空白状态。传统道德价值观的断裂通常从以下两个方面展开:一是成年人旧有的道德价值观在新的环境下出现了断裂。在社会剧变的情况下,成年人已有的某些道德价值观及其更新要在"旧我"和"新我"及"新环境"的相互作用中艰难地完成,这一过程往往是要以道德价值观的断裂作为代价的。二是传统道德价值观在代际间发生了断裂。由于未成年人所面临的是一个崭新的环境,因此成年人所代表的传统道德价值观,在年轻一代那里可能会被视为阻碍社会前进的保守因素,进而成为被奚落、被批判和被抛弃的对象,传统道德价值观在年轻一代那里开始出现断裂。这也正是年轻人常常被老一代人指责为"忘本"的重要原因。另一方面,传统道德价值观的断裂,反过来又进一步加强了道德价值观的代际断裂,使道德价值观的代际分化问题更加突出。事实上,改革开放以来关于传统与现代关系的几乎所有问题,都在代际道德价值观上有所体现,换言之,对传统与现代关系的某些问题,都可以用道德价值观的代际分化加以解释。罗马尼亚研究代际关系问题的学者康斯坦丁(Constantin)也曾明确地从代际分化的角度讨论过传统价值观断裂的问题,他说:"代与代之间的不同之处在于它们把一定的传统怎样变为行为的区别。老一代倾心于他们所献身的那个传统,他们寻找调整自我与民族历史关系的那个传统。青年一代则不然,他们继承传统为的是适应现实,以便于发展自我,而不是单纯为了传统。每一代人都创造了自己的传统,并试图把它强加于社会生活。成年人依靠他们创造的社会生活,坚持它并变为永久的东西。青年人则是生动活泼地富有生命力地去改变传统。这就是两代人的分歧所在。"①

第三,道德价值观的代际断裂还表现在社会主导道德价值观的实现机制上。成年人由于往往充当着社会代言人的角色,必然要将主导价值观灌输给年轻一代。然而在现代社会,这种单向的价值观灌输往往作用有限、效果不佳。因为"时代的特点是,一些价值居于中心,一些价值居于表层。价值的这种区别是相对的,一种价值对于一代人可能是核心的,但对于另一代人未必也是核心的。这就是价值的辩证法,它能够发现于各代人的联系中。一些价值对于一代人是最终目的,而对于另外一代人也许是一种手段。"②社会价值观在不同时代的变化,使两代人对价值的理解具有很大不同,上一代的核心价值观在下一代可能变得很不重要,这样,上一代希望将他们所奉行的主导价值观或核心价值观灌输给他们的下一代,可能就非常困难。价值观教育实际上是一个使人社会化的过程,这种社会化过程是通过社会主导价值观的传承来实现的,但由于现代社会代际关系的特点,这种社会化过程往往会出现一些问题。有论者深刻地指出:"任何一个时代群体为了完

① [罗]康斯坦丁:《代际关系与代际价值》,《青年研究》1989年第9期。
② [罗]康斯坦丁:《代际关系与代际价值》,《青年研究》1989年第9期。

全进入社会生活领域都必须进行社会化。这个过程主要是受教育的过程。成年人和教育者便自然而然地出于本能地认为,为了证实他们对社会具有决定性的影响,他们便把青年一代看成被塑造的主体。因此,青年人必须同化在成年人交给他们的一般观点和生活方式之中。青年人则一致地认为并相信他们自身可以成为独立的教育和社会化因素。于是,这便导致了成年人与青年人之间的矛盾,一方面成年人倾向于把同自己志向和生活理想相一致的规范和观点传递给青年人;另一方面,青年人则倾向于自己扮演独立的角色。"①这样,成年人所倡导的社会主导价值观的代际传承就会发生困难,甚至出现代际断裂。

(三)网络社会道德价值观代际分化的深化

众所周知,网络社会带来了社会道德价值观的全新变化。对此,已有很多研究成果。本书所要讨论的是,信息技术和网络技术,或社会的信息化和网络化对社会道德价值观的代际分化产生了什么影响?

可以借用当前很时兴的"数字鸿沟"概念来描述网络社会道德价值观的代际分化。随着信息技术和网络技术的发展,"数字鸿沟"已逐渐成为信息社会人们议论的焦点问题之一。关于数字鸿沟,比较流行的说法是指由于信息技术和网络技术在全球范围内的普及而呈现的一种极不平衡的扩张态势,并由此所导致的国家之间以及一个国家内部不同地区之间、不同群体之间信息技术的普及差距,换言之,就是信息富裕者与信息贫穷者之间的差距。事实上,数字鸿沟不仅仅存在于以国际和区域为分析背景的各个

① [罗]康斯坦丁:《代际关系与代际价值》,《青年研究》1989年第9期。

方面，它还存在于不同人群或阶层之间，如不同教育程度的阶层之间、不同收入水平的阶层之间，它甚至还存在于不同代的人群之间。有论者在综合了各种关于“数字鸿沟”的研究后，将数字鸿沟归纳为五个方面，即国际鸿沟、种族鸿沟、语言鸿沟、性别鸿沟和代际鸿沟。“代际鸿沟的产生，从网络接入角度说，很大程度上是由于信息技术的急速发展导致老一代人未能及时跟上造成的。显然，不管是在哪个国家，老年人上网的人数远远低于年轻人。在美国，甚至有许多成年的商人和博学的学者至今都是数字盲。从网络使用的社会学角度看，这种代际的鸿沟则是一种正常的、严格说是不可消除的现象。”①在英国，曾有研究报告指出，“在发达的西方国家，决定因特网使用的主要因素是年龄而不是钱，……这一结果对那种认为穷人和富人在因特网的使用上存在‘数字差距’的普遍观点提出了质疑。在因特网的使用上，整个西欧都有类似的模式，发展中国家也越来越呈现同样的模式。例如，30 岁以下的俄罗斯人定期上网的比例是 60 岁以上老年人的 10 倍。”②

就中国的情况而言，数字鸿沟也是一个非常明显的问题。1994 年 4 月 20 日，世界银行贷款项目中关村地区教育与科研示范网（NCFC）工程通过美国 Sprint 公司连入 Internet 的 64K 国际专线开通，实现了与 Internet 的全功能连接，从此，我国被国际上承认为有 Internet 的国家。迄今为止，我国虽然已经是一个信息大国，但还不是一个信息强国，中国还面临三大数字鸿沟，这就是中国与发达国家之间、中国东部地区与西部地区之间以及城市与

① 曹湘荣选编：《解读数字鸿沟——技术殖民与社会分化》，三联书店 2003 年版，“代序”。

② 《上网“数字差距”源于年龄》，《参考消息》2003 年 9 月 28 日。

乡村之间的数字鸿沟。事实上，代际数字鸿沟也已十分突出。根据中国互联网络信息中心（CNNIC）从1997年11月以来每半年发布一次的"中国互联网络发展状况统计报告"的历次统计，虽然"银发一族"的网民随着计算机的普及已经并将越来越多，但目前中国网民80%以上是30岁左右及其以下的年轻人，具有大专以上学历的网民比例也在80%左右，年轻化和有文化是中国网民群体的一大社会学特点。

网络社会代际数字鸿沟的存在，必然导致一种具有新特点的道德价值观的代际分化。这首先表现在代际数字鸿沟在改变原有社会代际关系的同时，建构了一种新的社会代际关系。对代际数字鸿沟所带来的代际关系的变化，尼葛洛庞蒂（Nicholas Negroponte）在《数字化生存》一书中反复提到，且将这一变化作为数字化时代代际关系的一个最主要特点。他在该书的一开篇就指出："有些人担心，社会将因此分裂为不同的阵营：信息富裕者和信息匮乏者、富人和穷人，以及第一世界和第三世界。但真正的文化差距其实会出现在世代之间。当一个成年人说，他最近发现了光盘的新土地时，我可以猜得出他有一个5—10岁的孩子；当一位女士告诉我，她知道了美国联机公司（America Online）时，也许她家中的孩子正值花季。"①而在该书的末尾，作者又指出，孩子们将霸占全球信息资源，这种数字化的生存方式"几乎具备了遗传性，因为人类的每一代都会比上一代更加数字化。""这种控制数字化未来的比特，比以往任何时候都更多地掌握在年轻一代的手中。"②从

① ［美］尼葛洛庞蒂：《数字化生存》，胡泳、范海燕译，海南出版社1997年版，第15页。

② ［美］尼葛洛庞蒂：《数字化生存》，胡泳、范海燕译，海南出版社1997年版，第272页。

这里可以看出，第一，信息富裕者与信息贫穷者在代与代之间也凸显出来了。在信息社会和知识经济时代，信息在不同代人之间的分布，首先当然会造成不同代的人在经济贫富上的差距。第二，在文化上，正如尼葛洛庞蒂所指出的，可能会存在一个更大的代际差距。① 代际关系的改变，是以“网络世代”（“N 世代”，即 Net Generation）的出现为前提的。网络世代在过去的 20 多年中，已悄然孕育而逐渐茁壮。20 世纪 70 年代中期以后出生的孩子，是首次在数字媒体环境下长大的世代。这些沐浴在充满位（bit）的世界中的孩子，甚至会认为这是生活环境中不可或缺的“自然景观”。网络世代将是未来社会变迁的一股巨大动力。

由于网络时代的出现，以及年轻人成为网民的主体，由此带来的直接结果之一，就是在对各种道德价值观的获取方式上，年轻人与他们的上一代出现了明显的差异。因为“众多的思想观念将在互联网中汇聚，全世界的孩子从这里走向社会化。……许多民族国家的价值观将让位给这些或大或小的电子社会的价值观。”②如果说成年人主要是通过社会经验和人生阅历来获取并强化各种道德价值观的话，那么在信息社会的大背景下，由于国际互联网使时

---

① 对尼葛洛庞蒂从代际关系视角看待信息分配的意见，蒂莫西·鲁克提出了批评。他说：尼葛洛庞蒂认为“随着‘年轻一代’将数字技术融入他们的生活之中，‘真正的文化差异成了代际性的’。这种类似于 20 世纪 50 年代关于电视与儿童之间关系的油腔滑调的老调重弹，并没有意识到在这个数字化的世界里存在的一些更重大的问题，诸如机遇、平等以及分配等等。”（[美]蒂莫西·鲁克：《虚拟世界中严峻的物质现实》，曹湘荣选编：《解读数字鸿沟——技术殖民与社会分化》，上海三联书店 2003 年版，第 48 页）如果尼葛洛庞蒂真是这样认为的话，这种批评是恰当的。问题是，尼葛洛庞蒂似乎并没有否认信息分配的贫富差距。

② [美]蒂莫西·鲁克：《虚拟世界中严峻的物质现实》，曹湘荣选编：《解读数字鸿沟——技术殖民与社会分化》，上海三联书店 2003 年版，第 48 页。

空高度压缩,加上年轻人在语言上具有更大优势,①年轻人就可以通过互联网全方位地、快捷地了解和吸纳各种全新的道德价值观。从这个意义而言,相对于成年人来说,年轻人在一定程度上就具有了社会角色的优势地位和话语的主动权。这就是互联网所带来的道德价值观在代际之间变化的一个新特点。互联网所带来的道德价值观的这一新变化,势必导致积极和消极两方面的结果。

就积极结果而言,道德价值观的代际变化为年轻人对他们的上一代进行道德价值观的反向社会化提供了基础。在当今世界,知识、信息、技术的更新速度以几何级数增长。决定社会经济发展的高新科技,总是最先在年轻人中得到最快、最广泛的响应。"年轻化"将成为未来社会的发展趋势。从这个意义而言,人类正在进入一个由年轻人向成年人传递知识和信息的反向社会化时代,这种反向社会化与成年一代向年轻一代传递知识和经验相结合和相统一,这两者是一个双向互动的过程。从现实情况来看,年轻人通过网络所获取的各种信息和新的道德价值观,对成年人道德价值观的改变已经产生了越来越大的影响。

就消极结果而言,道德价值观代际变化的上述新特点,使道德

① 这种语言优势主要体现在数字空间里的"语言鸿沟"上。根据各种语言的在线使用人数的最新统计数据,47.6%的互联网用户使用的是英语 Global Reach(2001)。这种状况必然导致如下情况:"在遭受美国文化浪潮的侵蚀后,一些国家真的开始担心本国的文化会被美国在网上的统治进一步侵蚀,他们渐渐发现,英语的不断扩张对本国的文化、语言甚至国家认同造成了威胁。"([韩]吴泽苏:《数字空间里的语言鸿沟和知识差距》,见曹湘荣选编:《解读数字鸿沟——技术殖民与社会分化》,上海三联书店 2003 年版,第 138 页)毫无疑问,青年人又是使用英语的主要群体。这样,在青年人和成年人之间就存在着一种"语言鸿沟",这种语言鸿沟把青年人与成年人进一步分隔于网络内外。

价值观的代际分化有可能进一步加大和深化。这是因为,第一,年轻人在互联网上所获取的各种道德价值观,与成年人在这些方面所带有的传统性和地域性相比,既更具有时代性,又更具有世界性和全球性。“当政治家们还在背负着历史的包袱沉重前行,新的一代正在从数字化的环境中脱颖而出,完全摆脱了许多传统的偏见。”①同时,年轻人思想开放、思维敏捷,世界观、人生观和价值观还未完全形成,这就使年轻人更容易受在互联网上所接触的各种道德价值观的影响,这种影响很容易改变年轻人的道德价值观和生活方式。网络与传统大众传媒的一个最大不同就是为个性化的提升和个性的张扬提供了极大的空间,它所导致的社会后果之一,就是社会整体感的缺失,张扬个性,强调以“自我”为中心。第二,成年人的权威受到极大挑战。年轻人有史以来第一次比他们的上一代掌握了更优位的知识来源和信息管道,使得上一代所先得到的知识和技能,不再构成对下一代进行教育的权威。依靠网络技术,年轻人比他们的上一代更能从容轻松地应对瞬息万变的客观社会环境,并逐渐发展出具有显著特色的生活模式和意识形态,甚至对社会文化造成巨大的冲击。这种情况事实上已发生在社会的各个领域和方面:家庭、学校以及社会的每一个行业、组织和部门。第三,由于年轻人在信息资源上的优势越来越突出(用尼葛洛庞蒂的话来说则更进一步,即“孩子们霸占了全球信息资源”),因此,社会权利的代际后移进一步加速,年轻人的分权意识空前强化。这不仅表现在生活权利上,比如“当我们日益向数字化世界迈进时,会有一群人的权利被剥夺,或者说,他们感到自己的权利

---

① [美]尼葛洛庞蒂:《数字化生存》,胡泳、范海燕译,海南出版社 1997 年版,第 270 页。

被剥夺了。如果一位50岁的炼钢工人丢了饭碗，和他那25岁的儿子不同的是，他也许完全缺乏对数字化世界的适应能力。”①而且更重要地表现在对如何生活或对应该树立什么样的生活观念的发言权上，“分权心态正弥漫于整个社会之中，这是由于数字化世界的年轻公民的影响所致。传统的中央集权的生活观念将成为明日黄花。”②年轻人已经把网络作为社会表达和获取社会资源的基本工具，这必然伴随成年一代对资讯控制的削弱和资讯权威的丧失，传统的社会权威将进一步消解。这样，在年轻一代与成年一代之间，就可能产生并加大道德价值观的代际分化。

可以用大卫·帕金翰的一段话来总结计算机等新媒体科技是如何使代沟进一步深化的：

> 在媒体的使用上，出现了一道越来越宽的代沟——也就是说，由于年轻人与他们的父辈们对于新媒体科技体验不同（特别是计算机），使他们的文化和其父辈的文化之间出现了越来越大的裂痕。媒体根本没有消除童年与成年之间的界限，反而强化了这一界限——只不过在这种情况下，一般相信可能遭受严重损失的会是成年人；由于儿童精通这些技术的运用，他们得以接触新的文化与传播形式，而这些传播形式多半都不受家长的控制。③

① [美]尼葛洛庞蒂：《数字化生存》，胡泳、范海燕译，海南出版社1997年版，第268页。

② [美]尼葛洛庞蒂：《数字化生存》，胡泳、范海燕译，海南出版社1997年版，第270页。

③ [英]大卫·帕金翰：《童年之死——在电子媒体时代成长的儿童》，张建中译，华夏出版社2005年版，第4页。

三、道德价值观代际分化何以可能

现代社会道德价值观代际分化有其复杂而深刻的原因，人们从不同角度，以不同方法，可对其原因做不同的分析。笔者将从以下几个角度，即成年人与未成年人的成长环境与道德价值需求的差异、成年人的道德话语权与未成年人的自说自话、成年人与未成年人在经验和知识上的代际矛盾与伦理观念冲突、道德价值观代际评价的逆反以及道德心理成熟度和社会化的代际差异五个方面，对道德价值观代际分化何以可能的问题作出回答。

（一）成长环境与道德价值需求的代际差异

从成长环境与道德价值观需求的代际差异来解释道德价值观的代际分化，是对道德价值观代际分化的社会学诠释。

对道德价值观代际分化的社会学阐释意在表明，道德价值观的代际分化主要是由成年人与未成年人的成长环境对他们各自道德价值观的不同影响造成的。不能说因为成年人和未成年人的成长环境不同，就必然导致他们道德价值观的差异和互相反对，“在代沟两边都有一些持相同态度的人——或是反抗的态度，或是保守的态度——这些相同的态度比两代人之间的对立态度更重要。”①否认这一点，就是否认道德价值观的代际认同和代际整合的可能性，也就否认了人类的基本价值观。

然而，未成年人与成年人由于成长环境的不同，必然具有不同

---

①　[美]玛格丽特·米德：《代沟》，曾胡译，光明日报出版社 1988 年版，第 123—124 页。

的价值需求，从而出现了道德价值观的代际分化，这也是一个客观事实。

未成年人与成年人的成长环境可以简称为“代环境”。代环境有两个含义，一是未成年人与成年人总是面对着不同的社会环境和条件，而且未成年人与成年人所面对的代环境体现着代际差异性；二是在未成年人或成年人内部所共同面对的社会环境和条件，如同辈群体对群体成员所构成的环境和条件，这里的代环境明显地表现出代内同一性。显而易见的是，同代人所面对的代环境对自身道德价值观的影响要比不同代人所面对的代环境的影响大得多。米德通过提出“后象征文化”、“互象征文化”和“前象征文化”以及对它们相互关系的讨论，令人信服地说明了这一点。米德认为，在现代社会，以互象征文化为主的同辈群体的相互影响即同辈榜样作用，使同代人具有大致相同的知识、经验、经历、生存感受和价值需求，并在这些方面与不同代人相区别，从而使同代人在道德价值观上趋同而不同代人在道德价值观上相异。总之，不同代人的成长环境是形成价值需求的代际差异进而形成道德价值观代际分化的基本社会底色。

代环境主要是由社会的政治、经济、文化、教育等因素所构成。代的政治环境是指某代在特定时间和空间所面对的政治制度、政治理想、政治行为等的总和。在对此时此地政治环境的基础上所形成的此代的政治态度和政治价值观，很可能会被下一代人认为是一种保守的态度和观念而成为被批判和抛弃的东西。德克尔在分析特定社会环境对老年一代政治态度的影响时认为，“老年一代具有特定的政治取向，这是其成员所经历的事件的结果和更加成熟的结果。老一代人的政治取向可能跟他们前一代人或后一代人的政治取向大不相同。相近两代人的政治取向如果有巨大差异的话，那我们可以预料在政治事件上这两个群体会有冲突。每一代人对许多不同事物都有态度，其中只有一些态度跟其他存在着的世代人的态度相似。”①

代的经济环境可以从两个方面来理解，一是经济体制。经济体制所造成的道德价值观的代际差异，在中国由计划经济体制向市场经济体制转变过程中表现得非常明显。计划经济体制强调高度统一和集权，在道德价值观上则要求高度一致，倡导整体取向和义务要求；而市场经济体制则要求分权和自担责任，在道德价值观上则强调个体的自主性和权利与义务的统一。从代际的角度看，在计划经济体制向市场经济体制的转轨过程中，在一定时期和一定程度上，年轻人具有更强烈的与市场取向相适应的价值需求，并由此产生了与这一需求相适应的道德价值观，而原来已习惯计划经济体制环境的上一代人，则难以很快适应新的市场经济环境和新的道德价值观，相反，上一代人对过去计划经济体制和与之相适应的道德价值观有着更多的留恋和怀旧情结。这样，在经济体制转轨中的道德价值观的代际差异就具有某种必然性。二是经济增长状况。经济增长状况对造成不同代人价值需求的差异也具有明显的影响。社会学家涂尔干曾分析了经济增长对文化价值所产生的效果，他认为，快速的经济增长打破了原有的社会关系，在这一变化中，人们特别容易受新的价值观念的影响，社会也因而会突然迷失方向。② 英格尔莱哈特认为，奇速的经济繁荣使西欧工业发达国家的最新一代有了价值排序的变迁，新的一代在经济繁荣中

① ［美］戴维·L. 德克尔：《老年社会学——老年发展进程概论》，沈健译，天津人民出版社1986年版，第176页。

② Durkheim, E. Zhe Division of Labor in Society. New York: Free Press. 1933.

逐渐接受后物质主义取向而取代了在经济萧条时期成长起来的年长一代的物质主义取向，“繁荣时导致后物质主义，匮乏时导致物质主义”，现代年轻人感到与父母或祖父母辈的“代沟”，就是这种不同经济增长状况影响的结果。① 这种比较现代化的观点，在中国进行的有关调查中得到了同样的印证。在一项面向老、中、青三代人的调查中，当问及您是否赞成“经济腾飞会使不同代之间的差距拉大”时，大部分受访者对这一说法持赞成态度，其中在“赞成”者中青年占 27.6%，中年占 31%，老年占 34.5%；在“基本赞成”者中青年占 19.63%，中年占 30%，老年占 26.83%；在“说不准”者中青年占 19.02%，中年占 16%，老年占 21.95%；另有 10% 和 20% 的人分别持“不太赞成”和“不赞成”的态度。可见，无论青年、中年还是老年，他们中的大多数人对上述问题都持肯定态度，说明他们对飞速发展的中国经济对代际差距（这里主要指经济差距，但必然包含了道德价值观的差异）的拉大有着基本一致的认识。②

道德价值观代际分化在成长环境方面的原因具有归根结底的意义，其他原因也可以从这里得到根本性的说明。

（二）成年人的道德话语权与未成年人的自说自话

从成年人的道德话语权与未成年人的自说自话的角度来分析道德价值观代际分化的原因，是一个文化论的理论视角。

现代社会道德价值观代际分化的一个重要原因就是成年人掌

① Inglehart, R. Culture Shift in Advanced Industrial Society. Princeton: Princeton University Press. 1990.

② 参见周怡：《代沟现象的社会学研究》，《社会学研究》1994 年第 4 期。

握着道德话语权，或者说道德话语主导权，而未成年人则表现出对这种权力的疏离，这种疏离的典型表现就是“自说自话”。所谓“自说自话”，它首先当然指的是一个语言现象。比如，令人眼花缭乱、五花八门、不断翻新的青少年网络流行语和青少年特有的口头禅就常常使成年人感到莫名其妙，觉得陌生得像个“文盲”，怎么也找不到“共同语言”。这种现象使成年人从自己的立场出发觉得青少年是在“自说自话”。

然而，我们这里所说的“自说自话”，则是试图通过这种形象的词汇来说明一个体现在代际之间的文化现象，并力求揭示道德价值观代际分化的原因。自说自话首先反映了代际间的沟通障碍，成人社会往往固守着话语权威，而未成年人则沉浸在自身的话语氛围中，双方“各说各的话”；自说自话还意指成人社会对未成年人的一种困惑或指责。因此，自说自话是与话语权力相对而言的，也就是说，不论是文化间、人际间还是代际中，如果某一方拥有着话语权力，或某一种文化、或某一个群体、或某一代掌握着话语权力，那么与之相对的另一方一般就只能以“独白”和“自说自话”的方式表达自己的意愿。这种表达方式表面上看不与话语权力拥有者相对抗，不再挑战国家权力和意识形态，实际上却反映了自说自话者对话语权主导者独特的反抗和疏离方式，体现了话语权力拥有者与自说自话的无权者的分裂。

在现代多元社会，话语权力应该是任何人、任何集团和任何群体都拥有的，但他们实际上不一定都拥有话语权力。因为话语权力是以对社会权力的拥有为前提的，从代际的角度看，这些社会权力掌握在成年人手中，他们的话语体系归根结底是社会的普遍性话语体系。这种话语权力表现在道德生活领域就是道德价值观话语权。因此，从代际的观点看，道德价值观话语权总是为成年人所拥有。

道德价值观话语权能够将某一种道德规范普遍化。例如，“如果说，一种伦理规范的普遍性首先要通过道德话语权力的确立或实际表现为这种道德话语的权威性力量的话，那么，这种道德话语的权力及其权威性力量也决不是由任何特殊化的、地域性的道德话语来单独实现的，更不能借助于某种特殊的社会或集团的政治势力、经济势力和军事势力来获取，而只能通过文化的平等对话和理解来实现。只有这样，它才可能获得真正的价值普遍性和正当合理性基础的有效规范系统。”①同样，从道德价值观的代际维度而言，在现代社会，因某一代（往往是中年一代，或广而言之是成人社会）拥有社会权力而以其道德价值观话语权推行某一道德规范的普遍化，势必造成与之对应的一方（一般是未成年一代）“自说自话”，自说自话者以这种独特的方式表示对普遍化的不接受和疏离，在某种特殊情况下，这种自说自话还有可能转变为一种对既有道德价值观的解构和颠覆。

未成年人不论是在自说自话的消极方面（如对成年人道德话语权的不理睬和疏离），还是在其积极方面（如对成年人道德话语权的解构和颠覆），都凸显了其与成年人道德话语权的沟壑，这种沟壑常常首先表现在代与代之间的道德价值观领域，从而形成道德价值观的代际分化。

汤因比在分析代沟的原因时，列举了三个方面，这就是，“第一，现代掌权的中年一代显然不能令人满意地处理社会上的各种问题。”“第二，由于科学技术加速度的发展，事物变化异常迅速，而且正在朝着极为可怕的方向发展。因此，年轻的一代担心，在经过世代更替、自己的时代到来之前，现代的中年阶层就可能招致无

① 万俊人：《寻求普世伦理》，商务印书馆2001年版，第72页。

法收拾的败局,使人类遭受摧残。”“第三,就是年轻人对年长者抱有疏远感。”①从这里确实可以看到两代人之间的距离和隐藏在道德价值观话语权与自说自话之间的代沟。

(三)经验与知识的代际差异及伦理观念冲突

从知识论的视角来看,经验与知识的代际差异及伦理观念冲突,是道德价值观发生代际分化的又一原因。

在传统社会,长期积累起来的经验对于个人来讲是一种十分重要的资源,这种资源可以转化为一种权力,一种对社会和他人进行控制的权力。由于传统社会没有什么变化或变化缓慢,因此经验的积累必然是一个长久的过程,这就需要丰富的人生阅历,而有着丰富的人生阅历者,就有资格担当“德高望重”的称号。阅历和经验丰富的长者就是不可更改的古老传统和祖先道德的化身,他们可以也应该将丰富的阅历和经验、古老的传统和祖先的道德传给未成年人,这是他们的责任;未成年人也必须接受成年人的经验和既有道德,这不仅是未成年人的义务,也是未成年人立身处世的根本。因此,在传统社会,成年人与未成年人不可能产生道德价值观的冲突。

毋庸讳言,丰富的经验对现代社会而言仍然是必要和重要的,但由于现代社会变迁迅速,经验常常不能“应验”多变的现实,因此已经失去了过去那种神圣的光环和恒久的价值,甚至常常被当作陈旧和过时的东西。瞬息万变、更新周期大大缩短的知识取代了经验的位置,尤其在现代知识社会或知识经济时代,知识就像传统社会的经验一样,可以转化为资本(在传统社会,经验就是资

① [英]汤因比、[日]池田大作:《展望二十一世纪——汤因比与池田大作对话录》,荀春生等译,国际文化出版公司1985年版,第161页。

格）和权力，知识就是力量，知识就是金钱，甚至知识就是一切。在这里，经验和知识之间出现了矛盾。

传统社会崇尚经验和现代社会推崇知识的矛盾，突出地体现在现代社会的代际关系中。成年人由于有着较深的人生阅历，往往崇尚、相信乃至捍卫经验，总觉得未成年人“嘴上没毛，办事不牢”。而对新知识和新事物的创造、接受和更新恰恰是未成年人的特长，现代社会的未成年人不迷信经验，常常以崭新的知识不断进入社会的权力中心。“现在，在世界上的任何地方的老年人都不懂得孩子们所了解的东西……。过去，就一个文化系统内的经验而言，总是有一些老年人比所有的孩子都懂得多。现在这样的老人没有了。不仅做父母的已不能进行指导，就是找遍国内、国外也没有领路人。”当成年人和未成年人面对面时，“双方都知道他们决不会经历我们所体验过的一切，我们也决不会体验他们所经历的一切。”①这样，未成年人所拥有的知识与成年人所积累的经验之间就会发生矛盾和抵触，表现在道德价值观上，成年人会凭着自己过往的经验而维护传统道德价值观和既有道德价值观，而未成年人则对新的道德价值观更易接受和认同，于是，成年人和未成年人常常在道德价值观念上发生冲突，对同一个道德现象往往作出不同甚至相反的评价，得出迥异的结论。

年龄因素毫无疑问是造成经验和知识代际差异的重要原因，成年人因其年龄较大，经验自然比较丰富，但对新知识、新观念的反应就不会太敏捷；相反，未成年人因其年龄较小，能够迅速地接受新知识和新观念，但经验则比较缺乏。然而，教育背景虽然与年

---

① ［美］玛格丽特·米德：《代沟》，曾胡译，光明日报出版社 1988 年版，第 76—77 页。

龄因素密切相关,却是一个比年龄更重要的原因。由于社会变迁剧烈,信息和知识更新急速、周期缩短,因此,在未成年时期所接受的教育以及这种教育所提供的最新知识和哪怕是最前卫的观念,到了成年时已经过时,而成年人哪怕是坚持终身学习,由于种种原因,也不可能像后来的未成年人那样接受全新的教育,拥有完全面向未来的新知识和新观念。

(四)道德价值观代际评价的逆反

价值及价值评价是一个复杂的价值论或价值哲学问题,我们对此暂不讨论。本书仅从道德价值观的代际评价和自我评价的差异入手,对道德价值观代际分化的价值论原因作一说明。

从价值论角度讨论道德价值观代际分化的原因,首先必须明确代际价值评价的评价客体(评价对象)究竟是谁。

从代际角度来看的评价客体,既包括未成年人,也包括成年人。这看起来是一个显明的事情。但是,在道德价值观的评价中,我们常常看到的是,成为评价客体的似乎永远是未成年人(如成年人常常发出"现在的青年人如何如何"之类的评价或感叹),未成年人似乎根本没有道德评价能力,因而从来没有取得过评价主体的地位,而成年人则成了当然的评价主体,从未成为评价客体。从这里我们又一次看到了成年人所拥有的话语权力。① 不过,如

---

① 成年人常常表露出来的对所谓"青少年信仰危机"的担忧、焦虑和不满,正是体现成年人话语霸权的一种最好形式。不过,如果我们提出下述问题,"青少年信仰危机"又将如何理解和对待? 1."青少年信仰危机"意味着青少年根本没有信仰吗? 还是意味着因为他们信仰着与成年人不同的信仰就成为了危机? 2."青少年信仰危机"是否意味着对既有信仰的解构和颠覆? 如果是,那么这种解构和颠覆是否就等同于危机? 3."青少年信仰危机"的根源何在? 也就是说,成年人对"青少年信仰危机"应该承担何种和多大责任?

果把未成年人与成年人放在平等的代际关系上来看,那么未成年人与成年人相互成为评价客体,就是完全合乎逻辑的了。正是在这个意义上,我们认为,未成年人与成年人有一个代际相互评价的问题,在道德价值观的视阈里,不仅成年人对未成年人的道德价值观可以进行道德评价,而且未成年人对成年人的道德价值观也可以进行道德评价。对评价客体作这样的说明,旨在申明成年人与未成年人一样,也是评价客体,而不只是未成年人成为成年人单向的评价客体。但是,如果仅仅明确未成年人和成年人都是评价客体,而忽视了他们同时也是互以对方为评价的评价主体,仍然不能揭示未成年人与成年人为何会有道德价值观的代际分化。

因此,对道德价值观代际分化原因的价值论分析,主要还是应该从评价主体的角度进行,也就是分析评价主体即未成年人与成年人在对对方道德价值观的看法或评价上为何不同。

未成年人与成年人对对方道德价值观评价的差异,至少表现在以下几个方面:

第一,未成年人与成年人成长的社会环境不同,他们的价值需要也就不同,因而他们对对方道德价值观的评价就有所不同。这是一个前已备述的原因。不同的成长环境,使未成年人和成年人有着不同的生存体验和价值需要,由此而形成了不同的道德价值观。未成年人和成年人根据自己在特定成长环境中所形成的道德价值观,去评价对方的道德价值观,这种相互评价总是不能吻合、难以统一的,表现得更多的倒是相互指责和冲突。比如,20 世纪 90 年代的中国未成年人与他们的上几代人有了十分不同的成长环境,他们从懂事起,所见所闻就全都是“市场经济”,他们的生活本身也变成了升学要缴费、就业没保障、结婚要买房,一切都得自我设计、自我调整、自我发展,这与他们成长于计划经济时期的上几代人上学全免费、就业包分配、房子是福利，一切都由国家或集体包下来的生存境遇完全不同，他们对上几代人所极力倡导的集体主义总有一种或多或少的隔膜，对集体主义的评价也不高，对个人主义却情有独钟。相反，在一大二公的福利社会主义环境下成长起来的一代人，对未成年人中逐渐表现出来的个人主义显得特别的担忧、焦虑和不满，对个人主义的评价几乎不亚于洪水猛兽，而对集体主义哪怕是对没有正确理解的集体主义（如“虚假的集体主义”）有着一种特别的执著和偏爱。

第二，未成年人和成年人的社会地位、社会角色和社会责任不同，对对方道德价值观的要求和评价也就会有所区别。评价主体之间的差异，主要来自于他们所处的社会地位、扮演的社会角色及承担的社会责任等的差异。成年人由于控制着社会权力，因而处于社会的中心地位，扮演着引领社会发展方向的社会角色，负有教育和培养后代、使未成年人形成健康良好的道德价值观、保持社会稳定和可持续发展的重大责任。这样，成年人就按照其社会地位、社会角色和社会责任以及自己提出的要求来评价未成年人的道德价值观，比如常听到未成年人是“思考的一代”、“最有希望的一代”、“新价值观的希望”……；或者是“毁掉的一代”、“令人失望的一代”、“实用主义价值观的继承者”……，诸如此类的评价就是从成年人的社会地位、社会角色和社会责任出发而作出的。而未成年人还没有稳定的社会地位，社会化过程还未完成，因而社会角色也未定型，由此决定了其社会责任也没有成年人那样大。这样未成年人很少自觉和主动地对成年人的道德价值观进行评价。当然，未成年人常常在客观上表现出自己独特的道德价值观和道德行为，以示与成年人的道德价值观和道德行为相区别，这却是一种对成年人道德价值观的特殊评价。

第三，道德价值观代际评价与代内评价的差异，也会导致未成年人和成年人对对方道德价值观的评价出现差异。未成年人和成年人分属于不同的代群。在代群内部即代内，由于都是同辈群体，相互之间的道德价值观评价属于代内评价，或者说是代的自我评价，在代内往往亲和力更大，相互之间的影响力也更大，因此评价比较宽容。而在代与代之间，道德价值观的评价则属于代际评价，代际评价的差异往往更大，评价结论也更难以为对方所接受，比如成年人对未成年人道德价值观的评价，教训的意味更浓，批评多于赞誉，苛求多于宽容；而未成年人对成年人的道德评价，往往又不太认同和接受，而更加认同代内评价。因此，道德价值观的代内评价与代际评价之间就像有一层坚硬的外壳将二者分隔开来。米德在《代沟》一书中通过讨论互象征文化中同辈榜样的作用，对这种情况有较多的论述。

最后，未成年人和成年人在道德价值观评价标准上的不同，最明显地体现出双方在道德价值观评价上的差异。由于上述种种因素的作用，未成年人和成年人形成了各种不同的道德价值观及其评价标准，以各自不同的道德评价标准去衡量另一代人的道德价值观，必然就会出现道德价值观代际评价的差异。

（五）道德心理成熟度与道德社会化的代际差异

心理因素是导致道德价值观代际分化的一个重要因素，未成年人和成年人都各有作为其基本特征标识的心理共性和心理共识。这种心理共性和心理共识又将未成年人与成年人在心理上区别开来。由认知、情感和行为意向等构成的人的心理，自然而必然地对人的道德价值观发生重要的影响和作用。

由于未成年人和成年人的成长环境和生存境遇不同，他们形成了相互各异的心理特征，这些心理特征深深地印上了当时社会环境和价值状况的痕迹；同时，每一个人在其生命历程的不同阶段，其心理也会发生或多或少的变化，并形成相应的心理特征。从代际的观点看，一般来说，成年人的心理更趋"怀旧"和"求稳"，未成年人则以"创新"和"变革"的心态笑对人生。在一项关于"改革还应该加大力度"的问卷调查中，年轻人表示同意的明显高于成年人；在另一项关于"收入差别还是小一点好"的问卷调查中，年轻人和成年人的态度又刚好相反。不难看出，未成年人和成年人对现实生活中经济地位不平等现象的心理倾向具有较大差别。①

在造成道德价值观代际分化的心理因素中，未成年人和成年人具有非对称性。与他们在社会地位上的非对称性不同，一般而言，在造成未成年人和成年人道德价值观代际分化的心理因素中，非对称的重心又在未成年人一方。

在讨论未成年人道德价值观的基本特征时，我们曾经指出，未成年人道德价值观具有未定性，这种未定性主要是由未成年人在道德心理等方面的不成熟性所决定的。未成年人的道德心理在自我意识不断增强、独立思考的要求不断提高、渴望得到成人社会承认的需求越来越强烈的同时，一句话，未成年人在不断社会化的同时，还表现出情绪化和非理性等道德心理不成熟的特点。这种情绪化和非理性的特点，常常是导致未成年人对现有道德价值观反叛的重要心理因素，是一个"去社会化"的因素。未成年人道德心理的这两个方面是相反相成的。

未成年人对现有道德价值观，实质上是成年人道德价值观的反叛，在心理上最明显的表现就是逆反心理。逆反心理是一种特

① 参见周怡：《代沟现象的社会学研究》，《社会学研究》1994 年第 4 期。

殊的反对态度，是未成年人在社会化过程中逐渐形成的一种相对稳定的逆向心理倾向。它在形成道德价值观代际分化的过程中，从心理的认知、情感和行为意向等三个层面展开。认知主要对逆反心理起准备和导向的作用。认知是以已有的知识、经验和道德价值观为基础和前提的，这些知识、经验和道德价值观所构成的认知，支配着人们对某一道德现象的基本态度，即是赞成还是反对、是顺应还是逆行等。由于总有一种怀疑一切的认知心理特点，未成年人首先在心理上将成年人的道德价值观与自己既定的认知模式加以比照和"验证"，由此来确定自己的态度：如果与认知模式相符，则对成年人道德价值观持赞成和顺应的态度；如果相悖，则持反对和逆行的态度。情感是在心理上对认知信息内容的情绪体验，即愉悦或反感的情绪反应，它在逆反心理中起着直接动力的作用。由于情绪化和情感化是未成年人心理的一个突出特点，因此，当成年人某种道德价值观对于未成年人来说具有愉悦、充实和满足的情感反应时，就容易被认同和接受；而成年人对某种道德价值观感到疑惑和反感时，就会产生一种抵触和抗拒的心理。认知模式和情感反应必然直接转化为行为意向，逆反性的行为意向是逆反心理的一种行为冲动和指向，是逆反心理向实际逆反行为转化的准备，是逆反心理与逆反行为之间的过渡和中介。逆反行为意向对成年人道德价值观取向的影响，直接受制于逆反的认知模式和情感反应。未成年人对成年人道德价值观的逆反心理如果不能加以及时调适，就会发展为成年人赞成什么，未成年人就反对什么，成年人认为应该这样做，未成年人偏要那样做的极端形式，并迟早发展为现实的逆反行为，从而在道德价值观上与成年人形成强烈的反差和代际分化。

四、道德价值观代际整合及其三个向度

探讨道德价值观的代际分化及其原因，其目的不仅仅是证明它的存在，也不是像有些人所说的那样，似乎是为了进一步扩大道德价值观的代际分化或代沟。比如有人说："'代际意识'或'代沟意识'也许是社会进步的一种标志。一代人中的先进分子总是要对上一代提出挑战，这也许是社会发展的一种规律。正是在这个意义上我们要重视它、研究它。但是，重视和研究的目的并不是要将代沟更加扩大，而是在彼此理解的基础上来弥合代际的裂痕，使我们的社会更成为一个整体。"①这段话确有怀疑他人对代沟研究的目的之嫌——据笔者所知，迄今为止，还未看到研究代沟问题的人，其目的是为了"要将代沟更加扩大"，相反，人们对代沟研究的目的都是非常一致的，就是为了"在彼此理解的基础上来弥合代际的裂痕，使我们的社会更成为一个整体"。因此，研究道德价值观代际分化的目的，就是在承认道德价值观代际分化的基础上，努力实现道德价值观的代际沟通和代际整合。

（一）道德价值观代际整合对社会整合的意义

道德价值观的代际整合是社会道德价值观系统整合的重要方面，而社会道德价值观的系统整合又是社会整合不可缺少的内容。

社会整合是与社会分化相对应的概念。在西方社会学里，社会整合被看作是社会系统一体化的过程或这一过程的终极状态。社会整合包含四个维度或具有四个基本类型，即文化整合、规范整

① 邵道生：《中国社会的困惑》，社会科学文献出版社1996年版，第398页。

合、意见与信息整合、功能整合。按照美国社会学家兰德克的观点，文化整合是指诸文化标准的一致性；规范整合是指文化标准与人的行为之间的一致性；信息整合是指信息网络渗透于社会系统的程度；功能整合是指一个分工系统中各个单位相互依赖的程度。在西方社会学的创始人孔德那里，宗教就是促进社会整合的重要机制。从根本上来说，社会整合是指社会利益的协调和调整，是促使社会个体或社会群体结合成为人类社会生活共同体的过程，简言之，就是人类社会一体化的过程。利益是社会整合的最主要对象，并分别依共同利益与特殊利益的不同，而有认同性社会整合与互补性社会整合之分。而情感、组织、规范和功能也是社会整合不可忽略的重要对象。

至于社会整合过程，主要有两种研究倾向。一是以美国社会学家帕森斯为代表的结构—功能主义学派。结构—功能主义学派对社会整合过程的研究基于社会系统处于均衡的假设；二是以美国社会学家科塞为代表的社会冲突学派。冲突论学派则基于如下假设：社会冲突无处不在、无时不在，利益的不平等分配是社会冲突的内在根源。科塞认为，虽然社会整合过程充满冲突，但这种冲突可能有助于社会整合。如果单独地来看结构—功能主义学派或冲突论的观点，那么它们各自的不足是明显的。事实上，社会是一个充满矛盾的复杂系统，社会整合与社会分化往往是同时存在和辩证运动的。人类社会总是处于社会分化与社会整合的两极状态之间，完全的社会分化和纯粹的社会整合都是不存在的。一般而言，社会分化源于社会分工和人们各自的特殊利益；而社会整合则源于人们的相互需要和对共同利益的追求。即使在特定条件下社会分化致使社会结构解体，但是新的社会整合机制最终还是会建立起来的。

包括社会道德价值观整合在内的社会价值观整合，是社会整合的一个重要方面，它与社会整合的机制是基本一致的，对此不必赘述。值得注意的是，社会道德价值观的整合在社会整合过程中发挥着十分重要的作用。社会整合的成效大小、成功与否，在很大程度上取决于社会道德价值观的整合程度，如果一个社会的道德价值观处于严重分化和分裂的状态，那么这个社会也将最终趋于分化和分裂。相反，如果一个社会的道德价值观能够发挥整合功能，特别是主导道德价值观对其他各种道德价值观具有整合力量，使其他道德价值观认同于主导道德价值观，那么这个社会就是基本稳定的。

同理，社会道德价值观的代际整合对社会道德价值观整合的意义绝不亚于道德价值观整合对社会整合的意义。我们已经反复指出，忽视对道德价值观代际整合的研究，社会整体道德价值观及其整合就无法得到完整而深刻的说明。如果社会道德价值观在代际间得不到有机整合，那么社会道德价值观的整合就是不全面的、有缺陷的，甚至其整合是不会稳固和长久的。这正是我们提出和讨论道德价值观代际整合的意义和价值所在。

（二）道德价值观代际整合的三个向度

道德价值观的代际整合可以从三个角度进行，即对代际对方道德价值观的整合、对传统道德价值观的代际整合以及对异域道德价值观的代际整合，这也是道德价值观代际整合的三个重要向度。

1. 对代际对方道德价值观的整合

对代际对方道德价值观的整合，具体而言，对未成年人道德价值观和成年人道德价值观的代际整合，是道德价值观代际整合中最基本和最基础的整合，因为不论是后面将要讨论的对传统道德价值观的代际整合，还是对异域道德价值观的代际整合，都是未成年人道德价值观和成年人道德价值观整合的两种形式，它们归根结底仍然是未成年人道德价值观与成年人道德价值观之间的整合。因此，可以将对代际对方道德价值观的整合称为道德价值观代际整合的“元整合”。

前已备述，在现代社会，特别是在社会转型时期，由于未成年人和成年人在道德价值观上往往存在着代际分化，而道德价值观的代际分化如果超越了一定的度，则会对社会发展和社会稳定产生不利影响。这也是任何社会都强调要加强道德建设的根本缘由。因此，对道德价值观的代际分化，任何社会都是不可能熟视无睹的。相反，为了社会的健康发展和稳定，也为了未成年人的健康和全面发展，任何社会都必须通过各种途径和方法，最大限度地实现道德价值观的代际整合。因此，完全可以说，任何社会的道德价值观并不总是处于代际分化状态，道德价值观的代际整合与道德价值观的代际分化如影随形，相互为用。一般而言，道德价值观的代际分化和代际整合及其相互关系，一方面与社会是处于转型时期还是处于常规时期有一定关联，即在社会转型时期道德价值观代际分化更突出，而在社会常规时期道德价值观代际整合更明显；另一方面也与道德价值观自身发展的内在逻辑有关，即道德价值观的代际分化和代际整合，是道德价值观代际变迁的两个内在逻辑环节。

未成年人和成年人对对方道德价值观的整合，实际上就是一个未成年人道德价值观与成年人道德价值观相互整合的过程。第一，成年人道德价值观整合于未成年人价值观。由于未成年人道德价值观相对于成年人道德价值观而言具有先行性，其方向是面向未来的，其本质是求新的，甚至未成年人道德价值观在某种意义和程度上与社会发展方向更相切合，而成年人道德价值观相对来说显得更为保守，因此，虽然成年人对未成年人的道德价值观和道德行为一时“看不惯”，甚至总是进行指责，但随着社会环境和价值观念的变化，成年人却又往往步未成年人道德价值观的后尘而在实际上抛却了自己原来的某些道德价值观，逐步接受了未成年人道德价值观。可以认为，成年人道德价值观整合于未成年人道德价值观的代际整合是在价值方向上的整合。第二，未成年人道德价值观整合于成年人道德价值观。未成年人道德价值观及其特点本身又使其具有不成熟性和冒险性，非理性因素更多，而成年人道德价值观总的来说更理性，经历过各种社会风浪的考验和实践的检验，在道德价值观的代际分化和调整过程中更经得起锤炼，因此成年人道德价值观逐渐取得对未成年人价值观的主导地位而使道德价值观实现新的代际整合。不可否认，不论是在社会常规发展时期，还是在社会变迁比较剧烈即社会转型时期，主导社会道德价值观的总是成年人道德价值观，通常所谓的“社会主导道德价值观”确切地说就是成年人道德价值观。在这个意义上可以说，未成年人道德价值观整合于成年人道德价值观是在价值内容上的整合。

对对方道德价值观的代际整合，还可以表现为对传统道德价值观的代际整合和对异域道德价值观的代际整合，因为，不论是道德价值观的代际分化，还是道德价值观的代际整合，最突出、最明显地表现在未成年人和成年人对传统道德价值观和异域道德价值观的价值态度上。

2. 对传统道德价值观的代际整合

对传统道德价值观的代际整合，往往通过传统道德价值观的代际传承来实现，而道德价值观的代际传承又总是表现为道德价值观的继承和创造的统一。

在传统社会，道德价值观的代际传承和整合是一个几乎不存在代际差异的代际继承的过程；在现代社会，对传统道德价值观的代际传承和整合是以未成年人与成年人对传统道德价值观的不同态度即代际差异为前提的。二者差异明显，也就是说，“在过去，道德的传承是极其自然的事情，现在看来这种传承机制经常遭到破坏，道德价值没有受到足够的重视”①。由于存在各种不同的社会的、文化的和心理的特点，未成年人和成年人在对待和评价传统道德价值观时，总是相互反对的。例如，未成年人的种种特点，“使得他们对传统的、社会大力倡导的道德观念往往持有一种无来由的怀疑，甚至有反感、抵触的现象。而对一些外来的和社会中新近形成的新思想、新观点、新现象则有一种天然的亲和力，往往易于从道德上予以肯定和接受。”而成年人“对于传统的道德价值观念与青年人截然相反，具有一种天然的亲和力，有较强的认同感，而对于现代社会生活中所出现的新思想、新观点、新现象则往往缺乏接受的心理基础，很难从道德上接受它。”②这样，未成年人和成年人在对待传统道德价值观上的不同态度，就构成了未成年人和成年人在道德价值观上差异的重要方面。

然而，这并不意味着未成年人和成年人对传统道德价值观就不能实现代际传承和整合。当然，这种传承和整合在传统社会和现代社会具有不同的表现形式。传统社会道德价值观的代际传承和整合总的来说是一种具有道德价值观“代际累计性”或“代际加

① ［德］赫尔摩特·施米特：《全球化与道德重建》（中译本），柴方国译，社会科学文献出版社 2001 年版，“序”第 8 页。

② 张琼、马尽举：《道德接受论》，中国社会科学出版社 1995 年版，第 173—174 页。

和性”特点的代际传承和整合，而现代社会道德价值观的代际传承和整合，除了具有前述特点之外，还具有明显的“代际更替性”或“代际差异性”。前者可以认为是一种“复制型”的道德价值观代际传承机制，道德价值观的世代相传基本上是一种周而复始的简单延续和直接继承，少有变异性，后代对前代道德价值观也少有批判性；而后者则可以认为是一种“创制型”的道德价值观代际传承机制，道德价值观在代际间的传承和整合表现出了更多的变异性，这种变异性是以后代对前代道德价值观的批判性为前提的。当然，更准确而完整的说法应该是，现代社会道德价值观的代际传承和整合是道德价值观的遗传与变异、累计与更替、复制与创制的统一。福山（Francis Fukuyama）认为：“人类本质上是一种社会动物，天生就有一定的解决社会合作问题和创立道德准则、限制个人选择的自然能力。”因此，人们“尽管对父辈的文化传统已记不得了，但仍会创造出并无多大区别的新的文化传统来。”①吉登斯（Anthony Giddens）也认为：“传统并不完全是静态的，因为它必然要被从上一时代继承文化遗产的每一新生代加以再创造。”②

总之，传统道德价值观的存在和发展是离不开历史上一代又一代人对传统道德价值观的传承和整合的。承载着传统道德价值观的一代又一代人构成了传统道德价值观代际传承和整合的永不断裂的基本链条，传统道德价值观因而也就构成了一条永不断裂的价值链条。在中国，这种传承链条被比喻为“薪火相传”、“衣钵传承”。传统道德价值观的“基因”是传统道德价值观代际传承和整合的基

① ［美］弗兰西斯·福山：《大分裂：人类本性和社会秩序的重建》，刘榜离等译，中国社会科学出版社2002年版，第293—294页。

② ［英］吉登斯：《现代性的后果》，田禾译，译林出版社2000年版，第33页。

础。如果出现传统道德价值观的基因裂变，那么传统道德价值观代际传承和整合的环链就会脱节，势必直接造成传统道德价值观的断裂和中止，因为“文化在民族成员代际间作纵向的传递是文化发展的前提条件。”“正因为这样，民族文化传承，文化在该民族共同体内的代际间传递过程，就是该民族的‘文化基因’通过心理传承在各社会成员中作纵向复制的过程。这就是文化在历史发展中呈现稳定性、完整性、群体性和延续性的根本原因。”①当然，必须看到，传统道德价值观代际传承和整合的另一种重要形式就是对既有传统道德价值观资源的创制或再创造，并不断丰富传统道德价值观的内涵，改变传统道德价值观的发展方式。离开了这一点，传统道德价值观就必然失去随时代和环境而发展和变迁的生机。

3. 对异域道德价值观的代际整合

前已备述，未成年人与成年人因各种原因而表现出道德价值观的代际差异，而这种代际差异在对西方道德价值观的价值态度上表现得很明显。一般而言，未成年人对西方道德价值观总是具有一种彻底开放和囫囵吸收而又带有非理性或情绪化的特点；②相反，成年人则往往对西方道德价值观抱持一种虽然更加理性和

① 赵世林：《论民族文化传承的本质》，《北京大学学报》2002 年第 3 期。

② 回想 20 世纪 80 年代开放之初时的青年（不仅仅是青年大学生）对西方文化和各种思潮海绵吸水般的接纳，就可以清楚地看到这一特点。不过，对这个问题不能绝对化。就中国改革开放以来的情况看，在 20 世纪 80 年代，由于原来中国的高度封闭和开放之初人们特别是青年人对西方文化的不了解，人们更倾向于对西方文化的盲目崇拜，甚至到了崇洋媚外的地步。而到了 90 年代，人们包括青年人开始期待传统的回归，对西方文化已经没有像 80 年代那样的盲目崇拜了，甚至反西方的色彩非常强烈。正如有人所看到的那样：“说也奇怪，和 80 年代亲西方的一代所代表的《河殇》不同，90 年代似乎变得非常反美、反西方，并形成强烈对比。”（谢剑：《美国人如何看“中国新民族主义”》，香港《信报》2004 年 5 月 27 日。）

冷静但又相对保守和谨慎的态度。对西方道德价值观价值态度的这种代际差异,使得在一个越来越开放的世界中,作为往往“领风气之先”的年轻一代更容易认同西方道德价值观并日益与西方道德价值观相融合,成年人则至少会经历一个从怀疑、排斥到有选择地借鉴的过程。未成年人与成年人的这种差异乃至“背反”,必然导致他们在对待西方道德价值观的价值态度上也可能相应地会出现一个道德价值观分化甚至对立的过程。人们常常看到这种现象:每一次社会开放,首先引领开放风气之先的是年轻人;正因如此,此时也是年轻人受指摘最多的时期,或者是成年人最担心年轻人受各种“不良风气影响”的时期。

大众传媒特别是西方发达国家的大众传媒进一步加深了社会对西方道德价值观之价值态度的代际差异。西方大众传媒借助现代科技、仰仗文化强势对发展中国家的未成年人大肆进行西方道德价值观灌输,而未成年人恰恰又是西方大众传媒的主要受众,也是西方通俗文化的主要消费者和西方生活方式的模仿者,一种负载着西方道德价值观念的西方化的生活方式正在未成年人中间盛行。同时,在依然强调展露共性的社会里,西方的通俗文化和生活方式为中国未成年人张扬个性提供了现成的方式和方法。一些国外媒体敏锐地指出,对于这些“如同海绵吸水一样吸收令自己感兴趣的事物的年轻人”,成年人尤其是“老年们担忧地看着这些变化,这些变化就像是他们头顶上的乌云,令他们担心古老的价值观念和文化传统将会消失。”①即使是西方媒体也敏锐地发现了西方化生活方式对中国人特别是中国未成年人的强势影响,“今天的不断扩大的繁荣正在使中国传统的生活方式向着模仿西方习惯的

① 《中国传统深受西方风尚冲击》,《参考消息》2002年2月15日。

方向变化，无论这些习惯是好是坏”。“随着中国努力实现其小康目标，许多中国人正在把强调节制的令人崇尚的生活方式，变成某种接近于西方的放纵的生活方式。”“在美国，饮食和生活方式的变化是在实现工业化后好几代人的时间里出现的，而在中国，仅仅在一代人的时间里，这种变化就在它的各座城市里发生了。”①

对西方道德价值观之价值态度的代际差异本身就提出了必须及如何实现对西方道德价值观的代际整合的要求。所谓对西方道德价值观的代际整合，就是指未成年人和成年人实现对西方道德价值观的代际沟通和协调，换言之，就是实现西方道德价值观在未成年人与成年人之间的重新“结构化”。这种结构化即代际整合的总原则当然是借鉴和批判的统一。这在一个开放的社会、在全球化条件下是一个应该引起高度关注的问题。

那么，对西方道德价值观的代际整合，究竟整合什么？整合何以可能？又如何整合？一般来说，对西方道德价值观的代际整合，其对象应该是各种道德价值观中的可变部分，或“可变的道德”，即道德价值观的非本质部分，实现这些可变部分在代际间的互补和协调，是对西方道德价值观进行代际整合的主要任务。而代际整合之所以可能，主要就是由于不同道德价值观中具有普适性和可通约性的人类共享道德价值观和各种“地方性知识”的可普遍化部分，这些正是各种道德价值观中不变的部分，②即是人类道德

---

① 《中国发现西方化生活方式带来新的苦恼》，《今日美国报》2004 年 5 月 19 日。

② 关于“可变的道德”和“不变的道德”，是冯友兰提出的两个概念。他说：“有些道德是跟着社会来的，只要有社会，就得有那种道德，如果没有，社会就根本组织不起来，最后也要土崩瓦解。有些道德是跟着某些社会的，只有这一社会才需要，如果不是这种社会，就不需要它。前者我称之为‘不变的道德’，后者我称之为‘可变的道德’。”（见冯友兰：《三松堂自序》，三联书店 1984 年版，第 290 页）

中最本质、最恒久和最可普遍化的部分，它们为实现不同道德价值观的代际整合奠定了坚实的基础。对西方道德价值观的代际整合，其基本机制就是在多元基础上的统一和合成、在一定原则基础上的共存和妥协。在这里，应注意的一点是，对西方道德价值观的代际整合本质上是未成年人与成年人各自所持道德价值观的整合，或者说是未成年人与成年人对西方道德价值观所形成的"重叠共识"，而不是未成年人特别是成年人以自己的道德价值观来实现对西方道德价值观的代际整合。

在此需要说明的是，在全球化背景下，未成年人道德价值观的全球趋同趋势及其对成年人的影响是对西方道德价值观进行代际整合的一种特殊方式。在全球化条件下，各国年轻人交流增多、互动增强，跨国界年轻人生活方式的快速流动与扩散，逐渐引起了世界范围内年轻人价值生活的趋同——他们逐渐形成共同的爱好和需要、共同的价值追求和共同的生活方式及消费方式。据美国DBM机构对全球26个国家年龄在15—16岁的高中生所做的调查发现，无论何种国度、种族和文化，全球青少年的道德价值观差异正在逐渐缩小，甚至逐渐消失。① 年轻人价值生活的趋同对成人生活世界产生着越来越大的影响，具有全球性特征的新的生活方式和道德价值观念逐渐被成人所认同、尝试和接受。这种情况势必导致对西方道德价值观的代际差异有所缩小，并出现代际整合的趋势。

---

① 参见苏颂兴：《当代世界青年研究的若干趋势》，《青年研究》2000年第1期。

五、道德价值观代际整合的条件和机制

道德价值观的代际整合并不是在任何情况下能够无条件地自然地实现的。道德价值观的代际整合必须具备一定的条件，并通过相应的整合机制才能实现。

（一）道德价值观代际整合的基本条件

道德价值观的代际整合得以实现，必须满足某些基本条件。对道德价值观代际分化的自觉意识和对道德价值观的普遍性和共同性的寻求，就是其中必备的主客观条件。

首先，对道德价值观代际分化的自觉意识，并正确地对待道德价值观的代际分化，是实现道德价值观代际整合的主观条件。

道德价值观的代际分化对于社会的有机整合而言无疑具有一些负面影响。对道德价值观的代际分化如果流行坎止，任之而已，以一种消极的而非积极的态度对待，那么，这种代际分化就有可能导致社会在道德价值观上的对立和分裂，最终造成社会的不稳定。对此，必须有清醒的认识，不能回避，更不能讳疾忌医。但是，道德价值观的代际分化并不是衡量一个社会和某种道德价值观优劣的标尺，依原样传递和一成不变的道德价值观是缺乏创造力的，也是难以持久的。道德价值观的代际分化作为现代社会发展的必然产物，使社会和道德价值观发生了异质性和多元性的变化。因此，对道德价值观的代际分化不能仅仅从负面、消极的角度去看待，而应该看到它对社会进步的积极意义以及它与社会进步之间相反相成的关系。一个发展成熟、步入正轨的现代社会，其代际关系必然表现为未成年人与成年人之间对立与和谐的张力。不管是对道德价

值观代际分化消极作用的消除,还是对其积极意义的揭示,其最终目的就是要实现道德价值观的代际整合。而要实现道德价值观的代际整合,一个最根本的前提条件就是对道德价值观代际分化消极作用和积极意义的自觉意识和明确肯定。

对道德价值观代际分化的自觉意识,可以使它由自发产生作用的自在状态转化为对社会发生积极作用的自觉状态。处于自在状态的道德价值观的代际分化,将造成道德价值观在代与代之间的对立和分裂,表现为社会权力拥有者一代(如成年人)对无权者一代(如未成年人)的价值绝对主义和价值霸权主义,而无权者一代对社会权力拥有者一代则以价值相对主义、价值虚无主义和价值无政府主义相抗衡。这种状态恰恰是道德价值观代际分化的盲目的、自发作用的结果。而勇敢地承认道德价值观代际分化的存在,就为发现它对社会进步的积极意义提供了观念前提,这种自觉意识将开通缓和代际冲突的一条新路,是现代社会道德价值观成熟的表现。对道德价值观代际分化的自觉意识为社会跨越代的间距、避免社会分裂、实现道德价值观的代际整合奠定了思想基础。

对道德价值观代际分化的自觉意识,有利于各代在道德价值观上自我反省意识的确立。道德价值观上的自我反省,使每一代人能够找到道德价值观的自我定位,并对其他各代人的道德价值观表示理解。美国社会学家德克尔通过揭示各代人的"年龄等级系统"的自我意识,认为不同年龄层的人如果能够自觉接受与各自年龄等级系统相适应的行为准则,就会减少代际冲突:"从生命周期年轻的阶段开始,我们就经历生命分离,接受更成熟的角色取而代之,其原因是……有一个已确立了的年龄等级系统:它为不同年龄组的成员确定了大家会接受的行为的不同准则。婴儿的行为跟岁数大些的儿童应是不同的;儿童的行为跟成年人应是不同的;

等等。行为的这些变化被一个文化圈内的成员学会了,以后当作行为的指导。行为的不同准则适用于不同的年龄组,因为各个组有各自的权利和义务。如果社会中所有的人都掌握并接受这个年龄等级系统,冲突就会减少,特别是代际间潜在的冲突。"①如果各代人对每一代人的道德价值观能够正确定位,并对自己的道德价值观能够自觉反省,就为道德价值观的代际整合提供了主体条件。

对道德价值观代际分化的自觉意识,有利于实现道德价值观的代际交流。对道德价值观的代际分化不能主动地承认,没有自觉意识,就不可能有代际间的相互交流,最多只是"主动的一方"对"被动的一方"的那种"我说你听、我打你通"式的单向交流。真正的、健康的道德价值观的交流必须建立在对道德价值观代际分化的承认基础上的双向交流。米德通过对现代世界日渐突出的代沟的研究发现:"一旦年轻人和老年人真正认识到有一条深深的、新的、史无前例的、世界性的代沟存在的事实,交流才能够重新建立。只有成年人……认为自己需要内省,需要用自己青年时代的所作所为来理解眼前的年轻人,交流才是可能的。"②同理,未成年人对成年人也应该如此。

其次,寻求道德价值观在代际间的普遍性和共同性,即寻求道德价值观的代际共识,是实现道德价值观代际整合的客观条件。

现代社会的一个最大特点和进步标志,就是道德价值观的异质性和多元化,这也是道德价值观代际分化的一个重要原因。这种异质性和多元化颠覆了传统社会的同质性和一元化,这种同质

---

① ［美］戴维·L. 德克尔:《老年社会学——老年发展进程概论》,沈健译,天津人民出版社 1986 年版,第 168 页。

② ［美］玛格丽特·米德:《代沟》,曾胡译,光明日报出版社 1988 年版,第 78—79 页。

性和一元化具有一统天下、反对异己的统治本性，消弭了道德价值观的代际差异。而对同质性和一元化的颠覆，使包括未成年人道德价值观和成年人道德价值观在内的各种道德价值观异彩纷呈、多元发展，同时也使道德价值观的代际分化不断加大，道德价值观的代际整合和代际共识越来越困难。

为了实现道德价值观的代际整合，使未成年人和成年人在多元道德价值观中寻求普遍性和共同性，达成代际道德共识，就显得十分必要和迫切。未成年人和成年人可以从以下几个角度来寻求对方道德价值观和社会多元道德价值观中的普遍性和共同性，为实现道德价值观的代际整合和代际共识准备必要的客观条件。

探询未成年人道德价值观和成年人道德价值观的共同根源。尽管未成年人和成年人在不同的时空生存环境中形成了各具特点的道德价值观，我们自始至终在强调未成年人和成年人成长环境的差别和他们道德价值观的差异、隔阂和冲突，即道德价值观的代际分化，并以之为讨论对象，这是本书的研究任务所决定的。但是，不论道德价值观代际分化在现代社会如何严重，都不能将这种代际分化加以无根据的夸大，道德价值观的代际分化与以利益的对立为条件的阶级冲突有着本质的区别，道德价值观代际分化是在根本利益一致基础上的一个文化概念。这是道德价值观代际分化的必要限度。代际间必然存在着最起码的共同的价值需要和要求、共同的道德价值观念和价值取向。这样，未成年人和成年人的道德价值观就有了最基本的共同的社会根基，这就为代际间的道德共识提供了现实生活的基本保证。当前各界热论的“普世伦理”最基本的目标就是寻求全球范围内的道德共识和价值共识，因此，带有全球性质的代际道德共识和价值共识是普世伦理在代际间的重要表现和主要目标之一。

承诺未成年人道德价值观和成年人道德价值观的基本底线。寻求道德价值观在代际间的普遍性和共同性，达成道德价值观的代际整合和代际共识，并不意味着要求未成年人和成年人追求一种乌托邦式的道德理想和形而上层面的绝对价值，而是既立足于“一种普遍主义的底线伦理学”，但又具有普遍约束力的未成年人和成年人之间对最起码、最基本的道德价值的共同承诺。换言之，对道德价值观在代际间普遍性和共同性的寻求，就是在承认道德价值观代际差异的前提下，对具有普遍合理性意义、可以为未成年人和成年人所共同接受和履行的基本道德价值的追求。

建构道德价值观的代际公度原则。这是探询道德价值观在代际间的共同根源和承诺道德价值观的基本底线的自然结果。对道德价值观代际公度原则的建构，包含两方面的内容：一是就道德价值的普遍性而言的，这就是发现和发掘未成年人和成年人既能认可和共享，又能遵循和践行的各种道德价值资源；二是就道德价值的差异性而言的，这就是确立代际间多元道德价值观或说特殊道德价值观的融合视景。

最后必须指出，从上述视角对道德价值观在代际间普遍性和共同性的寻求，是在承认道德价值观代际差异基础上的未成年人和成年人在道德价值观上的“重叠共识”（罗尔斯）和“视阈交融”（伽达默尔），它绝不等同于特殊主义道德价值观的普遍化和对道德价值差异性的强暴。特殊主义道德价值观的普遍化，从未成年人和成年人所构成的代际关系看，就是将仅有特殊性（哪怕是最完善的特殊性）的某一代（未成年人或成年人）道德价值观“推广”到其他各代，使其在其他各代中得以普遍化而取得合法性地位、得以绝对化而取得威权性地位。卡尔·曼海姆认为，没有哪种道德价值观是绝对的，人们在一个年龄上相信的事物，在另一个年龄上也许将不再相信,并且每一个群体都具有对自身利益和生活的特殊看法,任何一个群体通过宣称他们自己的道德价值观是普遍有效的,从而将它强加于他人的做法都是一种错误。虽然曼海姆的看法有导致价值相对主义之嫌,但他认为不能将某种道德价值观绝对化的看法,应该说与现代民主社会的价值要求是一致的。这种绝对化和普遍化必然借助于权力才能实现,而绝对化和普遍化的结果反过来又加强了这种权力,它不仅无助于实现道德价值观的代际整合和代际共识,反而会加大道德价值观的代际分化。

(二)道德价值观代际整合的实现机制

如上所述的道德价值观代际整合的基本条件是最为基础、最低限度的条件。对于道德价值观的代际整合来说,具备的正面条件越多,整合和沟通的可能性也越大。但是,仅仅具备这些条件,还并不意味着就能实现整合和沟通。要真正实现道德价值观的代际整合,还必须建立必要的整合机制。道德价值观代际整合的机制,至少包括以下相互联系、内在统一和互为前提的三个方面:

第一,建立在代际平等基础上的代际对话。

对话,是现代社会的一个具有全球性意义的概念。这标志着全球范围内国家之间、民族之间、人与人之间建立在对话基础上的沟通愿望越来越强烈。

在哲学上,对话主义(dialogicalism)哲学方兴未艾。所谓对话主义,就是一种与述谓性的“独白”原则相对立、以交谈性的“对话”为宗旨的学说和思想。以布伯为代表的现代对话主义学说,即狭义的对话主义的最大贡献在于:(1)用我与你取向取代我与它取向。所谓我与它取向,就是主体之于客体的关系;而我与你取向,就是主体之于主体的关系。(2)用交互原则取代主从原则。

就是说，我与它取向的主—客关系必然主张不平等的主从性原则；而我与你取向的主—主关系则坚持平等的交互性原则。(3)用直接关系取代间接关系。在传统哲学中，“我”与非我的“它”之间的鸿沟往往诉诸某种中介性的手段；而我与你的关系是直接的，超越了一切手段，在这里，一切手段都是一种障碍。① 广义的对话主义不是一种明确的哲学派别，而是将“对话原则”作为其学说的一种基本方法论原则、基本致思取向的种种现代哲学思想。伽达默尔“问答逻辑”和“视阈交融”的解释学、维特根斯坦后期语言哲学对语义与语境对应关系的强调、结构主义和后结构主义的“去中心”主张、巴赫金文学批评理论的“复调”观点、普里高津科学哲学中“人与自然对话”的和谐论、罗蒂的文化“反镜”、舍勒的“爱感本体论”和哈贝马斯的“交往理性”等等，都自觉或不自觉地、殊途同归地把一种互主体性的“对话原则”作为构筑其学说的最基本的范式和理念，以其与传统哲学中居统治地位的独断论的“独白原则”相颉颃。不管是狭义的对话主义，还是广义的对话主义，都认为不能以我说你听的“独白”，而应该以人人可以自由表达、互相听说的“商谈”作为解决现代社会问题的根本手段。

将这种对话主义哲学运用到道德价值观的代际对话领域，同样是恰当的。在道德价值观的代际视阈中，成年人总是通过自己所拥有的社会权力，来强制未成年人接受自己以“社会”名义(往往不是以“成年人”的名义)赋予其合法性的道德价值观，这种道德价值观上的代际关系，就是布伯所说的我与它取向的主从关系，这种关系使道德价值观的代际对话根本不可能。因此，要实现道德价值观的代际整合，必须建立代际间的对话机制，使代际关系实

① Buber, *I and You, Charles Scribner's Sons, U. S. A*, 1958.

现由我—它取向向我—你取向、由主从关系向交互关系的范式转变。

在道德价值观的代际对话机制中,一个很重要的方面就是代与代之间要学会相互倾听。但是,在一方拥有“道德价值观话语权”而另一方则以消极的“自说自话”相对待的关系中,这种相互倾听几乎是不可能的,它必然导致未成年人和成年人的“听”的丧失。正如米德深刻指出的:“说到底,现在还和过去一样,老年人仍然掌握着控制权。老年人没有认识到应造就与青年人对话的条件,部分原因就在于他们掌握着控制权。”她认为,“真正的交流是一种对话,而对话的双方却缺乏共同的语言。”①基于这种状况,她在《代沟》一书的结尾呼吁:“我们总是不停地说,不停地写,仿佛每个人都在听似的。现在的要求则是,让每一个人都听,同时也要听每一个人在说什么,这就是我们这个充满危险的,但有潜在自愈力的世界的希望。”②

代际对话机制必须建立在未成年人和成年人平等的基础上。如果说在一般的文化对话中,文化强势一方往往对对方表现出文化霸权主义的不平等,那么这种不平等更容易表现在代际关系中,因为成年人与未成年人似乎有一种“天然”的不平等,它深深地妨碍着代际对话机制的建立。然而,只要是真正的对话,其本质就不是用一种观点反对另一种观点,更不是将一种观点强加于另一种观点之上,而是改变双方的观点,达到一种新的融合境界。因此,真正的对话总是蕴涵着一种伙伴式的或合作性的平等关系。在这

① [美]玛格丽特·米德:《代沟》,曾胡译,光明日报出版社 1988 年版,第 79 页。

② [美]玛格丽特·米德:《代沟》,曾胡译,光明日报出版社 1988 年版,第 152 页。

里，平等不仅仅意味着人们通常所说的最起码的人格平等，而且要把平等放在后现代思想家所说的“本体论的平等”这一信念之上，在他们看来，一个实在并不比另一个实在少点或多点实在性，本体论上的平等原则要求摒弃一切歧视，接受一切有区别的东西。

第二，建立在代际理解基础上的代际互信。

要实现道德价值观的代际整合，还必须建立代际间相互理解和互信的机制。

对话的过程就是一个不断加深理解的过程。道德价值观的代际理解，是指未成年人和成年人之间在相互尊重的前提下对对方道德价值观的社会价值和历史局限在客观认识和恰当判断基础上所抱持的一种“设身处地”的态度。在哈贝马斯那里，理解或相互理解是交往行为合理性的中心概念。哈贝马斯的理解或相互理解概念，体现了交互主体的相互承认，这要求明确地把权力话语排除在交往活动之外，因为权力话语的说者与听者之间并没有一种可以共享的平等性交互主体性条件。因此，主体的相互承认和相互尊重，是理解或相互理解的前提。虽然哈贝马斯所讲的主体是普遍主体，“他的交往主体概念并没有具体化，没有具体化到具体的社会身份性（如作为父—子关系的交互主体性问题）存在的问题”，①但正因为这样，它才适用于一切主体间的交往和主体间的相互理解，同样适用于社会代际主体之间的交往和相互理解。用哈贝马斯的交往行为和理解理论来看，道德价值观的代际分化往往是由代际间的互不理解而造成和加剧的。一般说来，由于未成年人对成年人所经历的艰辛历程和历史贡献以及对形成成年人的

① 龚群:《道德乌托邦的重构——哈贝马斯交往伦理思想研究》，商务印书馆2003年版，第146页。

道德价值观的特定社会历史环境缺乏足够的了解，因而容易对他们所积累的知识、经验和道德价值观表现出不够尊重和理解，有时甚至采取全盘否定的虚无主义态度。尤其是在未成年人随着社会责任感和历史使命感日益强烈、而又没有实际担负重要的社会责任的情况下，急于对社会“兴利除弊”，因而对成年人“满足于”现状和“固守”现有的道德价值观感到不满。在这种情况下，未成年人对成年人的道德价值观就会加深不理解。同样，成年人往往习惯于以“过来人”的“资格”用自己已有的知识、经验和道德价值观去要求、评价未成年人及其道德价值观，对未成年人对新的道德价值观的追求、向往和创造，尤其是对未成年人在道德价值观上突出“自我”的意识感到不可理解，甚至不满和反感。佩奇(Aurelio Pecei)对掌握着社会权力的成年人提出过忠告：“为了保住自己的权力，继续管理人类事务，最可靠和政治上最明智的方法，就是更多地发挥年轻一代的想象力，并满足他们的要求。”①因此，要实现道德价值观的代际整合，就必须加强代际理解：一方面，未成年人和成年人要相互理解对方道德价值观的特殊价值，因为每一代人的道德价值观都对社会和道德价值观的健康发展、对丰富社会的精神生活、对提升社会的精神文明有着相互促进、相互补充的作用；另一方面，未成年人和成年人又要相互理解对方道德价值观的历史局限，因为每一代人的道德价值观都必然受那个时代的政治、经济和文化等各种因素的限制，而无法超脱于时代之外。因此，只有实现了道德价值观的代际理解，才能实现道德价值观的代际沟通和代际整合。

① [意]奥尔利欧·佩奇：《世界的未来，关于未来问题一百页》，中国对外翻译出版公司1985年版，第120—121页。

有了理解才会有信任。信任问题是当今全球所面临的一个严重的社会和道德价值观问题。信任问题不仅表现在社会的各种横向关系中,如国家与国家、民族与民族、集团与集团、个人与个人、个人与社会等等之间,而且表现在常被忽视的社会的纵向关系即代际关系之中。未成年人和成年人之间缺乏互信,根本原因就在于缺乏代际理解。同样,代际信任对代际理解也具有不可忽视的作用,它对加深和巩固代际理解具有重要的意义,而缺乏互信的理解是不可能长久的。可见,代际理解和代际互信如同一枚硬币的两面,它们共同促进着道德价值观的代际整合。

第三,建立在对代际差异尊重基础上的代际宽容。

要实现道德价值观的代际整合,还必须建立能够容忍各种从"弱积极意义"来看的不会对社会造成负面效应的道德价值观的代际宽容机制。

宽容是一个有着深远历史背景和复杂宗教文化渊源的价值概念。在西方,宽容的概念渊源于基督教关于宗教异端及其裁判的观念,而与后来的"容忍"、"正义"、"仁慈"、"仁爱"等观念有着密切的联系。后经欧洲近代的社会革命和思想启蒙,宽容又成了一个与"博爱"互为表里的人道主义伦理和价值概念。《大英百科全书》将"宽容"定义为:"宽容,容许别人有行动和判断的自由,对不同于自己的见解的耐心公正的容忍。"①然而,宽容不仅仅是一个标示个人美德的概念,而且是一个涵括"文化宽容"等在内的更宽泛的范畴。从这个意义而言,宽容应为"一种具有普遍价值向度的道德态度和文化态度,即:在人格平等与尊重的基础上,以理解宽谅的心态和友善和平的方式,来对待、容忍、宽恕某种或某些异

① 参见[美]房龙:《宽容》,迮卫、靳翠微译,三联书店 1985 年版。

己行为、异己观念，乃至异己者本身的道德与文化态度、品质和行为。”①

宽容当然不是强者对弱者的仁慈施舍，其价值基础是人格平等和相互尊重，即宽容应该是相互的。但不可否认的是，宽容的主动权往往掌握在强者或权力拥有者一方。日本学者大庭健在谈到自由主义的“宽容”问题时说：“就本来的逻辑而言，为使个人的自由被尊重，宽容必须是来自多数派、主流派方面而不是相反。多数派、主流派的人们所持有的价值已经长久地被纳入其社会体系中，持有不同价值的少数派对之不会产生任何威胁。这里所谓的‘宽容’，是‘容’的一方即作为多数派成员的姿态的问题，而不是‘被容’的一方，即不断被强迫同化的一方的问题。一言以蔽之，这里所谓依靠宽容保障个人的自由，不过意味着多数派不要过于强求同化，而要给少数派稍有按照他们的价值生活的余地。”②

从上述引证中可以看出，宽容是一个与差异（包括异己、异端等）孪生的概念，没有差异，就不需要宽容，宽容往往因差异而变得重要和必要；宽容体现着平等与不平等的统一，即它以人格平等和相互尊重为价值基础，以实现真正的平等为价值目标，但它往往又来自于多数派、主流派和强者一方，因而总是拖着不平等的影子。

在道德价值观的代际语境里，道德价值观的代际宽容首先就是对不同于自己的其他代人道德价值观的容忍，允许其他代人发出不同的声音。在这里，特别是社会权力拥有者的强势方（成年

① 万俊人：《寻求普世伦理》，商务印书馆2001年版，第508页。

② ［日］大庭健：《共生的强制抑或宽容、市场与所有》，日本《现代思想》杂志1994年第4期，第141—142页。

人），对丰富多彩的文化和道德价值观，特别是未成年人道德价值观，更应有一种体现宽容、海纳百川的宽阔心胸和包容情怀，以实现道德价值观的代际整合和代际共生。

总之，建立在代际平等基础上的代际对话、建立在代际理解基础上的代际互信、建立在对代际差异尊重基础上的代际宽容作为道德价值观代际整合的主要机制，是三位一体的，它们互为前提、互为表里、相互补充、相互为用。在这三位一体的代际整合机制中，一切等级压制、思想强迫、话语霸权、人格歧视……，都将让位于平等的对话、以理解为基础的互信和包含着差异的宽容。

道德价值观代际整合的上述机制，深刻地体现着“中庸”之德。不论是中国的儒家，还是西方哲人亚里士多德，都主张中庸是最高的善、最完美的德性，它反对过与不及。因此，中庸既是一种有利于道德价值观代际整合的文化性格，也是一种促进道德价值观代际整合的哲学智慧。

六、道德价值观代际分化和整合与未成年人道德建设

对道德价值观的代际分化和代际整合进行如上所述的详细讨论，首先是为了说明，在现代社会，道德价值观的代际分化是客观存在、不容置疑的，道德价值观的代际整合也是一种客观的和基本的事实；其次也是为了说明，现代社会道德价值观的代际分化和代际整合与现代社会未成年人道德建设问题的凸显直接相关。这种相关性主要体现在两个方面：一是道德价值观的代际分化使未成年人道德建设尤显迫切，同时也十分艰巨；二是道德价值观的代际整合应该成为未成年人道德建设的重要任务和根本目标。

（一）道德价值观的代际分化与未成年人道德建设的紧迫性和艰巨性

道德价值观的代际分化虽然是一个客观的存在，但是要承认它并不是很容易做到的，在这个问题上往往会出现一些否认其存在的倾向，上已备述；同时，对道德价值观的代际分化进行充分的理论论证也是不容易的，因为这个问题本身很复杂，何况还需要必要的理论勇气。虽然如此，笔者就这个问题所做的上述努力，就是为了表明和论证道德价值观代际分化的客观存在。同时还有一个很重要的理论指向，那就是试图从现代社会道德价值观代际分化的角度揭示未成年人道德建设的紧迫性和艰巨性。这与人们通常以未成年人道德问题的大量出现及其现象描述，来说明未成年人道德建设的紧迫性和艰巨性相比，不仅在方法和视角上有很大的区别，而且在理论上也更加深刻。

那么,为什么说道德价值观的代际分化既使未成年人道德建设日益紧迫,又使未成年人道德建设显得尤其艰巨?

诚如本书所反复指出的那样，道德价值观的代际分化是随着现代社会代际关系的变化而必然发生的现象，而道德价值观最明显的代际分化往往发生在社会转型时期，尤其是社会变迁最剧烈的时期。譬如，第二次世界大战以后，特别是20世纪60年代，西方社会发生了重大社会变迁，社会道德价值观随之也发生了剧烈的震荡，尤其是道德价值观的代际分化甚至分裂十分明显，道德价值观的代际冲突成了社会整体道德价值观冲突的重要表现形式；同时，各种以“某某代”命名的道德价值观共同体层出不穷，它们相互之间也发生着非常复杂的关系，包括道德价值观的冲突。[1] 在中国，梁启超的“少年中国说”正好反映了当时天崩地裂时代中国的代际关系和价值观念；“五四”新文化运动也是与对“新青年”的呼唤相联系、以新青年为主体的。改革开放以来，中国社会正处在加速转型时期，人们的思想不断得到解放，道德价值观念越来越多元化，国外道德价值观对中国社会特别是未成年人的影响空前之大，在这一背景之下的道德价值观的代际分化从来没有像现在这样如此明显和广泛，以致代际冲突加剧，“代沟”之声不断。在社会转型之时，道德价值观的代际冲突很容易被成年人将年轻人道德价值观“问题化”，进而为所谓“价值观危机”、“社会失范”、“道德沦丧”、“一代不如一代”等等激愤的价值评价之词提供无数生动而“无可辩驳”的实例，这些激愤之词实际上就是指向年轻人的，由此可以看出道德价值观代际分化和代际冲突之一斑。道德价值观的代际分化，既深深地困扰着成年人，也使未成年人在道德价值观上出现前所未有的迷茫。

那么，社会转型时期道德价值观的代际分化对未成年人而言究竟意味着什么？一言以蔽之，它意味着未成年人道德建设问题已经无可避免地摆到了全社会的面前。代际差异最明显、代际冲突最激烈的时期，也是未成年人道德状况最复杂、最“糟糕”、最需要重塑的时期，因而也是令全社会最关注的时期。这种关注最典型的形式就是对未成年人道德建设的特别强调。何以如此？一个最重要的原因就是道德价值观的代际分化将使道德价值观出现代际断裂，从而未成年人将无法传承和接续成年人的（包括传统的）

① 对此，美国人理伯卡·E. 卡拉奇通过大量访谈美国“60 年代青年”的代表，做了非常详细的描述和研究，值得参考（参见理伯卡·E. 卡拉奇：《分裂的一代》，覃文珍、蒋凯、胡元梓译，社会科学文献出版社 2001 年版）。

道德价值观。从某种意义而言，未成年人道德建设的实质，就是如何更好地传承和接续成年人的道德价值观。假如成年人与未成年人不存在道德价值观上的代际分化，那么未成年人道德建设就不存在什么问题了，而谈论未成年人道德建设问题就更没有意义和必要了。显然，未成年人道德建设之所以显得如此紧迫，主要就是由道德价值观的代际分化这一在现代社会必然出现的现象所决定的。

同时，社会转型时期道德价值观的代际分化还意味着未成年人道德建设的艰巨性。在现代社会，道德价值观的代际分化作为一种必然现象，只有可能减缓或缩小，一般而言是不可能完全消除的。这就决定了未成年人道德建设是一项十分艰巨的工作。未成年人道德建设的过程，实际上就是缩小道德价值观的代际分化、减缓道德价值观的代际冲突的过程，而不是也不可能消除代际分化的过程。从这个意义而言，未成年人道德建设是一个既十分艰巨，又永无止境的过程。

（二）道德价值观的代际整合与未成年人道德建设的任务和目标

在现代社会，虽然道德价值观的代际分化是不可能消除的，但作为道德价值观代际分化的反面，道德价值观的代际整合一刻也没有停止过。在这里需要说明的是，道德价值观的代际整合并不意味着道德价值观的代际分化就一定能够减缓或缩小，因为即使在成年人与未成年人之间实现着道德价值观的代际整合时，道德价值观的代际分化也有可能扩大和深化，反之亦然；更何况在复杂的社会价值观系统中，某些道德价值观实现代际整合时，另一些道德价值观却又可能出现代际分化，反之亦然。这种状况明显地意味着，道德价值观的代际分化和代际整合及其辩证运动构成了未成年人道德建设的基本内容和价值底蕴。也就是说，在道德价值观的代际分化使未成年人道德建设变得十分紧迫和艰巨的同时，道德价值观的代际整合却始终是未成年人道德建设的重要任务和根本目标。

笔者在上文中已经阐明，道德价值观的代际整合具有三个基本向度，即成年人与未成年人对对方道德价值观的整合、成年人与未成年人在对待传统道德价值观的不同价值态度上的整合以及成年人与未成年人在对待异域道德价值观的不同价值态度上的整合。未成年人道德建设的核心和实质及其根本落脚点，就是实现这三个方面的整合，以及通过成年人与未成年人道德价值观的代际整合，最终实现未成年人道德价值观与社会主导道德价值观的整合。这也就是未成年人道德建设的重要任务和根本目标。明确了这一点，也就明确了未成年人道德建设的基本方向和深刻内涵。

当然，要实现道德价值观的代际整合，即实现未成年人道德建设的任务和目标，必须满足这种整合的基本条件，这就是成年人与未成年人之间的平等、信任和宽容。中国实行改革开放以来，随着市场经济体制的建立和完善，人们对平等、信任和宽容的追求空前地强烈起来，这首先是由市场经济的本性所决定的。马克思说过，商品是天生的平等派。以商品的等价交换为核心价值的市场经济，势必使市场主体都必须在平等的基础上进行交往和交换，这种平等首先是人格的平等，人格的平等内在地要求所有主体相互尊重各自的道德价值观和价值需求。在市场经济的条件下，过去那种老年人对年轻人的传统不平等关系，在本质上是不适合的，也是不适应的。市场经济在本质上还要求市场主体相互信任，这种信任当然是建立在公民社会和契约关系之上的。而宽容是社会和文明进步的重要标志,也是市场经济的内在本性。平等、信任和宽容还是现代社会政治文明的体现。现代社会的政治文明,其本质就是一种真正意义上的政治民主或民主政治,平等、信任和宽容是民主政治的灵魂。同时,平等、信任和宽容与文化和道德价值观的多元化也是互为表里、相互建构的。市场经济、民主政治、文化多样化,在现代社会是三位一体的。在几乎所有对未成年人道德价值观的调查中,都显示了现代社会的年轻人对平等、信任和宽容的强烈渴求,这可以说是改革开放以来中国社会道德价值观的一个重大进步。未成年人对平等、信任和宽容的渴求反映了他们希望与成年人建立一种完全新型的代际关系,在道德价值观上相互尊重、相互理解、相互信任、相互宽容,实现道德价值观的代际整合,从而更好地实现社会整体道德价值观的整合。这正是未成年人道德建设所要完成的任务和所应追求的目标。

第六章　道德价值观的代际互动及其主要表现

社会转型时期代际关系视野中的未成年人道德建设，归根结底就是要实现道德价值观的代际互动；或者反过来说，道德价值观的代际互动是现代社会特别是社会转型时期区别于以往任何时代和任何时期未成年人道德建设的核心内容。只有在道德价值观的代际互动中，未成年人的道德建设才能真正得到贯彻；道德价值观代际互动的状况，是衡量未成年人道德建设及其实效的重要标准和尺度；道德价值观的代际互动，也应是未成年人道德建设研究的出发点和落脚点。因此，就像在前述各章中所表明的那样，本书的根本宗旨，就是要探讨未成年人道德建设的代际机制，即未成年人道德建设中道德价值观的代际互动。笔者认为，在前述各章的基础上，有必要进一步就未成年人道德建设中道德价值观代际互动的路径和模式，以及道德价值观代际互动的主要表现，作一初步探讨。

一、道德价值观代际互动的双向路径

未成年人道德建设的路径或通道是多元的。从代际的角度看，道德价值观的代际互动是未成年人道德建设最具现代意味和时代特色，并且越来越重要的路径或通道。道德价值观的代际互动总的来说是一个代际回馈模式,即一方面是成年人对未成年人的道德价值观传递,另一方面是未成年人对成年人道德价值观的继承和反哺。

(一)道德价值观的代际传递

道德价值观的代际传递,就是成年人将他们从过去和前人所继承并加以改造过的道德价值观传递给未成年人的过程。这一过程也是成年人对未成年人进行道德价值观教育的过程。这是人类历史上最基本也是最久远的道德价值观传递和教育的路径。严格说来,道德价值观的代际传递可以细分为代际传递和代际示范两个方面。也就是说,离开成年人对未成年人的道德价值观的传递和示范,未成年人道德建设就无法得到真正的理解和切实的实行。从历史上看,成年人对未成年人的道德价值观传递和示范,是人类自文明产生以来未成年人道德价值观得以形成和发展的最基本途径;从人的社会化过程来看,未成年人正处在身心发展逐渐成熟、人生观和道德价值观逐渐确立的关键时期,道德价值观的社会化是他们所面对的一个重要任务,在这个意义上,成年人对未成年人的道德价值观传递和示范就是非常必要的。当前人们对这种"单向性"的道德价值观传递和示范多有诟病,并提出了非常合理的质疑和批评,有人甚至把这种传递方式误认为是一种单向灌输。而笔者以为,绝不能因此否认这种道德价值观代际传递和代际示范的必要性和合理性,否则,这些质疑和批评就会导致既缺乏历史感又必然对未成年人道德建设带来矫枉过正的后果,其本身也会遭受应得的质疑和批评。

成年人对未成年人的道德价值观传递,首先体现为成年人对未成年人在道德知识的传递上。成年人拥有丰富的生活经历,有着深厚的生活经验和道德知识积累,形成了经受过社会实践检验的道德评价标准,因而对历史上和现实生活中的道德现象有着深刻的理解,对真假、善恶、美丑的判断可以得到传统道德价值观和现实道德实践的有力支持,……所有这些,未成年人是无法与之比拟和匹敌的。因此,这种成年人对未成年人的道德价值观的传递,自然就强调道德知识的传递、传授和灌输。成年人对未成年人道德知识的传递,一般通过两种方式进行:一是在学校道德价值观教育中,通过德育课程设置进行理论化和系统化的道德知识传授;二是在社会(包括家庭等)道德价值观教育中,通过成年人(包括家长等)的言传身教影响未成年人道德价值观的形成。成年人对未成年人道德价值观传递的意义,首先表现在道德价值观变迁的历史过程中,其意义就是有利于未成年人对传统道德价值观的自觉尊重和服从,对传统道德资源的积极理解和利用;其次表现在青少年的社会化过程中,其意义就是有利于未成年人有关道德价值概念和范畴的形成,以及道德认知、道德判断和道德推理能力的提高,道德心理的不断成熟,道德知识的不断积累和丰富,等等。成年人对未成年人的道德知识传递,有着深刻的理论依据,这就是苏格拉底(Socrates)和赫尔巴特(Johann Friedrich Herbart)在论证道德知识时所证明了的道德教育主知主义命题:道德是可教的,而道德知识是道德可教的基础和出发点。因此,离开了道德知识,一切道德价值观及其传递就是无源之水。道德价值观传递和教育的主知主义使道德价值观的内容知识化,这种知识化本身虽然存在着缺陷,如可能忽视道德价值观的人文化,但不可否认它对道德价值观传递和教育的前提意义。

成年人对未成年人的道德价值观传递,一个重要的内容就是要求未成年人接受自己所继承和创立的道德规范和道德制度。未成年人总是面临着成年人所制定的道德规范和安排的道德制度，这是无法摆脱的历史前提。任何时代的成年人都是新的道德规范的制定者和新的道德制度的安排者，这些新的道德规范和新的道德制度对于未成年人来说又成为既定的历史前提。道德价值观的历史发展就是在道德规范和道德制度的这种血脉不断的代际传递中实现的，这种代际传递的重要基础和主要机制，就是成年人对传统道德价值规范和道德制度的继承，对新的道德规范和道德制度的创设，以及通过道德价值观教育等方式要求未成年人人接受和认同这些道德规范和道德制度。

成年人在道德行为和道德实践上的道德价值观示范即“长辈榜样”，是对未成年人进行道德价值观代际传递的又一重要形式。道德价值观的代际传递不同于（科学、文化）知识教育的最大特点，就是身教重于言教。成年人不论道德经验有多丰富，道德知识有多渊博，有多么辉煌的生活经历，制定和安排了多么完善的道德规范和道德制度，如果不身体力行，甚至“出尔反尔”、“言善行恶”，那么他们在理论上对未成年人的道德价值观传递和教育就将完全被其道德行为所抵消，甚至出现严重的负效应，其表现就是未成年人对成年人和传统的道德价值观表现出道德怀疑主义、道德虚无主义和道德相对主义等具有颠覆性的道德态度和道德行为，而这些又将引发未成年人道德价值观的严重失落和逆转，即由于对成年人道德价值观的怀疑和不信任而导致对“道德崇高性”的鄙弃，进而导致对利己主义和享乐主义的追求。正是在这个意义上，应当对当今中国的所谓“青少年道德价值观危机”进行认真反思，尤其是成年人应该反躬自省。

成年人对未成年人的道德价值观传递和教育，可以通过多种多样的方式进行，这在对道德价值观教育的一般理论研究中已有大量研究成果，在此不再赘述。值得指出的是，成年人对未成年人道德价值观传递和教育的一种重要方式就是道德价值观灌输。可以说，上述所论道德价值观传递中的道德知识、道德规范和道德制度的传递都具有灌输的意味。道德价值观传递中的道德价值观灌输方法是必要的，从代际的视角来看，成年人对未成年人的道德价值观传递本身就是道德价值观灌输。在现代道德教育哲学中，对传统道德价值观传递的最大诟病就在道德价值观灌输上。对道德价值观灌输的道德价值观传递方法应该辩证地对待和分析，其积极作用不能全盘否定。当然，在现代社会的道德价值观传递活动和过程中，道德价值观灌输的弊病越来越凸显出来。

（二）道德价值观的代际反哺

现代社会的未成年人道德建设，不仅仅是成年人对未成年人的道德价值观传递和教育，也不仅仅是从成年人向未成年人进行单向的道德价值观灌输的过程。如果没有未成年人对成年人道德价值观传递和教育的积极配合，没有未成年人对成年人所传递的道德知识、道德规范、道德制度以及他们的道德行为和道德实践的积极继承和认同，换言之，在道德价值观传递和教育中没有未成年人向成年人的积极运动，不仅难以达到成年人对未成年人进行道德价值观传递和教育的效果以及实现道德价值观传递和教育的目标，而且道德价值观传递和教育活动本身都将难以进行下去，因此也就谈不上未成年人道德建设了。不仅如此，在现代道德价值观传递和教育的实践中，未成年人对成年人具有越来越明显的道德价值观反哺功能。道德价值观的代际反哺也可以细分为道德价值观的代际继承和代际反哺两个方面。下面将对这两个方面分别加以讨论。

第一,一般而言,在人类历史没有发生重大“历史断裂”的情况下,未成年人对成年人的道德价值观继承是一个自然过程。[①]这意味着,道德价值观的历史发展是通过一代又一代人的接力传递和继承而实现的。脱离了人类代际关系,或在人类代际关系之外来谈道德价值观的历史发展,则必然使道德价值观发展成为一种只见“物”不见人的“无主体”的发展。这种所谓的道德价值观传递和继承只不过是一种纯粹的理论抽象。这可能与人们常常习惯于从文化、民族、社会等宏观层面来审视道德价值观的传递和继承有关。但是,人类学的研究同时表明,道德价值观的传递和继承是一个文化濡化的过程[②],文化濡化是“人类个体适应其文化并学会完成适合其身份与角色的行为的过程”[③],它关注的重心在文化、民族和社会的主体——人,正是通过“生活于文化中的个人”,[④]实现着文化和道德价值观纵向的代际传递和继承。[⑤] 道德价值观继承作为一个自然过程,还表现在前已备述的每一代人从一出生就面临着的历史前提,即成年人所继承和创造的道德价值观。这种历史前提对于每一代人来说同时就是一种“自然前提”。

---

① 这里所说的未成年人对成年人道德价值观的继承,自然包括着未成年人对在历史上延续下来的传统道德价值观的继承。这包含着两层意思:1. 传统道德价值观不可能跳过任何一代人,而是通过在历史时空中连续地通过一代一代的人来发展和传递的;2. 未成年人对传统道德价值观的继承,在很大程度上是通过成年人的言传身教而实现的。

② “文化濡化”概念是美国人类学家赫斯科维茨(M. J. Herskovits)在其 1948 年出版的《人及其工作》一书中首次提出和使用的。

③ Winick, Charles. Dictionry of Anthropology. Totowa, N. J.: Littlefield, 1984. p. 185.

④ [美]R. 本尼迪克特:《文化模式》,张燕等译,浙江人民出版社 1987 年版,第 2 页。

⑤ 参见钟年:《文化濡化与代沟》,《社会学研究》1993 年第 1 期。

说未成年人对成年人的道德价值观继承是一个自然过程，并不意味着这种继承是一种纯粹无为或无须作为的过程。对传统道德价值观的继承是通过成年人对未成年人的道德价值观传递和教育来实现和完成的。没有成年人的道德价值观传递和教育，未成年人在心灵上可能就是一片道德空白，或者说是“道德文盲”。

然而，未成年人对成年人的道德价值观继承绝不是也不可能原样照搬，而是继承和发展的辩证统一，就是在继承的基础上发展，在发展的过程中继承。不过稍需说明的是，在继承和发展的辩证关系中，蕴涵着未成年人对成年人道德价值观的改造、创造甚至反叛，因而也就蕴涵着道德价值观的变迁性和变异性，一旦道德价值观变迁性与道德价值观稳定性的统一和平衡被打破，而道德价值观变迁性大于道德价值观稳定性时（这往往在社会转型时期表现得尤为突出和激烈），就会出现道德价值观的代际分化和代际冲突。

第二，如果说未成年人对成年人的道德价值观继承是一个老话题的话，未成年人对成年人的道德价值观反哺相对而言则是一个崭新的话题。所谓“道德价值观反哺”，①从道德价值观社会学意义上也可称为“道德价值观的反向社会化”和“道德价值观后育”，是指成年人接受未成年人道德价值观的过程，或者是未成年人对成年人发挥道德价值观影响的过程。它是道德价值观代际逆动的鲜明形式，即改变了道德价值观传递的代际方向：由成年人对

① 周晓虹在《试论当代中国青年文化的反哺意义》一文中首次提出了“文化反哺”的概念：“文化反哺，其可能为人们所普遍接受的表述是，它是在疾速的文化变迁时代所发生的年长一代向年轻一代进行广泛的文化吸收的过程。”（见《青年研究》1988 年第 11 期）“道德价值观反哺”是在“文化反哺”概念的启发下提出的。可以说，道德价值观反哺是文化反哺的重要方面和核心内容。

未成年人的单向道德价值观传递转变成了未成年人对成年人也可以进行道德价值观传递，即道德价值观传递在代际关系上完全是双向的和互动的。这一方向性的改变具有历史转折的意义：它标志着道德价值观传递和教育范式的转型、道德价值观教育主客体的转换、道德价值观传递的单向性向道德价值观代际互动的转变以及道德价值观教育由年龄的阶段性向终身化的转化。这种道德价值观反哺现象的出现，说明在现代社会文化急速变迁的背景下，不仅道德价值观传递和教育的内容会有极大的变化，而且亘古不变的道德价值观传递的方向和形式也有了重大的变化。最先出色地描绘这种变化的，就是美国文化人类学家 M. 米德，她令人信服地阐明了，在以"前象征文化"为特征的现代社会中，原先处于被教化者和接受者地位的晚辈所以能够"反客为主"，充当教化者和传递者的角色，是因为古往今来没有任何一代能够像他们一样经历如此巨大而急速的变化，也没有任何一代能够像他们这样了解、经历和吸收在他们眼前发生的如此迅猛的社会变更。

道德价值观反哺主要表现在下述几个方面：①首先，在关于对善恶、是非、个人与社会关系的看法等方面，由于道德价值观的形成绝非一日之功，其变化自然就是比较困难的，在这种情况下，未成年人对成年人道德价值观的影响较其他方面自然也就要困难一些，然而这种影响却是明显存在的，甚至成年人也不得不承认未成年人道德价值观的影响有时甚至会触及自己的"灵魂深处"。而且成年人的道德价值观一旦发生变化，就会是比较深刻的，对未成年人道德价值观的认同也就趋向一种新的稳定。其次，未成年人

---

① 对下述问题的讨论，得益于周晓虹对文化反哺现象的访谈和研究。参见周晓虹：《文化反哺：变迁社会中的亲子传承》，《社会学研究》2000 年第 2 期。

对社会和人生的理解、对金钱和消费的看法、对审美和社会情趣的偏好,都对成年人产生较大的影响,并常使后者的生活态度在无形之中发生明显可见的变化。第三,在日常行为方面,比如在消费行为方面、在休闲和社交领域以及在提供各种现代生活常识上,未成年人对成年人的影响是普遍而广泛的。第四,未成年人最具话语权力的是在对新器物的使用(如对计算机的使用)和对新潮流的了解(如对流行文化或大众文化的了解)上,成年人对未成年人在这方面"指点"的接受是最情愿、最自觉、最主动、最放得下"架子"的,因而也是最无条件的。这是因为未成年人的这种话语权力,一方面能够使成年人增长知识和见识,使之能尽快地适应和享受新的生活;另一方面又不会太大地改变成年人的道德价值观,避免了道德价值观变化的痛苦。上述诸方面基本上直接反映了道德价值观反哺的内容,或者包含了道德价值观反哺的内容。除此之外,还有学者深入地描述过"孩子得自于市场、广告、同龄人的食物信息和知识,有时甚至超过其长辈"等现象,成年人有关食物的知识常常是来自孩子们。① 因此,即使在食物信息中都包含着文化反哺的现象,只不过诸如此类的文化反哺现象对于道德价值观反哺而言是一种间接的形式。

未成年人对成年人道德价值观反哺的能力,虽然与未成年人的身心特点有关,但最根本的是源自当今这个瞬息万变的时代。具体而言是指:(1)现代社会及其文化变迁的加剧,新器物、新规则、新道德价值观念和新生活方式层出不穷,面对如此瞬息万变的陌生环境,成年人原有的知识、经验和道德价值观念日益陈旧,很

① 参见郭于华:《社会变迁中的儿童食品与文化传承》,《社会学研究》1998年第1期。

难及时适应新的社会和文化变迁，这自然就使成年人原有的知识、经验、道德价值观不断地丧失了解释力和传承价值，而对新事物、新观念具有高度敏感性和接受能力的未成年人则正好有了对成年人施加影响的机会。这是未成年人对成年人具有道德价值观反哺能力的宏观背景。(2)许多社会学家和人类学家都论述和证实了同辈群体对未成年人个体社会化的影响。① 随着现代社会文化传承模式的转变，原来的长辈榜样模式转变成了同辈榜样模式，与同辈的交往成了未成年人获取各种新的知识和新的道德价值观念的重要途径，这些新的知识和新的道德价值观念成了他们反哺成年人的重要源泉。(3)电子计算机的普及和现代大众传播媒介的广泛而深刻的影响，使年轻一代有了前所未有的条件和机会从成年人之外获取大量的信息(包括知识性信息和道德价值观信息等)，未成年人相应具备了对成年人进行道德价值观反哺的全新的能力。

道德价值观代际反哺对缓和代际关系、缩小道德价值观的代际差异、减缓道德价值观的代际冲突、防止道德价值观的代际断裂、实现道德价值观的代际互动和整合，具有重要意义。由此看来，成年人有两大任务需要完成，这就是成年人继续自己的社会化和对未成年人进行正确的引导。

道德价值观的代际传递和代际反哺，对现代社会道德价值观的代际互动而言是缺一不可的。因为，在“一个乌托邦式的、永恒的社会不会面临文化传递的必要性，这样的社会最重要的方面就

---

① 如玛格丽特·米德的《代沟》; T. M. Newcomb, *Personality and Social Change: Attitude Formation in Student Community*, New York, : Hoit, Rinehart and Winston, 1943; U. Bronfenbrenner, *Two Worlds of Childhood: U. S. and U. S. S. R.*, New York: Russell Sage Foundation, 1970.

是将传统生活、情感和态度的方式自动地传递给新的一代。"①也就是说，这种文化传递所需要的仅仅是成年人单向地、"自动地"向未成年人传递道德价值观，不可能存在未成年人对成年人的道德价值观反哺，进而不可能存在更不需要成年人和未成年人的双向互动。只有在现代社会，道德价值观的双向互动才成为可能和必然。

二、道德价值观代际交互主体性模式

成年人对未成年人的道德价值观传递和道德价值观示范与未成年人对成年人的道德价值观继承和道德价值观反哺，是现代道德价值观代际互动的两条基本路径，也是现代社会未成年人道德建设的双重通道，它们不同于传统道德价值观只是成年人教化未成年人这一条路径。同时，现代社会道德价值观代际互动的上述两条路径是双向的而不是单向的，这种双向性又不是独立和平行的、互不关联的两个方向，而是体现了现代社会道德价值观在代际之间面对面对话式的、良性互动的崭新模式。这种道德价值观的代际互动首先反映了当代社会道德价值观在代际关系上的重大转变，这就是未成年人与成年人都互为道德价值观的主客体，或者说，未成年人与成年人在道德价值观上表现出双向的"主体—主体"关系，而不是传统社会中那种成年人为主体、未成年人为客体的单向的"主体—客体"关系。在现代社会，成年人与未成年人在道德价值观上具有代际交互主体性或主体间性，这是只有以代际

① ［德］卡尔·曼海姆：《代问题》，载《卡尔·曼海姆精粹》，徐彬译，南京大学出版社2002年版，第88页。

关系平等为特征的现代社会才会出现的一种全新的代际关系模式。

现代社会道德价值观的代际交互主体性模式,可以通过以下三个方面来加以说明。

首先,从对传统道德价值观代际模式的反思来看。

自从人类进入文明社会以来,不论社会发生过怎样的变化,道德价值观的内容和形式有何不同,在传统道德价值观中,其道德价值观传递的方向、教化者与被教化者的角色总是固定不变的:就道德价值观传递的方向而言,总是成年人向未成年人进行道德价值观传递;就教化者与被教化者的角色而言,成年人总是教化者,而未成年人永远只能是被教化者。这种道德价值观代际模式与传统社会代际关系以生物繁衍链条为基础的前后相继性是一致的,它决定了成年人与未成年人在社会道德价值观上的代际不平等。即使在未成年人对成年人道德价值观的继承关系上,主动权仍然掌握在成年人手里,未成年人对成年人道德价值观的继承已经被规定为一种必须履行的义务,而且必须"忠实于"成年人的道德价值观,不能有任何走样(所谓"歪曲"、"篡改"之类就是数典忘祖)。在落后、封闭、变迁缓慢的社会里,这种道德价值观代际模式的必要性和重要意义就在于,通过道德价值观的代际认同来保持社会的连续和稳定。

传统道德价值观代际模式与下述要求是相互支撑的,换言之,下述要求是传统道德价值观代际模式的核心要求:(1)成年人对于未成年人而言具有绝对权威性(在传统社会里,权威与权力是二位一体的)。传统社会主要是以生存经验的丰富与否确定权力的拥有与否,而在变迁缓慢的社会,丰富的生存经验永远是年长者的专利,他们是社会权力的绝对拥有者,因此对未成年人具有绝对的权威，当然包括绝对的道德价值观权威。（2）年长者是“正确的”道德标准的代表和化身，这种“正确的”道德标准不仅来自于对人性的洞观、对事实的揭露，更是来源于绝对的权威和权力，权威和权力决定着好坏和是非，符合和服从年长者道德标准的，就是“好后代”，否则就是“不肖子孙”。（3）正因如此，传统道德价值观代际模式在主客体定位中是“长者优位”的，年长者是未成年人的当然道德价值观教化者，他们不可更改地是道德价值观教化的主体，而未成年人宿命地就是被教化者，永恒地成为道德价值观教化的客体和对象。这种道德价值观代际模式中的主客体关系也是不可移易的，“天”不变，“道”（即这种主客体关系）亦不变。

这种道德价值观代际模式首先限制了未成年人的道德价值观变革和创新的意识及能力。在传统社会，道德价值观教育的目标就是把成年人的经验和道德价值观等传喻给未成年人，而未成年人也只能遵循和接受成年人的传喻，甚至将成年人的经验和道德价值观自觉地作为自己的信念，而不可能也不敢作出违背长辈和成人意志的举动，自然也就不可能对成年人及其代表的传统道德价值观进行变革和创新。其次，在道德价值观的代际传承中，如果每一代人都缺乏道德价值观变革和创新的意识及能力，那么对于整个道德价值观传统来说，就必然妨碍传统道德价值观的更新，而使传统道德价值观缺乏活力和自我更新能力。最后，一种道德价值观代际模式总是与特定的政治、经济制度结合在一起的，传统道德价值观代际模式与高度集权的政治制度和以家庭血缘关系为基础的自然经济相结合，要求未成年人盲目信仰成年人的道德价值观，从而使未成年人的道德价值观多多少少带有奴性道德价值观的色彩，或者说这种道德价值观就是以己属人的“奴隶道德价值观”。

通过对传统道德价值观代际模式的反思,可见传统道德价值观代际模式的弊病是明显的。在现代社会,正如社会学家和人类学家们的大量研究所证明了的,传统社会代际关系的“主—客”模式或长者“优位”和长者“权威”受到了严重挑战(这些已经在本书多处作了阐述)。事实上,在现代道德价值观代际模式中,成年人与未成年人开始处于平等地位,或者说成年人和未成年人对代际平等的意识已经越来越强烈,对道德价值观的代际分化和代际冲突及其他各种道德价值观问题,也越来越自觉地采取对话和协商的方法和途径加以解决。换言之,现代道德价值观代际模式已经开始实现由传统的“主—客”模式向“主—主”模式转变,这种“主—主”模式体现在道德价值观的代际模式中,就是代际交互主体性。

其次,从道德价值观代际模式的转型来看。

由于传统道德价值观代际模式是一种主体—客体模式,因此成年人必然将未成年人视为没有主体性和能动性的“美德袋”。“美德袋”式的道德价值观代际模式,就是把未成年人(所谓道德价值观的教育客体)看作是可以盛放各种美德(实际上就是各种道德价值观条目)的袋子,成年人只是将自己所认可或社会所公认的各种道德价值观和道德条目让未成年人理解和牢记。这种代际模式最明显地表现在道德价值观的教育活动中。由于这些道德价值观和道德条目具有社会的和长者的权威性,因此不容未成年人思考和怀疑,道德价值观传承的目的就是通过说教、规劝、奖惩等方法和策略,使未成年人无条件地接受这些道德价值观和记住这些道德条目。这些方法和策略,最本质的内容就反映在“道德价值观灌输”的道德价值观教育方法上。然而,道德价值观灌输的道德价值观教育范式或方法已经不能适应现代社会代际关系的本质和要求,它在一定程度上必将阻碍未成年人道德价值观发展的可能性。因此,成年人对未成年人的道德价值观教育不应是使未成年人客体化的道德价值观教育,而应是上下两代人交互作用和影响的“主体道德价值观教育”。

美国价值观澄清学派代表人物柯申鲍姆(Howard Kirschenbaum)曾对西方价值观教育方法的发展进行过分期,他认为:19 世纪末 20 世纪初是以讲授法为主的人格品质教育(Character Education)阶段;20 世纪 20—30 年代是更强调公民权利和义务的公民教育(Citizenship Education)阶段;20 世纪 40—60 年代,与战争和恢复经济繁荣相适应,强调价值观灌输(Inculcate)方法;20 世纪 60—70 年代,则是价值观澄清法(Values Clarification)、价值观分析法(Values Analysis)和科尔伯格的道德发展阶段论(Moral Development)占优势的价值观教育方法,他们都强调受教育者的主体性;20 世纪 80 年代以来,新人格品质教育受到人们高度重视,并出现了价值观教育方法的综合化(Comprehensine Values Education)趋势。① 从上述分期中,可以看到道德价值观和道德价值观教育方法的发展具有明显的时代特色,并必然反映时代的需要。比如,在战争时期与和平时期,道德价值观教育的方法是必然有所区别的,西方国家在 20 世纪 40—50 年代特别强调爱国主义和奉献精神等道德价值观,重视讲授方法和榜样的作用,这与当时的战争环境和国家恢复重建目标有直接关系;我国在革命战争时期也形成了系统而有效的道德价值观教育方法,但新中国成立后在相当长的和平时期不论是在内容上还是在形式上仍然带有战争时期

---

① Kirschenbaum, Howard. Form Values Clarification to Character Education: A Personal Journey. Journal of Humannistic Counseling, Education & Development, 2000, 39(1).

的明显痕迹，灌输仍然是道德价值观教育的主要方法，长期忽视受教育者的主体性，总认为社会和成年人是正确道德价值观的当然拥有者。改革开放以来，受教育者接受信息的渠道已经多样化，其主体意识也空前地突出，再片面地按灌输式的方法进行道德价值观教育，势必达不到预期的效果。因此，道德价值观的形成必须有受教育者和未成年人的主动参与，实现教育者与受教育者、成年人与未成年人的双向良性互动，同时，由于不同年龄阶段的未成年人具有不同的身心特点，故而在道德价值观教育方法的选择上也应该有所区别。一般来讲，随着年龄的增长、思维能力的提高，未成年人会越来越反感那种机械的灌输式的方法，而追求一种强调主体性并具有关怀主义性质的教育方法。对此，价值观澄清学派的早期观点认为，教师、咨询者、父母和领导者绝不能企图在未成年人中直接劝导和慢慢灌输自己的道德价值观，因为这将妨碍未成年人正在发展的那些真正属于他们自己的道德价值观；道德价值观教育者的任务仅仅是为个体道德价值观的选择和确认提供一种情景和机会。价值观澄清学派的代表人物拉思斯（L. Raths）尖锐地指出："'正确'的价值是预先定好的，然后采用这样或那样的方法把这些价值兜售、推销、强加给他人。所有这些方法都有灌输的味道，只是某些方法比另一些方法更巧妙一点而已。"杜威的经验主义道德教育观也强调在道德价值观形成过程中对未成年人主体性的重视。①

可以认为，现代道德价值观代际模式对未成年人主体性的强调、对以灌输为主要特征的传统道德价值观教育的批评，换言之，

---

① 转引自戚万学：《冲突与融合——20世纪西方道德教育理论》，山东教育出版社1995年版，第273页。

现代道德价值观代际模式的转型是一个普遍的、全球性的趋势。以代际关系的视角来看，就是成年人要关注和尊重未成年人的主体地位，自觉改变和改进道德价值观教育的方法，实现道德价值观的良性代际互动。

第三，从道德哲学的后现代理念来看。

可以认为，传统的道德价值观"主—客"模式是与近代以来日益彰显的科学理性或工具理性相联系的。毫无疑问，科学理性作为现代性的基本特征之一，在任何时候对道德价值观的影响都具有积极的作用，它丰富了道德知识并对道德知识进行了合理性辩护，促进了人的道德认知能力的发展；不以科学知识为基础的道德价值观，是盲从的、非理性的道德价值观。然而，以科学理性为基础的道德价值观却又将道德价值观的主体与客体截然分割开来。笛卡尔（Rene Descartes）的"我思故我在"，奠定了人因其"有思性"而具有唯一主体性进而具有至高无上的主体地位的"第一原理"基础，而当人被确立为主体之时，被思之物就成为了客体。因此，这一原理实际上奠定了主体与客体分裂的二元论基础，也孕育了人能支配万物、"为自然立法"（康德）的具有典型现代性色彩的主体性。

这种主—客二分的现代性思维方式不仅使人与自然界分离开来，而且也使人与社会、人与他人分离开来，不仅使自然，而且使社会和他人客体化和对象化。在道德价值观领域，就是出现了道德价值观的主体（教育者）与道德价值观的客体（受教育者）的主客分化，道德价值观主体可以占有和支配道德资源进而支配甚至宰制道德价值观的客体。表现在道德价值观的代际关系中，即是成年人的"主体性"在未成年人的客体化和对象化中得以充分体现。

然而，凸显人的主体性的主客分离的现代性二元论思维方式导致了人在自然、社会乃至自身之中的异化，作为对导致这一异化的主体性的否定，具有后现代色彩的“主体间性”思维方式则试图弥合人与自然、社会和自身的分裂，实现他们之间的共生共存。主体间性以主体性为基础，人不是主体，不具有主体性，则不存在人与人之间的主体间性。而主体间性区别于主体性的是，主体性是以“主体自我”为中心的能动性和对客体的占有性，主体间性则是主体与主体在交往活动中表现出来的以“交互主体”为中心的“共主体性”；主体性生成于对象化活动，对象化活动反映了主体对客体的“占有”关系，主体间性则生成于交往实践之中，交往的双方不是主体与客体的关系，因为根本不存在纯粹的客体，每个人都是主体，而是彼此间相互关系的创造者，他们塑造的不是对方，而是相互间的关系，并在这种相互关系中达成共识、理解和融合。相对于主体性的科学理性来说，主体间性的后现代思维方式更加强调道德价值观的人本主义化和人文理性精神。

建立在主体间性基础上的道德价值观代际模式，必须打破道德价值观的单一主体观和单向度的道德价值观代际关系，进而建构一种新的道德价值观交往关系和交互主体性的道德价值观理念。具体而言，在道德价值观的代际关系中，必须建立起以平等为基础的对话、以互信为前提的理解和以差异为条件的宽容等代际关系，从而为一种新的、以代际平等为基础的道德价值观代际模式的构建提供道德哲学的基础。

道德价值观的交互主体性模式表明，现代社会未成年人道德建设是在成年人与未成年人作为平等的道德主体的基础上来进行和实现的，不仅成年人对未成年人的道德建设施加影响，而且成年人自身也有一个道德建设的问题，在成年人道德建设中，未成年人对成年人也施加各种道德影响。成年人与未成年人的这种交互主体性，构成了道德价值观代际互动的又一重要方面。

三、道德价值观代际互动的主要表现

对道德价值观代际互动的双向路径和交互主体性模式的讨论，只是对道德价值观的代际互动进行了初步的理论阐述。除此以外，还有必要对道德价值观代际互动的主要表现作一初步考察。笔者以为，社会代际关系中的成年人与未成年人的代际互动、家庭代际关系中父母与子女的代际互动、学校代际关系中教师与学生的代际互动，就是道德价值观代际互动的三大表现。由于未成年人道德建设主要就是在社会、家庭和学校之中来进行的，未成年人道德建设最终也要在这三个基本领域得到贯彻和落实。正因为这样，讨论道德价值观代际互动的上述表现，显然就不是多余的。

由于本书所讨论的未成年人道德建设，主要就是以社会这一宏大领域中成年人与未成年人及其构成的代际关系这一维度来立论的，且人们在其中多少能看到道德价值观代际互动的基本情形，因此，关于社会代际关系中成年人与未成年人道德价值观的代际互动，在此将不再赘述；①同时，社会代际关系中道德价值观的代

① 笔者在此只引述科尔伯格关于儿童与成人之间的交流对于儿童道德发展水平的重要性，来说明成年人与未成年人道德价值观代际互动对于未成年人道德建设的重要性。科尔伯格曾经通过比较美国孤儿院的儿童与以色列集体农庄的儿童发现，美国孤儿院的儿童道德发展水平最低，以色列儿童的道德发展水平最高。这是因为：美国孤儿院的儿童缺少与父母、成人工作人员以及同伴的交流，而以色列集体农庄的儿童与成人和同伴的“相互作用热烈而频繁，……他们主要的日常活动是讨论、推理、交流情感和作出群体决策”。这实际上反映了成人与儿童缺乏相互交流的严重后果。科尔伯格由此得出了一个对我们具有重要意义的结论：“如果成人不重视儿童的观点，儿童就不会和成人交流，或接受成人的观点。”（参见科尔伯格：《道德发展心理学——道德阶段的本质与确证》，郭本禹等译，华东师范大学出版社 2004 年版，第 189—190 页。）

际互动，最终要在家庭和学校等未成年人道德建设最集中、最活跃的领域得到体现和落实，因此，本书将重点讨论道德价值观代际互动的另外两种主要表现形式，即在家庭和学校中父母与子女、教师与学生之间的道德价值观代际互动。

（一）父母与子女的代际互动

未成年人道德建设的一个重要领域是家庭，因此，家庭中父母与子女（这里所说的“子女”当然是指“未成年子女”，与作为成年人的父母相对应）之间在道德价值观上的代际互动，就是未成年人道德建设不可忽视的重要方面。

在这里，笔者要讨论三个问题：第一，家庭代际关系的特殊性；第二，现代家庭中父母与子女之间道德价值观的冲突；第三，重构父母与子女的代际关系，实现父母与子女道德价值观的代际互动。

第一，家庭代际关系与社会领域的代际关系既具有共同性，也有自己的特殊性。

在一定意义上可以说，本书对社会代际关系所作的规定和社会代际关系所具有的一切特征，也都适用于家庭代际关系的规定及其特征。但是，如果说社会代际关系更多地需要从文化上加以规定的话，那么家庭代际关系除了同样具有文化方面的特征外，更多地具有血缘性的特点。家庭代际关系是以血缘关系为基础并往往是以血缘关系表现出来的，其中父母与子女所构成的代际关系，就是典型的家庭血缘代际关系。

家庭代际关系中的血缘性，使“亲子之爱”成为一种家庭中独特的天然情感。这种情感当然首先是因为亲子间是血缘相连的。它相对于其他情感（包括爱情）而言，更难受外在因素影响而较少发生变化。“身体发肤，受之父母”一直是中国论证“子孝”的重要理论依据。亚里士多德也早就指出:“生养者把子女作为自身的一部分,照拂备至,子女们则把双亲当作自己存在的来源。……生育者把后代当作自身来爱(他们是出于自身,是与自身相分离的另外自身)。孩子们爱双亲则把他们当作自身的来源。……由此人们说:血脉相通,骨肉相连等等。”①因此,“亲子之间的依恋与服从是自然先天赋有的。”②不但如此,亲子间的情感还具有超功利的性质,尤其是“亲”对“子”表现出更多的无私性和利他主义。家庭中父母的利他主义可以从父母经常为孩子作出牺牲的行为中得到证明:父母为照顾孩子花费大量时间;为孩子的教育和健康花费金钱;给孩子馈赠;把遗产留给孩子等。而父母这样做的一个最根本的原因就是对孩子无私的爱。具有利他主义思想和情感的父母是孩子最好的看护人,只有他们最能考虑自己的行为对孩子的影响,甚至在必要时为孩子牺牲自己的一切。③ 父母的利他主义之所以可能,主要就是因为父母与子女之间存在着血缘关系。柏拉图式的“共同教养”制度以及后来人们对“共同教养”制度的屡屡实验,由于缺乏父母与子女之间的血缘之根,不得不以失败而告终。④

---

① [古希腊]亚里士多德:《尼各马可伦理学》,苗力田译,中国社会科学出版社1999年版,第169页。

② [古希腊]亚里士多德:《尼各马可伦理学》,苗力田译,中国社会科学出版社1999年版,第239页。

③ 参见[美]加里·斯坦利·贝克尔:《家庭论》,王献生、王宇译,商务印书馆1998年版,第390页。

④ “共同教养”制度之所以不成功,还由于它不一定是符合子女最佳利益的,对子女的心理健康而言,它缺乏个别性的特殊关爱,对子女的心理健康发展不利,有损于子女自主能力的发挥;从理想的社会形态来看,“共同教养”制度会带来一个只重同一、忽视差异的社会,这自然不是一种理想的社会形态。(参见成中英:《文化、伦理与管理——中国现代化的伦理省思》,贵州人民出版社1991年版,第165页。)

笔者之所以要提出家庭代际关系的血缘性问题，主要是为了说明，在父母与子女发生道德价值观冲突时，父母与子女之间的血缘关系将会作为一种保护性“硬壳”，不致使父母与子女之间的关系因道德价值观的差异和冲突而破裂；同时也为父母与子女之间道德价值观的互动提供了重要的血缘和情感基础。这无疑是未成年人道德建设最得天独厚的优越条件。这一条件在其他代际关系如社会代际关系和学校代际关系中是不具备的，因为“家庭成员之间的相互关系，肯定会主要通过友爱和关照而区别于没有（血缘）关系的人们的交往。”①

第二，现代家庭中父母与子女在道德价值观上的差异和冲突有加剧的趋势。

尽管家庭代际关系的血缘性能够为父母与子女之间道德价值观的冲突提供某种保护性外壳，但这并不意味着父母与子女之间道德价值观的差异和冲突就可以消除。贝克尔（Gary Stanley Becker）认为：“不同代人之间的冲突日趋公开化，现在的父母不再像以前那样，对指导孩子的行为充满信心。”②成中英也指出，“父母与子女之间可以有因年龄与环境所引起的代沟问题，也可以由于父母子女关系的定型化，因社会变迁与职业差异造成隔阂。”③在现代家庭中，人们能经常感受到父母与子女在道德价值观上发生争辩甚至冲突的情形。这除了家庭中父母与子女本身各自所持道

---

① ［美］加里·斯坦利·贝克尔：《家庭论》，王献生、王宇译，商务印书馆1998年版，第9页。

② ［美］加里·斯坦利·贝克尔：《家庭论》，王献生、王宇译，商务印书馆1998年版，第1页。

③ ［美］成中英：《论儒家孝的伦理及其现代化：责任、权利与德行》，见成中英：《文化、伦理与管理——中国现代化的哲学省思》，贵州人民出版社1991年版，第169页。

德价值观的不同外,还可以从家庭与社会的互动中明显地看到,因为至少从文化和道德价值观的意义上而言,家庭是社会的缩影或微观领域,社会领域道德价值观的代际差异和冲突必然会在家庭中的父母与子女之间得到程度不同的体现。只是与社会领域道德价值观的代际差异和冲突所不同的是:其一,家庭中父母与子女之间道德价值观的差异和冲突,显得更加生活化,即往往表现在家庭的日常生活之中,而不会像社会领域道德价值观的代际冲突那样,有时表现为理论上的争辩;其二,家庭中父母与子女道德价值观的冲突往往是面对面的,因而相对于社会领域道德价值观的代际冲突而言显得更加直接;其三,家庭中父母与子女之间道德价值观的差异和冲突,往往又被掩饰在有时甚至被淹没在温情脉脉的家庭亲情之中,而不致像社会领域道德价值观代际差异和冲突那样外露或者说赤裸裸。

在笔者看来,现代中国家庭中父母与子女之间道德价值观的差异已越来越明显,父母与子女之间道德价值观的冲突也有不断加剧的趋势。这在父母与子女之间的价值取向、道德观念、消费行为、生活方式、待人接物,特别是孩子的学习动机与父母的教育期望等等从精神价值观到物质价值观的各个方面得到完全和充分的体现,更遑论虽表面上表现为“亲子相残”实则暗含着道德价值观剧烈冲突的那种极端形式了。①

家庭中父母与子女之间道德价值观的差异和冲突,与父母和子女之间良性互动的缺乏也许是相辅相成的。在这里,笔者引述两封信来解读一下这种相辅相成的关系。

---

① 十多年以来,我们常常可以从媒体中看到和听到父母与子女之间身体血腥相残的报道,至于父母与子女之间的各种精神和心灵伤害,就更难以计数了。

2000年6月14日,《中国青年报》刊登了一封名叫“晓琴”的中学生来信,题为《给妈妈的十四条建议》,全文如下:

1. 我需要帮助,同时也需要独立。

2. 为了成长,请允许我犯些错误,让我自己在生活中学会如何生活。

3. 请不要强迫我按照您的模式去生活。

4. 请自觉地保护我的自尊心和隐私权。

5. 如果您想成为我的朋友,那就得放下家长的架子。

6. 请不要拿我当您的出气筒。

7. 宠坏了我就别说把我宠坏了。

8. 不要把简单的事情复杂化,不要把过去的错误扩大化。

9. 多一些建议,少一些命令。

10. 请不要第一百零一次告诉我某事该怎么做。

11. 我不仅学习您告诉我的东西,还学习您身上表现出来的东西,包括坏习惯。

12. 我不仅需要爱,还需要学会爱别人。

13. 即使您能帮助我做所有的事,也请把它们留给我自己做。

14. 因为我是菊花,所以请别让我在夏天开花;因为我是白杨,所以请别指望从我身上摘下松子。

一位妈妈在“思考了一夜”之后,写了一封《给晓琴的十四条回答》,这十四条回答完全是对应于“十四条建议”的:

1. 只有我们的帮助,你才能独立。

2. 你打个碗,可以原谅;你要是说谎,绝对不行。

3. 而你要参考我的模式。

4. 父母、儿女都有自尊心；若谈“隐私”，你 18 岁前的监护权归父母。

5. 你要先把父母当朋友。

6. 若有故意拿自己的儿女作出气筒的人，则是天下最无知的人。

7. 能认识到是我宠坏了你，你就别坏了。

8. 犯过的错误绝不能一而再、再而三地重复犯了。

9. 我们确实应该注意方法和语气。但，同样一句话，是命令、是建议就看你是怎样理解的。

10. 以后最多说三次。

11. 我已给你讲清楚的、我同时也已正改的坏习惯，你绝不能有同样的坏习惯。

12. 父母最需要爱。

13. 我累时，确实需要有人递杯茶。

14. 父母不是完人，该你学的，该原谅的，该摒弃的，需思考的是你；还有一句，父母不是“省长”，你的要求，大多是不能满足的。

从这两封信中典型地反映出的亲子矛盾和冲突中可以看出，其一，这些非常“生活化”的亲子矛盾和冲突是亲子间普遍存在的矛盾和冲突，这些矛盾和冲突包含着深沉的亲子之爱，但是这些亲子之爱常以一种负面的方式表现出来。其二，在这些亲子矛盾和冲突中，体现着道德价值取向和观念的不同与冲突。其三，这些亲子矛盾和冲突体现着日常生活中亲子关系的基本格局，这就是长辈时时处处渗透着的霸权（和霸气）意识。从这里可以很清楚地看出，父母与子女之间虽然有互动，但并不是良性的，甚至可以说是负面的。这种状况对于未成年人道德建设是极为不利的；由此也可以深深地感到,父母与子女的良性互动,包括道德价值观的良性互动,对于未成年人道德建设是十分必要的。

第三,重构以民主和平等为基础的家庭代际关系,是实现父母和子女道德价值观良性互动、推动未成年人道德建设的重要保障。

民主和平等是现代社会和现代文明的重要标志,当然也是衡量现代家庭文明程度的重要标志。首先,在现代家庭中,父母与子女的民主反映并提升着家庭生活的质量。现代家庭中的民主意识已开始在代际关系中扎根,具体表现为:一方面,父母对子女权利(包括物质权利和精神权利)和民主要求有了必要的尊重,子女能够对自己的道德价值观和生活态度进行自由表达等;另一方面,子女对父母在新的社会条件下和以新的方式表达着对父母深厚的爱的同时,在家庭中对民主的要求也越来越强烈,对封建家长制和家长作风表示不满,等等。所有这些都表明了民主已不可阻挡地影响着家庭的代际关系,并逐渐成为现代家庭代际关系的精神内核。民主作为现代家庭代际关系的精神内核,为现代家庭的良性代际互动奠定了基础、提供了保证。没有家庭代际民主,就没有家庭良性代际互动,因为没有民主,父母与子女之间的良性互动根本就不可能发生,更不可能进行。从这个意义而言,家庭代际民主是家庭良性代际互动的前提。此外,能够发扬代际民主的家庭成员一般而言也能够在社会公共生活中具有深厚的民主意识和对他人民主权利的尊重,这反过来又会进一步对家庭代际民主发生积极的影响。代际民主和代际互动正在不断地提升着现代家庭代际关系的质量。其次,平等是维持现代家庭代际关系生态平衡的保障机制。这里所讲的平等,是指家庭代际成员基本权利和人格的平等。家庭代际关系是一个家庭的生态系统,要保持家庭生态系统的平衡,首先就必须保证家庭代际关系的平等,家庭代际关系不平等,家庭生态系统就会失衡,最终遭致家庭生态系统的破坏。同时,家庭代际关系的平等与家庭代际民主又是互为前提、相互促进的。因此,家庭中的民主和平等既是家庭中父母与子女实现道德价值观良性互动的必然要求,也是父母与子女实现道德价值观良性互动的重要表现。

建立在家庭民主与平等基础上的父母与子女的道德价值观良性互动,对于未成年人道德建设意义十分重大。家庭是未成年人道德建设的重要领域,并主要通过父母对子女科学而负责任的教育来实现,但现代家庭中对未成年人的道德教育,已不能像传统社会那样,是父母对子女单向灌输道德价值观的过程,而是一个以父母与子女之间的良性互动为基础,实现道德价值观双向交流和沟通的过程。首先,在家庭中,父母对子女的道德教育负有重要责任。蔡元培说过,家庭是人生的第一学校。同理,父母是孩子的第一任老师。这不仅是指父母在道德教育中是子女的第一个老师,更重要的是指父母在对子女的道德教育中起着先入为主的作用,负有对子女"首闻首见"的责任。所谓"首闻首见",就是指子女最先所闻所见的道德言行。在"家庭学校"里,父母的道德言行毫无疑问是子女最先所闻所见的道德言行,因而对子女道德言行的影响、对子女以后的道德发展必然产生巨大的甚至决定性的影响。柏拉图说过,年轻时形成的观念是很难消除和改变的,因此,年轻人成长时首次听到的故事应该是美德的典范。亚里士多德也说过,幼年时形成的良好习惯可以改变人的一生。中国古代思想家、教育家无一例外地认为子女思想品德发展的好坏,决定于早先家庭道德教育的优劣。中国自古以来就有"三岁看大,七岁看老"的说法。由此可见,作为子女第一任老师的父母,在道德教育中负有对子女首闻首见的重大责任。在一定意义上可以说,子女的道德世界实际上就是父母的道德世界，子女的问题归根结底是家长的问题。正如英国教育学家彼得斯(R. S. Peters)所说的："儿童居住的世界主要是一个由角色、规则、活动和其父母关系构成的社会世界，它将充满其父母的道德。"①其次，必须重构以父母与子女平等为基础的新的亲子教育模式，在家庭道德教育中，被教育者不仅仅是子女。要建构良好的亲子关系，实现家庭道德教育的良性互动，父母也应该是道德教育活动中的受教育者。有论者提出应发展我国的亲职教育，即如何成功地做父母的教育。② 目前我国在这方面存在着许多亟待解决的问题，尤以提高家长素质和教养能力、融洽亲子关系最为重要。在现阶段，普遍的状况是家长对子女成才有较高的期望值，但缺乏科学的方法，达不到预期效果，亲子冲突不断，甚至酿成惨祸。据有关调查，在家庭教育中，存在着两种极端，即对子女过分严厉和过分溺爱。有关研究人员在对天津16所中小学千余名学生及家长的连续调查中发现，有50%和60%的父或母对孩子过分干涉，29%和66%的父或母对孩子过分严厉，59%和65%的父或母对孩子则过于溺爱。③ 不当的家庭教育，往往在孩子心理上潜移默化地形成父母难以预料到的负效应。亲子教育相对于亲职教育而言则更为全面和科学。亲子教育在某些国家如美国和日本已广为流行。亲子教育是以塑造父母与子女之间和谐的亲情关系，促进子女的全面健康成长为目标，对家长进行系统培训和整体提升的一种全新教育模式。在亲子教育的模式中，

---

① [英]彼得斯：《道德发展与道德教育》，邬冬星译，浙江教育出版社2000年版，第173页。

② 陈钟林：《应发展我国的亲职教育》，《青年研究》2000年第8期。

③ 参见郭丽君：《别做阻碍孩子成长的父母》，《光明日报》2002年3月28日。

"家长与子女共同成长"是亲子教育的核心内容。健康和谐的亲子教育,对父母和子女道德素质的提高必然产生良好的双重影响。因此,建构亲子教育模式,将成为家庭中未成年人道德建设的有效途径。

（二）教师与学生的代际互动

毫无疑问,在学校中,未成年人道德建设自然是通过学校道德教育来进行和实现的。在学校道德教育中,构成道德教育代际关系的就是教师和学生。因此,实现教师与学生之间道德价值观的良性代际互动,就是未成年人道德建设的又一有效途径。笔者将从以下两个方面来讨论学校中的未成年人道德建设是如何在教师与学生的道德价值观代际互动中得以进行和得到实现的,即学校中教师与学生所构成的代际关系有何特点;未成年人道德建设何以在教师与学生的代际互动中得以实现。

首先,学校中教师与学生所构成的代际关系"主—客"特征明显。

相对于社会领域中成年人与未成年人和家庭中父母与子女而言,学校中教师与学生所构成的代际关系,"主—客"两极特征尤其明显,即作为成年人的教师是教育者即主体一极,作为未成年人的学生是受教育者即客体一极。这两极是界限分明、不可改变的。也就是说,在一般的社会生活和社区活动中,虽然也有成年人和未成年人所构成的代际关系,本书主要就是在社会代际关系这一宏大领域来讨论未成年人道德建设的,但是社会领域成年人与未成年人所构成的代际关系主要是一种"自然而然"的关系,即不是人为安排或建构的关系,成年人与未成年人的"主—客"两极特征不甚明显,而其"主—主"特征却更突出,未成年人道德建设就在成年人与未成年人所构成的以“主—主”关系为基础的代际互动中“自然地”得以进行和得到实现。在家庭领域,父母与子女所构成的代际关系的血缘性,决定了父母与子女之间存在着一种天然情感,这种天然情感的纽带往往能够使父母与子女之间的“主—客”关系转变为“主—主”关系,家庭中的未成年人道德建设也就在以父母与子女之间“主—主”关系为基础的代际互动中得以进行和得到实现。

然而,学校中教师与学生所构成的代际关系,“主—客”特征明显,这种“主—客”关系甚至是不可改变的。有学者指出,师生之间的交往是“非平等交往”,或者说是“代际交往”。① 这种交往是以学生对教师的依赖和教师对学生的控制为特征的,或者说这种交往是教师主导的,因此教师与学生之间交往关系如何主要取决于教师。之所以如此,又是由工业化时代的社会结构和社会需要所决定的。“今天,学校仍以讲课为主,这种方式象征着老式的、自上而下、等级森严的工业结构。”“上学的孩子会很快发现自己处于一个标准的、基本上固定不变的组织中,即教师领导的班级中的一分子。一个成年人和一定数量面向前方、分排坐在固定位置上被领导的年轻人,就是工业化时代学校标准的基本单位。”② 可见,相较于社会领域和家庭生活中的代际关系而言,学校中教师与学生所构成的代际关系,即“学校生活的两极不是自然形成的,而是人为的安排,且情感不是两极之间的主导因素,主导因素是工具和程序理性,因此这种两极在诸多方面和层次都是对立的。首

---

① 参见钱伟量:《道德意识的个体发生机制》,《中国社会科学》2000 年第 4 期。

② [美]阿尔温·托夫勒:《未来的冲击》,孟广均等译,中国对外翻译出版公司 1985 年版,第 355—356 页。

先是身份和角色地位的对立,成年人是教育者,有教育未成年人的特权和责任;未成年人是受教育者,有接受教育的义务。其次,成年人有自己的行事逻辑和文化,未成年人也有自己的行事逻辑和文化。再次,学校生活对教师来说是工作,是一种职业,而对学生来说则是生活本身,是生长、发育的过程。"①

学校中教师与学生之间的"主—客"关系特征,必然使教师与学生之间在道德价值观上的平等互动显得较社会领域和家庭生活中的代际互动更为艰难。正因为学校中教师与学生的关系是一种有组织的即人为安排的,教师与学生在道德价值观上的代际互动因而显得更加重要。首先,学校中系统的、有组织的道德价值观教育是社会主导道德价值观在未来一代身上得到实现的最重要途径。

其次,教师与学生的代际互动是未成年人道德建设在学校中得以实现的重要途径。

学校中的未成年人道德建设是一种制度化的道德建设活动,是社会主导道德价值观通过制度化的方式得以实现的特殊渠道,这种制度化的方式归根结底是要通过教学活动、教师的行为以及教师与学生的互动来实现的。笔者以为,学校中这种制度化的未成年人道德建设主要有三条途径:一是以德育课程为基础的德育教学;二是以教师权威为基础的道德影响;三是以教师与学生相互尊重为基础的代际互动。

以德育课程为基础的德育教学,是学校中未成年人道德建设的重要途径。虽然以德育课程为基础的德育教学在不同国家其内容和形式各异,但在中外学校道德教育中是一个普遍的做法。新

① 高德胜:《生活德育论》,人民出版社2005年版,第131页。

中国成立以来就在学校中开设了德育课程,然而,由于社会形势的巨大变化、人们思想的大解放以及德育教学本身所存在的问题等各种复杂的原因,人们对德育课程的非议和对德育教学效果的各种微词始终不绝于耳。事实上,对应否开设专门的德育课程,也一直存在不同的看法、争论和做法。例如,东方国家倾向于开设专门的德育课程,西方国家多倾向于否定专门的德育课程;而近年来这一情况又发生了某些变化,即一些东方国家有否定专门德育课程的倾向,一些西方国家却尝试开设专门的德育课程,如威尔逊(John Wilson)、麦克菲尔(Pater Mcphail)、纽曼(John Henry Newman)等人就分别设计了一些知情合一的德育课程。毫无疑问,以德育课程为基础的德育教学,对学生的道德教育发挥了重要作用,其主要功绩就在于通过道德课程的教学活动,使学生掌握了必要的道德知识和道德规范。然而,德育课程本身的问题也正好就出在这里,即德育课程教学的一个主要特点就是德育的知识化及其表现的德目化。德育课程知识化的一个最大问题,就是虽然道德知识是来源于生活的,但道德知识又是经过思维抽象而具有了一定的符号性。道德知识的意义并不在知识符号本身,而在于这些知识符号所代表的生动而丰富的道德意蕴。有学者指出:“以传授道德知识为特征的品德教育舍本逐末,将道德符号而不是这些符号所代表的道德意义看成教育的目标,在教学过程中远离这些道德知识符号得以产生和运行的历史的和现实的生活,虚构一个虚幻的道德知识世界,热衷于对这些道德符号的记诵和逻辑演绎。在这种品德教育过程中,学生学到的不是沉甸甸的生活和道德智慧,而是枯萎的道德语言符号和知识气泡。”①笔者认为,这种说法

① 高德胜:《生活德育论》,人民出版社 2005 年版,第 238 页。

有一定的片面性,却有片面的深刻性。正如杜威已深刻指出的那样,以德育课程为基础的“直接道德教学”只能使学生形成“关于道德的观念”,而不能形成“道德观念”,因为直接的道德教学只能让学生学到“与道德无关的,对行为没有影响,即不使行为变得更好或更坏的观念和片面知识”。① 涂尔干更是认为:“当一个人按照课程规定把整个道德压缩成几节道德课,并在一周之内用比较短的间隔来不断重复这几节课的时候,他很难满怀激情地完成这项工作,因为这种间歇性的课程特点几乎不足以给儿童留下任何深刻或持久的印记,而没有这些印记,儿童就不能从道德文化中获得任何东西。但是,即使道德课在道德教育占有一席之地,也不过是道德教育的一个组成部分而已。我们不能如此僵硬地把道德教育的范围局限于教室中的课时:它不是某时某刻的事情,而是每时每刻的事情。我们必须把道德教育融合在整个学校生活之中。”②

以上所表明的一个根本点就是德育课程的知识化必然会导致与实际生活的脱节;同时,德育课程教学也并不要求教师对道德知识和道德规范的践履。而这正是德育课程遭受杜威和涂尔干等人批评的根本原因,也是德育课程在未成年人道德建设中所存在的重大局限。

实际上,教师本身的道德影响对未成年人道德建设的价值不会亚于德育课程的教学,也许这种影响的价值会更大。因为,如果教师在教授一些连自己都做不到甚至不愿做到的道德知识和道德规范,则可想而知学生是否会接受这些道德知识和遵守这些道德规

① [美]约翰·杜威:《学校与社会:明日之学校》,赵祥麟等译,人民教育出版社 1994 年版,第 143—144 页。

② [法]涂尔干:《道德教育》,陈金光、沈杰、朱谐汉译,上海人民出版社 2001 年版,第 123 页。

范。人们在教育活动中已经越来越清楚地看到，在道德教育中，教师的身教无疑重于言教，即教师的道德实践重于教师的道德教学。这正是迄今一直被人们忽视的道德教育不同于专业教育之所在。

那么，教师的身教何以重于言教？这主要缘于教师的道德权威。然而，必须进一步追问：教师的道德权威来自何处？笔者认为，涂尔干在这个问题上的看法是很深刻的，而且对当前中国学校的道德教育具有重要的借鉴意义。涂尔干首先提出了“道德规范是如何通过教师展示给儿童的”问题。在涂尔干看来，教师是通过某种权威来展示道德规范、实现道德教育的。问题在于，权威究竟是教师本身，还是道德规范或是别的什么？涂尔干认为，道德规范本身难以具有权威，除非教师赋予它某种权威。但是，教师赋予道德规范以某种权威，并不意味着教师本身天然具有某种权威。如果说教师具有某种道德权威，绝不是来自于他被赋予的某种有形的权力，因为有形的权力本身还有一个是否具有合法性的问题；也不是来自于教师可以实施惩罚的权力，因为只有当处罚被那些受到处罚的人认为是公正的时候，才具有道德属性和道德价值，也就是说，教师惩罚的权力有一个合理性的问题。涂尔干对道德教育中的教师权威提出了一个非常独特的看法：教师不应该从外面或外在的、或从他使人产生的恐惧来获取他的道德权威，而应该从自身获得这种权威。教师的道德权威来自他的内心深处，也就是说，他也许不能相信他自己，或不能相信他在智力或意志上的优越品质，但必须相信他的任务以及该任务本身所具有的伟大性。这正如牧师布道一样，牧师有关他的使命的崇高观念赋予了他权威，这种权威可以轻而易举地使他的言谈举止生动可信，因为他以上帝的名义说话，他在自己身上感受到了上帝，他感到，与他布道的群众中的普通人相比，他更接近上帝。同样，世俗的教师能够，而且应该拥有与这种感受相同的感受。他也是伟大的、超越他的道德实在的一件工具,而且他与这种实在的交流比学生更直接,正是通过他的中介作用,学生才能与道德实在沟通。就像牧师是上帝的诠释者一样,教师是他的时代和国家伟大的道德观念的诠释者。于是可以看到,教师的道德权威来自于他对自己使命的崇高性的自信和尊重,道德权威完全是通过教师对自身角色的尊重而产生的,或者,假如可以这么说的话,是通过他对他牧师般的职责的尊重而产生的。①

在涂尔干看来,即使这样来理解教师权威,仍然需要警惕一种倾向,即学生把规范本身与教师本人联系在一起,进而认为规范是像教师这样的"神圣人格"者制定出来的。而教师也必须明确,规范不仅是高于并强加给学生的,而且也是高于并强加给他本人的:"教师必须承诺,不把规范表现为像是他个人制定的那样,而是表现为一种高于他的道德权力,他不过是这种道德权力的工具,而不是它的创造者。他必须使学生们理解,规范不仅强加给了学生们,也强加给了他本人;他不能取消或修改规范;他不得不去适应规范。"②因此,教师作为使学生接受和尊重规范的中介和工具,必须自己首先接受和尊重规范,并对违反规范的行为予以处罚。只有在这个时候,教师的处罚才具有权威性,也才能成为道德教育所必需的一种手段。

涂尔干的上述看法至少表明,教师的道德权威是使学生接受道德知识、遵守道德规范的重要形式;但教师的道德权威不仅仅是

① 参见[法]涂尔干:《道德教育》,陈金光、沈杰、朱谐汉译,上海人民出版社2001年版,第151页。

② [法]涂尔干:《道德教育》,陈金光、沈杰、朱谐汉译,上海人民出版社2001年版,第152页。

建立在对道德知识的传授、对违反道德规范的惩罚上，更是建立在教师对道德规范发自内心的尊重和身体力行上。如果教师说的和教的是一套，信的和行的又是另一套，那么这对学生就是最坏的道德教育。因此，教师的道德权威和道德行为对学校中的未成年人道德建设发挥着至关重要的作用。

然而，在以全球化、信息化、网络化和开放性为特征的当今时代，教师与学生的关系发生了重大变化，过去那种以教师与学生"主—客"关系为基础的道德教育，明显地向现代学校中教师与学生"主—主"关系为基础的道德教育转变。因此，教师与学生之间的良性代际互动就成为现代学校中未成年人道德建设的崭新课题和重要途径。从这个意义而言，不论是以德育课程为基础的道德教育，还是以教师的道德权威为基础的道德教育，都是建立在教师与学生的"主—客"关系之上的。只有建立在教师与学生"主—主"关系基础之上的代际互动，才是学校中未成年人道德建设的最有效途径。当然，教师与学生之间的代际互动应该是蕴涵着德育课程教学活动和教师道德权威于其中的，或者说，德育课程教学活动和教师道德权威是教师与学生代际互动的一个方面和重要环节。

在学校的未成年人道德建设中，作为成年人的教师与作为未成年人的学生之间的代际互动，实际上就是教师与学生之间带有制度化特征的道德价值观传承。除了上述已经讨论过的德育课程教学和教师对道德规范的尊重外，以下几个方面也是实现教师与学生道德价值观的代际传承的重要途径：

一是教师与学生应相互尊重。就现实而言，特别是教师对学生应有的必然尊重。正如有论者指出的那样："学校生活，是教师和学生一起过的，这两类人虽然社会地位有所不同，但在道德面前则是平等的，在过‘有道德的生活’过程中都既接受教育，也教育着别人。教师或成年人虽然比学生有更多的生活经历和经验，但这并不能确保其在道德上优于学生和未成年人，因为生活经历，尤其是善恶混杂的经历，对人的德性的影响往往是多向度的。”①科尔伯格也指出，学生和未成年人“同教师和成人一样有他们自己关于价值问题的思维方式，因此，正确的方法是将儿童视为‘道德哲学家’。将儿童称为道德哲学家，指的是儿童能自发地形成他们的道德观念，这些道德观念又形成有组织的思维方式。”②而与此相反的教师向学生单向的道德灌输方法，则“既不是一种教授道德的方法，也不是一种道德的教学方法”。③ 这些论述为教师与学生的相互尊重提供了理论前提。当然，教师对学生的尊重并不意味着教师放弃对学生教育的责任。

二是教师与学生之间直接的心灵沟通，是所有道德教育活动中最重要最有效的互动方式。池田大作等人深刻地指出：“教育中，最根本的问题，是教师与学生之间的相互接触。”“假如这种关系被扭曲了，其他任何改善都是毫无意义的。”④陶行知先生也强调：“我们最重视师生接近，最重视以人教人。”“一校之中，人与人的隔阂完全打通，才算真正的精神交通，才算真正的人格教育。”⑤

---

① 高德胜：《生活德育论》，人民出版社 2005 年版，第 101 页。

② ［美］科尔伯格：《道德发展与道德教育》，载《道德教育的哲学》，魏贤超、柯森等译，浙江教育出版社 2000 年版，第 16 页。

③ Power, C. & Kohlberg, L. Using a Hidden Curriculum for Moral Education, The Education Digest, May, 1987, p. 12.

④ ［日］池田大作、［德］狄尔鲍拉夫：《走向 21 世纪的人与哲学——寻求新的人性》，宋成有等译，北京大学出版社 1992 年版，第 261 页。

⑤ 陶行知：《南京安徽公学办学旨趣》，《中国教育改造》，东方出版社 1996 年版，第 33—34 页。

反观现实，我们不能不遗憾地发现，现在的学校道德教育在这方面实在是太欠缺了，这种欠缺的最终后果就是道德价值观的代际传递必然出现断裂。“从这一角度来看，我们能看到对于青年充分的教育和指导会遇到极大的难题，即年轻一代的经验问题与教师完全不同。因此，教师与学生的关系并不是‘普遍意识’的一个代表与另一代表之间的关系，而是一个重要的主观取向与另一取向之间的关系。这种紧张只有通过如下补偿性的事实才能得到解决：不仅教师教育学生，学生也会教育教师。代与代之间处于不断的互动状态中。”①这就正是涂尔干所反复论证的那样：“教育若想成为教育，就必须有成年人与年轻人这两代人的互动。”②这也正是笔者在本书中所反复申述的根本观点。

---

① ［德］卡尔·曼海姆：《代问题》，载《卡尔·曼海姆精粹》，徐彬译，南京大学出版社2002年版，第89页。

② ［法］涂尔干：《道德教育》，陈金光、沈杰、朱谐汉译，上海人民出版社2001年版，第306页。

结语　未成年人道德建设与成年人的道德责任

当我们反省未成年人道德建设问题时,会发现一种完全体现成年人话语权的现象,即人们总是有意无意地把未成年人道德建设效果不佳的责任推给未成年人,以为未成年人的道德问题纯粹是未成年人自身的问题。未成年人正因为是未成年人,毫无疑问固有着其自身所特有的道德问题。从客观而公正的角度来看,未成年人道德建设实际上远不是像通常所做的那样,只是一个就未成年人论未成年人即可解决的问题,更不是一个与成年人的道德状况和道德行为无关的问题,而是一个由成年人所主导因而成年人应负有更大责任的问题。如果这样分析问题,未成年人的道德建设就应该放在成年人与未成年人所构成的良性互动的代际关系的框架中来进行。

一般来说,未成年人道德建设,实质上就是要把社会主导道德价值观传输给未成年人的过程。这就决定了未成年人道德建设通常是由"社会"(包括国家和政府)来进行的,因而往往表现为一种政府行为或社会组织行为。这是完全必要的。然而,如果仅仅停留于这一点上,则必然会导致未成年人道德建设因缺乏日常生活的基础而最终没有着落,建设效果也就必然不佳。事实上,"社会"所进行的未成年人道德建设,最终都必须通过实实在在的每一个成年人对未成年人的道德影响和道德教育来加以落实。这是因为,成年人是社会主导道德价值观的主体和承担者,社会主导道德价值观总是要通过成年人来体现和传播的,而在日常生活中未成年人与成年人又时时刻刻在打着交道。这样,未成年人道德建设,实际上就是成年人在接受和认同社会主导道德价值观的基础上,通过日常生活的熏陶和各种教育方法、手段和途径,将社会主导道德价值观传输给未成年人的过程,是一个在成年人主导下未成年人不断实现道德社会化的过程;或者反过来说,未成年人对社会的主导道德价值观的接受和认同,即道德社会化,总是要通过成年人这一必不可缺的中介和桥梁来实现和完成的。成年人对未成年人道德教育的这种主导作用,普遍存在于社会公共生活、学校和家庭等各个领域。在社会公共生活领域,未成年人的道德价值观及其形成深刻地感受着成年人道德价值观、道德状况和道德行为的润物无声式的影响,感受着成年人社会道德氛围的熏陶;在学校的道德教育中,教师与学生的关系实际上也是成年人与未成年人关系的角色转换,作为成年人的教师既是道德知识的传授者,也是学生道德实践的指导者和示范者,教师通过系统的道德教育将社会道德规范和社会主导道德价值观传输给学生,对学生正确世界观、人生观、价值观的形成产生着重要影响;在家庭道德教育中,作为成年人的家长对未成年子女的道德教育主要体现在以血缘和亲情为纽带的对子女道德情感的培养上。正是从这个意义上讲,对未成年人道德教育和道德建设肩负着重大责任的,不仅是国家、政府和社会,而且包括每一个成年人——成年公民、教师、家长等。

虽然社会主导道德价值观的主体和承担者是成年人,但这并不意味着成年人的道德价值观与社会主导道德价值观就是完全合一或同一的,二者之间不能画等号。这样,社会主导道德价值观就同样有一个如何转化或内化为成年人道德价值观的问题。也就是说,即使是成年人的道德价值观,也是社会主导道德价值观在成年人身上不断实现社会化的结果。正是在这个意义上讲,成年人同样有一个道德修养终身化的问题。特别值得注意的是,在社会转型或剧变时期,社会道德价值观发生了明显的多元化趋向,成年人道德价值观与社会主导道德价值观之间的差异有可能演变为较严重的分化,其主要表现之一就是与社会主导道德价值观不一致甚至相背离的道德价值观开始侵蚀成年人的思想和心灵。改革开放以来,中国社会正处于加速转型时期,一些成年人的道德价值观与社会主导道德价值观不一致甚至相背离的情况已不鲜见。这种情况已经开始对未成年人的道德建设产生严重的负面影响。从这个意义上讲,要对未成年人进行有效的道德建设,首先必须实现对成年人的有效的道德建设,或者说,成年人应该有意识地、自觉地进行自我道德教育和道德建设。

当然,在现代社会有一个不应被忽视的现象,这就是由于社会的加速转型和变迁,科学技术的高度发达,以及互联网和现代传媒对社会生活的深刻影响,未成年人对成年人的反向社会化趋势越来越明显。未成年人对成年人的反向社会化,在道德价值观上也开始表现出来,其重要表现之一就是未成年人在社会道德价值观的变迁中具有某种先行性,并对成年人的道德价值观产生一定的影响。这相对于在传统社会成年人对未成年人具有绝对的道德权威而言是一个全新的现象。但是,不管怎样,这种现象永远不可能成为社会的主流,这是由未成年人的身心特点、社会经验、知识结构等各种因素的局限性所决定的。也就是说,在未成年人道德建设活动中,成年人始终处于主导地位,因而永远承担着更大的道德责任。

可见,在现代社会,特别是在社会转型时期,成年人与未成年人已经难以像在传统社会里那样,对社会的道德价值观表现为一种自发的代代因袭的关系，而是更多地表现出明显的代际差异乃至代际冲突。正是因为这种代际差异和代际冲突的出现和加剧，成年人与未成年人在道德价值观的代际传承上出现了新的问题和困难。为了真正落实成年人对未成年人道德教育和道德建设所肩负的道德责任，必须系统深入地研究未成年人道德建设的代际机制。所谓未成年人道德建设的代际机制，就是在未成年人道德建设的实践活动中，成年人与未成年人在道德价值观上所建立起来的代际传承和良性互动的关系。研究如何在成年人与未成年人的良性互动中有效促进未成年人道德建设，归根结底就是要研究现代社会道德价值观代际分化的必然性及其发生机制、道德价值观的代际整合及其实现机制以及社会主导道德价值观—成年人道德价值观—未成年人道德价值观的良性互动及其转换机制。研究未成年人道德建设的代际机制，其根本目的就是要通过这种机制尽可能地缩小社会道德价值观的代际差异，减缓道德价值观的代际冲突，力求实现社会主导道德价值观、成年人道德价值观、未成年人道德价值观三者之间的辩证整合，以及社会主导道德价值观在成年人与未成年人良性互动基础上的顺利传承。研究代际互动的未成年人道德建设机制，可以使人们进一步认识到，社会、学校和家庭在未成年人道德建设中的作用和责任，最终都必须通过成年人对未成年人道德建设的作用和责任加以具体贯彻和落实；处于良性互动状态的成年人道德建设和未成年人道德建设不仅可以相互促进，而且共同构成了全社会公民道德建设的车之两轮、鸟之两翼。同时必须明确的是，未成年人道德建设不是一个孤立的现象，而是一个系统的社会工程。因此，建立代际互动的未成年人道德建设机制，必须与未成年人道德建设的整个社会机制有机地结合和统一起来，并协同发挥作用。

主要参考文献

（一）**中文著作类**

1.《中共中央国务院关于进一步加强和改进未成年人思想道德建设的若干意见》。

2.《论语》。

3.《孟子》。

4.《荀子》。

5. 朱熹:《四书集注章句》,中华书局1983年版。

6. 向燕南、张越编注:《劝孝·俗约》,中央民族大学出版社1996年版。

7. 缪小放、鲍朴主编:《历代圣贤家训》,北京燕山出版社1996年版。

8. 肖群忠:《孝与中国文化》,人民出版社2001年版。

9. 高成鸢:《中华尊老文化探究》,中国社会科学出版社1999年版。

10.［古希腊］柏拉图:《理想国》,郭斌和、张竹明译,商务印书馆1986年版。

11.［古希腊］亚里士多德:《尼各马可伦理学》,苗力田译,中国社会科学出版社1999年版。

12.［古罗马］西塞罗:《论老年　论友谊　论责任》,徐奕春译,商务印书馆1998年版。

13. [美]尼尔·波兹曼:《童年的消失》,吴燕莛译,广西师范大学出版社2004年版。

14. [英]大卫·帕金翰:《童年之死——在电子媒体时代成长的儿童》,张建中译,华夏出版社2005年版。

15. [英]伊冯·朱克斯:《传媒与犯罪》,赵星译,北京大学出版社2006年版。

16. 王雪梅:《儿童权利论——一个初步的比较研究》,社会科学文献出版社2005年版。

17. 中国社会科学院、联合国教科文组织:《国际社会科学杂志》"过渡中的青年"专集(中文版),2001年第2期。

18. [美]约翰·杜威:《道德教育原理》,王承绪等译,浙江教育出版社2003年版。

19. [法]爱弥尔·涂尔干:《道德教育》,陈金光、沈杰、朱谐汉译,上海人民出版社2001年版。

20. [瑞士]皮亚杰:《儿童的道德判断》,傅统先、陆有铨译,山东教育出版社1984年版。

21. [美]L.科尔伯格:《道德教育的哲学》,魏贤超、柯森等译,浙江教育出版社2000年版。

22. [美]L.科尔伯格:《道德发展心理学——道德阶段的本质与确证》,郭本禹等译,华东师范大学出版社2004年版。

23. [美]拉瑞·P.纳稀:《道德领域中的教育》,刘春琼、解光夫译,黑龙江人民出版社2003年版。

24. 钟启泉、黄志成编著:《西方德育原理》,陕西人民教育出版社1998年版。

25. 孙彩平:《道德教育的伦理谱系》,人民出版社2005年版。

26. 高德胜:《生活德育论》,人民出版社2005年版。

27. 高德胜:《知性德育及其超越——现代德育困境研究》,教育科学出版社 2003 年版。

28. 唐汉卫、张茂聪编著:《中外道德教育经典案例评析》,山东人民出版社 2005 年版。

29. 教育部办公厅:《未成年人思想道德建设大家谈》,教育科学出版社 2004 年版。

30. [美]玛格丽特·米德:《代沟》,曾胡译,光明日报出版社 1998 年版。

31. [德]卡尔·曼海姆:《代问题》,载《卡尔·曼海姆精粹》,徐彬译,南京大学出版社 2002 年版。

32. 张永杰、程远忠:《第四代人》,东方出版社 1988 年版。

33. 宋强、乔边等:《第四代人的精神》,甘肃文化出版社 1997 年版。

34. 张鲁卿等:《新人类——酷的一代》,民主与建设出版社 2004 年版。

35. 吴鲁平:《中国青年大透视——关于一代人的价值观演变研究》,北京出版社 1993 年版。

36. 吴鲁平:《微妙的隔膜——代际心理》,中国青年出版社 1993 年版。

37. [英]汤因比、[日]池田大作:《展望二十一世纪——汤因比与池田大作对话录》,荀春生、朱继征、陈国梁译,国际文化出版公司 1985 年版。

38. [日]池田大作、[德]狄尔鲍拉夫:《走向 21 世纪的人与哲学——寻求新的人性》,宋成有等译,北京大学出版社 1992 年版。

39. [法]爱弥尔·涂尔干:《社会分工论》,渠东译,三联书店 2000 年版。

40. [美]戴维·波普诺:《社会学》(第十版),李强等译,中国人民大学出版社 1999 年版。

41. 朱力等:《社会问题研究》,社会科学文献出版社 2002 年版。

42. 吴忠民:《社会公正论》,山东人民出版社 2004 年版,第八章“代际公正”部分。

43. [英]乔治·克劳德:《自由主义与价值多元论》,应奇等译,江苏人民出版社 2006 年版。

44. [英]威廉·A. 盖尔斯敦:《自由多元主义——政治理论与实践中的价值多元主义》,佟德志、庞金友译,江苏人民出版社 2005 年版。

45. [德]马克斯·舍勒:《价值的颠覆》,刘小枫编校,罗悌伦等译,三联书店 1997 年版。

46. [英]吉登斯:《现代性的后果》,田禾译,译林出版社 2000 年版。

47. [美]大卫·格里芬编:《后现代精神》,王成兵译,中央编译出版社 1998 年版。

48. 陈嘉明等:《现代性与后现代性》,人民出版社 2001 年版。

49. [英]迈克·费瑟斯通:《消费文化与后现代主义》,刘精明译,译林出版社 2000 年版。

50. [法]让·波德里亚:《消费社会》,刘成富、全志刚译,南京大学出版社 2001 年版。

51. 廖申白、孙春晨主编:《伦理新视点——转型时期的社会伦理与道德》,中国社会科学出版社 1997 年版。

52. 钟明华、任剑涛、李萍:《走向开放的道德》,中山大学出版社 1994 年版。

53. 龚群:《道德乌托邦的重构——哈贝马斯交往伦理思想研究》,商务印书馆 2003 年版。

54. [美]成中英:《文化、伦理与管理——中国现代化的哲学省思》,贵州人民出版社 1991 年版。

55. 杨德广、晏开利:《中国当代大学生价值观研究》,上海教育出版社 1997 年版。

56. [美]戴维·L. 德克尔:《老年社会学——老年发展进程概论》,沈健译,天津人民出版社 1996 年版。

57. [美]加里·斯坦利·贝克尔:《家庭论》,王献生、王宇译,商务印书馆 1998 年版。

58. 兰久富:《社会转型时期的价值观念》,北京师范大学出版社 1999 年版。

59. 戴茂堂、江畅:《传统价值观念与当代中国》,湖北人民出版社 2001 年版。

60. 陈新汉:《现代化与价值冲突》,上海人民出版社 2003 年版。

61. 竹立家:《道德价值论》,中国人民大学出版社 1998 年版。

62. 张琼、马尽举:《道德接受论》,中国社会科学出版社 1995 年版。

63. 陈映芳:《在角色与非角色之间——中国的青年文化》,江苏人民出版社 2002 年版。

64. 乐锋:《理性与躁动——关于青年价值观的思考》,学林出版社 2002 年版。

65. [美]理查德·弗拉克斯:《青年与社会变迁》,李青、何非鲁译,北京日报出版社 1989 年版。

66. 苏颂兴:《分化与整合——当代中国青年价值观》,上海社会科学院出版社 2000 年版。

67. 孙抱弘:《现代社会与青年伦理》,学林出版社 2006 年版。

68. [德]沃尔夫冈·查普夫:《现代化与社会转型》,陆宏成、陈黎译,社会科学文献出版社 1998 年版。

69. 郑杭生等:《转型中的中国社会和中国社会的转型——中国社会主义现代化进程的社会学研究》,首都师范大学出版社 1996 年版。

70. 邵道生:《中国社会的困惑》,社会科学文献出版社 1996 年版。

71. 夏学銮:《转型期的中国人》,天津人民出版社 2001 年版。

72. 费孝通:《生育制度》,商务印书馆 1999 年版。

73. [美]尼古拉·尼葛洛庞蒂:《数字化生存》,胡泳、范海燕译,海南出版社 1997 年版。

74. 曹湘荣选编:《解读数字鸿沟——技术殖民与社会分化》,三联书店 2003 年版。

(二)中文论文类

75. [罗]康斯坦丁:《代际关系与代际价值》,《青年研究》1989 年第 9 期。

76. 杨雄:《"第五代人":自身特点与发展趋势》,《中国青年研究》2002 年第 3 期。

77. 刘喜珍:《老龄道德资源初探》,《道德与文明》2006 年第 4 期。

78. 杨通进:《罗尔斯代际正义理论与其一般正义论的矛盾与冲突》,《哲学动态》2006 年第 8 期。

79. 陈延斌、朱冬梅:《试论中西方未成年人道德养成教育的主要差异》,《道德与文明》2006 年第 5 期。

80. 万俊人:《试析现代西方伦理思潮对我国青年道德观念的冲击》,《中国社会科学》1989 年第 2 期。

81. 鲁洁:《生活・道德・道德教育》,《教育研究》2006 年第 10 期。

82. 陈延斌、史经纬:《传统父子之道与当代新型家庭代际伦理建构》,《齐鲁学刊》2005 年第 1 期。

83. 杨昕:《当代青年文化发展及其与青年发展的互动研究》,《中国青年研究》2007 年第 2 期。

84. 宋德孝:《中国"跨世纪的一代"与美国"愤怒的一代"之比较》,《中国青年研究》2006 年第 11 期。

85. 田科武:《中国青年文化的形成研究述评》,《青年研究》1992 年第 4 期。

86. 吴昊:《挣脱与承诺:关于青年文化的对话》,《青年探索》1993 第 5 期。

87. 周怡:《传统与代沟——兼析"孝"、"中庸"在代际关系中的正负两面性》,《社会科学战线》1995 年第 2 期。

88. 周怡:《代沟现象的社会学研究》,《社会学研究》1994 年第 4 期。

89. 邓希泉:《"代沟"的社会正功能》,《中国青年研究》2003 年第 1 期。

90. 周晓虹:《文化反哺:变迁社会中的亲子传承》,《社会学研究》2000 年第 2 期。

91. 边馥琴、约翰・罗根:《中美家庭代际关系比较研究》,《社会学研究》2001 年第 2 期。

92. 雷雳、王争艳、李宏利:《亲子关系与亲子沟通》,《教育研究》2001 年第 6 期。

93. 吴鲁平:《当代中国社会的代际关系》,《当代青年研究》1994 年第 6 期。

94. 沈汝发:《我国"代际关系"研究述评》,《当代青年研究》2002 年第 1 期。

95. 赵世林:《论民族文化传承的本质》,《北京大学学报》2002 年第 3 期。

96. 谢敏、刘江涛:《网络时代价值的稀释与价值冲突的多元化》,《哲学动态》2002 年第 4 期。

97. 课题组:《2000 年中国青年思想道德状况调查问卷与数据》,《中国青年研究》2000 年第 4 期。

98. 陈升等:《关于青少年思想道德教育状况的调查报告》,《中国青年政治学院学报》2001 年第 3 期。

(三)外文类

99. S. N. Eisenstadt, *From Generation to Generation: Age Groups and Sosial Structure*, The FreePress of Glencoe Collier—Macmillam, 1956.

100. Yarong Jiang and David Ashley, *Mao's Children in the New China Voices from the Red Guard Generation*, Routledge, 2000.

101. Edited by Jonathon S. , *Epstein*, *Youth Culture Identity in a Postmodern World*, Blackwell Publishers Inc. , 1998.

102. Bernardo Bernardi, *Age Class Systems Social Institutions and Polities Based on Age*, Cambridge University Press, 1985.

103. Inglehart, R. *The Silent Revolution: Changing Values and Political Styles among Western Publics*. Princeton: Princeton University Press. , 1977.

104. Pinder,*Kunstgeschichte nach Generationen. Zwischen Philosophie und Kunst*. Johann Volkelt zum 100. Lehrsemester dargebracht. Leipzig,1926.

105. M. Freeman, *The Moral Status of Children: Essays on the Rights of the Child*. Martinus Nijhoff Publishers,1997.

106. 早坂泰次郎编著:《世代论——歪められた人间の理解》,日本 YMCA 同盟出版部 1967 年版。

107. 木村直惠:《青年の诞生》,新耀社 1998 年版。

108. 作田启一:《价值の社会学》,岩波书店 1971 年版。

后　　记

本书是国家社会科学基金课题——“社会转型期代际关系视野中的未成年人道德建设研究”和湖南省教育科学“十一五”规划重点课题——“未成年人道德教育的代际机制研究”的最终成果，也是我2002年以来对“代际伦理”系列研究三部曲中的第三部。前两部分别是《伦理的代际之维——代际伦理研究》（全国教育科学“十五”规划重点课题，人民出版社2004年出版）和《分化与整合——转型期价值观代际变迁研究》（国家社会科学基金课题，高等教育出版社2007年出版）。《伦理的代际之维——代际伦理研究》探究了代际伦理的一些重要的基本理论问题；《分化与整合——转型期价值观代际变迁研究》则将代际伦理的基本理论运用于分析改革开放以来中国社会价值观的代际变迁；而本书则是将代际伦理的基本理论运用于探讨未成年人道德建设的一些突出问题，试图以现实与历史相结合的双重视野，从学理上把未成年人道德建设放在社会转型时期由成年人与未成年人所构成的代际关系框架中加以审视和反思，并力求揭示未成年人道德价值观与社会主导道德价值观和成年人道德价值观之间的良性互动及其内在机理。而这恰恰是迄今未成年人道德建设研究中被普遍忽视的一个重要问题。

正值本书付梓之际，我要表达近十年来在代际伦理研究中给予我指教和帮助的几位前辈和大家的衷心谢意：

感谢我的恩师、湖南师范大学伦理学研究所所长唐凯麟教授。我是在老师的引领下进入代际伦理研究的美妙之域的，我的《伦理的代际之维——代际伦理研究》就是我在老师指导下完成的博士论文。在本课题的论证过程中，老师也给予了无私的悉心指导。本课题完成后，老师又在百忙中拨冗为本书作序。

感谢中国伦理学会会长、清华大学哲学系主任万俊人教授和中国价值哲学研究会会长、中国政法大学终身教授李德顺教授，他们慷慨地分别为我的《伦理的代际之维——代际伦理研究》和《分化与整合——转型期价值观代际变迁研究》作序，不仅对这两部著作给予了很高的评价，而且对我的代际伦理研究鼓励有加。正因为有他们的鼓励，我才没有放弃，才坚持完成了这“第三部曲”。

最后，我要感谢《哲学研究》、《哲学动态》、《光明日报》、《社会科学战线》、《江海学刊》等报刊发表了本课题的有关成果，是她们使我在对本课题的研究遇到困难时能够鼓起信心和勇气。

本书得到了中南林业科技大学社会科学学术著作出版基金的资助，在此一并致谢。

廖小平　谨识

2009 年 6 月 8 日

责任编辑:方国根
装帧设计:周文辉

图书在版编目(CIP)数据

代际互动——未成年人道德建设的代际维度/廖小平 著.
-北京:人民出版社,2009.9
ISBN 978-7-01-008014-7

Ⅰ.代… Ⅱ.廖… Ⅲ.青少年-品德教育-研究-中国
Ⅳ.D432.62

中国版本图书馆 CIP 数据核字(2009)第 105636 号

代际互动

DAIJI HUDONG

——未成年人道德建设的代际维度

廖小平 著

人民出版社 出版发行
(100706 北京朝阳门内大街 166 号)

北京瑞古冠中印刷厂印刷 新华书店经销

2009 年 9 月第 1 版 2009 年 9 月北京第 1 次印刷
开本:880 毫米×1230 毫米 1/32 印张:12
字数:275 千字 印数:0,001-3,000 册

ISBN 978-7-01-008014-7 定价:32.00 元

邮购地址 100706 北京朝阳门内大街 166 号
人民东方图书销售中心 电话 (010)65250042 65289539